Die Chronik der Unsterblichen

WOLFGANG HOHLBEIN

DIE CHRONIK DER UNSTERBLICHEN

DIE BLUTGRÄFIN

Bibliografische Information Der Deutschen Bibliothek
Die Deutsche Bibliothek verzeichnet diese Publikation
in der Deutschen Nationalbibliografie;
detaillierte bibliografische Daten sind im Internet über
http://dnb.ddb.de abrufbar.

© Egmont vgs verlagsgesellschaft, Köln 2004
Alle Rechte vorbehalten.

Umschlaggestaltung: www.alexziegler.de
Titelfoto: © Simon Marsden
Lektorat: Bettina Oder
Produktion: Lisa Hardenbicker
Satz: Greiner & Reichel, Köln
Druck: Clausen & Bosse, Leck
Printed in Germany
ISBN 3-8025-2935-9

Besuchen Sie unsere Homepage: www.vgs.de

Es war die bei weitem größte Eule, die Andrej jemals gesehen hatte. In aufrechter Haltung würde sie ihm mühelos bis zum Oberschenkel reichen, und ihre Spannweite übertraf vermutlich die eines Adlers. Obwohl es sich unverkennbar nicht um eine Schneeeule handelte, war ihr Gefieder von einem so strahlenden Weiß, dass es fast schon in den Augen schmerzte, sie anzusehen. Ihr Schnabel, von dem zähflüssig rotes Blut tropfte, machte den Eindruck, als könne sie damit mühelos einem erwachsenen Mann die Hand zermalmen. Aber das war längst nicht das einzig Außergewöhnliche an dieser Eule.

Andrej kannte sich weder mit Greifvögeln im Allgemeinen noch mit Eulen im Besonderen gut aus, doch er wusste, dass diese Tiere normalerweise nicht tagsüber auf die Jagd gingen und selbst während der Nacht eher scheu waren. *Diese* Eule jedoch zeigte keinerlei Anzeichen von Scheu oder gar Furcht, obwohl nicht der geringste Zweifel daran bestand, dass sie Abu Dun und ihn bemerkt hatte.

Der Nubier und er befanden sich keine zehn Schritte von ihr entfernt, und sie gaben sich keine Mühe, leise zu sein oder sich gar zu verbergen. Das Tier fuhr ohne Hast fort, große Fleischbrocken aus dem Kadaver seines Opfers herauszureißen und hinunterzuschlingen. In regelmäßigen Abständen hob es den Kopf und drehte ihn mit kleinen, hektischen Rucken hin und her. Andrej konnte ein eisiges Schaudern nicht unterdrücken, als er dem Blick seiner großen, auf eigentümliche Weise *klug* wirkenden Augen begegnete.

Andrej war nicht sicher, ob Eulen Aasfresser waren oder nicht, aber er hatte noch niemals gehört, dass sie sich an der Leiche eines Menschen vergriffen hätten.

Diese hier tat es, was daran liegen mochte, dass ihr Tisch so überreich gedeckt war.

Aus den Augenwinkeln nahm Andrej wahr, wie sich Abu Dun nach einem Stein bückte. Ohne die Eule auch nur einen Sekundenbruchteil aus den Augen zu lassen, streckte er die Hand aus und hielt den Nubier zurück. »Lass das«, mahnte er kurz angebunden.

Abu Dun sah ihn verwundert an, zuckte aber dann nur mit den Schultern und ließ den Stein fallen. »Ganz wie es Euch beliebt, oh mächtiger Herr«, sagte er spöttisch. »Aber würdet Ihr einem dummen kleinen Mohren wie mir auch erklären, warum Ihr so plötzlich Euer Herz für Tiere entdeckt habt?«

Andrej blieb ernst. Wirklich beantworten konnte er Abu Duns Frage nicht, aber sein Gefühl sagte ihm, dass es unklug wäre, dieses Tier zu reizen. »Wann hätte ich jemals ein Tier grundlos gequält oder getötet?«, fragte er ausweichend. Um Abu Duns Antwort zu umgehen, trat Andrej rasch hinter dem Gebüsch hervor, hinter dem sie stehen geblieben waren. Der Kopf der weißen Rieseneule drehte sich ruckartig in ihre Richtung, und Andrej musste mehr Willenskraft aufbieten, um ihrem Blick standzuhalten, als er sich eingestehen mochte. Das Tier zeigte auch jetzt keine Furcht, sondern senkte nur den Schnabel, um einen weiteren Fleischfetzen aus der Schulter des halb nackten Toten zu reißen, auf dessen Rücken es saß, ohne Andrej dabei aus den Augen zu lassen.

Hinter ihm ließ sich das Geräusch zerbrechender Zweige vernehmen, als auch Abu Dun aus dem Gebüsch trat. Die Eule hob den Kopf noch ein wenig weiter. Die spitzen Federbüschel auf ihrem Kopf bewegten sich wippend. Dann spreizte sie mit einer Schnelligkeit und Eleganz die Flügel, die Andrej bei einem Vogel solcher Größe niemals für möglich gehalten hätte, und war verschwunden. Andrej versuchte, ihr mit Blicken zu folgen, aber das Tier flog direkt in die Sonne. Tränen schossen ihm in die Augen, und er musste geblendet wegsehen.

»Unheimliches Vieh«, murmelte Abu Dun. »Seit wann jagen Eulen tagsüber?« Auch er hatte den Kopf in den Nacken gelegt und versuchte, der Eule nachzublicken, war aber vorausschauender gewesen als Andrej und beschattete die Augen mit einer Hand.

Andrej blinzelte ein paar Mal, bis die grellen Farbblitze, die seinen Blick trübten, wieder verblassten, und legte in einer unbewussten Geste die rechte Hand auf den Schwertgriff, während er sich langsam einmal im Kreis drehte und seinen Blick über das schreckliche Bild schweifen ließ, das sich ihm darbot.

Über eine Strecke von gut zwanzig Schritten folgte die vor ihm liegende Lichtung dem Lauf eines schmalen Baches, an dessen Rändern Eis und verharschter Schnee bizarre Formen bildeten und mit Raureif überzogene Büsche Spalier standen. Das Bild wurde eingerahmt von uralten knorrigen Bäumen, deren Äste sich unter der Last des frühzeitig gefallenen Schnees bogen, der das Land unter sich begrub.

Die noch vor kurzem friedlich daliegende Waldlichtung hatte sich in ein Schlachtfeld verwandelt.

Es fiel Andrej schwer, die Anzahl der Toten zu benennen, die halb oder auch ganz nackt, auf schreckliche Weise verstümmelt, mit abgehackten Gliedmaßen und Köpfen im frisch gefallenen Schnee lagen. Es mochten vier sein oder auch fünf, und Andrej wagte nicht zu mutmaßen, welche Schrecken die unschuldig weiße Schneedecke noch verbergen mochte.

Andrej überwand nur mit Mühe den Widerwillen, den der Anblick der entstellten Körper in ihm wachrief, und ließ sich neben dem enthaupteten Mann in die Hocke sinken, an dem die Eule ihren Hunger gestillt hatte. Es fiel ihm schwer, ihn zu berühren. Andrej hatte keine Furcht vor dem Tod. Abu Dun und er verdienten sich seit mehr als einem Menschenalter ihren Lebensunterhalt als Söldner, und es gab kaum eine Spielart des Todes, die er noch nicht gesehen oder auch von eigener Hand herbeigeführt hatte. Aber das hier schien noch etwas anderes zu sein. Jemand hatte diese Menschen umgebracht, aber er hatte es nicht einfach dabei bewenden lassen, sie zu töten – diese Menschen waren regelrecht abgeschlachtet worden.

»Wann?«, fragte Abu Dun leise. Seine Schritte knirschten auf dem frisch gefallenen Schnee, als er sich Andrej näherte, und dieser Laut verlieh seiner einsilbigen Frage etwas sonderbar Unheimliches.

Andrej drehte den Toten auf den Rücken, was ihn einige Mühe kostete, da er nur eine Hand benutzen konnte, denn die andere umschloss noch immer krampfhaft den Schwertgriff, als bräuchte er einen Halt, der ihn in der Wirklichkeit verankerte. Er verzog flüchtig das Gesicht, als er erkennen konnte, was man dem Mann angetan hatte. Und das – dessen war Andrej sich nahezu sicher – während er noch am Leben gewesen war. Er musste sich zwingen, die Wunden des Mannes mit Augen zu betrachten, die nur an Tatsachen interessiert waren.

»Gestern Abend«, sagte er. »Allerfrühestens am späten Nachmittag. Und sie sind nicht hier getötet worden.«

Abu Dun antwortete nicht, was Andrej wunderte. Schließlich hatte er ihm eine Frage gestellt. Auch wenn der Nubier es zuweilen fertig brachte, einen ganzen Tag lang nicht ein einziges Wort von sich zu geben, war er im Grunde doch ein furchtbar schwatzhafter Mensch.

Andrej sah fragend hoch und fuhr fast unmerklich zusammen, als er des angespannten Ausdrucks auf Abu Duns Gesicht gewahr wurde. Sein Gefährte stand in scheinbar entspannter Haltung da, leicht nach vorn gebeugt, die rechte Hand lässig auf dem Griff des mehr als meterlangen Krummsäbels, der unter seinem schwarzen Mantel hervorragte. Aber Andrej wusste, dass diese Haltung täuschte. Der über zwei Meter große, dunkelhäutige Mann war angespannt.

»Wie viele?«, fragte er leise.

»Vier«, antwortete Abu Dun. »Vielleicht fünf. Genau hinter mir.« Er beugte sich vor, als gebe es auf der verstümmelten Brust des Toten etwas Interessantes zu entdecken. »Und hinter dir sind zwei. Auf der anderen Seite des Bachs.«

Andrej verharrte in gebückter Stellung, nickte aber fast unmerklich und lauschte gleichzeitig angespannt. Er war erschrocken, beunruhigt und verärgert zugleich. In dem Moment, in dem Abu Dun ihn darauf aufmerksam gemacht hatte, spürte er die Anwesenheit der heimlichen Beobachter ebenso deutlich wie der Nubier. Seine Sinne, die viel schärfer waren als die eines jeden gewöhnlichen Menschen, hätten ihn dennoch viel eher warnen müssen. Es war nahezu unmöglich, sich an ihn heranzuschleichen – vor allem dort, mitten im Wald, wo der frisch gefallene Schnee eine lautlose Annäherung verhinderte. Dass Abu Dun ihm erst auf die Sprünge helfen musste, war ungewöhnlich und deshalb beunruhigend. Auch die Sinne des Nubiers waren mittlerweile weit schärfer als die eines normalen Menschen, doch seine Fähigkeiten reichten noch nicht an die Andrejs heran.

Andrej versuchte, diese Gedanken zu verscheuchen und sich mit der Vermutung zu beruhigen, dass ihn der Anblick der auf so brutale Weise verstümmelten Leichen abgelenkt hätte, aber im Grunde wusste er, dass etwas nicht mit ihm stimmte. Und das nicht erst seit heute. Es hatte begonnen, nachdem sie Wien verlassen hatten, und verschlimmerte sich zusehends, auch wenn sich Andrej bislang beharrlich geweigert hatte, es zur Kenntnis zu nehmen.

Andrej schüttelte auch diesen Gedanken ab und schloss für einen Moment die Augen, um sich ganz auf das zu konzentrieren, was ihm sein Gehör und sein Geruchssinn mitteilten. Abu Dun hatte Recht: Im Schutz der verschneiten Büsche, nur wenige Schritte hinter dem breiten Rücken des Nubiers, verbargen sich mindestens fünf Menschen, und weitere zwei auf der anderen Seite des halb erstarrten Baches. Sie waren aufgeregt. Sie hatten Angst.

Abu Dun richtete sich wieder auf und sah sich demonstrativ nach rechts und links um. »Wir können hier nichts mehr ausrichten«, sagte er mit Nachdruck.

»Der Schnee scheint alle Spuren verwischt zu haben«, bestätigte Andrej, während er ebenfalls aufstand und versuchte, den Waldrand hinter Abu Dun unauffällig mit Blicken abzutasten. Auch wenn die Anstrengungen der Männer dort, sich vollkommen lautlos zu verhalten, vergebens waren, so musste er ihnen doch zugestehen, dass sie sich gut verborgen hatten: Obwohl seine Augen die jedes anderen Menschen an Schärfe übertrafen, konnte er niemanden entdecken – allenfalls einen Schatten, der möglicherweise nicht dort hingehörte, wo er hinfiel, einen tief hängenden Ast, von dem der Schnee erst vor einem Augenblick heruntergefallen sein konnte, einen einzelnen Zweig, den eine unachtsame Bewegung geknickt hatte. Wohl niemandem außer Abu Dun und ihm wäre dies aufgefallen.

»Dann lass uns weiterreiten«, sagte er laut. »Bevor am Ende noch jemand auf die Idee kommt, uns mit diesem Gemetzel in Verbindung zu bringen.«

Die Worte galten weniger Abu Dun als vielmehr den Lauschenden im Gebüsch, und sie zeigten die beabsichtigte Wirkung. Abu Dun hatte sich noch nicht ganz umgedreht, als der Schnee am Waldrand schon nahezu lautlos in einer glitzernd weißen Wolke auseinander stob und erst drei, dann fünf und schließlich sechs hoch gewachsene, in zerschlissene Felle und Lumpen gekleidete Gestalten ausspie. Zugleich hörte Andrej auch hinter sich Geräusche: das Splittern von Zweigen, die die Kälte so spröde und zerbrechlich wie Glas gemacht hatte, dann das Platschen schwerer, schneller Schritte im Bach. Er hatte sich getäuscht – es waren drei Männer, nicht zwei.

Seine Hand schloss sich fester um den Schwertgriff, aber er zog die Waffe noch nicht, und auch der Nubier beließ es dabei, sich weiter aufzurichten und die Schultern zu straffen. Sie standen neun Gegnern gegenüber, die bei flüchtiger Betrachtung nicht weniger beeindruckend und Furcht erregend wirkten als der nubische Riese. Dieser Eindruck kam durch ihr abgerissenes und wildes Aussehen zu Stande – und durch die Ansammlung zwar primitiver, aber bedrohlicher Waffen, die sie mit sich schleppten. Dennoch hätte Andrej die vielfache Übermacht nicht einmal dann gefürchtet, wenn Abu Dun und er tatsächlich nur die gewöhnlichen Krieger gewesen wären, die zu sein sie vorgaben.

Die Männer waren ausnahmslos groß und kräftig gewachsen, zeigten aber deutliche Spuren von Unterernährung und Mangel. Auch ihre Kleider hatten schon bessere Zeiten gesehen und bestanden fast nur noch aus Fetzen. Diese Männer waren keine Krieger. Keiner von ihnen war ein ernst zu nehmender Gegner für Abu Dun und ihn. Andrej bezweifelte, dass auch nur einer unter ihnen jemals einen ernsthaften Kampf geführt hatte. Diese Männer spürten, dass sie Abu Dun und ihm unterlegen waren, und das machte ihnen Angst. Andrej blieb dennoch auf der Hut. Angst machte Menschen unberechenbar. Sie konnte aus Feiglingen Helden machen, aber in den meisten Fällen verwandelte sie vernünftige Männer in Dummköpfe.

Abu Dun schien die Lage ähnlich einzuschätzen, denn er entspannte sich zwar ein wenig, trat aber mit einer wohl überlegten raschen Bewegung zurück an Andrejs Seite. Im Falle eines Angriffs genügte eine kurze Drehung, und sie standen Rücken an Rücken. Auch die Hand des Nubiers blieb weiter auf dem Griff seines Krummsäbels. Andrej hoffte, dass der Gefährte nichts Unbedachtes tat. Abu Dun neigte manchmal zu drastischen Maßnahmen.

Ohne sich mit einer Begrüßung aufzuhalten, wandte

er sich an den ihm am nächsten stehenden Gegner. Der hoch gewachsene, hagere Bursche mit dem schulterlangen verfilzten Haar stand offenbar kurz vor dem Verhungern, was auch für jeden einzelnen der anderen Männer galt.

»Wir haben mit dem, was hier geschehen ist, nichts zu tun«, begann er.

Sein Gegenüber sah ihn so verständnislos an, dass Andrej sich fragte, ob der Bursche ihn überhaupt verstanden hatte. Er wartete zwei, drei Atemzüge lang vergeblich auf eine Reaktion, dann fragte er: »Wer seid Ihr?«

»Die Fragen stelle ich, Fremder.«

Die Antwort stammte nicht von dem jungen Kerl mit dem verfilzten Haar, sondern von einer Stimme in Andrejs Rücken.

Andrej ließ einige Augenblicke verstreichen, bevor er sich umdrehte und die drei Männer musterte, die hinter ihnen aufgetaucht waren. Zwei von ihnen unterschieden sich kaum von dem jungen Kerl. Zweifellos waren sie Brüder, wirkten aber noch abgerissener als dieser. Der dritte und älteste von ihnen war vermutlich der Vater der drei anderen.

»Dann solltet Ihr Eure Frage auch stellen, guter Mann«, sagte Andrej ruhig und ohne zu lächeln.

»Es ist dieselbe wie die Eure, Fremder«, antwortete der Mann. »Wer seid Ihr, und was habt Ihr hier verloren?«

Obwohl er nicht hinsah, spürte Andrej, wie sich Abu Dun neben ihm anspannte. »Mein Name ist Andrej«, erwiderte er rasch. »Andrej Delāny. Und das ist Abu Dun, mein Weggefährte.«

»Andrej, so«, antwortete sein Gegenüber. Seine Augen wurden schmal, während ihr Blick kurz und taxierend über die hünenhafte Gestalt des Nubiers und dann – deutlich länger – über Andrejs Gesicht glitt. »Und was tut Ihr hier, Andrej Delãny?«, wollte er wissen.

Andrej hörte, wie Abu Dun die Luft einsog und zu einer Antwort ansetzen wollte, und kam ihm rasch zuvor. »Im Augenblick fragen wir uns, was hier passiert ist.« Er wies mit einer Handbewegung auf den Toten, der unmittelbar neben ihnen lag. »Und wer das getan hat.«

»Vielleicht habt Ihr das getan?«, schlug der Grauhaarige lauernd vor.

»Sicher«, antwortete Andrej. Er breitete bedauernd die Hände aus. »Ihr habt uns erwischt. Wir haben all diese Leute niedergemetzelt und dann in Stücke gehackt. Unglückseligerweise seid Ihr ein bisschen zu früh gekommen. Mein Freund hier ist nämlich ein mächtiger Zauberer aus dem Morgenland, der es gerade noch einmal schneien lassen wollte, um die Spuren unserer schändlichen Tat zu verbergen. Das erste Mal hat es nicht richtig geklappt, wie Ihr ja seht. Aber man muss ihm seinen Fehler nachsehen. Er hat nicht viel Erfahrung mit Schnee. Da, wo er herkommt, ist Schnee ziemlich selten.«

Andrej war bewusst, was für ein gefährliches Spiel er spielte, und im ersten Moment schien die Bestürzung, die sich auf dem Gesicht seines Gegenübers abzeichnete, seine Befürchtungen zu bestätigen. Dessen Miene verfinsterte sich noch weiter, und in seinen Augen blitzte blanke Wut auf.

Dann legte sein Zorn sich ebenso plötzlich wieder, wie er aufgekommen war. »Ihr habt eine flinke Zunge, Delãny«, sagte er. »Und Ihr seid entweder sehr mutig oder sehr dumm. Wir sind in der Überzahl.«

»Ich weiß«, antwortete Andrej ruhig.

»Was soll das Gerede, Vater? Lass uns diesen Heiden erschlagen und …«

Andrej wandte sich um, und der Langhaarige verstummte mitten im Wort, als ihn sein Blick traf. Abu Dun machte sich nicht einmal die Mühe, sich zu ihm umzuwenden.

»Halt den Mund, Stanik«, seufzte der Grauhaarige. Er verdrehte die Augen und fuhr, an Andrej gewandt, fort: »Verzeiht meinem Sohn, Andrej. Er ist kein schlechter Kerl. Aber es sind schlimme Zeiten, und Muselmanen …« Er hob die Schultern. »Ihr versteht?«

Es verging kein Tag, an dem Abu Dun und er nicht auf die eine oder andere – fast immer unangenehme – Art daran erinnert wurden. Andrej schüttelte trotzdem den Kopf. »Nein«, sagte er.

Ganz wie du meinst, schien der Blick seines Gegenübers zu sagen. Laut antwortete er: »Ich bin Ulric. Das da sind meine Söhne.« Er machte eine flatternde Handbewegung und schränkte mit einem angedeuteten Lächeln ein: »Die meisten jedenfalls. Habt Ihr irgendetwas beobachtet oder jemanden gesehen?«

»Nein«, entgegnete Andrej. »Nur eine Eule.«

»Aber es war eine außergewöhnlich große Eule«, fügte Abu Dun hinzu.

Ulric ignorierte ihn. »Das ist bedauerlich«, sagte er. In Andrejs Ohren klang das so, als hätte er hinzufügen wollen: *Für euch.* Ulric zuckte kurz mit den Achseln, blickte Abu Dun und Andrej eine weitere Sekunde lang durchdringend an und entspannte sich dann sichtlich. Zugleich begann er, auf der Stelle zu treten.

»Wir wissen, dass Ihr nichts mit dem Tod dieser Leute zu tun habt«, bekannte er. »Wir beobachten Euch schon seit Stunden.«

Andrej gelang es nur mit Mühe, den Impuls, einen Blick in Abu Duns Gesicht zu werfen, zu unterdrücken. Auch der Nubier rührte keinen Muskel, aber er wusste ebenso gut wie sein Gefährte, dass Ulric log. Selbst wenn Andrej für eine kurze Weile unaufmerksam gewesen war, war es unmöglich, dass diese Männer sie seit Stunden beobachtet haben sollten, ohne dass einer von ihnen etwas davon bemerkt hätte. »Dann gibt es ja keinen Grund für Eure Söhne, uns zu bedrohen«, folgerte er.

Ulrics Blick war zu entnehmen, dass er eine eigene Ansicht darüber hatte, wer in dieser Situation wen bedrohte. Er trat wieder unruhig auf der Stelle. Doch was Andrej im ersten Moment für ein Zeichen von Nervosität gehalten hatte, rührte eher daher, dass er durch den Bach gewatet war und seine zerschlissenen Stiefel dem eiskalten Wasser keinen nennenswerten Widerstand entgegensetzen konnten. »Nein, vermutlich nicht«, gab er zu, nachdem er gerade lange genug gezögert hatte, um Andrejs Misstrauen neue Nahrung zu geben. Er hob die Schultern. »Es sind unruhige Zeiten. Man weiß nicht, ob man Fremden trauen soll oder nicht.«

»Wie wahr«, erwiderte Andrej. Er lächelte, spürte aber, dass sein Lächeln nur um weniges wärmer ausfiel als das Wasser, das sich in Ulrics Schuhen gesammelt haben musste. Einen Augenblick lang befürchtete er, die Lage könne außer Kontrolle geraten. Obwohl nicht nur Abu Dun und er selbst, sondern auch Ulric und seine Söhne sich bemühten, keinerlei unvorsichtige Bewegungen zu machen, die ihre Gegner hätten provozieren können, spürte Andrej doch, dass jederzeit etwas geschehen konnte. Er konnte nicht erwarten, dass dieser Mann Wildfremden wie ihm und Abu Dun vertraute – schon gar nicht in *Zeiten wie diesen,* wie Ulric betont hatte. Aber dahinter steckte mehr. Ulric und seine Söhne mochten über ihre Anwesenheit überrascht sein, aber der Anblick der Toten traf sie offensichtlich nicht unvorbereitet.

Einen Moment lang erwog er, Ulric mit dieser Vermutung zu konfrontieren, entschied sich aber dann dagegen. Das alles ging sie nichts an. Abu Dun und er hatten anderes zu tun. Sie hielten sich schon viel zu lange hier auf.

»Wir suchen keinen Streit mit Euch, Ulric«, begann er vorsichtig. »Abu Dun und ich waren auf dem Weg nach Fahlendorf. Wir haben die Toten nur durch Zufall entdeckt.«

»Fahlendorf?« Ulric runzelte die Stirn. »Die Straße dorthin verläuft fast vier Meilen weiter westlich. Mir scheint, Ihr seid ein gutes Stück vom Weg abgekommen.« Ulrics Misstrauen war deutlich zu spüren.

»Jemand erklärte uns, dass der Weg durch den Wald kürzer sei«, antwortete Andrej – was der Wahrheit entsprach.

»Dann hat es dieser Jemand nicht besonders gut mit Euch gemeint«, erwiderte Ulric. Er wies in die Richtung, aus der Abu Dun und Andrej gekommen waren.

»Dieser Pfad führt nirgendwo hin. Nur immer tiefer in den Wald hinein. Und Ihr habt die Toten wirklich ganz zufällig gefunden?«

Andrej nickte. Ihn beschlich das Gefühl, einen Fehler zu machen.

»Das ist aber seltsam«, fuhr Ulric fort. »Wo Eure Pferde doch hinter diesen Bäumen dort stehen, bestimmt fünfzig Schritte entfernt.« Er sah Andrej dabei lauernd an und wartete einen Herzschlag lang auf eine Antwort. Dann fuhr er fort: »Ich frage mich, wie man etwas ganz zufällig entdecken kann, das man gar nicht sehen kann.«

Andrejs Selbstbeherrschung ließ ihn einen Moment lang im Stich, sodass er Ulric einen ratlosen Blick zuwarf. Was sollte er antworten? Dass Abu Dun und er die Toten *gerochen* hatten? Das wäre die Wahrheit gewesen, aber die Wahrheit war nicht immer das, was zu äußern am klügsten war.

Abu Dun kam ihm zuvor. »Ich habe Wasser gesucht, um die Pferde zu versorgen. Und um ein ... äh ... menschliches Bedürfnis zu verrichten.«

»Er lügt«, sagte Stanik kühl.

Ulrics Blick verharrte auf Andrejs Gesicht und veränderte sich nach und nach. Er kam zu einem Entschluss. »Ja, so muss es wohl gewesen sein«, sagte er in amüsiertem Ton, ohne deutlich zu machen, wem diese Antwort nun galt: Abu Duns wenig glaubhafter Behauptung oder dem schnellen Urteil seines Sohnes.

»Wenn die Angelegenheit damit geklärt ist ...«, begann Andrej.

Ulric schnitt ihm mit einer unwilligen Bewegung das Wort ab. »Wartet dort drüben bei den Bäumen«, forderte er ihn mit einer Geste in Richtung des Waldrands hinter ihnen auf. »Wir reden später miteinander.«

Wieder spürte Andrej, wie sich Abu Dun neben ihm anspannte. Er brachte sich mit einem ebenso raschen wie zufällig wirkenden Schritt genau zwischen Ulric und den Nubier. Gern hätte er den Blickkontakt zwischen ihnen unterbrochen, was allerdings daran scheiterte, dass Abu Dun ihn um Haupteslänge überragte.

»Wir wollten ohnehin eine Rast einlegen«, sagte er rasch.

»Sicher.« Ulrics Stimme klang nun vollends eisig. Er wedelte ungeduldig mit der Hand und trat wieder unbehaglich auf der Stelle. Seine Füße mussten mittlerweile höllisch schmerzen, dachte Andrej. Er gönnte es ihm.

Zu seiner Erleichterung beließ es auch Abu Dun bei einem abschließenden finsteren Blick, während sie sich umwandten und die wenigen Schritte zum Waldrand zurücklegten.

Sie blieben nicht allein. Nicht nur Stanik, sondern auch die vier anderen schlossen sich ihnen an und bildeten einen Halbkreis zwischen ihnen und dem Waldrand – gerade nahe genug, um sie hören zu können (sollten sie so unvorsichtig sein, in normaler Lautstärke miteinander zu sprechen) und gerade weit genug, um nicht eingreifen zu können, falls Andrej und Abu Dun aufspringen und ihre Waffen ziehen sollten. Noch ungeschickter konnten sie sich nicht benehmen.

Nicht, dass Andrej das beruhigt hätte. Wenn er schon die Wahl hatte, dann zog er es im Allgemeinen vor, sich mit einem halbwegs intelligenten Gegner auseinander zu setzen.

Er suchte sich eine Erhebung im Schnee, von der er

hoffte, dass sich darunter ein Baumstumpf oder ein Felsen verbarg und kein steif gefrorener Leichnam, ließ sich darauf nieder und sah zu, wie sich Abu Dun mit untergeschlagenen Beinen neben ihm in den Schnee sinken ließ. Es erstaunte ihn, dass Abu Dun immer noch schwieg. Im Vergleich zu früher war er ruhiger geworden, aber darauf war nicht unbedingt Verlass.

»Was hältst du von dieser Sache?«, fragte er, in normaler Lautstärke, aber in Abu Duns Muttersprache Arabisch.

Abu Dun sah ihn nicht an, als er antwortete. »Was soll ich davon halten? Es sind unruhige Zeiten, wie dein neuer Freund sich ausdrücken würde.«

»Mein neuer Freund?«

Abu Dun deutete mit dem Kinn auf Ulric, sah Andrej aber immer noch nicht an, sondern starrte auf einen Punkt in den Baumwipfeln auf der anderen Seite des Baches. Unwillkürlich folgte Andrej seinem Blick und runzelte im nächsten Moment überrascht die Stirn, als er die riesige weiße Eule sah, die – nahezu unsichtbar – in den verschneiten Ästen saß und den Kopf mit kleinen ruckartigen Bewegungen hin und her drehte, um dem Geschehen auf der Lichtung unter sich zu folgen. Das Tier benahm sich wirklich sonderbar.

Abu Dun und er waren nicht die Einzigen, denen das eigenartige Verhalten der Eule aufgefallen war. Stanik raffte eine Hand voll Schnee zusammen, knetete ihn eine Weile, bis der Ball zu einer schmutzigen Kugel aus Eis geworden war, die er nach der Eule schleuderte – mit großer Wucht, aber geringer Treffsicherheit. Der Eisklumpen traf nicht einmal den Baum, auf dem das Tier saß.

Abu Dun lachte leise, und der Langhaarige fuhr mit einer zornigen Bewegung herum und funkelte ihn an. »Schweigt!«, fauchte er den Nubier an. »Und sprecht in einer Sprache, die wir verstehen können!«

»Ganz wie Ihr befehlt, Herr«, sagte Abu Dun und neigte spöttisch das Haupt. »Aber würdet Ihr einem unwissenden Mohren die große Gnade erweisen, ihm den Sinn Eurer zweifellos weisen Worte zu erklären? Ich meine: Was soll ich nun tun? Schweigen – oder in einer Sprache sprechen, die Ihr versteht? Nebenbei bemerkt … wie schweigt man in Eurer Sprache?«

Staniks Gesicht verfinsterte sich weiter, und Andrej legte Abu Dun rasch beruhigend die Hand auf den Unterarm. »Bitte verzeih meinem Kameraden«, sagte er, an den langhaarigen Burschen gewandt. »Ich glaube, er ist sich des Ernstes der Lage nicht bewusst.«

»Auf einen von uns beiden trifft das sicher zu«, stellte Abu Dun fest, nun aber wieder auf Arabisch und wohlweislich so leise, dass Stanik die Worte selbst dann nicht verstanden hätte, wenn er in dessen Muttersprache gesprochen hätte.

Andrej seufzte. Er betete, dass wenigstens einer der beiden Kampfhähne vernünftig genug war, die Sache nicht auf die Spitze zu treiben. Zu seiner Überraschung war es Ulrics Sohn und nicht der Nubier, der sich schließlich mit sichtlicher Mühe zu einem Lächeln zwang und sogar ein wenig entspannte. Einen Herzschlag lang starrte er Abu Dun noch herausfordernd und unsicher zugleich an, dann drehte er sich um und sah wieder zu der Eule hin. »Unheimliches Vieh«, murmelte er. »Sie ist vom Teufel besessen, wenn Ihr mich fragt. Oder Schlimmeres.«

Auch Andrej sah noch einmal zu der weißen Rieseneule – sie hatte sich nicht gerührt und mittlerweile auch aufgehört, den Kopf zu bewegen. Jetzt hockte sie auf dem Baum wie eine kunstvolle Skulptur aus weißem Marmor. Das einzig Lebendige an ihr schienen die Augen zu sein, aus denen sie Ulrics Sohn durchdringend und ohne zu blinzeln anstarrte. Andrej konnte Staniks Reaktion durchaus verstehen. Auch er hätte sich unter dem Blick dieser unheimlichen Augen unwohl gefühlt. An diesem Tier war irgendetwas … nicht geheuer.

Ohne es zu wollen, ja fast ohne es zu merken, lauschte er auch mit den Sinnen zu der Eule hinauf, die Stanik nicht zur Verfügung standen und von deren Existenz er nichts ahnte – aber da war nichts. Dieses Tier war einfach nur ein Tier, das sich ein wenig sonderbar benahm, das war alles.

Mit großer Anstrengung riss er seinen Blick von der Eule los und sah wieder zu Ulric und den beiden anderen hin.

Sie hatten den Toten mittlerweile gänzlich herumgedreht und vom Schnee befreit. Ulric hatte sich auf ein Knie herabsinken lassen und untersuchte den kopflosen Torso. Nach einer Weile stand er auf, ging zu einem zweiten Toten und verfuhr mit ihm genauso und schließlich auch mit einem dritten. Endlich richtete er sich wieder auf, klopfte sich den Schnee von der Hose und stampfte ein Paar mal mit den Füßen auf, wobei er schmerzhaft das Gesicht verzog .

»Ihr solltet die nassen Stiefel ausziehen«, riet ihm Andrej. »Besser, Ihr geht auf nackten Füßen nach Hause als in durchnässten Stiefeln. Eure Zehen könnten erfrieren.«

»Ich weiß«, antwortete Ulric mit einem angedeuteten Lächeln. »Aber es ist nicht sehr weit.« Er wandte sich mit veränderter Stimme an seinen Sohn. »Sie sind es. Niklas und seine beiden Söhne. Und wahrscheinlich alle seine Knechte.«

Staniks Gesicht wirkte plötzlich wie versteinert. Er sagte nichts.

»Kanntet Ihr diese Männer?«, fragte Andrej.

»Ja«, antwortete Ulric. Allein die Art, wie er dieses eine Wort betonte, machte Andrej klar, dass er sie nicht einfach nur gekannt hatte. »Und wir kennen auch ihre Mörder«, fügte Ulric nach einer kurzen Weile hinzu.

Andrej verkniff sich die Frage, die Ulric mit dieser Antwort zweifellos provozieren wollte. Stattdessen stand er auf, klopfte sich in einer Nachahmung von Ulrics Bewegung den Schnee von der Hose und machte eine Kopfbewegung zu Abu Dun hin. »Wenn das so ist, dann habt Ihr doch sicher nichts dagegen, wenn wir uns verabschieden. Wir haben noch einen weiten Weg vor uns.«

»Ihr wollt noch heute nach Fahlendorf?«, fragte Ulric.

Andrej nickte. »Ja.«

»Das ist in der Tat ein weiter Weg«, sagte Ulric in nachdenklichem Ton. »Wer auch immer Euch zu dieser Abkürzung geraten hat, hat Euch einen bösen Streich gespielt. Ihr müsst den ganzen Weg zurück und dann der Straße nach Norden folgen. Das werdet Ihr vor Einbruch der Dunkelheit nicht mehr schaffen.«

»Dann wird es eine lange und kalte Nacht für uns«, erwiderte Andrej kühl. Nachdenklich blickte er auf Ulrics durchnässte Stiefel hinab. »Und ich nehme an, es gibt kein Gasthaus auf dem Weg nach Fahlendorf?«

»Keines, das Muselmanen aufnimmt«, warf Stanik feindselig ein. Andrej ignorierte ihn, und Ulric tat das, was er offenbar immer tat, wenn sein ältester Sohn ungefragt das Wort ergriff: Er verdrehte die Augen.

»Wir können Euch nicht viel bieten«, sagte er. »Gewiss nicht den Luxus, den Männer wie Ihr zweifellos gewohnt seid. Aber es ist nicht weit bis zu unserem Haus, und wir haben ein Dach und ein warmes Feuer – und wenn Ihr mit dem zufrieden seid, was einfache Bauern wie wir haben, auch etwas zu essen.«

»Und das alles gegen einen bescheidenen Obolus, nehme ich an?«

Ulric grinste. Offensichtlich war ihm die Idee bisher noch gar nicht gekommen, aber ebenso unverkennbar gefiel sie ihm. »Einen sehr bescheidenen«, sagte er.

Stanik sog hörbar die Luft ein. »Vater! Du willst doch nicht im Ernst diesen Heiden unter unserem Dach …«

»Schweig!«, unterbrach ihn Ulric. Sein Blick ließ den Andrejs keine Sekunde los. »Nun, Andrej Delāny – was sagt Ihr?«

Offenbar war er der Meinung, Andrej ein Angebot unterbreitet zu haben, das dieser nicht ausschlagen konnte.

»Warum eigentlich nicht?«, fragte er.

Abu Dun grunzte. »Aber wir …«

»… wollen gewiss diese Nacht nicht im Schnee verbringen«, fiel ihm Andrej ins Wort. Er warf Abu Dun einen fast beschwörenden Blick zu, der weder Ulric noch dessen Söhnen entgehen konnte, aber das war ihm gleichgültig. Abu Duns ohnehin nicht besonders duldsame Miene verfinsterte sich weiter, aber er hob nur die Schultern.

Andrej wandte sich wieder an den Grauhaarigen. »Wir nehmen Eure Einladung gerne an«, sagte er.

Ulric nickte, als habe er nichts anderes erwartet, und wandte sich mit einer entsprechenden Geste an seine Begleiter. »Gehen wir. Heute ist es zu spät, um die Toten zu bergen. Wir kommen morgen wieder und sorgen dafür, dass sie ein … christliches Begräbnis bekommen.«

Täuschte sich Andrej, oder hatte er ganz kurz gezögert und Abu Dun mit einem raschen, verächtlichen Blick gestreift, bevor er das Wort *christlich* ausgesprochen hatte?

Andrej beschloss, den Gedanken vorerst nicht weiter zu verfolgen und nickte Abu Dun nur kurz auffordernd zu. Als er sich umdrehte, streifte sein Blick noch einmal die Bäume auf der anderen Seite des Baches.

Die Eule saß noch immer vollkommen reglos in den verschneiten Ästen, aber nun starrte sie eindeutig ihn an.

Wie sich zeigte, hatte Ulric die Wahrheit gesagt, sowohl was die Entfernung zu seinem Haus als auch dessen Einfachheit anging. Sie mussten einen längeren Fußmarsch zurücklegen, bevor sie Ulrics Heim erreichten. Das Haus war zwar unerwartet groß, aber sehr schlicht. Es lag auf einer großen Lichtung am Ufer desselben Baches, an dem sie die Toten gefunden hatten. An dieser Stelle war er breiter und nicht so reißend, sodass er fast zur Gänze zugefroren war. Ohne den Schnee, der in der vergangenen Nacht fast kniehoch gefallen war, hätte Andrej einen kleinen Gemüsegarten sehen können. Der windschiefe Zaun, der knapp ein Drittel der Lichtung zwischen dem Wald und dem zugefrorenen Bach abteilte, hätte den zertrampelten Morast eines Schweinegeheges markiert. Vielleicht hätte das Gebäude sogar recht ansehnlich gewirkt oder zumindest halbwegs einladend. So aber hatte Andrej im ersten Moment Mühe, es überhaupt zu sehen. Unter dem frisch gefallenen Schnee, der die Luft nicht nur mit einer unwirklichen Ruhe erfüllte, sondern auch die Konturen der Dinge verwischte und alle Linien sonderbar weich erscheinen ließ, hätten die niedrigen Gebäude auch eine Reihe flacher Erdhügel oder eine Ansammlung großer Zelte sein können. Es waren drei Kamine zu erkennen, aber nur aus einem kräuselte sich dünner hellgrauer Rauch in den nahezu wolkenlosen Himmel, dessen Farbe den Schnee ringsum noch heller erstrahlen ließ.

»Hier also lebt Ihr?«, fragte Andrej. Er hatte das Gefühl, etwas sagen zu müssen, nachdem sie eine gute halbe Stunde in nahezu vollkommenem Schweigen durch den Wald gewandert waren.

Dennoch blieb Ulric stehen und sah ihn fast bestürzt an. »Es ist sicher nicht die Art von Unterkunft, die Männer wie Ihr gewohnt seid«, sagte er. Er machte eine Geste zu dem rauchenden Kamin hinauf. »Aber wir haben einen warmen Platz am Feuer für Euch, und meine Frau ist eine gute Köchin.«

Andrej antwortete nicht, sondern bedeutete Ulric nur mit einem knappen Nicken weiterzugehen. Sie legten die restliche Wegstrecke in schärferem Tempo zurück. Es bereitete Ulric jetzt sichtlich Mühe, sich überhaupt noch fortzubewegen. Er hatte während des gesamten Weges keinen Laut der Klage hören lassen, aber seine

Füße mussten mittlerweile zu Eisklumpen gefroren sein. Andrej hätte es nicht überrascht, wenn der alte Mann wirklich ein paar Zehen einbüßen müsste.

So ungastlich Ulrics Zuhause auch von außen wirken mochte, innen war es warm, trocken und überraschend hell. Sie gelangten in einen großen Raum, der gleichzeitig als Wohn- und Schlafraum und als Küche zu dienen schien, wie es bei einfachen Gebäuden und Bauernhöfen in diesem Teil des Landes üblich war. Der Geruch nach Vieh und nassem Holz, das viel zu früh zum Feuern verwendet worden war, lag in der Luft, und von irgendwo her glaubte er auch, das unwillige Muhen einer einzelnen Kuh zu vernehmen. Er hörte weder das Grunzen von Schweinen noch das Gackern von Federvieh, auch roch er keine Pferde oder Ziegen. Abu Dun und er tauschten einen raschen Blick der Verständigung, während sie hintereinander durch die niedrige Tür traten. Was auch immer dieses Gebäude darstellte – ein Bauernhof war es jedenfalls nicht.

»Sucht Euch einen warmen Platz am Feuer«, forderte Ulric sie auf, während er atemlos vorauseilte und eine schmale Treppe im hinteren Teil des Raumes ansteuerte, die so steil in die Höhe führte, dass Andrej nicht sicher war, ob es sich nicht eher um eine breite Leiter handelte. Schon auf halbem Wege versuchte er, sich den linken Stiefel auszuziehen, wodurch sein Gang zu einem grotesk anmutenden Hüpfen wurde. So etwas machte er nicht zum ersten Mal, dachte Andrej. Auch der Rest seiner Söhne, Knechte, oder was auch immer sie waren, durchschritt erstaunlich schnell den großen Raum und verschwand hinter einer Tür. Schon nach wenigen Augenblicken waren Abu Dun und er allein – abgesehen von Stanik, der sich mit finsterem Gesicht und vor der Brust verschränkten Armen an die Wand neben dem Eingang lehnte und sie wütend musterte.

Andrej bedauerte es mittlerweile, Ulrics Einladung gefolgt zu sein, aber nun war es zu spät, um einen Rückzieher zu machen. In spätestens einer Stunde würde die Sonne untergehen, und er verspürte wenig Lust, die halbe Nacht im Sattel bei Temperaturen zu verbringen, die schon das Luftholen zur Qual machten.

Darüber hinaus lag neben all dem Qualm und Tiergestank noch ein anderer Geruch in der Luft, der Andrej schier das Wasser im Munde zusammenlaufen ließ – der Geruch von gebratenem Fleisch und frisch gedünstetem Gemüse, ganz schwach nur, aber doch intensiv genug, dass es Andrej einige Mühe kostete, seinen Magen nicht hörbar knurren zu lassen.

Abu Dun hatte weitaus weniger Hemmungen. Schnaubend platzierte er seine gewaltige Körpermasse vor dem großen Ziegelofen in der Mitte des Raumes, streckte die Hände in Richtung der trockenen Wärme aus und wandte sich zugleich mit einem übertriebenen Stirnrunzeln an Stanik. »Irre ich mich, oder hat dein Vater etwas von Essen gesagt?«, fragte er.

Staniks Blick wurde noch finsterer. Er faltete die Arme halb auseinander, als ob er sich jeden Moment wütend auf den Nubier stürzen wolle, ließ sich aber dann wieder mit Kopf und Schultern gegen die Wand sinken und begnügte sich damit, Abu Dun trotzig anzufunkeln. »Könnt Ihr denn dafür bezahlen?«, fragte er herausfordernd.

»Wenn du das Geld eines Mohren nimmst …« Abu Dun hob mit einem breiten Grinsen die Schultern, während Stanik aussah, als treffe ihn jeden Moment der Schlag.

Andrej seufzte lautlos. Er sparte es sich, irgendetwas zu Abu Dun zu sagen – das hätte die Lage nur weiter verschlimmert. Dabei hatte Stanik großes Glück, dem ehemaligen Sklavenhändler und Piraten nicht einige Jahrzehnte früher begegnet zu sein. Damals hätte Abu Dun ihm allein für die Blicke, die er ihnen zuwarf, das Genick gebrochen.

»Wir können bezahlen«, sagte Andrej in einem Ton, von dem er zumindest hoffte, dass Stanik ihn als versöhnlich empfand. »Und wir sind deinem Vater auch äußerst dankbar, dass er so freundlich war, uns einen Platz unter eurem Dach anzubieten. Der Winter kommt früh in diesem Jahr. Und ich glaube, er wird sehr hart.«

Stanik presste die Lippen zu einem dünnen, blutleeren Strich zusammen, aber er schwieg. Er hatte den Wink verstanden, und wenn schon nicht die Furcht vor Abu Duns gewaltigen Muskeln und Andrejs Schwert, so hielt ihn doch zumindest der Respekt vor seinem Vater davon ab, die beiden unwillkommenen Gäste weiter zu provozieren. Er beließ es dabei, Abu Dun noch einen Moment lang anzufunkeln, dann senkte er mit einem Ruck die Arme und stapfte wütend davon. Die lieblos gezimmerte Brettertür, durch die er verschwand, war zu leicht, um sie hinter sich zuzuwerfen, aber es gelang ihm immerhin, den Eindruck zu erwecken, er habe es getan.

Abu Dun blickte ihm kopfschüttelnd nach. »Was für ein Idiot«, sagte er.

»Das ist er«, stimmte ihm Andrej zu. »Aber er ist vor allem ein junger Idiot.«

»Und ich ein alter?«, fragte Abu Dun argwöhnisch.

»Du benimmst dich auf jeden Fall nicht wie ein weiser alter Mann«, antwortete Andrej zurückhaltend.

»Warum reizt du diesen Dummkopf?«

»Weil es mir Spaß macht?«, schlug Abu Dun vor.

»Hast du das nötig?«

»Nein«, gab Abu Dun zurück. »So wenig wie dieses …« Er sah sich um. »… *Loch* hier.«

Andrej hätte ihm gerne widersprochen, aber er konnte es nicht. Sie hatten sicherlich schon in schlimmeren *Löchern* übernachtet, aber er konnte sich nicht mehr erinnern, wann und wo das gewesen war. »Warst du versessen darauf, die Nacht im Sattel zu verbringen?«, fragte er.

»Nein«, erwiderte Abu Dun. »Genauso wenig wie du. Aber darum geht es nicht. Was tun wir eigentlich hier?«

»Vielleicht will ich herausfinden, wer diese Leute umgebracht hat«, sagte Andrej.

»Warum?«

»Weil es nicht das erste Mal wäre, dass man einen heimatlosen Söldner und einen friedlichen Pilger aus dem Morgenland für etwas verantwortlich macht, mit dem sie rein gar nichts zu tun haben.«

Abu Dun blieb ernst. »Ich will nicht in etwas hineingezogen werden«, sagte er.

»Ich auch nicht«, antwortete Andrej.

Abu Dun setzte zu einem Widerspruch an, aber Andrej fuhr mit einem Kopfschütteln und leicht erhobener Stimme fort: »Wir sind weit weg vom Krieg, Abu Dun. Zu weit, als dass ein halbes Dutzend erschlagener Männer im Schnee niemandem auffallen würden, aber nicht weit genug, als dass man uns nicht nur allzu gern die Schuld daran geben würde.«

»So weit können wir gar nicht reiten«, sagte Abu Dun. »Was ist los mit dir, Hexenmeister? Wirst du auf deine alten Tage vorsichtig?«

»Vielleicht ist mir nur daran gelegen, meine alten Tage auch noch zu erleben«, entgegnete Andrej mit schneidender Stimme.

Abu Dun blinzelte, und auch Andrej staunte für einen Moment über die Schärfe seiner eigenen Stimme.

Abu Dun war klug genug, nichts mehr zu sagen, aber sein Blick sprach Bände. Andrej hielt ihm noch einen Moment lang trotzig Stand, ehe er sich mit einem Ruck wegdrehte und ebenso wie sein Gefährte die Hände in Richtung des Ofens ausstreckte, um die Wärme aufzusaugen.

Eine ungute Stille breitete sich zwischen ihnen aus. Andrej fragte sich, was mit ihm los war. Etwas war mit ihm geschehen, als er in den Katakomben Wiens auf Frederic getroffen war. Was immer es war – es war noch lange nicht zu Ende.

Ulrics Frau, die jung genug wirkte, um seine Tochter sein zu können – und unter all dem Schmutz und Grind auf ihrem Gesicht vermutlich sogar ganz hübsch war, servierte ihnen etwas zu essen. Andrejs Nase hatte ihn nicht getäuscht: Die Mahlzeit war einfach, aber köstlich, und es reichte, um selbst Abu Duns gewaltigen Appetit zu stillen. Ulric und seine fünf Söhne – bei den drei anderen Männern, die mit ihnen draußen auf der Lichtung gewesen waren, handelte es sich um Knechte, wie Andrej im Laufe des Gesprächs erfuhr – gesellten sich nach und nach zu ihnen, und sie redeten über dies und das, ohne dass Andrej viel mehr als die Vornamen besagter Söhne erfuhr, die zu merken er sich nicht die Mühe machte.

Ulric klagte, dass der frühe und ungewöhnlich harte Wintereinbruch nicht nur ihn und seine Familie, sondern alle Bauern in diesem Teil des Landes in den Ruin zu treiben drohte.

Es wäre ein völlig harmloses Gespräch unter Fremden gewesen, die einander nicht viel zu sagen hatten und nicht genau wussten, ob sie dem anderen mit Respekt oder Misstrauen begegnen sollten, hätte nicht die ganze Zeit über eine fast greifbare Spannung in der Luft gelegen.

Als sie fertig gegessen hatten, erhob sich Abu Dun und ging nach draußen, um einem menschlichen Bedürfnis nachzukommen, wie er es ausdrückte. Andrej nickte nur, aber Ulric erweckte für einen Moment den Eindruck, als wolle er ihn zurückhalten. Er tat es nicht, blickte dem Nubier aber mit unverkennbarer Besorgnis hinterher und wandte sich dann mit einem missbilligenden Stirnrunzeln an Andrej.

»Euer Freund ist ein mutiger Mann«, sagte er, »aber er sollte dennoch nicht allein nach draußen gehen.«

»Ich denke, Abu Dun ist bei dem, was er da draußen zu erledigen hat, lieber allein«, antwortete Andrej mit einem flüchtigen Lächeln. »Ich würde es jedenfalls nicht wagen, ihn dabei zu stören.«

Ulric blinzelte überrascht.

»Abu Dun wirkt manchmal ein bisschen schroff, aber es gibt keinen Grund, ihn mehr zu fürchten als mich«, fuhr Andrej fort. Er lächelte, behielt aber Ulric bei diesen Worten scharf im Auge, und auch die Reaktion seiner Söhne entging ihm keineswegs. Nicht eine Silbe, die er geäußert hatte, war zufällig oder ohne Bedacht dahingesagt, und zumindest Ulric und sein ältester Sohn hatten ihn sehr wohl verstanden.

»Ich weiß«, sagte Ulric, nachdem er ihn einige Augenblicke lang durchdringend, aber vollkommen ausdruckslos angestarrt hatte. »Dennoch wäre es mir lieber, zuerst mit Euch zu reden.«

»Warum nicht?«, antwortete Andrej achselzuckend. Wenn sich Abu Dun nicht allzu weit vom Haus entfernt hatte, würde er sowieso jedes Wort verstehen, das gesprochen wurde.

Ulric druckste noch einen Moment lang herum und deutete dann mit einer Kopfbewegung auf das Damaszenerschwert an Andrejs Seite. »Ihr tragt Schwerter«, sagte er.

»Tut das nicht jedermann?«, fragte Andrej.

»Nicht hier«, gab Ulric zurück. »Ihr wart im Krieg?«

»In dem einen oder anderen«, antwortete Andrej. Den letzten haben wir beendet, fügte er in Gedanken hinzu.

Ulric blickte weiter konzentriert auf den kunstvoll verzierten Schwertgriff, und Andrej konnte ihm regelrecht ansehen, wie sorgsam er sich seine nächsten Worte zurechtlegte. »Seid Ihr … Söldner?«, fragte er schließlich.

»Ja«, antwortete Andrej geradeheraus. Er hatte diese Frage erwartet. Mit leicht erhobener Stimme und bevor Ulric weitersprechen konnte, fuhr er fort: »Aber wir sind nicht auf der Suche danach, unsere Dienste einem neuen Herrn zur Verfügung zu stellen.«

»Die wir uns vermutlich auch gar nicht leisten könnten«, fügte Ulric betrübt hinzu. »Wollt Ihr vielleicht trotzdem hören, wer die Männer waren, deren ... Leichen Ihr heute im Wald gefunden habt?«

Das unmerkliche Zögern in seiner Stimme entging Andrej nicht, und er beantwortete die Frage auch nicht direkt. »Ihr habt diese Männer gekannt?«

»Sie waren ...« Wieder zögerte er fast unmerklich. »... gute Nachbarn von uns. Und wir wissen auch, wer sie getötet hat. Und warum.«

»Und jetzt wollt Ihr Rache«, vermutete Andrej.

»Ich habe Euch gefragt, ob Ihr Söldner seid, nicht käufliche Mörder«, antwortete Ulric scharf. »Ihr habt Recht: Ich kannte diese Männer, und sie waren mehr als nur Nachbarn, sie waren auch unsere Freunde. Aber es geht nicht um Rache. Ich fürchte um die Sicherheit meiner Familie. Ich will nicht, dass meinen Söhnen und meiner Frau dasselbe Schicksal widerfährt.«

»Und Euch?«

Ulric machte eine wegwerfende Handbewegung. »Ich habe so oder so nicht mehr allzu lange zu leben. Das Leben meiner Söhne hingegen beginnt erst.«

Andrej fragte sich, wie lange Ulric wohl gebraucht hatte, um sich diese Worte zu überlegen, und ob er wohl wusste, wie unsinnig sie in seinen Ohren klangen. Er schwieg.

Nachdem Ulric eine Weile vergeblich auf eine Antwort gewartet hatte, hob er die Schultern und fuhr mit einem raschen Seitenblick auf Stanik fort: »Wir sind einfache Menschen, Andrej. Wir tun unsere Arbeit und huldigen Gott. Wir gehorchen unseren Fürsten und versuchen, in Frieden mit unseren Nachbarn zu leben.«

»Das sah mir vorhin aber nicht so aus«, sagte Andrej vorsichtig. »Ihr wart bewaffnet. Und Ihr …«

»Woher sollen wir wissen, dass Ihr und Euer Heidenfreund nicht zu der Hexe gehört?«, fiel ihm Stanik ins Wort. Seine Augen blitzten kampflustig; sogar noch mehr, nachdem Ulric ihm einen ebenso warnenden wie erschrockenen Blick zugeworfen hatte. »Genau genommen wissen wir es ja immer noch nicht.«

»Stanik!« mahnte Ulric streng.

»Was?«, fauchte Stanik. »Wir haben nur sein Wort. Das Wort eines Mannes, den wir nicht kennen, und eines Türken, den wir noch viel weniger kennen.«

»Nubier«, dröhnte eine Stimme von der Tür her, »ich bin Nubier, kein Türke.« Abu Dun schob die Tür, die er völlig unbemerkt geöffnet hatte, hinter sich zu und trat gebückt noch zwei Schritte näher, bevor er wieder stehen blieb und mit einem Lächeln, aber in eisigem Ton, fortfuhr: »Da, wo ich herkomme, könntest du allein für diesen Irrtum den Kopf verlieren, mein Junge.« Er wandte sich um, wobei sein Blick flüchtig den Andrejs streifte. *Draußen ist alles in Ordnung.*

Stanik fuhr auf, aber Andrej hob rasch die Hand und wandte sich in besänftigendem Ton an Ulric. »Euer Sohn hat vollkommen Recht«, sagte er mit leicht erhobener Stimme. »Ihr wisst nichts von uns. Ihr kennt nur unsere Namen, und nicht einmal da könnt Ihr sicher sein, dass es die richtigen sind. Warum solltet Ihr uns trauen?« *Oder wir Euch?*

»Wir wissen, wer den alten Niklas und seine Söhne umgebracht hat«, ergriff Ulric wieder das Wort. Er hob die Schultern. »Und wir wissen auch, dass Ihr nicht aus dieser Gegend seid.«

»Das ist noch kein Grund, uns zu trauen«, widersprach Andrej.

»Von welcher Hexe hast du gesprochen?«, mischte sich Abu Dun ein.

Stanik starrte ihn auf eine Weise an, die zu verstehen gab, dass es unter seiner Würde war, mit einem Heiden zu reden. Dann aber hob er die Schultern und knurrte: »Von der verdammten Blutgräfin.«

Abu Dun tauschte einen überraschten Blick mit Andrej. »Blutgräfin?«

»Die Leute nennen sie halt so«, sagte Ulric rasch, in fast erschrockenem Ton und mit einem mahnenden Blick in Richtung seines Sohnes, den dieser allerdings nur mit einem trotzigen Blick erwiderte. Er schüttelte müde den Kopf. »Ich halte nichts davon. So etwas ist abergläubisches Geschwätz, das ihr mehr Macht verleiht, als ihr zusteht.«

Andrej war verblüfft. Eine so scharfsinnige Bemerkung hätte er von einem Mann wie ihm nicht erwartet. Auf der anderen Seite war ihm schon längst klar geworden, dass Ulric nicht der ungebildete einfache Bauer war, der zu sein er vorgab. Er schwieg und wartete darauf, dass Ulric von sich aus weitersprach.

»Wir hatten ein gutes Leben, bevor sie gekommen ist«, fuhr Ulric nach einer Weile unbehaglichen Schweigens fort. »Wir sind einfache Menschen, Andrej, aber ehrlich und fleißig. Gott meinte es gut mit uns. Unsere Kinder sind gesund, wir mussten nur selten hungern, und selbst der Krieg, der das Land verwüstet, hat uns all die Jahre über verschont.«

»Und nun hat Gott euch verlassen?«, vermutete Abu Dun. In Ulrics Augen blitzte kurz unverhohlener Hass

36

auf, als er des leicht spöttischen Tons in der Stimme des Nubiers gewahr wurde. Noch bemerkenswerter war Staniks Reaktion: Er hatte seine Züge unter Kontrolle, aber seine Hand zuckte in seiner Wut mit einer unbewussten Bewegung zum Gürtel, was Andrejs Erfahrung nach nur einen einzigen Schluss zuließ: Er trug dort normalerweise eine Waffe. *Einfache Bauern?*

»Nein«, sagte Ulric gepresst. »Aber der Teufel hat seine Botschafterin zu uns geschickt, um uns auf die Probe zu stellen.«

Abu Dun setzte zu einer weiteren spöttischen Bemerkung an, doch Andrej brachte ihn mit einer raschen Geste zum Verstummen. »Ulric«, sagte er sanft. »Ich halte Euch für einen klugen Mann. Klüger jedenfalls, als Ihr uns vormacht. Also hört auf, den Dummkopf zu spielen. Ihr wisst so gut wie ich, dass es keinen Teufel mit Hörnern und Pferdefuß gibt, der nachts durch die Schatten schleicht, um die Seelen der Menschen zu fressen.«

»Und gäbe es ihn, dann wären wir wohl die Falschen, um ihn zu bekämpfen«, fügte Abu Dun mit einem Grinsen hinzu, das seine weißen Zähne wie ein Raubtiergebiss in seinem ebenholzfarbenen Gesicht aufblitzen ließ. Ulric wollte auffahren, aber Andrej wiederholte seine besänftigende Geste und forderte ihn mit schärferer Stimme auf: »Warum erzählt Ihr uns nicht einfach, was geschehen ist?«

»Alles war so, wie ich es gesagt habe«, beharrte Ulric. Er warf einen wütenden Blick in Abu Duns Richtung, der dessen Grinsen aber nur noch breiter werden ließ. »Bis zum letzten Frühjahr. Bis *sie* kam.«

»Die Hexe«, vermutete Abu Dun.

Ulric nickte. »Ja«, sagte er. Wieder irrte sein Blick beinahe ohne sein Zutun zu Stanik hin und kehrte dann fast schuldbewusst zu Andrejs Gesicht zurück. Widerwillig hob er die Schultern.

Abu Dun tauschte einen raschen, verschwörerischen Blick mit Andrej, den dieser jedoch mit einem angedeuteten Kopfschütteln beantwortete, was den Nubier jedoch nicht davon zurückhielt, sich erneut an Ulric zu wenden und ihn mit einer herrischen Handbewegung aufzufordern, mit seiner Geschichte fortzufahren: »Erzähl mir von dieser *Hexe.* Wer ist sie? Wo kommt sie her, und warum nennt ihr sie so?«

»Niemand weiß, wer sie ist oder wo sie herkommt«, antwortete Stanik anstelle seines Vaters. Seine Stimme war nahezu ausdruckslos, doch weder Andrej noch Abu Dun entging die unbewusste Bewegung, mit der sich seine Finger um den Griff eines imaginären Schwerts an seiner Seite schlossen. »Aber sie ist eine Hexe! Sie tötet Menschen.«

»Hast du das gesehen?«, fragte Andrej.

»Ich muss nichts sehen, um zu wissen, was ich weiß«, antwortete Stanik. Abu Dun setzte zu einer scharfen Entgegnung an, aber Ulric kam ihm zuvor. Er wandte sich in gleichermaßen befehlendem wie herrischem Ton an seinen Sohn: »Warum gehst du nicht zusammen mit deinen Brüdern nach draußen und siehst nach dem Rechten?«, fragte er.

Stanik starrte ihn eine Sekunde lang voll unverhohlener Wut an, doch dann sprang er zu Andrejs Überraschung mit einem Ruck auf und stapfte aus dem Haus. Nur einen Augenblick später folgten ihm seine Brüder, doch Ulric ließ noch einmal etliche Sekunden verstrei-

38

chen, bevor er sich mit einer um Vergebung bittenden Geste wieder an sie wandte.

»Ihr müsst meinen Sohn verstehen«, sagte er.

»So?«, fragte Andrej spröde. »Müssen wir das?«

Ulric biss sich auf die Unterlippe. Andrej konnte sehen, wie schwer es ihm fiel, weiterhin die Fassung zu bewahren. Doch er beließ es auch jetzt bei einem angedeuteten Schulterzucken. »Er ist jung«, sagte er, als sei das Erklärung und Entschuldigung zugleich für alles, was bisher geschehen war. »Und er ist verliebt«, fügte er noch hinzu.

»Waren wir das nicht alle einmal?«, fragte Abu Dun.

»Was?«, fragte Ulric. »Jung – oder verliebt?«

»Beides.«

»Vermutlich«, antwortete Ulric. »Nur wurde den meisten von uns nicht die Frau genommen, die uns versprochen war.« Er wies auf die Tür, durch die Stanik verschwunden war. »Der alte Niklas hatte nicht nur drei Söhne, sondern auch zwei Töchter.«

»Niklas? Der Tote im Wald?«

Ulric nickte. »Ja. Seine älteste Tochter war Stanik versprochen, schon als sie beide noch Kinder waren. Sie ging vor zwei Wochen auf das Schloss der Hexe, und seither hat sie niemand mehr gesehen.«

»Und nun glaubt Ihr, diese … *Hexe* hat etwas mit ihrem Verschwinden zu tun?«, fragte Andrej.

»Elenja ist nicht die Erste«, erwiderte Ulric. »Die Hexe ist vor acht Monaten hier aufgetaucht. Seither sind mehrere junge Frauen verschwunden. Immer bei Neumond, und immer standen sie in den Diensten der Hexe oder wurden zuletzt in der Nähe ihres Hauses gesehen.«

Abu Dun wollte etwas sagen, doch Andrej kam ihm zuvor. »Wenn das wirklich so ist, warum wendet Ihr Euch dann nicht an die Obrigkeit?«, fragte er. »Gibt es in Fahlendorf keinen Grafen oder Baron oder sonst etwas in der Art?«

Ulric lachte. Es klang nicht sehr heiter. »Die Obrigkeit?« Er machte ein abfälliges Geräusch. »Ihr müsst wirklich von sehr weit her kommen, wenn Ihr glaubt, dass sich die Mächtigen für die Geschicke von einfachen Leuten wie uns interessieren. Wir *waren* in der Stadt. Sie haben uns davongejagt und gedroht, den Nächsten zu hängen, der es wagt, ohne Beweise eine solch ungeheuerliche Anschuldigung gegen die Gräfin vorzubringen.«

»Aber wenn Ihr beweisen könnt, dass all diese jungen Frauen verschwunden sind, nachdem sie in den Dienst dieser Frau getreten sind …«, begann Andrej, wurde aber sofort wieder von Ulric unterbrochen.

»Nicht alle von ihnen standen in ihren Diensten«, sagte er. »Elenja war eine davon. Sonja – Niklas' jüngere Tochter – eine andere. Sie verschwand vor vier Monaten.«

»Trotzdem hat Niklas auch noch seine zweite Tochter zu ihr geschickt?«, fragte Andrej zweifelnd. »Das kommt mir nicht sehr glaubhaft vor.«

»Genau das hat der Kommandant der Miliz von Fahlendorf auch gesagt«, antwortete Ulric bitter. »Er hat Niklas fünf Stockschläge gegeben und ihn davonjagen lassen. Daraufhin ist Niklas mit seinen Söhnen und Knechten zum Schloss der Blutgräfin gegangen, um nach seinen Töchtern zu suchen. Den Rest kennt Ihr.«

»Ihr glaubt, sie hätte all diese Männer getötet?«

»Nicht sie«, sagte Ulric. »Dieser Dämon, der in ihren Diensten steht.«

Andrej hob nur die linke Augenbraue, aber Abu Dun sagte spöttisch: »Vorhin war es noch der Teufel. Jetzt ist es ein Dämon. Vielleicht solltest du dich allmählich entscheiden.«

»Wahrscheinlich ist es ein ganz normaler Mensch, wie ich und Ihr«, antwortete Ulric. »Trotzdem ist er Dämon und Teufel in einem. Niemand kann ihn besiegen. Keiner von uns jedenfalls. Ich habe gesehen, wie er ganz allein drei Männer erschlagen hat, mit seinen bloßen Händen. Und Ihr habt gesehen, was er Niklas und seinen Söhnen angetan hat.«

»Und jetzt erwartet Ihr, dass wir hingehen und diesen Mann töten – der doch angeblich unbesiegbar ist?«

»Nur für uns«, entgegnete Ulric. Er klang jetzt eine Spur nervöser als noch vor einem Augenblick, und er wich Andrejs Blick aus. »Wir sind keine Krieger. Ihr schon.«

»Ihr erwartet also, dass wir unser Leben für Euch aufs Spiel setzen«, stellte Andrej ruhig fest. Abu Dun sah ihn verwirrt an, doch Andrej fuhr unbeirrt fort: »Selbst wenn Abu Dun und ich bereit wären, das zu tun – und das, was Ihr uns bisher erzählt habt, reicht dazu noch lange nicht aus – wie wollt Ihr uns bezahlen? Wie viel, glaubt Ihr, ist uns unser Leben wert?«

»Wir sind keine reichen Leute«, antwortete Ulric zögernd. »Aber viele von uns haben ihre Töchter an die Hexe verloren, und alle haben Angst, dass es sie als Nächste treffen könnte. Nennt uns Euren Preis, und wir werden die Summe zusammenbekommen.«

»Und wenn nicht?«, fragte Andrej kühl. Abu Duns

41

Stirnrunzeln wurde noch tiefer, aber Andrej missachtete es und bemühte sich, sein Gegenüber so verächtlich und gefühllos zu mustern, wie er nur konnte. »Was, wenn wir wirklich zu teuer für Euch sind?«

»Vielleicht nehmt Ihr ja mein Leben als Pfand«, erwiderte Ulric mit einem hilflosen Achselzucken. »Darüber hinaus gibt es im Schloss der Hexe mehr als genug Dinge von Wert, an denen Ihr Euch schadlos halten könnt.«

»Wir sind keine Diebe«, sagte Andrej kalt.

»Werdet Ihr über mein Angebot nachdenken?«, fragte Ulric ungerührt.

»Vielleicht« antwortete Andrej. Er machte eine entsprechende Handbewegung. »Aber nicht heute. Es war ein anstrengender Tag.«

»Ich verstehe.« Ulric wirkte nicht enttäuscht, sondern eher so, als habe er mit genau dieser Reaktion gerechnet und nur insgeheim gehofft, dass es vielleicht doch anders käme, als er aufstand und sich mit einer müden Geste zur nach oben führenden Treppe umwandte. »Euer Freund und Ihr, Ihr könnt für diese Nacht unsere Bettstatt haben. Meine Frau und ich schlafen im Stall, bei den Tieren«

Andrej nickte nur. Auch wenn er ihn nicht ansah, konnte er spüren, dass es Abu Dun mit jedem Augenblick schwerer fiel zu schweigen, doch der Nubier beherrschte sich, bis Ulric durch eine der Türen verschwunden war. Dann jedoch wirbelte er auf dem Absatz herum und fuhr Andrej an: »Was ist in dich gefahren, Hexenmeister? Warum bist du so …«

»Vorsichtig?«, unterbrach ihn Andrej.

Abu Dun presste die Kiefer so fest aufeinander, dass

Andrej seine Knochen knacken hören konnte. »Ich hätte ein anderes Wort benutzt«, gab er zurück.

»Ja«, knurrte Andrej. »Das denke ich mir.« Er maß Abu Dun mit einem fast abschätzigen Blick, wandte sich ebenso ruckartig wie zuvor sein Gefährte um und ging mit so schnellen Schritten auf die Treppe zu, dass Abu Dun fast Mühe hatte mitzuhalten.

Ulrics Schlafgemach nahm zwar das gesamte obere Geschoss des Hauses ein, doch nachdem Andrej sich im Schein der einzelnen, flackernden Kerze umgesehen hatte, war er nicht mehr sicher, einen wirklich guten Tausch gemacht zu haben, als er Ulric und seiner Frau den Schlafplatz im Stall überlassen hatte. Der Raum war nahezu unmöbliert – was nicht hieß, dass er leer gewesen wäre. Vielmehr war er mit Gerümpel, zerbrochenen Möbeln, großen Kisten und Säcken und Körben voller Krempel dermaßen vollgestopft, dass der Weg zu dem modrigen Strohsack, der Ulric allem Anschein nach als Bett diente, sich mehr als schwierig gestaltete. Andrej sparte sich jeden Kommentar, aber er mied den übel riechenden Strohsack und sah sich missmutig nach einem halbwegs sauberen Fleckchen um, auf dem er sich zum Schlafen ausstrecken konnte.

»Was zum Teufel ist in dich gefahren, Andrej?«, fragte Abu Dun hinter ihm. Er sprach nicht besonders laut, aber Andrej hörte das nahezu unmerkliche Zittern in seiner Stimme, das jedem anderen vermutlich entgangen wäre, ihm aber deutlich verriet, unter welcher Anspannung der nubische Riese stand.

Betont langsam drehte er sich zu ihm um. »Was meinst du damit?«

»Du weißt verdammt genau, was ich meine«, antwor-

tete Abu Dun, jetzt nur noch mühsam beherrscht.
»Wieso bist du so feindselig zu diesen Leuten?«

»Bin ich das?«, fragte Andrej. Natürlich war er es.
Seine Frage diente lediglich dem Zweck, Zeit zu schin-
den. Er konnte Abu Duns Frage nur allzu gut verstehen,
denn er selbst fragte sich dasselbe. Dennoch schüttelte
er nach einem weiteren Moment den Kopf, entfernte
sich ein paar Schritte und wandte Abu Dun demonstrativ den Rücken zu, während er sich mit untergeschlagenen Beinen zu Boden sinken ließ und Kopf und Schultern gegen eine wurmstichige Kiste lehnte. »Wir wissen
nichts über diese Leute, Abu Dun. Und sag mir nicht,
dass du ihnen traust. Davon abgesehen können sie uns
nicht bezahlen.«

»Woher willst du das wissen?«

»Ich weiß es eben«, schnappte Andrej. »Weil ich es
für gewöhnlich spüre, wenn ich belogen werde – genauso wie du!«

Einen Moment lang sah es so aus, als würde Abu Dun
nun endgültig die Beherrschung verlieren. Ein Schatten
huschte über sein ebenholzschwarzes Gesicht, das nahezu mit der Dunkelheit auf dem Dachboden zu verschmelzen schien. Andrej spürte, wie schwer es ihm
fiel, nicht in einem ähnlichen Ton auf seine Worte zu
reagieren. Schließlich hob er nur die Schultern und
zwang ein dünnes Lächeln auf seine Lippen. »Ja, da hast
du wohl Recht. Aber das ist keine Antwort auf meine
Frage.«

»Wir haben keine Zeit für solch einen Unsinn«, antwortete Andrej.

»Unsinn?«, wiederholte Abu Dun. »Ist das wirklich
noch der Andrej Delãny, den ich kennen gelernt habe?«

Er schüttelte den Kopf in Beantwortung seiner eigenen Frage und fuhr in verändertem Tonfall und mit grimmigem Gesichtsausdruck fort: »Nein. Es ist noch nicht lange her, da hättest du dich um diese Leute gekümmert!«

»Um *diese* Leute gewiss nicht«, erwiderte Andrej abfällig. Aber der überhebliche Ton in seiner Stimme war nicht annähernd so überzeugend, wie er es sich gewünscht hätte.

Abu Dun machte sich nicht einmal die Mühe, darauf zu antworten. Er schüttelte wieder den Kopf, nahm die Arme herunter und faltete sie fast mit derselben Bewegung erneut vor der Brust zusammen, um dann in ruhigerem Tonfall fortzufahren: »Sieh es endlich ein, Andrej. Er hat uns belogen.«

Andrej starrte ihn nur stumm an.

»Maria ist nicht hier. So wenig wie in irgendeiner der anderen zehn Städte, in denen wir bisher vergeblich nach ihr gesucht haben. Oder sind es schon zwanzig?«

Andrej schwieg beharrlich weiter.

»Davon abgesehen könnten wir das Geld gut gebrauchen«, fügte Abu Dun hinzu, als ihm klar wurde, dass Andrej nicht antworten wollte.

»Sie haben kein Geld«, sagte Andrej unwirsch. »Und selbst wenn sie welches hätten, würden sie es uns nicht geben. Ulric hatte keinen Augenblick lang vor, uns zu bezahlen.«

Abu Dun seufzte tief. »Wie lange ist es jetzt her, dass wir Wien verlassen haben? Drei Wochen? Vier?« Er runzelte die Stirn und tat so, als müsse er tatsächlich über diese Frage nachdenken. Dann nickte er. »Ja. Vier Wochen. Und es ist keine Stunde in diesen vier Wochen vergangen, in denen ich mich nicht selbst dafür verflucht habe, nicht einfach den Mund gehalten zu haben.«

»Weil du glaubst, dass wir sie nicht finden?«

Abu Dun schüttelte heftig den Kopf. »Weil wir sie nicht finden *können*. Sieh es endlich ein! Maria lebt nicht mehr!«

Andrej funkelte ihn wutentbrannt an. Er brachte keinen Ton heraus, doch es fiel Abu Dun nicht schwer, in seinem Gesicht zu lesen. Es war nicht das erste Mal, dass sie dieses Gespräch führten. »Maria ist tot! Sie ist wahrscheinlich schon seit fünfzig Jahren tot, und das weißt du ebenso gut wie ich!«

»Nein!«, stieß Andrej hervor. Seine Stimme war wenig mehr als ein Flüstern, klang aber nicht nur in seinen Ohren wie ein Aufschrei.

Abu Dun blieb einen kurzen Moment lang stumm. Als er weitersprach, war seine Stimme nicht nur wieder leiser geworden, sondern auch hörbar weicher. »Selbst wenn sie noch leben sollte …« Er fuhr in noch behutsamerem Tonfall fort: »Das Mädchen, in das du dich vor einem halben Jahrhundert verliebt hast, wäre jetzt über siebzig Jahre alt, Andrej. Eine alte Frau, die dich wahrscheinlich schon längst vergessen hat.«

»Ganz bestimmt nicht«, widersprach Andrej.

»Vielleicht stimmt das sogar«, gab Abu Dun nach. »Vielleicht trittst du ihr gegenüber, und sie erkennt dich tatsächlich wieder. Willst du ihr das wirklich antun?«

»Du …«

»Du«, schnitt ihm Abu Dun das Wort ab, »weißt ganz genau, dass ich Recht habe!« Er schüttelte abermals fassungslos den Kopf. »Was glaubst du zu finden? Die

Frau, deren Bild du seit einem halben Jahrhundert in deinem Gedächtnis bewahrt hast? Sicher nicht! Und du wirst sie nicht glücklich machen, wenn du ihr gegenübertrittst, keinen Tag älter als damals!« Er atmete deutlich vernehmbar aus. »Aber das wirst du nicht. Wir werden sie nicht finden, weil sie nicht hier ist. Frederic hat uns belogen.«

»Warum hätte er das tun sollen?«, fragte Andrej eigensinnig, als ob ihm die Antwort darauf nicht schon bekannt wäre.

»Um sich an dir zu rächen?«, schlug Abu Dun vor. Er ballte wütend die rechte Hand zur Faust und schlug sie klatschend in die geöffnete Linke. »Und mich hat er zum Werkzeug seiner Rache gemacht. Ich hätte es gleich merken müssen. Aber ich Narr …«

Er sprach nicht weiter, sondern schüttelte nur aufs Neue den Kopf und wandte sich mit einem angedeuteten Schulterzucken ab.

Andrej sagte nichts mehr, sondern starrte nur blicklos an dem Nubier vorbei ins Leere. In seiner Kehle saß ein bitterer, schmerzender Kloß. Abu Dun hatte ihm nichts Neues mitgeteilt, aber das bedeutete nicht, dass seine Worte nicht wehgetan hätten. Natürlich wusste er, dass Maria nicht mehr leben *konnte*, und wenn, dass sie eine uralte Frau sein musste. Und ihm war ebenso klar, dass Frederic um seine größte und möglicherweise einzige Schwäche wusste. Abu Dun hatte ihm nichts gesagt, das sein eigener Verstand nicht schon längst erfasst hätte. Doch die Erinnerung an Marias Gesicht, wie er es zum letzten Mal gesehen hatte, ließ ihn nicht los; die verzweifelte Furcht in ihren Augen und die ebenso verzweifelte Hoffnung; die Erinnerung an

47

ein Versprechen, das er ihr gegeben und niemals einge-
löst hatte.

Er drehte sich zur Seite und schloss die Augen. Nach
einer Weile hörte er, wie sich Abu Dun auf dem schim-
meligen Strohsack ausstreckte und nur einen Moment
später lautstark zu schnarchen begann.

Es sollte lange dauern, bis auch Andrej in dieser
Nacht Schlaf fand.

Er erwachte am nächsten Morgen pünktlich mit dem
ersten Hahnenschrei, aber dennoch nach Abu Dun.
Möglicherweise war es das Ausbleiben des trommelfell-
zerreißenden Schnarchens des Nubiers gewesen, das
ihn geweckt hatte. Doch das spielte keine Rolle.

Er hatte schlecht geschlafen. Abu Duns Worte vom
Vorabend klangen noch in ihm nach und hatten ihn bis
weit in seine Träume hinein verfolgt.

Abu Dun war offensichtlich vor ihm wach geworden.
Der zerschlissene Strohsack neben ihm, den das enorme
Gewicht des Nubiers platt gedrückt und an den Nähten
hatte aufplatzen lassen, war leer. Andrej starrte den ver-
waisten Schlafplatz einen Moment lang trübsinnig an
und verspürte ein gelindes Gefühl des Bedauerns, als er
an ihren Streit vom vergangenen Abend dachte. Ein
Außenstehender hätte ihre Auseinandersetzung vielleicht nicht einmal als Streit bezeichnet, aber die wenigen Worte, die sie miteinander gewechselt hatten,
hatten alles zum Ausdruck gebracht, was seit dem Zeitpunkt, da sie das belagerte Wien verlassen hatten, nicht
mehr zwischen ihnen stimmte. Es tat Andrej Leid, dass
Abu Dun nicht da war, als er erwachte, und er somit

keine Gelegenheit hatte, sich bei ihm zu entschuldigen.

Nicht zum ersten Mal fragte sich Andrej, warum er sich nicht einfach eingestand, dass Abu Dun Recht hatte. Frederics Worte waren nichts als ein böses Abschiedsgeschenk gewesen, mit dem er das Messer, das er ihm vor einem halben Jahrhundert in die Brust gestoßen hatte, noch einmal herumdrehte. Es tat weh. Gegen körperlichen Schmerz war er weitgehend unempfindlich, vielleicht, weil er für ihn nahezu bedeutungslos geworden war; aber die Qual, die seine Seele zerfleischte, brannte dafür um so heißer.

Andrej schüttelte den Gedanken ab, stand auf und wankte schlaftrunken die steile Treppe hinunter. Im unteren Teil des Hauses war es deutlich dunkler als unter dem Dach, aber auch spürbar wärmer. Das Herdfeuer war zu einem Häufchen mattrot glimmender Asche zusammengesunken, das nur noch wenig Licht und Wärme verbreitete, aber der blasse Schein reichte Andrejs scharfen Augen zur Orientierung.

Auch der große Raum unten war leer. Andrej ging ein paar Schritte, blieb stehen und lauschte dann mit geschlossenen Augen. Er konnte das leise Heulen des Windes hören, der sich an den unzähligen Ecken, Winkeln und Vorsprüngen des bizarren Gebäudes brach, und sogar das seidige Rascheln, mit dem der feine Pulverschnee zu Boden rieselte, aber nicht das unverkennbare Geräusch menschlicher Atemzüge. Ulric und seine Frau waren offensichtlich nicht mehr nebenan im Stall. Falls sie es je gewesen waren.

Andrej runzelte flüchtig die Stirn, ein wenig verwundert über seine Gedanken. Er war sicher nicht so alt geworden, weil er allzu vertrauensselig gewesen wäre, aber das Misstrauen, das er Ulric und seiner Familie entgegenbrachte, erschien selbst ihm übertrieben.

Er verscheuchte diesen Gedanken und ging weiter. Sicher hatte Ulric irgendwo im Haus Wasser, aber draußen lag genug frisch gefallener Schnee, um sich waschen zu können. Vielleicht lief ihm ja auch dieser verdammte Hahn über den Weg, dessen Krähen ihn geweckt hatte, sodass er sich gebührend bedanken und ihm den Hals umdrehen konnte.

Draußen war kein Hahn zu sehen, aber der Schnee unmittelbar vor dem Eingang war zertrampelt, und eine breite, noch frische Spur führte quer über die Lichtung zum Waldrand hin. Andrej lauschte angespannt – er hörte nichts, trotz seiner scharfen Ohren. Dann schlug er den Mantel enger um seine Schultern und folgte dem Trampelpfad in der ansonsten makellos weißen Decke, die der Winter über der Lichtung ausgebreitet hatte. Ulric und seine Söhne waren dort vor nicht allzu langer Zeit entlanggegangen, offensichtlich alle gemeinsam. Diesmal erschien Andrej sein Misstrauen nicht übertrieben, als er sich fragte, was sie vor Sonnenaufgang und bei diesem Wetter wohl draußen suchten.

Wo war Abu Dun?

Er hatte den Waldrand fast erreicht, als ihn das Gefühl, angestarrt zu werden, innehalten ließ. Es war irritierend – und auch auf ungewohnte Weise beunruhigend. Andrej hätte es gespürt, wenn sich in seiner Nähe ein Mensch verbogen hätte, der ihn beobachtete. Aber da war niemand. Trotzdem wurde das Gefühl immer intensiver und unerträglicher. Er wurde nicht einfach nur angestarrt. Er war *Beute*.

Andrejs Hand schloss sich in einer unbewussten Bewegung um den Schwertgriff, während er sich langsam um sich selbst drehte und seine Umgebung aufmerksam musterte. Nirgendwo rührte sich etwas. Er war vollkommen allein. Selbst der Wind schien für einen Moment den Atem angehalten zu haben. Nur ein paar Schritte neben ihm wehte ein Schleier aus pulverfeinem Schnee, der von einem Ast heruntergefallen war, und …

Andrej hob unvermittelt den Kopf – da war die Eule! Sie saß nur ein paar Schritte entfernt auf einem Ast, in vielleicht vier, fünf Metern Höhe. Obwohl Andrej sie nun direkt ansah, tarnte sie ihr weißes Gefieder so perfekt, dass er sie selbst jetzt wahrscheinlich noch übersehen hätte, hätten sich nicht ihre Augen langsam bewegt, um ihn misstrauisch und auf beunruhigend berechnende Weise zu mustern. Das Tier sah nicht einfach nur zufällig in seine Richtung, dachte Andrej schaudernd. Und es sah ihn auch nicht an, wie ein Tier einen Menschen ansehen sollte, sondern auf eine Weise, die einem solchen Geschöpf nicht *zustand*.

»Was bist du?«, murmelte Andrej.

Die Eule bewegte mit einem kleinen Ruck den Kopf. Ihre Augen blickten weiterhin aufmerksam in seine Richtung. Dann schloss sie mit einem langsamen Blinzeln die Lider und ließ sie einen Moment geschlossen, als wolle sie auf seine Frage antworten. Aber das war unmöglich!

Andrej schüttelte sich, als ob er sich so von dieser Vorstellung befreien könnte, und setzte seinen Weg fort. An dieser Eule war nichts Außergewöhnliches, sagte er sich, abgesehen davon vielleicht, dass sie allem Anschein nach ein außergewöhnlich dummes Tier zu sein schien, das nicht allzu lange überleben würde, falls es sein übermäßiges Zutrauen zu Menschen nicht verlor. Vielleicht war es ein zahmes Tier, das aus einer Menagerie ausgebrochen war. Er hatte wahrlich Besseres zu tun, als frierend in der Kälte zu stehen und mit einer *Eule* zu reden.

Als er weiterging, konnte er hören, wie sich die Eule von ihrem Sitzplatz erhob und mit trägen Flügelschlägen in die Luft schwang. Es kostete Andrej einige Überwindung, sich nicht zu der Eule umzudrehen und ihr nachzublicken.

Er verfolgte weiter die Spur, die eine Weile in die Richtung führte, aus der sie am Abend zuvor gekommen waren, knickte dann aber scharf ab und kehrte zum Ufer des halb zugefrorenen Baches zurück. Selbst Andrej konnte nicht genau sagen, wie viele Menschen hier entlanggegangen waren – es mochten vier oder fünf gewesen sein, genauso gut aber auch die doppelte oder gar dreifache Anzahl. Er glaubte jedoch erkennen zu können, dass unter all diesen Spuren auch die Abu Duns waren, und dass der Nubier als Erster dort entlanggekommen war und die anderen ihm später gefolgt waren. Es war ein beunruhigender Gedanke, aber er gestattete ihm nicht, sich weiter zu entwickeln. Abu Dun war durchaus in der Lage, auf sich selbst aufzupassen.

Andrej beschleunigte seine Schritte, blieb jedoch nach wenigen Augenblicken stehen, als er das Ufer des Baches erreichte, und sah sich überrascht und nun doch besorgt um. Die Spur führte direkt zum Ufer, setzte sich aber auf der anderen Seite nicht fort. Andrej fielen auf Anhieb drei, vier mögliche Erklärungen dafür ein, aber keine davon ergab einen Sinn. Warum sollte sich

Abu Dun (und erst recht seine Verfolger) die Mühe machen, ihre Spuren zu verwischen, nachdem sie zuvor einen Trampelpfad im Schnee hinterlassen hatten, dem selbst ein Blinder hätte folgen können?

Andrej zögerte einige Sekunden, wandte sich dann nach links und ging ein paar Schritte, bevor ihm bewusst wurde, dass er so nur zu Ulrics Haus zurückkehren würde. Er machte kehrt, ging mit schnellen Schritten in die entgegengesetzte Richtung und suchte dabei den Boden vor sich so aufmerksam ab, wie er konnte.

Andrej folgte dem Lauf des Baches auch in dieser Richtung nur zwei oder drei Dutzend Schritte weit, bevor er wieder stehen blieb und widerwillig abermals kehrt machte, um zu der Stelle am Ufer zurückzugehen, an der die Spur abbrach. Ob es ihm gefiel oder nicht, er würde wohl durch das eiskalte Wasser waten und seine Suche auf der anderen Seite fortsetzen müssen.

Andrej suchte einen Moment lang vergeblich nach einem Grund, dieses unerquickliche Fußbad zu vermeiden und wollte sich gerade schaudernd in sein Schicksal fügen, als er abermals das Geräusch schwerer, rasch näher kommender Flügelschläge über sich in der Luft hörte. Mit großer Anspannung fuhr er herum und suchte den Himmel mit Blicken ab. Ohne dass er selbst es auch nur merkte, legte sich seine Hand auf den Schwertgriff in seinem Gürtel und schloss sich so fest darum, dass das hart gefrorene Leder hörbar knirschte.

So unsichtbar die Eule im Weiß der schneebedeckten Äste sein mochte, so deutlich hob sich ihr Umriss gegen das dunkle Samtblau des Morgenhimmels ab. Andrej duckte sich instinktiv, als das Tier schnell wie ein fallender Stein auf ihn herabstürzte und erst im allerletzten

Moment die Schwingen ausbreitete und so dicht über ihn hinwegflog, dass er den Luftzug im Gesicht spüren konnte. Nicht mehr als zwei Schritte von ihm entfernt brach das Tier seinen rasenden Sturzflug ab, wendete fast auf der Stelle und flog wieder auf ihn zu. Etwas fiel mit einem dumpfen, weichen Laut vor ihm in den Schnee, während die Eule nur ein kleines Stück über seinem Kopf abermals herumschwenkte und sich dann auf den schneebedeckten Ast eines nahe stehenden Baumes sinken ließ. Andrej starrte sie mit klopfendem Herzen an. Der riesige weiße Vogel erwiderte seinen Blick ruhig und ohne die geringste Scheu aus seinen großen, wissenden Augen, in denen Andrej ein spöttisches Funkeln erkennen zu können meinte. Es kostete ihn große Überwindung, seinen Blick von dem der Eule loszureißen und sich anzusehen, was sie vor ihm in den Schnee geworfen hatte.

Es war ein toter Vogel.

Nicht irgendein Vogel.

Es war ein toter Hahn, und zwar das Tier, dessen misstönendes Kreischen ihn vor kurzer Zeit geweckt hatte, und dem er am liebsten den Hals umgedreht hätte.

Die Eule hatte ihm also ein ganz besonderes Geschenk mitgebracht ...

Andrej war alles andere als schreckhaft oder gar abergläubisch. Er hatte in seinem langen Leben Dinge erlebt und gesehen, von denen seine Mitmenschen nicht einmal ahnten, dass sie existierten. Er hatte dunkle Geheimnisse kennen gelernt, an denen jeder andere zerbrochen wäre, und Kreaturen überwunden, die direkt aus den tiefsten Tiefen der Hölle emporgestiegen zu sein schienen. Und doch hatte er selten zuvor einen solch abgrundtiefen Schrecken verspürt. Langsam und mit zitternden Knien ließ sich Andrej in die Hocke sinken und streckte die linke Hand nach dem toten Hahn aus. Seine Rechte umklammerte nach wie vor das Schwert, mittlerweile so fest, dass alles Blut aus seinen Fingern gewichen war. Er wagte nicht, den Kadaver zu berühren. Die schrecklichen Klauen der Eule hatten das Tier nahezu in zwei Teile gerissen, sein Gefieder war zerfetzt und blutbesudelt. Andrejs Finger schwebten eine Handbreit über dem toten Vogel. Obwohl er sich hütete, dem noch warmen, verlockend roten Lebenssaft näher zu kommen, spürte er doch plötzlich (seit wie langer Zeit? Jahren? Jahrzehnten?) wieder die Verlockung des Blutes.

Es war nur ein Tier. Ein großer Vogel, der von einem noch größeren Vogel geschlagen worden war; nichts Außergewöhnliches; nur eines von einer Vielzahl unbedeutender Schicksale, die sich tagtäglich überall ringsumher abspielten. Und dennoch ... Die Stimme des Blutes war wieder da, tief in ihm, noch leise und fast unhörbar, und doch erschreckte ihn die wispernde Verlockung mehr als alles andere, war es doch die Stimme eines Verführers, den er schon vor langer Zeit endgültig besiegt zu haben geglaubt hatte.

Doch er war nach wie vor da. Etwas Uraltes, durch und durch Unmenschliches, so fremd und grauenvoll, und dennoch zugleich ein Teil von ihm. Etwas, das – wie er zu begreifen begann – er niemals wirklich besiegen oder gar vernichten konnte, denn es gehörte zu ihm. Und es wurde stärker. Mit jedem Moment.

Andrej versuchte sich mit aller Kraft dagegen zu wehren, aber seine Hand bewegte sich weiter, langsam, aber unaufhaltsam, als sei sie nicht länger ein Teil von ihm, sondern von einem fremden, unüberwindlich starken Willen geleitet. Seine Finger berührten den toten Hahn, glitten durch das zerfetzte, klebrige Gefieder und suchten das noch warme Fleisch darunter. Ein eisiger Schauer lief über Andrejs Rücken, ein Frösteln, das nichts mit der äußeren Kälte zu tun hatte, und er hörte ein leises Wimmern, das er erst nach einigen Sekunden als den Klang seiner eigenen Stimme identifizierte. Mit aller Gewalt versuchte er, seine Hand zurückzuziehen, doch seine Finger gruben sich stattdessen nur noch tiefer in das zerrissene Fleisch des toten Vogels. Endlich lösten sie sich daraus und sein Arm hob sich.

Im bleichen, farbenverzehrenden Licht des Mondes wirkte das Blut, das seine Finger besudelte, fast schwarz. Der Anblick verursachte ihm Übelkeit und war zugleich auf eine unmöglich in Worte zu fassende, düstere Art erregend, die uralte Erinnerungen in Andrej wachrief. Erinnerungen, die weder zu seinem Leben noch zu ihm gehörten, sondern Teil von etwas unsagbar viel Älterem, Fremderem waren, dem nichts Menschliches anhaftete. Langsam näherte sich Andrejs Hand seinem Gesicht. Warmes, klebriges Blut besudelte seine Haut, als er sich mit den Fingerspitzen über Stirn und Nasenrücken fuhr, eine glitzernde rote Spur über seine Wangen zog und sich seinen Lippen näherte. Er konnte das Blut riechen. In ihm regte sich eine Begierde, die mit jedem Moment stärker wurde und eine Verheißung mit sich brachte, der zu widerstehen ihm immer schwerer fiel, da er wusste, dass es wahr war: die Verheißung von Stärke; unüberwindlicher, berauschender Macht, die in diesem wertvollsten aller Säfte enthalten war. Es war unendlich lange her, dass er das letzte Mal ein Leben genommen hatte, und noch länger, dass er Blut getrunken hatte. Aber er hatte nicht vergessen, wie es war.

Seine Hand zitterte immer stärker. Der Blutgeruch, unendlich schwach und unendlich verlockend, ließ die Gier in ihm aufflammen. Ein kleiner Teil seiner selbst schrie in blanker Verzweiflung auf, aber diese Stimme wurde mit jedem Moment schwächer. Seine zitternde, zu einer Kralle gekrümmte Hand wirkte wie die eines Fremden, ja, eines Feindes. Sie berührte seinen Mundwinkel, hinterließ eine dünne, unendliche süße Spur aus klebriger Röte auf seinen Lippen. Seine Zungenspitze tastete danach, und jener andere, ältere Teil seiner selbst jubilierte voller Vorfreude auf den kommenden Trunk, der ihm endlich die Nahrung geben würde, die Andrej ihm so lange verweigert hatte. Ein Tropfen. Nur ein einziger, unendlich süßer Tropfen …

Andrej schrie auf, packte sein linkes Handgelenk mit der rechten Hand und rammte seinen Arm mit solcher Wucht nach unten und auf den Boden, dass die Haut über seinen Knöcheln aufplatzte und frisches, hellrotes Blut in den Schnee spritzte. Er musste einen Stein getroffen haben, denn der Schmerz trieb ihm Tränen in die Augen, aber tausendmal schlimmer war der lautlose Schrei, mit dem das Ungeheuer in seinem Inneren seine Wut herausbrüllte, als es sich im letzten Moment um seine schon sicher geglaubte Beute betrogen sah. Noch einmal, für die unendlich kurze Spanne eines Gedankens, aber mit unwiderstehlicher Gewalt, loderte die düstere Kraft in seinem Inneren auf und drohte ihn endgültig zu überwältigen. Plötzlich war in ihm nur noch Gier, eine rasende, verzehrende Wut, die töten, verletzen und zerreißen wollte, die seinen eigenen Willen und alles Menschliche in ihm einfach hinwegfegte, so mühelos, wie die Hand eines Riesen einen Schmetterling beiseite geschleudert hätte. *Blut. Der Geschmack von warmem, verwundbarem Fleisch auf der Zunge, in das er die Krallen schlagen konnte, das unendlich berauschende Gefühl, mit dem er den Schnabel in den noch zuckenden, sich aufbäumenden Leib seines Opfers grub und sich zu seinem pochenden Herzen wühlte, und …*

Andrej warf sich herum, packte seine verletzte linke Hand mit der rechten und drückte mit solcher Gewalt zu, dass er hören konnte, wie seine Knöchel und einige Finger brachen. Der Schmerz war nicht das Schlimmste. Andrej kämpfte nicht dagegen an, sondern hieß die entsetzliche Qual ganz im Gegenteil willkommen und öffnete sich ihr. Mit einem gellenden Schrei auf den Lippen kippte er nach hinten, krümmte sich im Schnee und drückte noch einmal und mit noch größerer Gewalt zu.

Diesmal raubte ihm der Schmerz fast die Besinnung, war aber zugleich seine Rettung. Die körperliche Qual überstieg die seiner Seele. Das Ungeheuer schrie noch einmal wutentbrannt auf und zog sich dann so schnell und lautlos wieder zurück, wie es aus den Abgründen seiner Seele emporgestiegen war. Zurück blieb nichts als das Gefühl eines schmerzenden Verlustes und vollkommener Leere.

Andrejs Herz hämmerte. Die Kälte drang durch den viel zu dünnen Stoff seines Mantels. Neue, kaum weniger leicht zu ertragende eiskalte Schauer liefen ihm den Rücken hinab. Der dumpf pochende Schmerz in seiner linken Hand wuchs weiter an.

Stöhnend arbeitete sich Andrej auf die Ellbogen hoch, hob die linke Hand vor die Augen und erschauerte, als er sah, was er sich selbst angetan hatte.

Er schloss die Augen und konzentrierte sich auf den brennenden Schmerz, der von seiner Hand ausgehend seinen Körper erobert hatte. Er benötigte ein paar Augenblicke, um die Qual auszublenden. Kurze Zeit darauf konnte er spüren, wie sich gebrochene Knochen und zerrissene Muskeln wieder zusammenfügten und zu wachsen begannen. Die Pein verebbte allmählich, und nach einer Weile konnte er die Finger – wenn auch mühsam – wieder bewegen.

Dennoch blieb er weiter reglos und verkrümmt auf der Seite liegen. Er war nicht allein. Er konnte die Blicke des unheimlichen Wesens spüren, das ihn musterte, aufmerksam jede seiner Bewegungen verfolgte und auf seine Reaktion wartete. Er witterte seine Gier.

Das *Ding* belauerte ihn weiter, wartete vielleicht nur auf ein Anzeichen von Schwäche, eine neuerliche Blöße, die er sich gab und die es ausnutzen konnte, um ein zweites Mal über ihn herzufallen.

Andrej zog wie unter Schmerzen die Knie an den Leib und raffte verstohlen eine Hand voll Schnee an sich, um sie in der Faust zusammenzupressen, bis sie hart wie Stein geworden war. Dann fuhr er blitzartig herum, riss den Arm in die Höhe und schleuderte sein improvisiertes Geschoss nach der Eule.

Das Tier war kaum fünf Schritte von ihm entfernt, und der Eisklumpen traf es mit tödlicher Zielsicherheit an der Brust. Die Eule stieß einen krächzenden Schrei aus, verlor den Halt und kippte mit halb ausgebreiteten Flügeln rückwärts von ihrem Ast. Auf halbem Weg zum

Boden jedoch entfalteten sich ihre Schwingen. Sie warf sich zu Andrejs maßlosem Erstaunen mitten in der Bewegung herum, schlug schwerfällig mit den Flügeln und schwang sich in die Höhe. Nur einen Moment später war sie verschwunden.

Andrej richtete sich unsicher auf. Sein Herz schlug so schnell, als wolle es das Gefängnis seiner Rippen zerbrechen und herausspringen. Er zitterte am ganzen Leib. Seine Hände begannen unvermittelt so heftig zu zucken, dass er sie zu Fäusten ballen musste. Aus weit aufgerissenen Augen suchte er den Himmel über dem Wald ab, und seine rechte Hand tastete wieder nach dem Schwertgriff.

Erst als er das eiskalte Metall berührte, wurde ihm bewusst, wie lächerlich er sich benahm. Es handelte sich schließlich nur um eine Eule. Dass sie ihm den toten Hahn gebracht hatte, war gewiss merkwürdig, mehr aber auch nicht. Wäre die Eule kein gewöhnliches Tier gewesen, hätte er es gespürt. Der Einzige, mit dem etwas ganz und gar nicht stimmte, war er selbst.

Andrej stand auf, betrachtete einen Moment lang kritisch seine linke Hand – sie war vollkommen unversehrt, auch der Schmerz war verschwunden –, dann klopfte er sich umständlich den Schnee von der Kleidung und sah sich um. Zu allem Überfluss schien er nun völlig die Orientierung verloren zu haben. Er wusste gerade noch, aus welcher Richtung er gekommen war.

So ungern Andrej es sich auch eingestand – es war vollkommen sinnlos, weiter hier herumzustolpern. Noch immer von einem unbehaglichen Gefühl erfüllt, zugleich auch verärgert über sich selbst, drehte er sich um und trat zwei Schritte zurück in die Richtung, aus der er gekommen war.

Das Geräusch mächtiger Schwingen, die träge die Luft teilten, ließ ihn innehalten. Wutentbrannt drehte sich Andrej auf dem Absatz herum, und sein Gesichtsausdruck verfinsterte sich noch weiter, als er die weiße Rieseneule nur ein knappes Dutzend Schritte entfernt auf der anderen Seite des Baches in einem Ast sitzen sah. Nach wie vor unsicher, ob er sich das spöttische Glitzern in ihren Augen nur einbildete oder ob es tatsächlich da war, lauschte Andrej noch einmal mit all seinen Sinnen, menschlichen und nicht menschlichen – aber da war gar nichts. Wenn an diesem Tier etwas Außergewöhnliches war, so war er nicht im Stande, es mit seinen vampyrischen Fähigkeiten zu erkennen.

Andrej starrte die Eule feindselig an. Dann schickte er sich mit einem resignierenden Seufzer in sein Schicksal und watete tapfer durch den Bach. Zumindest brauchte er sich keine Gedanken darüber zu machen, ob er sich in der Eiseskälte möglicherweise eine Lungenentzündung oder Schlimmeres holen würde. Trotzdem klapperte er vor Kälte mit den Zähnen, als er das gegenüberliegende Ufer erreicht hatte. Kaum hatte er sich der Eule auf drei Schritte genähert, als sich das Tier von seinem Sitz abstieß und mit schweren Flügelschlägen zwischen den Baumwipfeln verschwand. Andrej hielt inne, aber ihm blieb nicht einmal genug Zeit, Enttäuschung zu empfinden, da kehrte die Eule schon zurück und ließ sich eine kleine Wegstrecke von ihm entfernt auf einem Ast nieder. Andrej hob wie zum Zeichen seiner Kapitulation die Schultern und ging auf sie zu.

Wieder flüchtete die Eule, als er sich ihr bis auf zwei, drei Schritte genähert hatte, um nach einem Augenblick wieder zurückzukommen und sich auf einem anderen Ast niederzulassen. Andrej folgte ihr. Das Tier beobachtete ihn, bis er fast an es herangekommen war, um dann erneut davonzufliegen. Dieses eigentümliche Spiel wiederholte sich noch ein gutes Dutzend Mal, und dann, ganz unerwartet, kehrte die Eule nicht mehr zurück.

Andrej blieb stehen. Er fragte sich erneut, ob er sich nicht gerade endgültig zum Narren machte, und war bereit, auf diese Frage mit einem eindeutigen Ja zu antworten, als er Stimmen hörte.

Sie waren zu weit entfernt, als dass er sie hätte erkennen können, und er verstand auch nicht, was gesprochen wurde. Aber er konnte die Richtung identifizieren, aus der sie kamen. Sie klangen erregt – ein Streit – und nach wenigen Schritten hörte er zumindest die Stimme Ulrics aus dem allgemeinen Durcheinander heraus.

Andrej machte abermals Halt, lauschte mit geschlossenen Augen und wandte sich dann nach links. Er bewegte sich nicht mehr direkt auf die Stimmen zu, sondern schlug einen Bogen, wodurch er sich den Männern aus der entgegengesetzten Richtung näherte.

Die Stimmen wurden lauter. Er vernahm nun außer der Stimme Ulrics auch die seines ältesten Sohnes. Die beiden stritten ganz offensichtlich miteinander. Obwohl er immer noch nicht verstehen konnte, worum es ging, bewegte er sich noch vorsichtiger weiter. Die letzten Meter legte er geduckt und nahezu auf Zehenspitzen zurück, auch wenn es nicht einmal ihm möglich war, sich auf dem schneebedeckten Waldboden vollkommen lautlos zu bewegen.

Das war allerdings auch gar nicht nötig. Andrej schob die Zweige eines blattlosen Gebüschs behutsam auseinander, damit sie nicht wie Glas unter seinen Fingern zerbrachen, und spähte mit angehaltenem Atem auf die unregelmäßig geformte Waldlichtung hinaus, die sich dahinter erstreckte. Wie vermutet, war Ulric in einen von heftigen Gebärden begleiteten Streit mit Stanik verwickelt, während seine anderen Söhne um die beiden herumstanden und sich sichtlich unwohl in ihrer Haut fühlten. Abu Dun war ebenfalls dort. Er lag auf der anderen Seite der kleinen Lichtung auf dem Bauch. Seine Hände waren mit dünnen Lederriemen auf dem Rücken zusammengebunden, und jemand hatte ihm den Turban vom Kopf gerissen. Das schwarze Tuch hob sich wie eine tote Schlange vom matten Weiß des Schnees ab. Andrej kam nicht umhin, Ulric und seinen Söhnen einen gewissen widerwilligen Respekt zu zollen. Es gehörte schon einiges dazu, sich unbemerkt an Abu Dun heranzuschleichen und ihn von hinten niederzuschlagen.

Andrej war zu weit entfernt, um Abu Dun deutlich erkennen zu können. Er schloss die Augen, lauschte konzentriert und blendete die aufgebrachten Stimmen aus. Nach kurzer Zeit konnte er Abu Duns tiefe, regelmäßige Atemzüge hören. Der Nubier lebte noch. Andrej war sicher, dass er auch schon wieder bei Bewusstsein war.

Er hatte genug gesehen. Mit einem entschlossenen Ruck richtete er sich auf, teilte das Gebüsch mit einer kraftvollen Handbewegung und trat hindurch, während er zugleich sein Schwert zog. Das leise Singen, mit dem der rasiermesserscharf geschliffene Damaszenerstahl aus der Scheide glitt, ging im Geräusch der brechenden Äste unter.

»Was ist hier los?«, fragte er scharf.

Ulric fuhr so hastig herum, dass er auf dem schlüpfrigen Boden fast das Gleichgewicht verloren hätte und einen Moment lang geradezu albern herumhampelte, um nicht zu stürzen, doch die unfreiwillige Komik des Anblicks wurde augenblicklich von dem Ausdruck, der sich auf seinen bärtigen Zügen ausbreitete, ausgelöscht. Andrej stutzte. Er hatte mit Ulrics Bestürzung gerechnet, doch was er in den Augen des grauhaarigen Alten erkannte, war blankes Entsetzen. Auch Stanik wirkte überrascht, zu Andrejs leiser Verwunderung jedoch nicht im Geringsten schuldbewusst.

»Was hier los ist, habe ich gefragt!«, wiederholte er mit Nachdruck, während er bereits mit schnellen Schritten über die Lichtung lief und sich neben Abu Dun auf ein Knie sinken ließ. Der Nubier regte sich immer noch nicht, doch als Andrej die freie Hand ausstreckte und an seinen Fesseln zu nesteln begann, öffnete er kurz ein Auge und blinzelte ihm zu.

»Ich hoffe nur, Ihr habt eine verdammt gute Erklärung für das hier!«, donnerte er. »Also?«

»Wir … waren das nicht«, stammelte Ulric.

»Sicher nicht«, knurrte Andrej. Er zerrte mit immer größerer Kraft an den dünnen Lederriemen, aber sie erwiesen sich als weitaus stabiler, als er erwartet hatte. Es gelang ihm nicht, sie mit bloßen Fingern zu zerreißen, was ihn noch wütender machte. »Ich nehme an, ihr habt ihn schon so hier gefunden, wie?«

»Genauso war es«, behauptete Stanik. Sein Vater schwieg, warf ihm aber einen raschen, verräterischen Blick aus den Augenwinkeln heraus zu.

Andrej gab auf, zog mit der freien Hand seinen Dolch aus dem Gürtel und durchtrennte mit einem raschen Schnitt die dünnen, geflochtenen Lederbänder, die Abu Duns Handgelenke aneinander banden. Ohne selbst genau sagen zu können, warum, steckte er die Riemen ein. Dann drehte er Abu Dun auf den Rücken und schlug ihm leicht mit der flachen Hand ins Gesicht. Abu Dun spielte meisterhaft mit. Er war längst wach, ließ aber trotzdem noch einmal drei oder vier Atemzüge verstreichen, bevor er ein unwilliges Grunzen ausstieß, heftig blinzelnd die Augen öffnete und sich dann mit der linken Hand stöhnend an den Hinterkopf griff. Mit dem anderen Arm stemmte er sich umständlich in die Höhe und kroch ein kleines Stück zurück, bis er sich mit dem Rücken gegen einen Baumstamm lehnen konnte.

»Was ist passiert?«, nuschelte er.

»Eine gute Frage«, merkte Andrej an und hob den Blick, um abermals Ulric und seine Söhne zu fixieren. Ulric wirkte eingeschüchtert, während Stanik ihn weiter trotzig herausfordernd anblickte. Die vier anderen Jungen hatten einfach nur Angst. Aber es war seltsam: Andrej hatte das sichere Gefühl, dass ihn keiner dieser Männer anlog.

»Es ist die Wahrheit, Andrej«, versicherte Ulric nervös. »Stanik hat ihn so hier gefunden. Wäre mein Sohn nicht gekommen, dann wäre dein Freund im Schnee erfroren«, wechselte Ulric nun auch ins unförmlichere Du.

»Ich verstehe«, sagte Andrej böse. »Und damit das nicht passiert, habt ihr ihn mit gefesselten Händen und dem Gesicht im Schnee liegen lassen, nicht wahr?«

Ulric begann nervös mit den Füßen zu scharren. »Wir hätten ihn losgebunden, ganz bestimmt«, beteuerte er hastig. »Aber wir sind auch erst gerade gekommen.«

Was natürlich Unsinn war. Andrej hatte den Streit schließlich gehört. Er bedauerte es, nicht noch einen Moment abgewartet zu haben um herauszufinden, worum es ging. Mit einem fragenden Blick wandte er sich an Abu Dun. »Ist das wahr?«

»Weiß nicht«, nuschelte Abu Dun. Er fuhr sich unsicher mit dem Handrücken über das Gesicht, betastete noch einmal seinen Hinterkopf und angelte dann mit dem ausgestreckten Arm nach seinem Turban. Andrej war plötzlich nicht mehr sicher, ob er seine Benommenheit tatsächlich nur spielte. Der Nubier schien wirklich Mühe zu haben, seine Bewegungen zu koordinieren und endgültig wach zu werden. Allem Anschein nach hatte er mehr als nur einen Schlag erhalten, der ihm das Bewusstsein raubte.

Andrej beugte sich vor, nahm das schwarze Tuch und reichte es Abu Dun. Während der Nubier versuchte, es sich mit unsicheren, fahrigen Bewegungen um den kahl rasierten Schädel zu wickeln, stand Andrej mit einer fließenden Bewegung auf und schob nach einem letzten, fast unmerklichen Zögern das Schwert in die lederne Scheide an seinem Gürtel zurück. Stanik hob erstaunt die linke Augenbraue; auch seine Brüder wirkten einen Moment lang fassungslos. Ulric sah mit einem Mal womöglich noch erschrockener als zuvor aus. Vielleicht machte er sich seine eigenen Gedanken darüber, was es bedeuten mochte, wenn ein Mann, der ganz allein fünf anderen gegenüberstand, in aller Seelenruhe seine Waffe einsteckte.

»Also?« Andrej verschränkte herausfordernd die Arme vor der Brust und sah einen nach dem anderen an.

Ulric setzte dazu an, etwas zu sagen, beließ es aber bei einem hilflos wirkenden Kopfschütteln und forderte Stanik mit einer Geste auf zu sprechen.

»Es war genauso, wie mein Vater erzählt«, sagte Stanik im gleichen trotzig herausfordernden Ton wie zuvor, aber ohne dass er die Kraft aufgebracht hätte, Andrej Blick standzuhalten. »Ich war früh wach und bin nach draußen gegangen, um nach dem Rechten zu sehen. Als ich zum Haus zurückwollte, habe ich den …« Er stockte einen winzigen Moment lang, und als er weitersprach, war Andrej klar, dass er eigentlich ein anderes Wort im Sinn gehabt hatte. »… Nubier gesehen, wie er nach draußen ging.« Er hob die Schultern und setzte seine Verteidigung in patzigem Tonfall fort: »Ich bin ihm nach. Er ist hierher gegangen, und dann habe ich Lärm gehört.«

»Lärm?«

Abermals zuckte Stanik mit den Schultern, bevor er antwortete. »Ich dachte, es wären Stimmen. Dann hörte es sich an wie ein Streit oder ein Kampf. Ich …« Er brach ab und fuhr sich nervös mit der Zungenspitze über die Lippen.

»Du hattest Angst«, vermutete Andrej.

Stanik schwieg.

»Das war nur vernünftig von dir«, sagte Andrej in hörbar versöhnlicherem Ton und wies auf Abu Dun, der noch immer gegen den Baum gelehnt dasaß und ver-

67

geblich versuchte, seinen Turban zu wickeln. Seine Benommenheit war nicht gespielt.

»Wieso?«, schnappte Stanik. »Weil ich ein dummer Bauerntölpel bin?«

»Weil jemand, der fähig ist, Abu Dun so etwas anzutun, dich ohne die geringste Mühe getötet hätte«, gab Andrej zurück. Er starrte Stanik noch einen Moment lang an, dann drehte er sich um und ließ sich neben Abu Dun in die Hocke sinken. »Alles in Ordnung?«

Nichts ist in Ordnung, antwortete Abu Duns Blick. Er hatte es endlich geschafft, das schwarze Tuch unordentlich um seinen Schädel zu wickeln und ließ mit einem erschöpften Seufzen die Arme sinken. Andrej erkannte in seinen Augen eine Kraftlosigkeit und Schwäche, die ihn fast mehr erschreckte als alles andere, was er bislang gesehen hatte. Was war hier bloß passiert?

»Es geht schon«, murmelte Abu Dun. Seine Stimme klang nicht so, als sei er selbst von dem überzeugt, was er sagte.

»Hast du gehört, was der Junge erzählt?«, fragte Andrej. »Ist es wahr?«

Zwei, drei Herzschläge lang blieb ihm der nubische Sklavenhändler die Antwort schuldig. Dann nickte er, verzog das Gesicht vor Schmerzen und antwortete mit einem unverständlichen Grunzen.

Allmählich begann sich Andrej ernsthafte Sorgen zu machen. Wenn Abu Dun ihnen etwas vorspielte, tat er es perfekt – aber er war sicher, dass der Ausdruck von Schmerz auf Abu Duns Gesicht ebenso echt war wie die abgrundtiefe Verwirrung in seinen Augen.

Er stand auf und wandte sich wieder an Ulric. »Und ihr?«

»Wir sind Stanik nachgegangen«, antwortete Ulric. »Wir dachten …«

Er sprach nicht weiter. Andrej blickte ihn einen Moment lang durchdringend an, dann fügte er mit einem verstehenden Nicken hinzu: »Du hattest Angst, dass er etwas Dummes tut, wenn er allein mit Abu Dun im Wald ist.«

Ulric schwieg.

»Du solltest ein ernstes Wort mit deinem Sohn sprechen«, empfahl Andrej. »Er ist noch jung, aber nicht mehr so jung, dass man ihm jede Dummheit durchgehen lassen kann. Eines Tages wird er sich selbst und vielleicht euch alle in große Schwierigkeiten bringen.«

Er bemerkte, dass Stanik zu einer wütenden Antwort ansetzte, doch sein Vater brachte ihn mit einer herrischen Geste zum Verstummen. Andrej ließ sich abermals neben seinem verletzten Gefährten in die Hocke sinken. »Was war los?«, flüsterte er so leise, dass nur Abu Dun die Worte verstehen konnte. Der Nubier deutete mit den Augen ein Kopfschütteln an. Andrej verstand. Mit einem Ruck erhob er sich wieder und wandte sich um.

»Es ist gut«, sagte er schroff. »Ihr könnt gehen. Wir finden den Weg allein zurück.«

Sowohl Stanik als auch seinen Brüdern stand ihre Erleichterung ins Gesicht geschrieben, doch Ulric zögerte. »Vielleicht …«, begann er unsicher, suchte sichtlich nach den passenden Worten und setzte dann neu an: »Vielleicht solltet ihr nicht allein hier draußen bleiben. Wer auch immer deinen Freund niedergeschlagen hat, ist möglicherweise noch in der Nähe.«

»Das mag sein«, antwortete Andrej. »Aber glaub

mir – wenn es so ist, könnt ihr uns ohnehin nicht helfen.«

Stanik schnaubte verächtlich, während die Besorgnis seines Vaters zuzunehmen schien. Er sagte jedoch nichts mehr, sondern hob nur nochmals die Schultern und wandte sich dann endgültig zum Gehen. Seine Söhne folgten ihm, doch Andrej ließ noch eine geraume Weile verstreichen, bis ihm sein scharfes Gehör verraten hatte, dass die Männer tatsächlich fort waren und nicht etwa hinter dem nächsten Gebüsch standen, um sie zu belauschen.

Neben ihm arbeitete sich Abu Dun schnaubend und unsicher in die Höhe. Er musste sich mit einer Hand am Stamm des Baumes abstützen, an dem er bisher gelehnt hatte. Als er endlich wieder auf seinen eigenen Beinen stand, wankte er unübersehbar. »Was war hier los?«, fragte Andrej unruhig. »Sagt der Junge die Wahrheit?«

»Keine Ahnung«, antwortete Abu Dun.

»Was soll das heißen – keine Ahnung?«, fragte Andrej nach. »Willst du mir vielleicht erzählen, dass dieses Kind dich übertölpelt und niedergeschlagen hat?«

»Ich habe nicht die geringste Ahnung!«, entgegnete Abu Dun scharf. Er verzog abermals das Gesicht und hob beide Hände an die Schläfen. »Jemand hat mich niedergeschlagen, das ist alles, was ich weiß. Ich habe ihn nicht gehört.«

Andrej wusste für einen Moment nicht, ob er wütend werden oder anfangen sollte, sich *wirklich* Sorgen um Abu Dun zu machen. Er hatte den nubischen Riesen selten so verstört und hilflos erlebt. So ruhig er konnte, fragte er: »Was wolltest du überhaupt hier?«

Es verging ein Augenblick, bis Abu Dun antwortete.

Bevor er es tat, fuhr er sich noch einmal mit der Hand über die Schläfen und betrachtete dann stirnrunzelnd seine Fingerspitzen, als erwartete er, frisches Blut darauf zu sehen. »Wahrscheinlich wirst du es mir sowieso nicht glauben«, sagte er.

»Du hast ein Geräusch gehört und bist in den Wald gegangen«, vermutete Andrej, »und dann hast du die Eule gesehen.«

Abu Dun riss erstaunt die Augen auf. »Woher weißt du das?«

»Weil es mir ganz genauso ergangen ist«, antwortete Andrej. »Sie hat mich hierher geführt.«

Abu Dun schwieg eine geraume Weile. Als er endlich weitersprach, gelang es ihm nicht, den Unterton von Sorge aus seiner Stimme zu verbannen. »Glaubst du, dass sie …«

»… einer von uns ist?« Andrej schüttelte den Kopf. »Das hätten wir gespürt, oder?«

Abu Dun zuckte mit den Schultern. Ächzend bückte er sich, um eine Hand voll Schnee aufzuklauben und sich ins Gesicht zu reiben. Die Kälte schien jedoch nicht die erhoffte Wirkung zu haben. Seine Augen behielten ihren trüben Glanz, und auch seine Bewegungen wirkten nach wie vor benommen und unsicher.

»Was ist los mit dir?«, fragte Andrej geradeheraus.

Der Nubier warf einen raschen Blick in die Richtung, in die Ulric und seine Söhne verschwunden waren, bevor er antwortete. »Ich weiß es nicht«, sagte er. »Ich fühle mich …« Er hob abermals die Schultern. »… seltsam. Müde.«

»Müde?«, vergewisserte sich Andrej. Er hatte bisher nicht einmal gewusst, dass Abu Dun dieses Wort kannte.

»Ich glaube, ich habe Schritte gehört«, sagte Abu Dun unbehaglich. »Aber ich bin … nicht sicher. Etwas hat mich getroffen, und danach …«

»Was?«, fragte Andrej, als Abu Dun nicht weitersprach. Da war noch etwas, das spürte er genau.

»Ich hatte das Gefühl, dass … mir etwas die Kraft aussaugt«, sagte Abu Dun zögernd und seine Stimme zitterte. »Als würde mir jemand …« Er sprach nicht weiter, doch Andrej hatte genug gehört. Erneut lief ihm ein eiskalter Schauer über den Rücken. Ohne dass er sich der Bewegung bewusst gewesen wäre, hob er den Kopf und suchte den Himmel über dem Wald ab. Es wurde langsam hell. In das Dunkelblau der Nacht begann sich ein schmutziggrauer Farbton zu mischen. Die verblassenden Sterne verschwanden hinter faserigen Wolken, die so tief über den Baumwipfeln hingen, dass man meinte, sie mit ausgestreckten Armen berühren zu können.

»Du glaubst doch nicht, dass es etwas mit dieser … Eule zu tun hat?«, fragte Abu Dun.

Andrej hob nur die Schultern. Er wusste nicht, was er glauben sollte. »Immerhin hat sie uns beide hierher gelockt«, sagte er.

»Und?«, fragte Abu Dun.

Andrejs Antwort bestand auch diesmal nur aus einem hilflosen Achselzucken. »Ich weiß es nicht«, gab er zu. »Aber wenn du mich fragst, dann wird es allmählich Zeit, dass wir von hier verschwinden.«

Diesmal widersprach Abu Dun nicht.

Im Haus brannte Licht, aber Ulric und seine Söhne waren nicht da. Ihre Spuren waren vielleicht hundert Meter vor dem Gebäude im rechten Winkel vom Weg abgewichen und hatten sich im Wald verloren. Nur Ulrics Frau erwartete sie, das Gesicht noch teigig und aufgedunsen vom Schlaf. Sie kniete in eine zerschlissene Wolldecke gehüllt vor dem fast erloschenen Feuer im Herd. Andrej half ihr, die Glut neu anzufachen, und sie bedankte sich, indem sie Abu Dun und ihm das Gemüse vom vergangenen Abend aufwärmte und ihnen Brot und ein wenig gesalzenes Fleisch brachte. Andrej nahm beides ohne zu zögern, wenn auch mit schlechtem Gewissen, an und gönnte sich sogar noch den Luxus, ein wenig länger am Feuer sitzen zu bleiben, als notwendig gewesen wäre, um zu essen. Der heutige Tag würde vermutlich wieder ein wenig kälter werden als der vorige, so wie jener kälter gewesen war als der davor.

Abu Dun und er mochten nach menschlichen Maßstäben so gut wie unverwundbar und nahezu unsterblich sein. Das beschützte sie aber unglückseligerweise nicht davor, wie ganz gewöhnliche Menschen zu frieren, wenn es kalt war. Dieser Winter versprach sehr kalt zu werden. Andrej konnte sich kaum noch daran erinnern, wann er das letzte Mal nicht gefroren oder in einem richtigen Bett geschlafen, geschweige denn eine Nacht in einem warmen Haus zugebracht hatte.

Schließlich war es Abu Dun, der zum Aufbruch drängte. Ulric und seine Söhne würden nicht ewig fortbleiben, und Andrej hatte nicht vor, bei ihrer Rückkehr noch dort zu sein. Anders als am Abend zuvor hatte Abu Dun keinerlei Einwände gegen Andrejs Pläne erhoben. Was immer ihm dort draußen im Wald zugestoßen sein mochte, es hatte allem Anschein nach zu einer grundlegenden Meinungsänderung über die *armen Bauern* geführt.

Ihre Pferde waren bereits gesattelt und fertig aufgezäumt, als sie den zugigen Stall betraten, auf dessen Boden kaum weniger Schnee lag als auf dem löchrigen Dach darüber. Andrej sparte sich eine Bemerkung, aber ihm war klar, dass es nur Ulrics Frau gewesen sein konnte, die ihnen diese Arbeit abgenommen hatte. Er wusste allerdings nicht, ob es ein einfacher Akt der Freundlichkeit gewesen war – oder ob sie einfach sicher sein wollte, dass Abu Dun und er so schnell wie möglich von dort verschwanden.

Es spielte keine Rolle. Sie stiegen in die Sättel und ritten in die Richtung davon, aus der sie am vergangenen Abend gekommen waren.

Abu Dun hielt einen weitaus größeren Abstand zu ihm ein, als notwendig gewesen wäre. Andrej entging auch nicht, dass der Nubier ungewöhnlich schweigsam und in sich gekehrt war, seit sie aus dem Wald zurückgekehrt waren. Irgendetwas machte ihm zu schaffen. Und Andrej glaubte zu wissen, was es war.

»Wie konnte es jemandem gelingen, sich an dich anzuschleichen?«, fragte er.

Abu Dun schenkte ihm einen bösen Blick und ließ fast eine Minute verstreichen, bevor er antwortete. Als er es tat, sah er Andrej nicht an, sondern starrte aus eng zusammengekniffenen Augen in das graue Licht, das träge wie zäher Nebel zwischen den dicht gedrängt stehenden Bäumen hindurchzufließen schien. Die Dämmerung war längst vorbei, aber der Tag schien sich entschlossen zu haben, nicht heller zu werden.

»Das frage ich mich, seit ich aufgewacht bin«, sagte er schließlich. Abu Dun hob die linke Hand und betastete damit die Stelle unter seinem Turban, an der ihn der

Schlag getroffen hatte. Andrej war nicht sicher, ob er es tat, um mit einer Geste seine Worte zu unterstreichen, oder ob die Bewegung unbewusst war. »Vielleicht war ich nur unaufmerksam. Geschieht mir recht. Mich von einem Vogel dermaßen ablenken zu lassen …«

Andrej war weder überzeugt, dass es so einfach gewesen sein sollte, noch, dass Abu Dun selbst an den Unsinn glaubte, den er von sich gab. Dennoch überlegte er sich seine nächsten Worte sehr genau. Wenn es etwas gab, das noch stärker ausgeprägt war als Abu Duns berüchtigte Schwatzhaftigkeit, dann war es sein Stolz. Und der Umstand, dass jemand – oder etwas – in der Lage sein sollte, ihn so leicht zu übertölpeln, nagte zweifellos kräftig an seiner Selbstachtung.

»Und danach?«

Abu Dun zuckte unwillig mit den Schultern. »Weiß nicht«, knurrte er einsilbig. »Vielleicht war es nur ein Ast, der vom Baum abgebrochen ist und mich getroffen hat.«

»Oder ein Stein, der vom Himmel gefallen ist?«, schlug Andrej spöttisch vor.

Abu Dun spießte ihn mit Blicken regelrecht auf, sagte aber nichts.

»Und dann?«

»Ich konnte …«, begann Abu Dun, brach ab, suchte einen Moment vergeblich nach Worten und rettete sich dann in ein abermaliges, knappes Achselzucken. »Vielleicht war es nur ein Traum.«

Er wollte nicht darüber reden. Andrej respektierte das, zumal er zu ahnen glaubte, was es war, das dem Nubier so sehr zu schaffen machte. Früher oder später würde Abu Dun von sich aus darüber sprechen.

Er ließ sein Pferd ein wenig schneller traben. Sie hatten den Weg erreicht, dem sie am vergangenen Abend gefolgt waren, bevor sie die Toten am Bach fanden und anschließend auf Ulric und seine Familie trafen, und wandten sich nach links. Wenn Ulric die Wahrheit gesagt hatte, dann hatten sie noch einen Ritt von gut vier oder fünf Stunden vor sich, bevor sie Fahlendorf erreichten.

Und dann?, fragte Andrej in Gedanken. Eine weitere enttäuschte Hoffnung. Ein weiterer verschwendeter Tag. Eine weitere Drehung des Messers, das Frederic ihm in die Brust gestoßen hatte. Warum war seine Seele nicht in der Lage zuzugeben, was sein Verstand längst begriffen hatte? Dass Abu Dun Recht hatte und seine Suche nach Maria von Anfang an aussichtslos gewesen war. Er jagte einem Phantom nach.

Trotzdem trieb er sein Pferd weiter an, sodass Abu Dun kurz zurückfiel, bevor er sich seinem Tempo anpasste und an seiner Seite weiterritt, ebenfalls beharrlich schweigend, wenn auch aus völlig anderen Gründen.

Eine Weile ritten sie auf diese Weise stumm nebeneinander her. Zwei- oder dreimal spürte er deutlich, dass Abu Dun etwas sagen wollte und vielleicht nur auf ein Stichwort oder eine Aufforderung wartete, aber Andrej war zu sehr mit sich selbst und seinen eigenen Gedanken beschäftigt.

Der Tag weigerte sich hartnäckig, heller zu werden. Andrej kam es so vor, als seien die Temperaturen nach Sonnenaufgang eher noch gefallen, anstatt zu steigen. Zusätzlich zu seinem Mantel hatte er sich in eine dicke Wolldecke gehüllt, und auch Abu Dun machte sich im Sattel klein und zog fröstelnd die Schultern zusammen, um dem Wind möglichst wenig Angriffsfläche zu bieten. Der unerwartet frühe und strenge Wintereinbruch in diesem Jahr hatte möglicherweise Wien gerettet, vielleicht sogar den Verlauf des gesamten Krieges verändert, aber Abu Dun und ihm hatte er bislang nichts als Unbehagen und endlose Nächte, in denen sie vor Kälte keinen Schlaf fanden, beschert.

Andrej war dermaßen in seine eigenen, düsteren Gedanken versunken, dass er erschrocken zusammenfuhr und seine Hand für einen Moment die Zügel losließ, als Abu Dun sein Pferd anhielt. Andrejs Tier trabte noch zwei Schritte weiter, hielt dann ebenfalls an, und Abu Dun schloss mit einer raschen Bewegung zu ihm auf. Andrej sah Abu Dun fragend an, und ihn beschlich eine böse Vorahnung, als er des Ausdrucks auf dem Gesicht des Nubiers gewahr wurde. Abu Duns Blick war starr nach vorne gerichtet, und Andrejs Hand glitt fast ohne sein Zutun zum Schwertgriff, während er sich in dieselbe Richtung wandte.

In dem grauen Zwielicht, hinter dem das Licht des Tages sich verkrochen hatte, war die Gestalt fast nur als Schemen zu erkennen; ein Umriss ohne scharfe Konturen, der mit dem frisch gefallenen Schnee und dem Nebel zu verschmelzen schien.

Dennoch ließ ihm sein Anblick einen eiskalten Schauer über den Rücken laufen. Andrej hatte das albtraumartige Gefühl, diese Situation schon einmal erlebt zu haben, was umso rätselhafter war, als er genau wusste, dass er diesen Mann mit Sicherheit noch nie gesehen hatte.

Sein Anblick hatte nichts Menschliches, er erinnerte vielmehr an eine riesige, schneeweiße Eule.

Andrej schüttelte heftig den Kopf, presste die Lider so fest zusammen, dass bunte Blitze und Farbflecke über seine Netzhäute huschten, und zwang sich dann, die unheimliche Gestalt noch einmal aufmerksamer anzusehen.

Natürlich war es niemand, den er kannte, und genauso wenig war es eine menschengroße Eule. Seine Fantasie hatte ihm einen Streich gespielt – was nach dem, was er in den vergangenen Stunden erlebt hatte, nicht weiter verwunderlich war. Es lag an der Kleidung des Fremden: Er war von Kopf bis Fuß in mattes Weiß gehüllt. Weiße Lederstiefel, lose fallende, kostspielige weiße Hosen aus gegerbtem Leder, ein weißes Wams und darüber ein fast bis zum Boden reichender, ebenfalls weißer Mantel. Auch seine Hände verbargen sich in weißen Handschuhen, und selbst das schlanke Schwert, das er am Gürtel trug, steckte in einer Scheide aus weiß gefärbtem Leder. Noch ungewöhnlicher war die Farbe seines wellig bis auf die Schultern fallenden Haares: ein stumpfes Eisgrau, das dem Blick keinen rechten Halt bot, sodass er immer wieder abglitt. Vielleicht, überlegte Andrej, war dieses Haar der Grund, aus dem er sich auf eine so ungewöhnliche, auffällige Art kleidete.

»Wer zum Scheijtan …?«, murmelte Abu Dun.

Andrej brachte ihn mit einer Geste zum Schweigen. Ohne dass er es begründen oder gar in Worte fassen konnte, machte ihm das Wort, das Abu Dun benutzt hatte, Angst: *Scheijtan – Teufel.*

Bevor Abu Dun weitersprechen konnte, ließ Andrej sein Pferd zwei Schritte weiter traben und hielt wieder an. Seine Hand senkte sich in einer demonstrativen Geste auf den Schwertgriff.

»Guten Morgen«, begrüßte er den Fremden.

Die durchdringend gelben Augen des Mannes blitzten spöttisch auf, aber seine Stimme hatte den spröden Klang von zerbrechendem Eis, als er antwortete: »Es wird sich zeigen, ob dieser Morgen gut für Euch ist.«

Andrej zog fragend die linke Augenbraue hoch. Wenn das die Vorstellung des Fremden von einer humorvollen Begrüßung war, würde ihr Gespräch möglicherweise nicht sehr lange dauern. Er sah aus den Augenwinkeln, dass auch Abu Duns Hand zum Schwert glitt, machte eine rasche, kaum wahrnehmbare Geste in dessen Richtung und wandte sich wieder dem Unbekannten zu. »Wer seid Ihr?«, fragte er grob.

»Jemand, der es gut mit Euch meint«, entgegnete der Fremde. Das sonderbare Glitzern in seinen abgründigen, bernsteinfarbenen Augen nahm zu, aber Andrej war nicht mehr sicher, ob es sich wirklich um einen Ausdruck von Spott handelte oder nicht vielleicht doch von etwas weitaus Unheilvollerem.

Er fühlte sich von Augenblick zu Augenblick unbehaglicher. Dieser sonderbare, ganz in Weiß gekleidete Fremde verunsicherte ihn auf eine Art und Weise, die er nicht begriff. Andrej maß den Weißhaarigen mit einem neuerlichen, sehr aufmerksamen Blick von Kopf bis Fuß und lauschte gleichzeitig konzentriert in sich hinein. Sie standen keinem anderen Unsterblichen gegenüber, sondern einem ganz normalen Menschen.

»Was genau meint Ihr damit?«, fragte er. Er ließ sein Pferd einen weiteren einzelnen Schritt machen, bevor er abermals anhielt und sich mit einer fließenden Bewegung aus dem Sattel schwang. Andrej änderte in Gedanken seine vielleicht vorschnell gefasste Meinung über den Fremden. Der Mann war mit Sicherheit kein Unsterblicher, aber auch alles andere als ein *normaler* Mensch. Zwei bewaffnete Fremde, von denen einer ein ganz in Schwarz gekleideter, mehr als zwei Meter großer Hüne war, auf diese Weise herauszufordern, erforderte schon ein gehöriges Maß an Verwegenheit.

»Du bist zu vertrauensselig, Andrej Delāny«, antwortete der Mann. »In Zeiten wie diesen sollte man sich besser dreimal überlegen, wem man sein Vertrauen schenkt. Und wem man glaubt.«

Andrej zog überrascht die Brauen zusammen. »Du kennst meinen Namen?«

»Wer nicht?«, erwiderte der in Weiß gekleidete Mann. »Andrej Delāny, der berühmte Schwertmeister, und Abu Dun, der abtrünnige Muselmane, der mit Vorliebe seine eigenen Glaubensbrüder tötet.« Diesmal bildete sich Andrej das spöttische Aufblitzen in den Augen seines Gegenübers nicht ein. »Ihr beide seid fast so etwas wie eine Legende, wusstet ihr das nicht?«

»Nein«, antwortete Andrej kühl. Er hatte es nicht gewusst, und es konnte auch nicht wahr sein. Abu Dun und er legten großen Wert darauf, möglichst wenig Aufsehen zu erregen – soweit das bei einem Paar wie ihnen möglich war. Aber sie waren ganz gewiss keine *Legende.* »Und wie ist dein Name?«

»Der tut nichts zur Sache«, entgegnete der unheimliche Fremde. »Ihr werdet so oder so keine Verwendung dafür haben.«

»Ganz wie du willst«, sagte Andrej ruhig. »Du stehst uns im Weg, Namenloser.«

»Das ist nicht euer Weg«, widersprach der andere kopfschüttelnd.

»Was soll das heißen?«

»Reitet dorthin zurück, wo ihr hergekommen seid«, antwortete der Fremde. »Glaubt mir, das ist besser für euch.«

Es kam selten vor, aber Andrej war im ersten Moment sprachlos. Er konnte hören, wie Abu Dun hinter ihm scharf die Luft zwischen den Zähnen einsog. Stoff raschelte, und dann vernahm er den charakteristischen Laut, mit dem rasiermesserscharf geschliffener Stahl aus seiner Umhüllung glitt. Hastig hob er die linke Hand, um Abu Dun zurückzuhalten. Seine Rechte ruhte weiter auf dem Griff seines eigenen Schwertes.

»Auf die Gefahr hin, mich zu wiederholen: Was soll das heißen?«

Der andere lachte. Er hob die Hand und deutete auf Abu Dun, ohne dass sein Blick den Andrejs auch nur für einen Moment losgelassen hätte. »Dein Freund ist zu gutmütig«, sagte er. »Vielleicht wird er auch allmählich alt und sein Herz weich.« Dann wandte er sich direkt an Abu Dun. »Hat die Geschichte, die dir dieser verliebte junge Narr erzählt hat, dein Herz gerührt, oder bist du nur selbst darauf aus, das Mädchen kennen zu lernen, das ihm versprochen ist?« Er schüttelte den Kopf. »Glaubt mir – es lohnt sich nicht.«

Andrej sah verständnislos zu Abu Dun. »Was meint er damit?«

Abu Dun schwieg, aber der Weißhaarige lachte leise. »Und ich dachte, ihr wärt wirklich gute Freunde, die keine Geheimnisse voreinander haben«, spottete er. »Dein Freund hat diesem dummen Bauern das Versprechen gegeben, nach der Verlobten seines Sohnes zu suchen.«

»Ist das wahr?«, fragte Andrej überrascht.

Abu Dun schwieg weiter. In den Blicken, mit denen er den sonderbar gekleideten Fremden maß, loderte Mordlust.

»Natürlich ist das wahr«, antwortete der Fremde an seiner Stelle. Er schüttelte den Kopf. »Aber das kann ich nicht zulassen.«

»Wieso nicht?« Andrej riss seinen Blick mit einiger Mühe von Abu Duns Gesicht los und wandte sich wieder seinem Gegenüber zu. Er zweifelte nicht daran, dass die Behauptung des Fremden der Wahrheit entsprach, und er würde ein vermutlich nicht sehr angenehmes Gespräch mit Abu Dun führen. Aber nicht in diesem Moment und schon gar nicht an diesem Ort.

»Weil es meine Aufgabe ist«, antwortete der Fremde. »Ihr wollt zum Schloss meiner Herrin, um dort nach diesem Mädchen zu suchen.«

Endlich begriff Andrej. »Du bist ihr Leibwächter«, vermutete er. »Der Mann, von dem Ulric … erzählt hat.«

Das unbehagliche Stocken in seinen Worten war dem Fremden nicht entgangen. »Ich nehme an, er hat ein anderes Wort benutzt«, sagte er mit einem flüchtigen Lächeln. »Aber du hast natürlich Recht. Ich werde dafür bezahlt, meine Herrin zu beschützen. Und ich nehme meine Aufgabe ernst.«

»So wie wir unsere«, sagte Andrej. »Wenn du wirklich weißt, wer wir sind, dann weißt du auch, dass du uns nicht aufhalten kannst.« Er nahm demonstrativ die Hand vom Schwertgriff. »Ich gebe dir mein Wort, dass wir deine Herrin nicht belästigen werden.«

»Du vielleicht nicht«, antwortete der andere und

machte eine Kopfbewegung in Abu Duns Richtung. »Er schon. Kehrt um!«

»Und wenn wir das nicht tun?«

»Dann müsste ich euch töten«, sagte der Weißhaarige. »Aber eigentlich möchte ich das nicht.«

Andrej wollte antworten, doch er kam nicht mehr dazu. Abu Duns Geduld war offensichtlich erschöpft. Der Nubier schwang sich mit einem wütenden Schrei aus dem Sattel, war mit einem einzigen Schritt neben ihm und riss seinen Krummsäbel in die Höhe.

Andrej packte im letzten Moment sein Handgelenk und hielt ihn fest. »Abu Dun!«, sagte er beschwörend. »Nicht!«

Einen winzigen Moment lang war er sicher, dass Abu Dun ihn einfach beiseite stoßen und sich auf seinen Widersacher stürzen würde. Dann entspannte sich Abu Dun fast unmerklich. Andrej ließ seine Hand los und drehte sich hastig wieder zu dem weiß gekleideten Fremden um.

»Es ist nicht notwendig, dass einer von uns zu Schaden kommt«, sagte er.

»Nicht, wenn ihr auf eure Pferde steigt und wegreitet«, erwiderte der andere. Sein Lächeln, das die ganze Zeit über unverändert geblieben war, wirkte jetzt ein wenig traurig. Er zog sein Schwert. »Aber ich fürchte, das werdet ihr nicht tun.«

Andrej seufzte. »Ich habe es versucht.«

Er trat einen Schritt zur Seite, und Abu Dun stürmte ohne die geringste Vorwarnung los.

Vermutlich war der einzige Grund, warum der Namenlose diesen ersten Angriff überlebte, Abu Duns unbeherrschte Wut. Der Nubier schlug mit so unbändiger

Kraft zu, dass Andrej einen zweiten, hastigen Satz zur Seite machte und sich erschrocken duckte, um nicht aus Versehen selbst geköpft zu werden. Abu Duns riesiger Krummsäbel, der seine ohnehin gewaltige Reichweite noch einmal um gut fünf Fuß verlängerte, attackierte den Fremden wie eine silberne Schlange und verfehlte ihn nur um Haaresbreite, da dieser hastig den Kopf zwischen die Schultern zog und zugleich einen blitzschnellen Schritt zurück machte. Dennoch meinte Andrej, eine silberweiße Haarsträhne fliegen zu sehen. Gleichzeitig zog der Fremde sein Schwert.

Andrej hatte noch niemals einen Menschen gesehen, der im Stande war, sich so schnell zu bewegen. Er sah weder, wie sich sein Arm senkte, noch, wie der Mann zum Schlag ausholte. Das Schwert schien einfach aus seinem Gürtel zu verschwinden und im selben Augenblick in seiner Hand wieder aufzutauchen, um sich tief in Abu Duns linken Oberarm zu bohren. Der Nubier stolperte mit einem eher wütend als schmerzerfüllt klingenden Laut an ihm vorbei, versuchte sich herumzuwerfen und verlor durch die unbändige Wucht seiner eigenen Bewegung beinahe den Halt auf dem rutschigen Schnee. Nur durch einen hastigen Ausfallschritt fand er sein Gleichgewicht wieder und wechselte gleichzeitig das Schwert von der linken in die rechte Hand. Doch bevor er sich umdrehen konnte, hatte der Fremde sich mit einer einzigen geschmeidigen Bewegung hinter ihn gestellt. Sein Schwert bewegte sich blitzschnell – und diesmal brüllte Abu Dun vor Schmerzen auf, als die Klinge die Sehnen in seinen Fersen durchtrennte. Der Nubier kippte wie ein gefällter Baum nach vorn, hatte aber noch die Geistesgegenwart, sich auf den Rücken zu drehen und seinen Säbel hochzureißen. Nur einen halben Atemzug später prallten die beiden Klingen funkensprühend aufeinander.

Abu Duns Säbel flog in hohem Bogen davon und verschwand zwischen den schneebedeckten Büschen. Das Schwert des Fremden verwandelte sich in einen silberfarbenen Blitz, der genau auf Abu Duns Kehle zielte, um ihn zu enthaupten.

Im allerletzten Moment riss Andrej sein eigenes Schwert aus dem Gürtel und lenkte die Waffe des Angreifers ab.

Der Schlag war zu hastig, schlecht gezielt und hatte nicht genug Kraft, um dem anderen das Schwert aus der Hand zu schlagen, was Andrej eigentlich beabsichtigt hatte. Stattdessen stolperte er rückwärts und hatte alle Mühe, nicht selbst das Schwert fallen zu lassen. Sein Arm summte, seine rechte Hand war nahezu taub. Der Fremde hatte mit einer Vehemenz zugeschlagen, die der Abu Duns in nichts nachstand.

Immerhin war der Kopf des Nubiers noch dort, wo er hingehörte. Statt ihn zu enthaupten, hatte das Schwert nur eine – wenn auch tiefe und heftig blutende – Furche in seine Schulter gegraben.

Andrej wechselte rasch das Schwert von der Rechten in die Linke. Genau wie Abu Dun konnte er mit beiden Händen gleich gut kämpfen; ein Umstand, der schon für manchen seiner Gegner zur letzten Überraschung seines Lebens geworden war. Aber er verzichtete darauf, sofort wieder anzugreifen, sondern trat nur mit einem raschen Schritt zwischen den Namenlosen und Abu Dun und schüttelte den Kopf.

»Das genügt«, sagte er. »Du hast ihn besiegt. Mein

Respekt! Das ist vor dir noch keinem in so kurzer Zeit gelungen. Lass es dabei bewenden. Es ist nicht notwendig, dass jemand zu Schaden kommt.«

Er war verwirrt. Es war noch nie vorgekommen, dass jemand Abu Dun so spielend und vor allem schnell besiegt hatte. Und Andrejs rechte Hand schmerzte noch immer von der Wucht, mit der er zugeschlagen hatte.

»Ich habe eine Menge über euch gehört«, sagte der Fremde, »aber dass ihr unfair kämpft, gehört nicht dazu. Glaubst du, dass ihr es zu zweit mit mir aufnehmen müsst?« Er lachte leise. »Nicht dass es mir etwas ausmacht.«

»Ich will nicht mit dir kämpfen«, beharrte Andrej. »Du hast Abu Dun besiegt. Lass es dabei. Du musst ihn nicht töten.«

»Und warum nicht?«, fragte der Fremde.

»Weil wir Freunde sind«, antwortete Andrej. »Wenn ich zulassen würde, dass du ihn tötest, dann müsste ich danach dich töten. Willst du das?«

Die Augen des anderen wurden schmal. Zwei, drei endlose Herzschläge lang starrte er Andrej einfach nur durchdringend an, dann aber senkte er das Schwert. »Es gibt auch einiges, was man mir nachsagen könnte«, sagte er, während er sich umdrehte und in die Richtung ging, in der Abu Duns Waffe davongeflogen war. »Aber dass ich feige bin, gehört nicht dazu. Ich töte keinen Mann, der hilflos am Boden liegt.«

Er bückte sich, grub den Säbel aus einer Schneeverwehung aus und schleuderte die Waffe – ohne hinzusehen – in ihre Richtung. Sie bohrte sich kaum eine Handbreit neben Abu Duns verletzter Schulter in den Boden und blieb zitternd stecken. »Nimm deinen großen tölpelhaften Freund und geh nach Hause.«

Andrej atmete auf. Auch wenn ihn die scheinbare Leichtigkeit, mit der der Fremde Abu Dun besiegt hatte, noch immer schockierte, so hatte er doch keine Angst vor diesem unheimlichen Mann. Abu Dun hatte ihn unterschätzt – ihm selbst an seiner Stelle wäre es vermutlich ganz genauso ergangen –, aber er blieb ein sterblicher Mensch aus Fleisch und Blut, kein ernsthafter Gegner für Wesen, wie sie es waren. Andrej traute sich ohne weiteres zu, ihn zu besiegen.

Aber er wollte nicht kämpfen. Es wäre sinnlos gewesen. Welchen Nutzen hätten Abu Dun und er davon gehabt, diesen Mann zu töten? Er hob zur Antwort nur die Schultern, aber das schien dem Mann in dem weißen Mantel durchaus zu genügen, denn er reagierte mit einem ebenso knappen, angedeuteten Nicken und schob sein Schwert in die Scheide.

Andrej registrierte flüchtig, dass er sich getäuscht hatte. Die Scheide bestand nicht aus weißem Leder, wie er zunächst angenommen hatte, sondern aus weißem Holz, so sorgsam und lange poliert, bis es wie Seide glänzte. Überhaupt handelte es sich um eine außergewöhnliche Waffe. Der Griff, der ihm übermäßig lang zu sein schien – vermutlich, damit man die Waffe sowohl als Ein-, wie als Zweihänder benutzen konnte –, bestand offensichtlich aus weißem Elfenbein und war mit kunstvollen Schnitzereien verziert. Er hatte keine Griffstange. Wenn man daran abrutschte, dachte Andrej, würde man es kaum vermeiden können, sich ein paar Finger an der eigenen Waffe abzuschneiden. Er hatte die Leichtigkeit, mit der der Stahl durch den dicken Stoff von Abu Duns Mantel und das Fleisch darunter geglitten war, nicht vergessen. Die Waffe musste unglaublich scharf sein.

Sein interessierter Blick entging seinem Gegenüber nicht. In den Augen des Weißhaarigen blitzte es amüsiert auf, doch er sagte nichts, sondern trat nur einen weiteren Schritt zurück und blieb in einer Haltung stehen, die auf sonderbare Weise entspannt und aufmerksam zugleich wirkte.

Wind kam auf und bauschte seinen Mantel, sodass er für einen Moment tatsächlich wie ein riesiger weißer Vogel aussah, der träge die Flügel spreizte und sie dann wieder zusammenfaltete, ohne sich in die Luft zu schwingen. Einen unfassbar kurzen Augenblick lang blitzte ein Gedanke in Andrejs Bewusstsein auf; eine Erkenntnis von ungeheurer Tragweite, die er aber nicht recht zu fassen bekam. Es war ein beunruhigendes Gefühl. Irgendetwas unglaublich Wichtiges hatte er übersehen. Der Gedanke entglitt ihm immer wieder, sobald er danach zu greifen versuchte.

Mit einiger Mühe riss er seinen Blick von der weiß gekleideten Gestalt los und steckte sein Schwert weg, während er sich bereits zu Abu Dun umdrehte und neben ihm in die Hocke sank. Der Schnee, in dem der Nubier lag, war rot verfärbt von seinem Blut, aber die Wunde in seiner Schulter hatte sich bereits wieder geschlossen. »Bleib liegen, bis er verschwunden ist«, raunte er. »Er muss nicht sehen, was wir sind.«

»Keine Sorge«, knurrte der Nubier. »Er wird es niemandem erzählen können!« Gleichzeitig streckte er die Hand nach seinem Säbel aus, der neben ihm im Boden steckte, benutzte ihn als Krücke, um sich heftig schnaubend in die Höhe zu arbeiten, und schloss dann die Hand fester um den Griff des gewaltigen Krummsäbels. Er schwankte ein wenig, stand aber halbwegs sicher auf seinen Beinen. Andrej stieß eine stille Verwünschung aus. Spätestens jetzt *musste* der Namenlose begreifen, dass er keinem normalen Menschen gegenüberstand.

Was ihn jedoch nicht im Geringsten zu überraschen schien. Als Andrej forschend in das Gesicht des Fremden blickte, war alles, was er darin las, eine Mischung aus Verachtung und überheblicher Selbstsicherheit, die auch in ihm den Wunsch wachrief, dieses arrogante Grinsen mit einem Fausthieb auszulöschen.

Dennoch sagte er: »Abu Dun, du …«

Abu Dun versetzte ihm einen Stoß mit der flachen Hand, der ihn zwei Schritte zurücktaumeln ließ und zu Boden geworfen hätte, wäre er nicht gegen Abu Duns Pferd geprallt, das mit einem unwilligen Wiehern darauf reagierte und so heftig mit den Vorderhufen aufstampfte, dass der Schnee stob. Auch an dieser Beobachtung war etwas bedeutsam, aber wieder konnte er nicht in Worte fassen, was es war.

»Wir sind noch nicht fertig miteinander, mein Freund«, knurrte Abu Dun.

Der Namenlose schüttelte seufzend den Kopf. Diesmal zog er sein Schwert mit einer sehr langsamen, fast schon bedächtig wirkenden Bewegung. Andrej konnte *hören*, wie scharf die Klinge war, als sie aus ihrer hölzernen Hülle glitt. Dann machte er eine weitere sonderbare Beobachtung: Obwohl der Fremde Abu Dun dreimal schwer getroffen hatte, war nicht ein Tropfen Blut auf dem geschliffenen Stahl zurückgeblieben.

»Du wolltest es ja nicht anders, dummer Mohr«, sagte der Fremde mit geheucheltem Bedauern, sah dabei aber Andrej an, nicht den Nubier. Andrejs ungutes Gefühl verwandelte sich in eine unerklärlich tiefe Unruhe. Trotzdem schüttelte er nur den Kopf und verschränkte die Arme vor der Brust.

»Komm, mein Großer«, sagte der Fremde lachend. Er machte eine auffordernde Handbewegung. »Lass uns tanzen.«

Wenn er gehofft hatte, Abu Dun damit zu einer neuerlichen Unbedachtsamkeit provozieren zu können, so sah er sich getäuscht. Abu Dun griff mit einem wütenden Grunzen an, stürmte diesmal aber nicht blindwütig los. Vielmehr gab er vor, er versuche es mit der gleichen ungestümen Taktik wie beim ersten Mal, wechselte mitten in der Bewegung den Säbel in die andere Hand und ging unversehens in die Hocke, um einen gewaltigen Hieb nach den Beinen seines Gegners zu führen.

Der Mann sprang in die Höhe, vollführte einen kompletten Salto in der Luft, der ihn von einem Lidschlag auf den anderen hinter den Nubier brachte, und schlug seinerseits zu. Abu Dun musste die Bewegung vorausgeahnt haben, denn sein Säbel befand sich plötzlich hinter seinem Rücken und fing den tödlichen Hieb ab. Gleichzeitig wirbelte er herum und trat aus der Bewegung heraus zu. Sein Fuß traf den Weißhaarigen vor die Brust und schleuderte ihn zurück. Der Fremde fiel jedoch nicht zu Boden, sondern verwandelte seinen Sturz in einen weiteren wirbelnden Salto rückwärts, und Abu Duns nachgesetzter gerader Hieb ging ins Leere.

Die beiden ungleichen Gegner entfernten sich kurz voneinander, umkreisten sich für einen Moment und griffen schließlich blitzartig im selben Augenblick wieder an. Funken stoben, als ihre Klingen aufeinander prallten und sich wieder lösten. Blut spritzte in den Schnee, ohne dass zu sehen war, von wem es stammte, denn die beiden ungleichen Gegner bewegten sich einfach zu schnell. Andrej beobachtete regungslos den Tanz verschwimmender Schatten, die sich nur dann und wann flüchtig zu berühren schienen.

Wieder färbte ein Sprühnebel aus winzigen Blutstropfen den Schnee rot. Diesmal ließ Abu Dun einen unterdrückten Schmerzlaut hören und wankte sichtlich. Der Namenlose setzte unverzüglich nach und fügte ihm einen tiefen Stich in den Oberschenkel zu, der Abu Dun endgültig aus dem Gleichgewicht brachte und auf ein Knie herabsinken ließ. Andrej nahm erschrocken die Arme herunter, obwohl er zu weit entfernt war, um Abu Dun helfen zu können.

Das musste er auch nicht. Warum auch immer – der Fremde verzichtete darauf, seinen Vorteil auszunutzen. Er hätte Abu Dun in diesem Moment mit einem einzigen raschen Hieb erledigen können, doch stattdessen trat er einen Schritt zurück, senkte das Schwert und wartete nicht nur, bis Abu Dun sich wieder in die Höhe gestemmt hatte, sondern auch, bis der Nubier aufhörte zu torkeln und seine Waffe wieder fester packte. Dann aber griff er um so schneller und kompromissloser an.

Abu Dun war bemüht, sich auf die sonderbare Kampftechnik des Namenlosen einzustellen. Doch Andrej war klar, dass der Gefährte in dieser Auseinandersetzung unterliegen würde. Am Ende musste er natürlich gewinnen, denn es war nahezu unmöglich, ihn zu töten, solange der andere ihn nicht enthauptete oder ihm einen Speer ins Herz stieß. Sein Gegner hingegen blieb trotz aller Schnelligkeit ein verwundbarer Mensch, dessen Kräfte irgendwann erlahmen würden. Und selbst wenn er ihm an Schnelligkeit und Geschick noch so überlegen war – irgendwann *musste* Abu Dun ihn verwunden.

Noch war es allerdings einzig Abu Dun, der verwundet wurde. Seine Kleider hingen in Fetzen an ihm herab, und auch wenn sich seine Wunden rasch wieder schlossen, so war der Schnee ringsum doch rot von seinem Blut, während das Gewand des Angreifers noch immer unversehrt war. Die wenigen roten Blutspritzer darauf stammten ausschließlich von Abu Dun. Die Kräfte des Fremden schienen nicht nachzulassen. Er bewegte sich immer schneller, tänzelte leichtfüßig um den Nubier herum und entkam dessen wütenden Hieben immer wieder. Andrej beschlich der Verdacht, dass er mit seinem Gegner nur spielte und sein wirkliches Können noch gar nicht gezeigt hatte.

Die beiden ungleichen Gegner umkreisten einander schneller und schneller. Abu Duns Pferd scharrte immer noch nervös im Schnee, und dann … war es ihm plötzlich klar.

Es war der Schnee!

Dort, wo die beiden Männer kämpften, war der Schnee längst zertrampelt und zu rotbraunem Matsch geworden. Hinter ihnen waren deutlich die Spuren zu sehen, die ihre Pferde hinterlassen hatten. Aber rechts und links des Kampfplatzes und auch dahinter war die Schneedecke vollkommen unversehrt.

Das war es, was mit diesem unheimlichen Fremden

nicht stimmte: Er hatte keine Spuren im Schnee hinterlassen.

Andrej verschwendete keine Zeit damit, Abu Dun
eine Warnung zuzurufen, sondern riss sein Schwert aus
dem Gürtel und griff ohne die geringste Vorwarnung
an. Seine Klinge zielte genau zwischen die Schulterblätter des Namenlosen und bewegte sich dabei so schnell
und lautlos wie eine Schlange. Er *musste* einfach treffen!

Aber er traf nicht.

Sein Gegner war von einem Sekundenbruchteil auf
den anderen *einfach nicht mehr da*! Andrej stolperte
haltlos nach vorn und musste einen hastigen Schritt zur
Seite machen, um nicht vom Schwung seiner eigenen
Bewegung von den Füßen gerissen zu werden. Noch
während er mit wild rudernden Armen um sein Gleichgewicht kämpfte, hörte er hinter sich einen dumpfen
Laut – Abu Dun warf sich gegen den Namenlosen und
rettete ihm damit vermutlich das Leben.

Andrej wirbelte herum, war mit einem raschen Schritt
neben Abu Dun und revanchierte sich, indem er die
Klinge des Angreifers zur Seite schlug, die sich nur einen
halben Atemzug später in Abu Duns Leib gebohrt hätte.

»Danke«, keuchte Abu Dun. »Woher dieser plötz-
liche Sinneswandel?«

Andrej wich rasch zur Seite aus und parierte einen Schwerthieb, bevor er antwortete. »Er ist kein
Mensch – gib Acht!«

Trotz seiner Warnung entging Abu Dun dem auf-
wärts geführten Stich des Namenlosen nur durch pures
Glück. Er taumelte zurück und riss seinen Gefährten
mit sich um. Der Fremde trat mit aller Gewalt zu und
traf Andrej seitlich am Kopf. Der Schmerz raubte ihm

kurz das Sehvermögen. Er strauchelte, wurde noch einmal getroffen und wehrte den nächsten Schwerthieb mit einer instinktiven Bewegung ab. Dennoch hätte ihn der Fremde zweifellos getroffen, wäre es nicht diesmal Abu Dun gewesen, der ihn beschützte und sich dabei selbst eine weitere, heftig blutende Wunde einhandelte.

»Verdammt, das reicht mir jetzt allmählich!«, keuchte Abu Dun. »Wer ist dieser Kerl?!«

Jemand, der keine Spuren hinterlässt, dachte Andrej. Und der sich schneller bewegt als ein Geist. Er antwortete nicht laut – schon, weil sie selbst zu zweit alle Mühe hatten, sich den unheimlichen Angreifer vom Leib zu halten. Weder Abu Dun noch er nahmen irgendwelche Rücksicht, und sie waren beide überragende Schwertkämpfer. Dennoch waren sie es, die sich mehr und mehr in die Defensive gedrängt sahen. Der Namenlose bewegte sich mit gespenstischer Lautlosigkeit, seine Schläge prasselten mit immer größerer Kraft und Präzision auf Abu Dun und Andrej herab. Sein Schwert bewegte sich so schnell, dass Andrej die Klinge kaum sah, durchbrach aber immer wieder seine Deckung und grub sich tief in sein Fleisch.

Andrej taumelte zurück, als die rasiermesserscharfe Klinge sein Bein aufschlitzte. Beinahe gleichzeitig wurde Abu Dun getroffen. Diesmal jedoch wich er nicht zurück, sondern warf sich noch weiter nach vorn.

Der Nubier brüllte vor Schmerz, als die Schwertklinge seinen Körper durchbohrte und dabei sein Herz nur knapp verfehlte. Trotzdem machte er einen weiteren unsicheren Schritt, packte den Weißhaarigen an der Schulter – und rammte ihm seinerseits den Säbel in den Leib.

Der Weißhaarige riss entgeistert die Augen auf. Andrej las in ihnen eine Mischung aus vollkommener Fassungslosigkeit, Unglauben und einem grässlichen, nie gekannten Schmerz. Er wollte etwas sagen, aber über seine Lippen kam nur ein unartikuliertes Stöhnen und dann ein Schwall sonderbar hellroten Blutes. Seine Hand ließ das Schwert los, das noch immer aus Abu Duns Brust ragte. Unendlich langsam brach er in die Knie, umklammerte mit beiden Händen den Säbel, den Abu Dun ihm ins Herz gestoßen hatte, und fiel dann zur Seite in den Schnee.

Auch Abu Dun taumelte zurück und fiel auf die Knie. Keuchend vor Schmerz und Anstrengung, versuchte er das Schwert aus seiner Brust zu ziehen, aber es gelang ihm erst, als Andrej ihm half. Abu Dun kippte nach vorn, fing seinen Sturz im letzten Moment mit der linken Hand ab und spuckte blutigen Schleim in den Schnee.

»Alles in Ordnung?«, fragte Andrej beklommen. Hastig ließ er sich neben dem Nubier auf die Knie sinken, öffnete dessen Mantel und betastete die erstaunlich harmlos aussehende, schmale Wunde dicht unterhalb seines Herzens. Sie blutete schon nicht mehr so heftig wie zuvor, aber Andrej verzog trotzdem besorgt das Gesicht. »Das kommt wieder in Ordnung«, sagte er rasch. »Aber es war knapp.«

»Ach?«, keuchte Abu Dun. »Stell dir vor, das wäre mir gar nicht aufgefallen. Sag mir lieber, wer dieser Kerl war.« Er versuchte sich aufzusetzen, aber seine Arme knickten weg, und Andrej musste ihm helfen, die zwei, drei Meter bis zum nächsten Baum zu kriechen, gegen den er sich lehnen konnte.

»Du hast Recht«, stöhnte er, während er den Hinterkopf gegen den eisverkrusteten Stamm sinken ließ und die Augen schloss. »Das war knapp. Für meinen Geschmack eindeutig zu knapp.«

Andrej warf nur einen flüchtigen Blick zu der weiß gekleideten Gestalt hin, die reglos ausgestreckt im Schnee hinter ihnen lag, bevor er sich wieder zu Abu Dun umdrehte. Der Nubier bot einen erbärmlichen Anblick. Seine Kleider hingen in Fetzen, und jeder Schnitt und jeder Riss in dem schwarzen Stoff stand für einen Schnitt oder Stich, den ihm der Namenlose zugefügt hatte, und für eine Wunde, durch die er Blut und Energie verloren hatte. Abu Duns erstaunliche Kräfte mochten genau wie seine eigenen dazu im Stande sein, Verletzungen zu überstehen, an denen jeder andere Mensch gestorben wäre, aber sie beide waren weder wahrhaft unsterblich, noch waren ihre Kraftreserven unerschöpflich. Ein Stich so unmittelbar in der Nähe des Herzens konnte selbst einem Vampyr gefährlich werden. Auch Andrejs Herz raste immer noch. Er fühlte sich so ausgelaugt und erschöpft wie seit langer Zeit nicht mehr.

»Schade, dass du ihn getötet hast«, sagte er nachdenklich.

Abu Dun zog eine Grimasse. »Oh, entschuldige bitte«, erwiderte er. »Ich hätte ihn einfach bitten sollen, mir sein Schwert zu geben.«

»So war das nicht gemeint«, sagte Andrej rasch. »Du hast vollkommen richtig gehandelt. Ich hätte ihn nur gerne gefragt, was er eigentlich ist.« Auf jeden Fall kein Mensch, dachte er. Menschen hinterlassen Spuren im Schnee, und sie bewegen sich auch nicht auf diese Weise.

Abu Dun starrte ihn einen Moment lang finster an, dann richtete sich sein Blick unvermittelt auf einen Punkt hinter ihm, und etwas in seinen Augen erlosch. »Warum tust du es dann nicht einfach?«, fragte er matt.

Andrej fuhr so hastig in der Hocke herum, dass er fast das Gleichgewicht verloren hätte. Nach einem Blick in Abu Duns Augen hätte er nicht mehr überrascht sein dürfen, aber er war es.

Was er sah, war vollkommen unmöglich. Es wäre selbst dann unmöglich gewesen, wenn der Namenlose kein Mensch, sondern ein Unsterblicher wie Abu Dun und er gewesen wäre. Abu Dun hatte ihm den Säbel nicht nur ins Herz gestoßen, sondern die Klinge auch stecken lassen, wodurch man selbst einen Vampyr zuverlässig umbrachte.

Dennoch lebte er! Und nicht nur das. Er hatte die Waffe offensichtlich aus eigener Kraft aus seiner Brust gezogen und stand auf. Sein ehemals blütenweißes Wams war zerschnitten und mit Blut getränkt, und er schwankte leicht hin und her. Dennoch wirkte er eher verärgert.

»Dein tumber Freund hat Recht«, warf er ein. »Du hättest mich fragen können. Nicht dass ich dir geantwortet hätte – aber es wäre einfach höflicher gewesen.« Er sah an sich herab, steckte den Finger durch einen Schnitt in seinem Wams und sah Andrej dann vorwurfsvoll an. »Das war nun wirklich nicht nötig. Habt ihr beiden überhaupt eine Ahnung, wie teuer eine solche Jacke ist?«

Andrej stand langsam auf und zog sein Schwert. Neben ihm versuchte sich auch Abu Dun in die Höhe zu stemmen, aber seine Kraft reichte dazu nicht aus. Er

sank zurück und rang qualvoll nach Luft. Der Namenlose schüttelte beinahe mitleidig den Kopf.

»Hat dir dein Lehrmeister nicht beigebracht, dass
man seine Unverwundbarkeit niemals als Waffe einsetzen darf?«, fragte er tadelnd.

»Was willst du von uns?«, fragte Andrej. »Was bist
du?«

»Etwas, was für dich unerreichbar ist, fürchte ich«,
antwortete der Weißhaarige. Er sah noch einmal miss-
billigend auf sein zerschnittenes Wams hinunter, dann
bückte er sich nach seinem Schwert, warf Andrej einen
letzten, abschätzigen Blick zu und ließ die Waffe in die
Scheide gleiten. Er kam näher. Andrej packte seine Waffe umso fester, trat mit einem raschen Schritt zwischen
Abu Dun und den Fremden und hob demonstrativ das
Schwert.

»Wie edel«, sagte der Namenlose höhnisch. »Aber
bist du sicher, dass du dein Leben einsetzen willst, um
diesen Heiden zu schützen?«

Andrej machte sich nicht die Mühe zu antworten. Er
sprang vor, täuschte einen geraden Stich gegen den Leib
des Fremden an und verwandelte die Bewegung in eine
geschwungene Aufwärtsbewegung, die dem anderen
glatt den Kopf von den Schultern getrennt hätte – hätte
sie getroffen …

Andrej hatte so schnell gezielt und zugeschlagen wie
niemals zuvor und all seine Kraft und Konzentration in
diesen einen Hieb gelegt. Dennoch ging er ins Leere.
Als Andrejs Klinge den Bogen vollendet hatte, war der
Weißhaarige einfach nicht mehr da. Im gleichen Moment fühlte Andrej sich von hinten gepackt und mit unwiderstehlicher Kraft zu Boden gerissen. Das Schwert

entglitt seinen Fingern und flog davon. Dann traf ihn ein fürchterlicher Schlag, der ihm nahezu das Bewusstsein raubte. Andrej fiel auf die Knie, stürzte benommen zur Seite und der Länge nach in den Schnee, als ihn ein Fußtritt zwischen die Schulterblätter traf. Wie aus weiter Ferne hörte er Abu Dun wütend aufschreien, dann Schritte, ein Krachen, die Geräusche eines Kampfes. Mit einer gewaltigen Willensanstrengung drängte er die grauen Nebelschleier zurück, die seine Gedanken zu verschlingen drohten, wälzte sich auf den Rücken und versuchte sich hochzustemmen.

Doch dazu reichten seine Kräfte nicht aus. Er konnte kaum noch sehen. Alles drehte sich um ihn, und seine Glieder schienen plötzlich zentnerschwer zu sein. Als beobachte er den bizarren Tanz eines Schattenspiels, sah er, wie sich Abu Dun aufbäumte und dann, angesprungen von einem grauen, flackernden Schemen, wie ein gefällter Baum zu Boden ging. Im nächsten Augenblick war der Schatten über Andrej und presste ihn mit unerbittlicher Kraft in den Schnee. Er spürte, wie etwas sein Gesicht berührte und eilig tastend wie eine fünfbeinige Spinne über seinen Mund, seine Wangen und weiter hinauf über die Augen bis zur Stirn kroch. Eine schattige, substanzlose Hand grub sich in seinen Schädel, wühlte sich immer tiefer hinein, bis sie ihr Ziel gefunden hatte und damit begann, das Leben aus ihm herauszureißen.

Diesmal war er dem Tod so nahe gewesen wie selten zuvor. Obwohl er kein Empfinden für die Zeit hatte, die verstrichen war, spürte er doch, dass es viele Stunden gewesen sein mussten, die er bewusstlos dagelegen hatte. Er war ein gutes Stück den Weg entlanggegangen, den am Ende jeder Mensch beschritt – vielleicht weiter als die meisten anderen, die jemals gleich ihm von dort zurückgekehrt waren. Er hatte etwas berührt, in jenem finsteren, substanzlosen Tunnel, an dessen Ende ein verlockendes warmes Licht leuchtete, und in dieser flüchtigen Berührung war nichts Erschreckendes oder Furcht Einflößendes gewesen, sondern das Versprechen auf ewige Ruhe und Erlösung, sodass er mit einem Gefühl tiefer Enttäuschung und dem Empfinden eines großen Verlustes erwachte.

Er erwachte nicht aus freien Stücken.

Andrej konnte längst nicht mehr sagen, wie oft er schon von der Schwelle des Todes ins Leben zurückgekehrt war, in seinem endlos erscheinenden, von Kämpfen, Schmerz und Tod bestimmten Leben.

Aber diesmal war es anders.

Diesmal hatte er den Tod berührt. Er war nicht sicher, ob er tatsächlich aus eigener Kraft zurückgekehrt war. Vielleicht hatte ihn etwas zurückgeholt.

Gegen seinen Willen. Was er gespürt hatte, als er das Licht am Ende des Tunnels berührte – ganz flüchtig nur, und es schien doch zugleich eine Ewigkeit zu währen –, das war so gewaltig, so berauschend und sanft und friedvoll zugleich, dass er sich noch im Moment des Erwachens nichts sehnlicher wünschte, als an jenen Ort der Ruhe und des Friedens zurückzukehren. Wer auch immer ihn daran gehindert hatte, den Weg zu Ende zu gehen, hatte ihm keinen Gefallen getan und tat es auch jetzt nicht.

Stattdessen schlug er ihm so kräftig mit der flachen

Hand ins Gesicht, dass sein Kopf auf die Seite flog und Andrej mit einem unwilligen Grunzen die Augen öffnete. Die letzten Visionen des paradiesischen Lichts zerplatzten und wichen einem weitaus irdischeren Bild: Andrej blickte in ein breitflächiges Gesicht, das die Farbe von sorgsam poliertem Ebenholz hatte und dessen Anblick alle die Menschen Lügen strafte, die behaupteten, dass dicke Männer immer auch ein wenig gutmütig wirkten. Abu Dun wirkte so wenig gutmütig, wie das breite Grinsen, mit dem er sein strahlend weißes Gebiss entblößte, auch nur die geringste Spur von Humor enthielt. Andrej hob die Hand und ergriff rasch Abu Duns Arm, bevor dieser noch einmal und vermutlich noch härter zuschlagen konnte. Seine Wange brannte schon jetzt wie Feuer.

»Lass das!«, murrte er. »Du weißt, dass es nichts nutzt. Mit Schlägen hat man noch nie jemanden wach bekommen.«

»Ich weiß«, antwortete der Nubier, und sein Grinsen wurde noch breiter. »Aber es macht Spaß, und außerdem kannst du dich nicht wehren.«

Andrej versetzte Abu Duns Arm einen derben Stoß, stemmte sich mit einer mühevollen Bewegung auf beide Ellbogen hoch und schenkte ihm noch einen giftigen Blick, bevor er sich vollständig aufrichtete und umsah.

Überrascht zog er die Augenbrauen zusammen. Dass sie nicht mehr im Wald und unter freiem Himmel waren, hatte er schon im Moment seines Erwachens bemerkt. Es war kalt, aber lange nicht so eisig, wie er es in Erinnerung hatte. Außerdem war es dunkel. Er lag auf einem schäbigen Bett, das in einem mit allem möglichen

Gerümpel und Unrat vollgestopften Dachboden stand, durch dessen Löcher und Ritzen nur sehr wenig grau gefärbtes Licht fiel, es dafür aber um so erbärmlicher zog.

»Ulrics Haus?«, murmelte er verwirrt.

Abu Dun nickte so heftig, dass sich das Ende seines schwarzen Turbantuches löste und ihm ins Gesicht fiel. Er stopfte es nachlässig zurück. »Diesmal haben sie uns beide gefunden und hergebracht«, antwortete er.

»Ulric und seine Söhne?«, vergewisserte sich Andrej. »Wir waren fast zwei Stunden von hier entfernt.«

Abu Dun hob scheinbar gleichmütig die Schultern. »Vielleicht streifen sie ständig durch die Wälder und suchen nach Leichen, die sie ausplündern können«, sagte er. »Manche Menschen gehen den sonderbarsten Beschäftigungen nach.«

Andrej blieb ernst. »Hältst du das für einen Zufall?«

»Nein«, antwortete Abu Dun. »Und es war auch kein Scherz.« Er wies mit dem Kopf auf das Sammelsurium von Kisten, Fässern, Säcken und Bündeln, das einen Großteil des Dachbodens ausfüllte. »Ich habe mich ein wenig umgesehen, als du geschlafen hast. Für den Dachboden eines einfachen Bauern ist das hier ein seltsamer Ort. Jede Menge Krempel.«

Andrej warf ebenfalls einen fragenden Blick in die Runde. »Und was genau verstehst du unter … *Krempel*?«, wollte er wissen.

»Wenn du mich fragst, ist mindestens die Hälfte davon zusammengestohlen und geraubt«, antwortete Abu Dun. »Unsere neuen Freunde sind Diebe, wenn nicht Schlimmeres.«

»Deine neuen Freunde«, verbesserte ihn Andrej.

Der Nubier tat diesen Einwand mit einem Schulterzucken ab.

»Immerhin haben sie uns beiden das Leben gerettet«, stellte er fest. »Oder waren zumindest der Meinung, es zu tun.«

Andrej sah ihn fragend an.

»Stanik hat uns gefunden und hierher gebracht«, erklärte Abu Dun. »Und, nein, natürlich war es kein Zufall. Wahrscheinlich ist er uns nachgeschlichen, um sich davon zu überzeugen, dass wir auch wirklich verschwinden.«

»Oder um einen passenden Ort für einen Hinterhalt auszusuchen?«

»Das hätten sie vorletzte Nacht bequemer haben können, wenn sie gewollt hätten«, erwiderte Abu Dun. »Außerdem – was hätte Stanik daran hindern sollen, uns einfach die Kehlen durchzuschneiden und auszurauben, als wir hilflos im Schnee lagen?«

Darauf wusste Andrej keine Antwort. Und es war auch nicht das, was ihn in diesem Moment wirklich bewegte. Er sah Abu Dun kurz durchdringend an, dann schwang er die Beine von der flachen Liege, die unter seinem Gewicht hörbar ächzte, als wollte sie jeden Moment zusammenbrechen. Auch diese Bewegung kostete ihn eine größere Anstrengung, als er erwartet hatte. Verwirrt ließ er sich, erst halb aufgestanden, wieder zurücksinken und runzelte die Stirn, als er in Abu Duns Gesicht schon wieder ein breites, schadenfrohes Grinsen erblickte.

»Mach dir keine Sorgen«, feixte der Nubier. »Das vergeht. Jedenfalls war es bei mir so. Bald fühlst du dich wie neugeboren.«

»Was soll das heißen?«, fragte Andrej beunruhigt.

Abu Dun grinste noch einen Moment unerschütterlich weiter, aber dann erlosch das Lächeln schlagartig, und in seine Augen trat eine Ernsthaftigkeit, die Andrej einen kalten Schauer über den Rücken laufen ließ. »Ich weiß nicht, was passiert ist, Hexenmeister«, sagte er. »Ich weiß nur, dass ich so etwas noch nie erlebt habe. Ich hatte das Gefühl …«

»… gestorben zu sein?«, ergänzte Andrej, als Abu Dun nicht weitersprach, sondern mit sichtlicher Hilflosigkeit nach den richtigen Worten suchte.

Der Nubier nickte widerwillig. »Ich weiß nicht, wie es ist, zu sterben«, sagte er. »Aber so ungefähr habe ich es mir vorgestellt, ja.«

Andrej schwieg. Im Grunde erging es ihm nicht anders als dem Nubier.

Er wusste genauso wenig wie Abu Dun, wie es war zu sterben. Er war dem Tod schon oft nahe gewesen, möglicherweise näher als die meisten anderen Menschen. Endgültige Gewissheit jedoch würde auch er erst erlangen, wenn er den Weg so weit gegangen war, dass es für ihn kein Zurück mehr gab. Das Einzige, was für ihn unbestreitbar feststand, war, dass der Tod vollkommen anders war, als die Menschen gemeinhin glaubten.

Zunächst aber musste Andrej ein näher liegendes Problem lösen. Langsam und sehr bewusst hob er den Arm und konzentrierte sich dabei ganz auf die Bewegung. Seine Muskeln waren steif und weigerten sich, seinen Befehlen zu gehorchen. Er fühlte sich so kraftlos und schwach wie ein neugeborenes Kind.

»Unheimlich, nicht?«, sagte Abu Dun verständnisvoll. »Mir ist es ganz genauso ergangen. Aber das vergeht.«

»Was ist passiert?«, fragte Andrej hilflos.

»Wenn ich das wüsste«, erwiderte Abu Dun. »Er hat dich niedergeschlagen. Ich wollte dir helfen, aber …« Er sah betreten weg.

»Du hättest nichts tun können«, beruhigte Andrej ihn. »Ich bin nicht sicher, ob überhaupt jemand in der Lage ist, dieses … *Ding* zu besiegen.«

Abu Dun nickte bedrückt.

»Glaubst du, dass er … einer von uns ist?«, fragte er stockend.

»Ein Vampyr?«

Abu Dun schien es Mühe zu kosten, dieses Wort auszusprechen. Er antwortete mit einem Nicken und zuckte gleichzeitig mit den Achseln.

Andrej fuhr fort: »Dann hätten wir es doch gespürt, oder?«

Abu Dun wiederholte das Achselzucken. »Ich frage mich, ob es so ist, wenn man …«, er zögerte, »… wenn einem das Leben genommen wird.«

Andrej erschauderte. Er hatte nicht vergessen, wie die unsichtbare eisige Kralle sich in seine Seele gegraben und das Leben Stück für Stück aus ihm herausgerissen hatte. Warum nur hatte sie ihr Werk nicht zu Ende gebracht?

Laut fragte er: »Warum hat er uns am Leben gelassen?«

»Vielleicht wurde er gestört«, vermutete Abu Dun.

Andrej lachte. »Von wem? Von Stanik vielleicht?«

»Wäre das so abwegig?«

Sowohl Abu Dun als auch er fuhren erschrocken herum, als die Stimme des langhaarigen Jungen von der Treppe her erschallte. Keiner von ihnen hatte ihn kommen gehört, obwohl es eigentlich unmöglich war, sich auf der uralten, knarrenden Treppe lautlos zu bewegen. Andrej fragte sich, wie lange Stanik wohl schon dort gestanden hatte, um sie zu belauschen – und vor allem, *was* er gehört hatte.

»Vermutlich wärst du dann nicht mehr am Leben«, antwortete er mit einiger Verspätung. Er tauschte einen raschen Blick mit Abu Dun, der lediglich kurz die Schultern hob.

»Ach?«, fragte Stanik in trotzigem Ton. »Du meinst, weil ein Mann, der so leicht mit dir und deinem heidnischen Freund fertig wird, einen dummen Bauerntölpel wie mich schon lange besiegen kann – war es das, was du sagen wolltest?«

Andrej gab sich Mühe, sich zu beherrschen. »Ja, so ungefähr«, erwiderte er ruhig.

»Aber ganz genau so war es«, beharrte Stanik, immer noch im gleichen Tonfall, der eher störrisch als herausfordernd wirkte. Beide Hände in den Taschen seiner abgetragenen Hose vergraben, stieg er mit einer Gelassenheit die restlichen Stufen der steilen Stiege hinauf, die in Andrej fast ein Gefühl von Neid wachrief. Ihm fiel jedoch noch etwas anderes auf: Stanik bemühte sich um einen selbstsicheren Gesichtsausdruck, hatte sich aber nicht gut genug in der Gewalt, sodass sein Blick schnell und ängstlich durch den Raum irrte. Wahrscheinlich fragte er sich, wie viel Abu Dun und er gesehen, und ob sie die richtigen Schlüsse daraus gezogen hatten.

»Ganz genau so war es«, beteuerte er noch einmal. Er

schob eigensinnig das Kinn vor und fuhr zu Andrej gewandt fort: »Als ich dazukam, stand er über deinen Freund gebeugt, und du hast reglos im Schnee gelegen. Er hat mich gesehen, und ich bekam Angst, dass er mich ebenfalls tötet.« Er hob die Schultern. »Stattdessen ist er weggelaufen.«

»Ja, darauf wette ich«, spottete Abu Dun. »Wahrscheinlich hatte er Angst vor dir.«

In Staniks Augen blitzte es wütend auf, und Andrej sagte rasch: »Vielleicht wollte er uns ja gar nicht töten.«

Abu Dun schnaubte verächtlich, während Andrej hastig weiterfragte: »Du hast ihn also gesehen?«

Stanik nickte.

»Und du hast ihn erkannt«, vermutete Andrej.

»Es war ihr Bluthund«, bestätigte Stanik. »Der Leibwächter der Hexe.«

»Ein Name wäre ganz nützlich«, schlug Andrej vor. »Es fällt doch leichter, über jemanden zu sprechen, dessen Namen man kennt.«

»Den kennt niemand«, behauptete Stanik. »Und euch braucht er auch nicht mehr zu interessieren.« Er straffte die Schultern, wohl um auch äußerlich zu betonen, dass er dieses Gespräch als beendet erachtete. »Mein Vater lässt euch ausrichten, dass das Essen fertig ist. Wenn den Herren also danach zu Mute wäre, unser bescheidenes Mahl mit uns zu teilen, so würden wir uns zutiefst geehrt fühlen.«

»Spott steht dir nicht besonders gut zu Gesichte, Jungchen«, bemerkte Abu Dun kühl.

In Staniks Augen funkelte es kampflustig. Andrej erhob sich rasch und trat zwischen ihn und den Nubier.

»Ist schon gut«, beschwichtigte er den jähzornigen

jungen Mann. »Sag deinem Vater, dass wir gerne kommen. Wir sind gleich unten.«

Zu seiner Überraschung gab sich Stanik mit dieser Antwort zufrieden – wenn er es sich auch nicht nehmen ließ, Abu Dun noch einen aufsässigen Blick zuzuwerfen, bevor er mit schnellen Schritten auf der Treppe verschwand.

Andrej drehte sich zu Abu Dun um. »Was soll das?«, fragte er scharf. »Wieso reizt du ihn so?«

»Weil er lügt«, antwortete Abu Dun. »Du hast diesen Kerl doch erlebt! Er hat uns beide mit Leichtigkeit besiegt – und dann läuft er weg, wenn dieser Bengel auftaucht? Wer soll das glauben?«

»Vielleicht wollte er uns gar nicht töten«, wiederholte Andrej. »Ich glaube, wenn er uns hätte töten wollen, dann *wären* wir jetzt tot.«

»Und warum hat er dann den ganzen Aufwand betrieben?«, brummte Abu Dun.

Andrej schüttelte den Kopf. »Vielleicht wollte er mit uns spielen. Seine Kräfte mit uns messen. Oder uns zeigen, wozu er wirklich fähig ist – was weiß ich.«

»Das ist ihm gelungen«, bestätigte Abu Dun. Er fuhr sich genießerisch mit der Zungenspitze über die Lippen. »Bilde ich mir das bloß ein, oder hat der Junge etwas von Essen gesagt?«

»Warte noch kurz«, bat Andrej und fuhr fort: »Was genau hat Staniks … *Bluthund* eigentlich gemeint, als er behauptete, seine Herrin vor uns beschützen zu müssen?«

»Vielleicht dasselbe, was ich gemeint habe, als ich sagte, dass wir das Geld brauchen könnten«, erwiderte Abu Dun ausweichend.

108

»Du hast …?«

»Nichts habe ich«, fiel Abu Dun Andrej ins Wort. »Der Junge hat mir Leid getan, und seine Mutter erst recht. Ich habe ihnen lediglich versprochen, Augen und Ohren offen zu halten, falls wir in der Nähe des Schlosses vorbeikommen.«

»Das zweifellos genau auf dem Weg nach Fahlendorf liegt«, vermutete Andrej.

»Ein Umweg von einem halben Tag. Und verdammt noch mal, Hexenmeister, ich meine es ernst: Wir brauchen das Geld. Wir sind so gut wie pleite. Davon abgesehen …«

»Ja?«, fragte Andrej, als Abu Dun mitten im Satz abbrach und auch keine Anstalten machte weiterzusprechen.

»Davon abgesehen bin ich es leid, von Stadt zu Stadt zu irren und einem Hirngespinst hinterherzujagen«, stieß Abu Dun eigensinnig hervor. »Verdammt, ich brauche endlich wieder mal einen richtigen Kampf!« Er ballte die Faust. »Wir sind Krieger, Andrej, keine Pilger auf dem Weg nach Mekka.«

»Ich bin auch nicht auf der Suche nach einem Stein«, antwortete Andrej.

Abu Dun presste grimmig die Kiefer aufeinander und Andrej begriff, dass er zu weit gegangen war. Sie kannten sich seit vielen Jahrzehnten, und sie hatten von Anfang an den Glauben des jeweils anderen respektiert; auch wenn Andrej nicht klar war, wie tief der Glaube des Nubiers tatsächlich ging. Er vermutete, dass Abu Duns Verhältnis zu Allah ebenso angespannt war, wie das seine zu Gott, doch spürte er deutlich, dass er seinen Gefährten mit seiner unüberlegten Bemerkung verletzt hatte.

»Entschuldige«, sagte er reumütig. »Das war dumm von mir. Ich hätte das nicht sagen sollen.« Er verstand selbst nicht, warum sich das vertraute, scherzhafte Wortgeplänkel zwischen ihnen auf eine nie gekannte Art zu trüben begann.

»Vielleicht hast du ja Recht, du ungläubiger Bastard einer gottlosen Heidin«, grollte Abu Dun. »Ich hätte dich fragen sollen.« Sein ohnehin nachtdunkles Gesicht verfinsterte sich weiter. Zorn trat in seine Augen. »Aber wenn du es noch einmal wagst, Allah oder seine Heiligtümer zu beleidigen, dann schwöre ich, reiße ich dir bei lebendigem Leib die Eingeweide heraus und zwinge dich, dabei zuzusehen, wie ich sie an die räudige Hündin verfüttere, die deine Mutter gewesen ist!«

»Das klingt einigermaßen bedrohlich«, sagte Andrej. Dann grinste er. »Kannst du das noch einmal sagen?«

»Ich könnte es dir zeigen«, schlug Abu Dun vor. »Das Schöne an einem unsterblichen Bastard wie dir ist, dass man es beliebig oft wiederholen kann, bis man mit dem Ergebnis halbwegs zufrieden ist.«

»Spar dir deine Kräfte«, empfahl Andrej. »Du wirst sie noch dringend brauchen.«

»Für dich?«, fragte Abu Dun feixend.

»Nein«, antwortete Andrej. »Für jemanden, dessen Namen ich nicht kenne. Aber er hat eine Vorliebe für Weiß.«

Abu Duns Feixen endete mit einem Schlag. »Du willst …«

»Du«, unterbrach ihn Andrej, »wolltest doch einen richtigen Kampf, oder?«

»Mit einem Mann, der nicht zu besiegen ist?« Abu Dun dachte mit angestrengt gerunzelter Stirn nach.

»Warum nicht? Eigentlich wollte ich immer schon mal wissen, wie sich die armen Hunde fühlen, die gegen uns antreten müssen.«

Das Schloss war nicht einmal in seinen besten Zeiten, die schon eine geraume Weile zurückliegen mussten, als Schloss zu bezeichnen gewesen. Andrej schätzte, dass es früher einmal ein nicht allzu großer Bauernhof gewesen war, den einer seiner Besitzer um einen niedrigen Wehrturm zu erweitern begonnen hatte, der offensichtlich niemals beendet worden war. Das Anwesen machte einen heruntergekommenen Eindruck. Das Dach der Scheune, die das größte Gebäude des Hofes darstellte, war eingefallen. Bei Tag hätte man erkennen können, dass sie irgendwann einmal gebrannt hatte. Auch der Rest der Gebäude ähnelte eher einer Ruine als einem von Menschen bewohnten Anwesen. Nur hinter einem einzigen Fenster brannte Licht, das von einer einsamen Kerze stammte.

»Schloss?« Abu Dun fasste in Worte, was Andrej gedacht hatte. »Da, wo wir herkommen, nennt man so etwas allenfalls eine Ruine.«

»Es *war* ein Schloss, bevor die Teufelin gekommen ist«, beharrte Stanik. »Sie hat es verhext!«

Abu Dun setzte zu einer spöttischen Entgegnung an, hielt dann aber zu Andrejs Erleichterung den Mund und beließ es bei einem resignierenden Seufzen und einem Kopfschütteln, mit dem er sich wieder umwandte und auf die düsteren Gebäude im Tal hinuntersah. Eine ganze Zeit lang standen sie schweigend da, dann sagte er: »Es sieht verlassen aus.«

»Dort unten ist es immer dunkel«, sagte Stanik. »Wahrscheinlich fürchten sie das Licht, diese Kreaturen der Finsternis.«

Andrej verkniff sich eine Antwort auf diesen Unsinn. Er blickte konzentriert auf das Haupthaus hinab und bemerkte lediglich: »Im ersten Stock brennt eine Kerze.«

»Und im Turm ebenfalls«, fügte Abu Dun hinzu.

Andrej sah noch einmal genauer hin und nickte. Das winzige rötliche Flackern war ihm bisher entgangen, aber Abu Dun hatte Recht. Auf diesem Hof waren also vermutlich mindestens zwei Menschen anwesend.

»Ihr habt scharfe Augen«, bemerkte Stanik argwöhnisch, während er zuerst Andrej und dann Abu Dun einen misstrauischen Blick zuwarf.

Andrej tat so, als habe er es nicht bemerkt, nahm sich aber insgeheim vor, in Zukunft vorsichtiger zu sein.

Der Hof lag eine gute Dreiviertelmeile entfernt unter ihnen im Tal. Auf diese Distanz hatte selbst er Mühe, mehr als ein Gemenge ineinander fließender Schatten und bruchstückhafter Umrisse zu erkennen.

»Wir sind in solchen Dingen geübt«, antwortete er beiläufig. »Es ist gar nicht so schwer, wenn man den Bogen einmal raus hat.«

Auch Ulric warf ihm einen zweifelnden Blick zu. Andrej drehte sich rasch um und trat in den Schutz der schneebedeckten Büsche zurück, hinter denen sie ihre Pferde angebunden hatten. Abu Dun und – nach kurzem Zögern – auch Ulric und sein Sohn folgten ihm.

Andrej stampfte heftig mit den Füßen auf, um die Kälte aus seinen Zehen zu vertreiben, und hielt die

Hände vor den Mund, um hineinzublasen. Nichts davon half. Es war inzwischen so erbärmlich kalt geworden, dass er das Gefühl hatte, Eis auszuatmen.

»Das ist also das Schloss der Menschenfresserin«, sagte Abu Dun geringschätzig, nachdem er stehen geblieben war, um sich den Schnee aus dem Turban zu klopfen. »Brennen wir es ab, oder werfen wir lange genug mit Schneebällen, um eine Lawine auszulösen?«

»Das ist nicht komisch, Heide«, mahnte Ulric. »Wir sind hier, um das Mädchen zu retten, nicht, um es umzubringen.«

»Das kommt ganz darauf an, von welchem Mädchen wir reden«, antwortete Abu Dun übermütig. Ulrics Miene verdüsterte sich weiter, und Stanik setzte zu einer scharfen Entgegnung an. Er war ihnen in einigem Abstand gefolgt, aber nicht weit genug entfernt, um nicht zu hören, was Abu Dun gesagt hatte.

»Beruhigt euch«, sagte Andrej rasch. »Niemand hat vor, irgendjemanden umzubringen.«

»Wenigstens jetzt noch nicht«, fügte Abu Dun munter hinzu.

Andrej tat das Einzige, was er in diesem Moment noch tun konnte: Er missachtete ihn. »Seid ihr sicher, dass das Mädchen überhaupt noch lebt?«, fragte er.

»Es ist noch ein Tag bis Neumond«, antwortete Ulric. »Alle ihre Opfer sind in der Neumondnacht verschwunden. Deshalb sind Niklas und seine Söhne auch vergangene Nacht losgezogen, um Elenja zu suchen.«

»Sie ist noch am Leben«, fügte Stanik hitzig hinzu. »Ich weiß es.«

Abu Dun sparte sich die Frage, woher er das wissen wollte, aber man konnte sie deutlich in seinen Augen lesen. Staniks Lippen wurden zu einem blutleeren, dünnen Strich.

»Genug«, sagte Andrej scharf. »Wir sind schließlich nicht hergekommen, um miteinander zu streiten.« Er wandte sich an Ulric. »Wie viele Leute leben dort unten?«

»Nur die Hexe, ihr Beschützer und …« Er zögerte fast unmerklich. »… eine Zofe.«

»Elenja.«

»Sie hat immer nur eine Dienerin«, bestätigte Ulric. Er wich Andrejs Blick aus und auch dem seines Sohnes. »Sie sagt, sie braucht nicht mehr Dienerschaft.«

»Wie sieht es dort unten auf dem Hof aus?«, fragte Abu Dun. »Ich nehme an, du warst schon einmal dort?«

»Nicht, seit *sie* hier ist«, antwortete Ulric. »Vorher schon.«

»Dann beschreib uns das Gebäude«, verlangte Abu Dun. »Wie sieht es im Innern aus? Wie viele Zimmer gibt es? Wo schläft die Gräfin, und vor allem, wo finden wir das Mädchen?«

»Ich zeige es euch«, warf Stanik ein. »Genau wie den Weg hinunter ins Schloss Der Weg durch den Wald ist nämlich nicht ungefährlich, vor allem bei diesem Wetter.«

Sein Angebot hatte natürlich weder mit dem Wetter zu tun noch mit seiner Sorge um Abu Dun oder Andrej. Andrej hätte an seiner Stelle vermutlich nicht anders gehandelt. Trotzdem schüttelte er entschieden den Kopf. »Beschreib uns den Weg und das Haus«, gebot er, »das wird genügen.«

»Ich komme mit!«, beharrte Stanik. »Ich werde bestimmt nicht …«

»… dein Leben und das des Mädchens in Gefahr bringen?«, fiel ihm Andrej ins Wort. »Das wäre viel zu gefährlich.« Er gab Stanik keine Gelegenheit, noch einmal zu widersprechen, sondern wandte sich an dessen Vater. »Du bist mir dafür verantwortlich, dass er keinen Unsinn macht … Ihr wartet hier auf uns. Wenn wir bis Mitternacht nicht zurück sind, dann geht nach Hause.«

»Ich werde …«, begehrte Stanik auf, wurde aber sofort von seinem Vater zum Schweigen gebracht.

»Genug! Du wirst ausnahmsweise tun, was man dir sagt, und einfach den Mund halten. Oder meinst du, du hättest noch nicht genug Schaden angerichtet?«

Stanik durchbohrte seinen Vater mit bitterbösen Blicken, wagte aber nicht, noch einmal zu widersprechen. Er wandte sich verärgert ab und trat wütend nach einer Schneewehe, die mit einem seidigen Rascheln auseinander stob. Abu Dun grinste, während Andrej den langhaarigen Jungen besorgt musterte. Er spürte, dass Stanik ihnen noch Schwierigkeiten machen würde.

»Bitte verzeih meinem Sohn«, sagte Ulric steif. »Er ist ein guter Junge, aber er ist auch verliebt, und er ist krank vor Sorge um Elenja. Was genau wollt ihr wissen?«

Ulric beantwortete geduldig und präzise alle Fragen, die ihm gestellt wurden. Als er mit seinem Bericht zu Ende gekommen war, hatte Andrej das Gefühl, das heruntergekommene Schloss so gut zu kennen, als sei er selbst schon dort gewesen.

»Also gut«, sagte er and warf einen raschen Blick in den Himmel hinauf. Eine nahezu geschlossene Wolkendecke war aufgezogen, die weitere ergiebige Schneefälle befürchten ließ. »Wir haben gut zwei Stunden.«

»Und wenn ihr nicht zurückkommt?«, fragte Stanik.

»Wir kommen zurück!«, antwortete Andrej.

»Und falls nicht«, fügte Abu Dun hinzu, »wirst du vermutlich der Erste sein, der es erfährt, weil dann nämlich jemand anderes hier auftaucht.«

Andrej hütete sich, irgendetwas zu sagen. Jeder Versuch, Abu Dun zum Schweigen zu bringen, hätte ihn nur zu weiteren Bemerkungen dieser Art gereizt.

Ulric schien das ähnlich zu sehen. Auch er beließ es bei einem besorgten Blick und einem Schulterzucken.

Andrej wandte sich entschlossen um und ging in die Richtung los, die Ulric ihnen beschrieben hatte. Er wartete, bis er ganz sicher war, dass sie sich nicht mehr in Hörweite Ulrics und seines Sohnes befanden, bevor er das Schweigen brach. »Weißt du, was ich mich frage?«

»Was wir hier tun – außer natürlich, uns umbringen zu lassen?«

»Was Ulric meinte, als er zu seinem Sohn sagte, er hätte schon genug Schaden angerichtet«, antwortete Andrej ungerührt. »Ich werde das Gefühl nicht los, dass unsere neuen Freunde uns nicht die ganze Wahrheit erzählt haben.«

»Vermutlich trauen sie uns nicht.« Abu Dun lachte leise. »Würdest du an seiner Stelle dir trauen?«

»Nicht einmal an *meiner*«, entgegnete Andrej. Er blieb kurz stehen, um sich zu orientieren, und deutete dann nach vorn. Selbst ihm fiel es schwer, die genaue Richtung zu bestimmen, in die sie zu gehen hatten. Ohne seine und Abu Duns übermenschlich scharfen Sinne hätten sie sich schon nach den ersten Schritten hoffnungslos verirrt. Immerhin – das Schloss lag im Tal.

Solange sie bergab gingen, konnten sie nichts grundlegend falsch machen.

Sie setzten ihren Weg schweigend fort, was nicht nur daran lag, dass sie sich bemühten, möglichst leise zu sein. Andrej bemerkte es erst nicht, aber nach einer Weile ertappte er sich dabei, immer langsamer zu gehen. Irgendwann fiel es auch Abu Dun auf. »Ich habe sie bis jetzt noch nicht gesehen«, stellte er fest.

Andrej sah ihn verwirrt an. »Wen?«

Der Nubier deutete mit dem ausgestreckten Zeigefinger nach oben. »Du hast in den letzten zehn Minuten mindestens ebenso oft nach oben geblickt. Könnte es sein, dass du etwas suchst? Einen großen Vogel mit weißen Federn und gelben Augen vielleicht?«

»Ich glaube nicht, dass wir ihn sehen würden, selbst wenn er hier wäre«, antwortete Andrej. »Nicht, wenn er es nicht will.«

Er wollte weitergehen, aber Abu Dun schüttelte den Kopf und hielt ihn – grober als notwendig – am Arm fest. »Du hast meine Frage nicht beantwortet«, beharrte er.

»Das könnte daran liegen, dass du mir keine gestellt hast«, antwortete Andrej unwirsch. Er versuchte sich loszureißen, aber Abu Dun hielt ihn mit unerbittlicher Kraft fest. Andrej hätte Gewalt anwenden müssen, um sich zu befreien, und er spürte, dass er damit eine Grenze überschritten hätte, der er in den letzten Wochen gefährlich nahe gekommen war. Er entspannte sich, und nach einem Moment zog Abu Dun die Hand zurück.

»Früher wäre es nicht nötig gewesen, sie auszusprechen«, sagte er. »Aber gut, wie du willst.« Er deutete in die Richtung, in die sie sich bewegten. »Was willst du dort? Zuerst konntest du gar nicht schnell genug von hier verschwinden und dann hättest du mir am liebsten den Kopf abgerissen, als dieser Kerl dir verraten hat, dass ich mit Ulric eine Abmachung getroffen habe.«

»Da wusste ich auch noch nicht, mit wem wir es zu tun haben«, antwortete Andrej.

»Und jetzt weißt du es?«

»Nein«, erwiderte Andrej. »Aber wir werden es herausfinden.« Er bemerkte Abu Duns Gesichtsausdruck. »Willst du das etwa nicht wissen?«

Der Nubier zögerte einen Moment, bevor er antwortete, und er sah Andrej dabei nicht an. »Ich bin nicht sicher.«

»Du bist nicht sicher?« Andrej musste den ungläubigen Ton in seiner Stimme nicht spielen. »Was soll das heißen? Dieser Kerl hätte uns um ein Haar umgebracht – mit bloßen Händen! Und du bist *nicht sicher*, ob du wissen willst, wer oder was er ist?«

»Ich habe ein ungutes Gefühl dabei«, antwortete Abu Dun. »Das ist alles.« Er zögerte wieder. »Also gut: Der Kerl jagt mir eine Heidenangst ein.«

»Angst? Dir?« Andrej versuchte zu lachen, aber alles, was er zu Stande brachte, war ein schrilles Krächzen, das ihn an den nächtlichen Schrei einer Eule erinnerte.

»Ich habe keine Angst zu sterben, Hexenmeister«, entgegnete Abu Dun gereizt. »Mein ganzes Leben lang wusste ich, dass ich eines Tages meinen Meister finden würde, selbst nachdem ich zu dem wurde, was ich bin. Das ist es nicht. Aber dieser Mann … macht mir Angst. Nicht das, was er mir antun könnte. Das, was er *ist*.«

»Mir auch«, antwortete Andrej ernst. »Und genau deshalb muss ich wissen, was er ist.«

»Selbst wenn es dich das Leben kostet – oder Schlimmeres?«

Darauf antwortete Andrej nicht. Er hätte entgegnen können, dass er es stets vorgezogen hatte zu wissen, mit wem er es zu tun hatte, und das wäre die Wahrheit gewesen. Aber da war noch mehr. Dieser unheimliche Fremde mit den weißen Haaren und den sonderbaren Augen hatte ihn zutiefst erschreckt, mehr, als er Abu Dun gegenüber je eingestanden hätte, und *sehr viel mehr*, als er sich selbst gegenüber zugeben wollte.

Vielleicht war es dem Umstand geschuldet, dass er sie nicht getötet hatte.

Sie setzten ihren Weg schweigend fort, bis der Wald sich allmählich zu lichten begann und schließlich ganz aufhörte. Vor ihnen lag nur noch ein schmaler Streifen abschüssigen, schneebedeckten Geländes, hinter dem sich die schwarzen Umrisse des Schlosses erhoben. Von der Stelle am Waldrand aus, an der sie stehen geblieben waren, konnten sie keine der beiden Kerzen mehr erkennen – falls sie überhaupt noch brannten. Das Gebäude hatte sich endgültig in einen dräuenden schwarzen Schatten verwandelt, etwas, das aus einer jener Geschichten zu stammen schien, die man sich des Abends am Lagerfeuer erzählte, um den wohligen Schauer zu genießen, den sie den Zuhörern über den Rücken laufen ließen, obwohl man wusste, dass sie nicht wahr waren.

An dem Schauer, den Andrej verspürte, war nichts Wohliges. Er meinte, aus den Schatten eine Warnung zu vernehmen, die laut und unüberhörbar in seinen Ohren gellte.

Offensichtlich ließ er sich allmählich von Abu Duns Nervosität anstecken. Aber damit tat er weder sich selbst noch dem Nubier einen Gefallen. Das da vor ihnen war nur ein Haus, nicht mehr. Er zog sein Schwert, führte die Bewegung jedoch nicht zu Ende, sondern stieß die Waffe mit einem übertrieben heftigen Ruck in die Scheide zurück. Abu Dun, dem die Bewegung nicht entgangen war, grinste breit.

Andrej zog die Hand vom Schwertgriff zurück und suchte die freie Fläche vor ihnen mit Blicken ab. Das Gelände zwischen dem Waldrand und dem gedrungenen Tor war vollkommen flach und bot keinerlei Deckung. Auf dem frisch gefallenen Schnee mussten sie überdeutlich für jeden zu sehen sein, der einen zufälligen Blick in ihre Richtung warf. Schlimmer noch: Die Schneedecke war vollkommen unberührt. Selbst wenn sie ungesehen bis zum Tor kamen, würden sie Spuren hinterlassen, die ihre Anwesenheit verrieten.

»Vielleicht sollten wir es doch lassen«, murmelte Abu Dun.

»Was?«

Abu Dun hob unbehaglich die Schultern. »Wenn dieser Kerl wirklich dort auf uns wartet, laufen wir direkt in eine Falle«, gab er zu bedenken.

»Und?«

»Fahlendorf ist nicht weit«, antwortete Abu Dun mit einer entsprechenden Geste. »Nur ein paar Stunden. Wir könnten … ein paar Erkundigungen einholen.«

»Erkundigungen?«

»Über Ulrics *Hexe*«, erklärte Abu Dun. »Ich meine … wir wissen nichts über sie außer dem, was er und seine Söhne erzählt haben. Und das muss nicht stimmen.«

»Und was ist mit den fünf Toten im Wald?«, fragte Andrej.

Abu Dun bedachte ihn mit einem flüchtigen Blick, den Andrej nicht zu deuten vermochte.

Ansonsten tat er, was er immer tat, wenn ihm nicht gefiel, was Andrej sagte: Er strafte ihn durch Missachtung. »Vielleicht warten Ulric und seine liebreizenden Söhne ja noch auf uns«, sinnierte er, während er nachdenklich seine geballte rechte Faust ansah. »Ich könnte sie fragen, was hier wirklich los ist – falls sie noch antworten können, wenn ich mit ihnen fertig bin.«

»Ich kann mir nicht vorstellen, dass sie sich nur einen schlechten Scherz erlaubt haben«, sagte Andrej. »Ganz davon abgesehen, dass sie nicht wissen konnten, wie wir reagieren, macht es nicht den geringsten Sinn.«

»Ich werde sie fragen«, grollte Abu Dun. Er ließ die Faust sinken, »Was tun wir jetzt? Vorausgesetzt, der in naher Zukunft einäugige Ulric und sein demnächst humpelnder Sohn haben sich damit nicht auch einen lustigen Schabernack erlaubt, ist es nicht allzu weit bis Fahlendorf. Wir können uns natürlich auch hier ein kuscheliges Plätzchen für die Nacht suchen.«

Andrej würdigte ihn keiner Antwort, sondern drehte sich auf dem Absatz um und trat den beschwerlichen Rückweg zu Stanic, Ulric und den Pferden an.

Fahlendorf verdiente diesen Namen nicht. Nach Andrejs Dafürhalten hätte es nicht einmal den Namen Fahlen*weiler* verdient, denn es bestand lediglich aus einer Hand voll heruntergekommener Häuser, die sich um eine Weggabelung drängten.

Ob Ulric und seine Söhne sie tatsächlich absichtlich belogen hatten oder aber die ins Bodenlose fallenden

Temperaturen ihnen das Vorwärtskommen über die Maßen erschwerten, wusste Andrej später nicht zu sagen. Sie brauchten bis weit nach Mitternacht, um die verschneite Kreuzung zu erreichen, und der Ort lag wie tot da. Andrej musste eine geraume Weile mit steif gefrorenen Fäusten gegen die Tür des Gasthauses hämmern, bevor ihnen ein verschlafener Wirt öffnete, der sich wenig erbaut über die nächtliche Störung zeigte. Das Zimmer, das er ihnen gab, erwies sich als zugiger Dachboden mit zwei Strohsäcken, die bereits von einer Armee ausgehungerter Flöhe besetzt waren. Andrej war jedoch so müde, dass er selbst auf einem Stein geschlafen hätte.

Am nächsten Morgen erwachte er ungewohnt spät – durch das mit schmierigem Ölpapier verstopfte Loch, das der Wirt als Fenster bezeichnet hatte, schien bereits die Sonne. Ihn quälten ein schmerzender Rücken, ein Gefühl leiser Übelkeit, pochende Kopfschmerzen und ein Geschmack im Mund, als hätte er die halbe Nacht auf dem verdreckten Sack herumgekaut, auf dem er lag. Außerdem hatte er von Spinnen geträumt.

Benommen richtete er sich auf und fuhr sich mit dem Handrücken über das Gesicht. Er verspürte ein leises Schwindelgefühl. Hätte er es nicht besser gewusst, hätte er jede Wette gehalten, dass Abu Dun und er sich am Abend zuvor bis an den Rand der Bewusstlosigkeit betrunken hatten.

Unsicher stand er auf, reckte sich ausgiebig und stieß sogleich mit dem Kopf gegen die niedrigen Dachbalken. Er hatte Durst. Zunge und Gaumen fühlten sich pelzig an. Ob es wohl die Kälte des vergangenen Abends war, unter deren Nachwirkungen er litt? Andrej konnte sich kaum erinnern, jemals so gefroren zu haben. Abu Dun und er hatten während der letzten Stunde ihres Weges kein Wort mehr miteinander gewechselt, aus Angst, dass ihnen die Zunge an den Zähnen festfror, wenn sie den Mund aufmachten.

Er ging geduckt zur Tür und verzog missmutig das Gesicht. Die Menschen in diesem Teil des Landes schienen eine Vorliebe für steile Treppen zu haben. Auch diese verdiente eher den Namen *Leiter,* sodass er sich mit beiden Händen an den Wänden abstützen musste, um nicht die Balance zu verlieren.

Er gelangte in einen winzigen Raum. Im Kamin prasselte ein gewaltiges Feuer, das mehr Rauch als Wärme verbreitete. Augenblicklich musste Andrej gegen einen starken Hustenreiz ankämpfen. Immerhin war es wärmer als draußen im Freien, wenn er auch bei näherem Hinsehen erkannte, dass sich etliche der Eisblumen, die er auf den Fensterscheiben entdeckte, auf der Innenseite des Glases befanden.

Die Stube war so geräumig, dass die gesamte männliche Einwohnerschaft Fahlendorfs dort Platz finden konnte. Derzeit waren jedoch fünf der insgesamt sieben lieblos zusammengezimmerten Tische verwaist. An einem Platz neben der Tür saß ein verhutzeltes kleines Männlein, dessen Gesicht und Hände fast ebenso viele Falten aufwiesen wie seine aus löchrigen Lumpen bestehende Kleidung. Es stopfte mit sichtlichem Appetit etwas in sich hinein, von dem Andrej lieber nicht wissen wollte, was es war. Unmittelbar am Kamin saß ein ungewohnt barhäuptiger Abu Dun und schaufelte Unmengen desselben Fraßes in sich hinein. Neben ihm standen ein gesprungener Tonkrug und ein zwar unversehrter, aber alles andere als sauberer Becher, aus dem es sichtbar dampfte.

Andrej nickte dem Wirt, der ihm von seinem Platz hinter der Theke aus einen finsteren Blick zuwarf und kein bisschen weniger verschlafen oder übellaunig aussah als in der vergangenen Nacht, flüchtig zu, deutete auf Abu Duns Teller und Becher und hob zwei Finger. Der Wirt gab mit keiner Miene zu erkennen, dass er die Bestellung wahrgenommen hätte, was Andrej aber nicht weiter verdross. Je mehr er sich dem Tisch näherte, desto weniger sicher war er, dass er das Zeug, das der Nubier in sich hineinstopfte, wirklich essen wollte. Oder auch nur dabei zusehen mochte, wie Abu Dun es aß.

Wortlos zog er sich einen Stuhl heran, setzte sich und wartete darauf, dass der Gefährte das Schweigen brach. Der Nubier kaute seelenruhig weiter, ohne von ihm Notiz zu nehmen.

»Also?«, fragte Andrej schließlich.

Abu Dun riss ein Stück von dem Brotlaib ab, der neben seinem hölzernen Teller lag, und ließ es zwischen seinen strahlend weißen Zähnen verschwinden.

»Also was?«, fragte er mit vollem Mund zurück. Er blickte Andrej immer noch nicht an, sondern griff nach seinem Becher und nahm einen gewaltigen Schluck.

»Eigentlich wollte ich mich lediglich erkundigen, ob du gut geschlafen hast«, sagte Andrej leicht gereizt.

»Danke der Nachfrage«, antwortete Abu Dun. Laut schlürfend nahm er einen weiteren Schluck aus seinem Becher. Andrej sah nun deutlich, dass dieser einen eingetrockneten Rand hatte, der wie schmieriger Grind aussah, und musste gegen ein heftiges Gefühl von Übelkeit ankämpfen. »Wie ein Baby.«

»Trotz der Flöhe, mit denen du das Lager geteilt hast?«

Abu Dun grinste, wobei er Andrej einen Blick auf den breiigen Inhalt seines Mundes gewährte. Das flaue Gefühl in Andrejs Magen nahm zu. »Wie sprichst du denn über unsere Verwandten?«, feixte Abu Dun.

»Verwandte?«

»Ich gebe zu, es sind nur kleine Blutsauger«, fuhr Abu Dun fort, so laut, dass der kleine Mann am Nebentisch aufsah und ihm einen missbilligenden Blick schenkte. Der Nubier griff erneut nach seinem Becher. Eine dünne Spur der Flüssigkeit rann an seinem Kinn hinab.

»Bist du ganz sicher, dass alles in Ordnung ist?«, erkundigte sich Andrej. Aus seiner Verwirrung wurde Sorge. Er konnte sich nicht erinnern, Abu Dun jemals so erlebt zu haben. Wie die meisten Muselmanen war der Nubier außerordentlich reinlich. Ein derart unflätiges Benehmen war bei ihm äußerst befremdlich.

»Was soll mit mir nicht in Ordnung sein?«, fragte Abu Dun mit vollem Mund. Er hob eine fettige Hand, um den Wirt herbeizuwinken. Die Eilfertigkeit, mit der der Mann um seine Theke herumwirbelte und einen zweiten Becher für Andrej sowie einen Holzteller mit einer streng riechenden Masse brachte, gab Andrej einen Hinweis auf das, was dort unten geschehen sein mochte, während er noch geschlafen hatte.

Andrej vermied es, den Teller genauer in Augenschein zu nehmen. Er ließ es zu, dass sein Becher mit dampfendem Glühwein gefüllt wurde, wenn er auch wusste, dass er nichts von diesem Zeug herunterkriegen würde. Er wartete, bis der Wirt außer Hörweite war.

Dann fragte er: »Kannst du mir verraten, was dieser Unsinn soll?«

»Unsinn?«

»Verdammt, du …« Andrej biss sich auf die Unterlippe und schluckte die restlichen Worte herunter, als der Gast am benachbarten Tisch neugierig aufsah. »Was soll das Theater?«, fuhr Andrej deutlich leiser fort. »Du benimmst dich wie ein Schwein.«

»Immerhin wie ein waches Schwein«, erwiderte Abu Dun grinsend. Er trank einen weiteren Schluck, wobei noch mehr Wein an seinem Kinn herablief und auf die Tischplatte tropfte, knallte den Becher unnötig hart auf den Tisch und rülpste laut. Der Mann am Nebentisch schien genug zu haben. Er stand auf, stieß seinen Stuhl zurück und wandte sich zur Tür. Während er sich die Kapuze seines zerschlissenen Mantels über den Kopf zog, murmelte er etwas Unverständliches. Es fiel Andrej nicht schwer sich vorzustellen, was es wohl gewesen war. Durch die geöffnete Tür sah er, dass es wieder zu schneien begonnen hatte.

»Ich verstehe«, bemerkte er griesgrämig. »Du wolltest das ganze Lokal für dich haben.«

Abu Duns Grinsen wurde breiter. Er schmatzte mit offenem Mund. »Das haben wir sowieso«, sagte er. »Heute ist Sonntag. Alle braven Christenmenschen sind jetzt in der Kirche und scheuern sich die Knie wund. Ich bin ein ungläubiger Heide aus dem Morgenland – aber welche Entschuldigung hast du, Hexenmeister?«

»Du bist …«, begann Andrej, doch Abu Dun unterbrach ihn mit einer knappen Geste, griff nach dem schwarzen Tuch, das neben seinem Teller auf dem Tisch

126

lag, und wischte sich damit den Mund ab. Sein unverschämtes Grinsen erlosch schlagartig. »Ich habe das eine oder andere herausgefunden, während du gemütlich ausgeschlafen hast«, sagte er. »Willst du es hören?«

Andrej hob die Schultern. Irgendetwas stimmte nicht.

Abu Dun begann mit geschickten Bewegungen das schwarze Tuch zu einem Turban zu wickeln. »Die guten Leute hier leben streng nach den Geboten eurer Bibel«, erklärte er spöttisch. »Sie gehen pünktlich bei Tagesanbruch in die Kirche – was sie allerdings nicht daran hindert, vorher noch einen kräftigen Schluck zu sich zu nehmen. Und sie scheinen nichts gegen Fremde zu haben. Ich hatte jedenfalls keine großen Probleme, mit einigen von ihnen ins Gespräch zu kommen.«

»Und?«, hakte Andrej nach. Abu Dun schien es zu genießen, sich jedes einzelne Wort aus der Nase ziehen zu lassen.

»Ich konnte nicht viel über Ulrics *Hexe* herausfinden«, fuhr er fort. »Die Leute sprechen nicht gerne über sie, scheint mir. Dafür aber umso lieber über Ulric und seine Söhne.«

»Und was sagen sie so?« Andrej ertappte seine Hand dabei, wie sie nach dem Becher mit Glühwein greifen wollte und zog den Arm erschrocken wieder zurück.

»Hat keinen besonders guten Ruf, unser neuer Freund«, antwortete Abu Dun. »Die guten Leute wollten nicht so recht mit der Sprache raus. Immerhin bin ich ein Fremder für sie, und noch dazu ein Muselmane.« Er machte ein übertrieben ängstliches Gesicht und tat so, als zittere er vor Entsetzen. »Der schwarze Mann, mit dem man Kinder erschreckt. Aber die Leute hier sagen wenig Gutes über Ulric und seine Bande.«

»Bande?«

»Habe ich *Bande* gesagt?«, grinste Abu Dun und schüttelte den Kopf. »Das tut mir Leid. Ich wollte natürlich *Familie* sagen.«

»Könntest du – *bitte* – aufhören, dich wie ein Idiot zu benehmen und mich wie einen zu behandeln?«, fragte Andrej mühsam beherrscht.

»Aber warum denn?«, erkundigte sich Abu Dun mit Unschuldsmiene. »Die Leute reden lieber mit einem Idioten, über den sie sich lustig machen können, als mit einem schwarzen Mann, vor dem sie Angst haben.«

»Und was reden sie so?«, seufzte Andrej resigniert. Er wusste aus langer Erfahrung, dass es nichts und niemanden auf der Welt gab, der Abu Dun von diesem albernen Spiel abbringen konnte.

»Dass wir Glück hatten, die vergangene Nacht in der Gesellschaft unserer kleinen Verwandten zubringen zu dürfen«, antwortete Abu Dun. »Wir wären nicht die ersten Reisenden, deren Spur sich auf Ulrics Hof verliert.«

Andrej war nicht überrascht. Dass sie es nicht mit gewöhnlichen Bauern zu tun hatten, war ihm spätestens in dem Moment klar geworden, in dem er Ulrics vollgestopften Dachboden gesehen hatte. Aber auch Abu Dun und er hatten schon gestohlen, um zu überleben.

»Das geht uns nichts an«, entgegnete er.

»Vielleicht doch«, widersprach Abu Dun. Plötzlich war in seinem Blick nicht mehr die mindeste Spur von Humor. »Es geht das Gerücht, dass es zwischen Ulric und seinem Nachbarn Niklas seit langem Streit gibt. Es geht wohl um ein Grundstück oder ein Wegerecht oder so was. Die beiden sind jedenfalls seit Jahren Feinde.«

Er legte eine wohl überlegte Pause ein, bevor er hinzu-fügte: »Todfeinde.«

»Wissen die Leute hier ...?«, begann Andrej, wurde aber sofort von Abu Dun unterbrochen.

»Nein. Woher auch. Ich habe es ihnen bestimmt nicht gesagt und werde mich hüten, es zu tun.« Ein grimmi-ges Lächeln erschien auf seinem Gesicht. Er ballte die Faust und schlug sich damit in die geöffnete Linke. »Aber ich werde unseren Freund Ulric fragen, warum er vergessen hat, dieses kleine Detail zu erwähnen, wenn ich ihn das nächste Mal sehe.«

Andrej konnte Abu Duns Ärger verstehen. Er schätzte es ebenso wenig wie der Nubier, belogen oder ausgenutzt zu werden. Dennoch schüttelte er nach kur-zem Überlegen den Kopf.

»Die Gelegenheit wird sich wohl kaum ergeben«, sagte er. »Willst du wirklich die ganze Strecke zurück-reiten, nur um diesem kleinen Gauner eine Abreibung zu verpassen?«

»Das ist gar nicht nötig«, antwortete Abu Dun und tunkte mit einem Stück Brot den letzten Rest matschi-ger Sauce von seinem Teller auf. »Wir müssen nur bis morgen warten. Morgen ist Markttag. Ulric und seine demnächst toten Söhne kommen dann hierher, um zu verkaufen, was sie in den letzten Monaten zusammen-gestohlen haben. Oder vielleicht auch, um etwas zu stehlen, was weiß ich.« Er schluckte den Bissen ge-räuschvoll herunter und warf einen gierigen Blick auf Andrejs Teller. »Isst du das nicht mehr?«

»Vielleicht, wenn ich wüsste, was es ist«, sagte And-rej.

»Zerkochter Kohl«, antwortete Abu Dun, während

er den Teller bereits zu sich heranzog. »Mindestens fünfmal aufgewärmter Kohl, mit irgendwas darin, was vermutlich mal gelebt hat. Es schmeckt gar nicht so schlecht, wie es aussieht.«

Das wäre auch nicht möglich, dachte Andrej. Er forderte Abu Dun mit einer vollkommen überflüssigen Geste auf, sich zu bedienen, und sah mit wachsender Verwunderung zu, wie Abu Dun auch diese zweite Portion in sich hineinstopfte. Er war inzwischen davon überzeugt, dass Abu Dun lediglich Theater spielte, aber er wusste weder für wen noch warum.

»Ich verstehe ja, dass du Stanik und seinen Vater wieder sehen willst«, sagte er, »aber wir können nicht bis morgen bleiben.«

»Mahumisch?«, fragte Abu Dun, schluckte den gewaltigen Bissen herunter, den er im Mund hatte, und fragte noch einmal: »Warum nicht?«

»Weil das Wetter möglicherweise noch schlechter wird«, antwortete Andrej, »und ich hier weg sein will, bevor wir ganz einschneien.«

»Ich schätze, wir sitzen hier sowieso vorläufig fest«, behauptete Abu Dun mit vollem Mund und sichtlichem Vergnügen. »Der nächste Gasthof ist zwei Tagesritte entfernt. Wir würden erfrieren, bevor wir dort sind.«

»Du bist verrückt, wenn du glaubst, dass ich in diesem Kaff überwintere.«

»Nur ein paar Tage«, beruhigte ihn Abu Dun. »Das Wetter wird sich bald bessern.«

»Was du zweifellos in deinen alten Knochen spürst«, vermutete Andrej säuerlich.

»Und Ulric ebenso zweifellos bald in seinen nicht ganz so alten Knochen«, scherzte Abu Dun. Dann wurde er wieder ernst. »Wieso hast du es plötzlich so eilig, von hier wegzukommen? Gestern Abend warst du doch noch ganz versessen darauf, Jagd auf einen Herrn in Weiß zu machen.«

»Das war gestern«, antwortete Andrej kurz angebunden.

Abu Dun hob fragend die linke Augenbraue und aß dann mit ungezügeltem Appetit weiter.

Andrej schwieg. Abu Duns Frage war ihm unangenehm. Der Nubier hatte vollkommen Recht: Es war ganz und gar nicht seine Art, vor einer Gefahr oder einem Feind davonzulaufen. Aber das war, *bevor* sie an jenem schrecklichen Ort gewesen waren. Was Angst war, wusste Andrej seit seiner Kindheit. Gestern Nacht jedoch hatte er zum ersten Mal wahre Todesangst verspürt.

Er sah wortlos zu, wie Abu Dun aß. Als er fertig war, ließ sich der Nubier zurücksinken, fuhr sich genießerisch mit der Zunge über die Lippen und schlug sich mit der flachen Hand auf den Bauch.

»Du hast vergessen zu rülpsen«, bemerkte Andrej kühl.

Abu Dun erfüllte ihm seinen Wunsch, und Andrej fuhr mit einem frostigen Lächeln fort: »Ersparst du uns wenigstens alle weiteren Verdauungsgeräusche?«

»Ungern«, antwortete Abu Dun. »So etwas ist ungesund, weißt du? Aber ich muss ohnehin an die frische Luft. Ich habe eine Verabredung.«

»Mit wem?«

»So etwas fragt man nicht«, entgegnete Abu Dun. Er drohte spielerisch mit dem Finger. »Aber wenn du es unbedingt wissen willst: Die Kirche ist gleich aus. Ich treffe mich mit dem Pater.«

»Du?« Andrej legte den Kopf schräg. »Willst du zum Christentum konvertieren?«

»Das käme darauf an, was euer Papst zahlt, um einen so gewaltigen Krieger wie mich in seine Dienste nehmen zu können«, antwortete Abu Dun lächelnd. »Nein. Wie es der Zufall will, ist seine Nichte eines der Mädchen, die angeblich verschwunden sind, nachdem sie eine Anstellung auf dem Schloss gefunden hatten.«

»Angeblich?«

»Ich bringe ihn mit hierher«, antwortete Abu Dun. »Das heißt, falls ihm sein Amt gestattet, einen solchen Ort der Sünde und des Lasters zu betreten.«

Er ging, bevor Andrej Gelegenheit zu einer weiteren Frage hatte. Der Wind fegte einen Schwall eisiger Kälte und pulverfeinen Schnees herein, wie um Abu Duns Einschätzung ihrer Lage zu unterstreichen. Andrej sah, dass das Schneetreiben in der Tat dichter geworden war. Die Häuser auf der anderen Seite der schmalen Straße waren kaum noch zu erkennen. Er zog den Mantel enger um die Schultern und rückte mit seinem Stuhl an das Feuer heran.

»Kann ich Euch noch etwas bringen, Herr?«, fragte der Wirt hinter seiner Theke hervor.

Andrejs erster Impuls war, entsetzt den Kopf zu schütteln. Aber dann besann er sich eines Besseren. Er *hatte* Hunger, wenn auch nicht auf das, was Abu Dun gerade gegessen hatte. Möglicherweise ergab sich ja auch die Gelegenheit, mit dem Mann ins Gespräch zu kommen.

»Vielleicht ein … Stück Brot«, sagte er zögernd. »Für mehr …«

»… reicht Euer Geld nicht?« Der Wirt winkte ab. »Macht Euch darum keine Sorgen. Euer Freund hat schon alles erledigt. Heute Nacht werdet Ihr in einem richtigen Bett schlafen.«

»Abu Dun?«, entfuhr es Andrej überrascht. Lag ihm der Nubier nicht seit Wochen damit in den Ohren, dass ihre Geldmittel so gut wie aufgezehrt waren?

»Das hier ist kein teures Gasthaus«, antwortete der Wirt. »Niemand, der sich hierher verirrt, kann sich ein teures Gasthaus leisten.«

»Und wer sich ein teures Gasthaus leisten kann, der verirrt sich nicht hierher«, vermutete Andrej.

Diesmal antwortete der Wirt mit einem flüchtigen Grinsen, das ihn fast sympathisch aussehen ließ. »Ihr seid ein kluger Mann.«

»So klug nun auch wieder nicht«, sagte Andrej. »Sonst wäre ich nicht hier gelandet.«

Der Wirt lächelte wieder, griff unter seine Theke und zog einen sauberen Becher hervor. Ohne ein weiteres Wort kam er um die Theke herum, stellte ihn neben Andrej auf den Tisch und schenkte ihm ein. »Nehmt ruhig«, sagte er. »Glühwein ist das einzig Wahre bei diesem Wetter. Er ist gut. Ich trinke ihn selbst.«

Andrej war nicht sicher, ob diese Aussage dazu geeignet war, ihn zu beruhigen, aber der Wirt hatte Recht. Der Wein war ausgezeichnet. Schon die ersten Schlucke bewirkten, was dem qualmenden Feuer nicht gelungen war: Sie vertrieben die eisige Kälte aus seinem Inneren.

»Danke«, sagte er. »Das tut gut.«

»Ihr könnt auch etwas anderes zu essen haben«, schlug der Wirt vor. Er wies mit dem Kopf auf die beiden leeren Teller. »Um ehrlich zu sein – das würde ich auch nicht essen.«

»Warum serviert Ihr es dann?«, fragte Andrej.

»Es war für die Schweine gedacht«, bekannte der Wirt freimütig. »Aber Euer Freund war der Meinung, es wäre noch gut.«

Andrej zog eine Grimasse. »Ich wusste nicht, dass wir so pleite sind.«

Der Wirt lachte und zog einen Stuhl heran, um sich rittlings darauf niederzulassen. »Was sucht Ihr hier?«, fragte er.

»Wir sind nur auf der Durchreise«, antwortete Andrej. »Abu Dun und ich waren in Wien.«

»In Wien? Dann habt Ihr die Belagerung mitgemacht?«

Wenigstens fragt er nicht, auf welcher Seite wir gekämpft haben, dachte Andrej spöttisch. »Wir haben sie beendet«, erwiderte er. Der Wirt zog die Augenbrauen hoch, und Andrej fügte hinzu: »Zumindest haben wir es versucht. In Wahrheit war es wohl eher der frühe Wintereinbruch, der die Türken verjagt hat.«

»Ja«, seufzte der Wirt. »Jetzt bringt uns statt der Türken die Kälte um. Und Ihr seid nun schwer beladen mit Beute auf dem Weg nach Norden, um den Winter dort in Saus und Braus zu verbringen?«

»Wir waren unterwegs nach Prag.«

»Nach Prag? Dann seid Ihr aber ein gehöriges Stück vom Weg abgekommen.«

Andrej trank einen weiteren Schluck Wein. Er war stärker, als er erwartet hatte, aber die Wärme tat ungemein wohl. »Wir sind … auf der Suche nach jemandem«, antwortete er ausweichend. »Einer Frau.«

»Habt Ihr sie gefunden?«

Andrejs Blick fragte deutlich: *Was geht dich das an?*, sodass der Mann gar nicht erst auf Antwort wartete,

134

sondern unsicher wieder aufstand. »Es hätte mich auch gewundert«, bemerkte er. »Wie ich schon sagte. Niemand, der die Wahl hat, kommt freiwillig hierher. Schon gar nicht im Winter.«

»Jemand hat es anscheinend doch getan«, wandte Andrej ein. »Ich habe gehört, ihr habt einen noblen Gast, oben im alten Schloss.«

»Gräfin Berthold«, bestätigte der Wirt. »Sie ist ein Segen für uns.«

»Wieso?«

»Sie bringt uns Arbeit. Im nächsten Frühjahr lässt sie das Schloss instand setzen, und etliche Mädchen aus dem Dorf sind schon in ihre Dienste getreten und haben ihr Glück gemacht.«

»Ihr Glück?«

»Meine eigene Tochter war die Erste, die als Zofe auf dem Schloss gearbeitet hat«, sagte der Wirt mit unüberhörbarem Stolz in der Stimme.

»Eure Tochter?«, vergewisserte sich Andrej.

»Wir fühlten uns sehr geehrt, dass sie Lisa ausgewählt hat. Und sie hat großzügig bezahlt. Wir konnten das Geld gut gebrauchen. Die Zeiten sind schlecht. Der Krieg hat uns zwar bisher verschont, aber wir leiden dennoch darunter. Hier sind niemals viele Fremde hergekommen, aber seit die Türken das Land verwüsten, werden es immer weniger … Um ehrlich zu sein, seid Ihr die ersten Gäste seit drei Monaten.«

»Und leider keine zahlungskräftigen«, lächelte Andrej. »Eure Tochter, Lisa, wäre es möglich, mit ihr zu sprechen?«

»Wenn Ihr Eure Reise fortsetzt und tatsächlich nach Prag geht, vielleicht«, antwortete der Wirt.

135

»Prag?«

»Nicht direkt Prag. Ein Schloss, eine halbe Tagesreise westlich. Sie ist jetzt dort. Gräfin Berthold hat ihr ein Empfehlungsschreiben mitgegeben, und sie hat sofort eine Anstellung bekommen.«

»Und da seid Ihr sicher?«, fragte Andrej. »Ich meine: Wart Ihr jemals dort, wo sie arbeitet?«

»Ich bin hier geboren und habe diesen Ort nie verlassen«, erwiderte der Wirt. »Aber sie schickt uns regelmäßig, was sie von ihrem Lohn erübrigen kann.«

»Wann genau habt Ihr Eure Tochter das letzte Mal gesehen?«, fragte Andrej.

»Vor vielleicht sieben Monaten. An das genaue Datum erinnere ich mich nicht. Aber es war drei Tage nach Neumond.«

»Danach habe ich nicht gefragt«, wandte Andrej ein.

»Doch, das habt Ihr«, behauptete der Wirt. »Ihr habt es nur nicht laut getan.« Er schüttelte den Kopf und sah Andrej vorwurfsvoll an. »Ihr habt mit Ulric gesprochen.«

Andrej sagte nichts. Nach einer Weile drehte sich der Wirt wortlos um und ging.

Es verging nicht allzu viel Zeit, bis sich der Schankraum zu füllen begann. Nach und nach – immer in Zweier-, oder Dreiergruppen und fest in mehr oder weniger schäbige Mäntel gehüllt – traf ein gutes Dutzend Gäste ein, die Andrej mit unverhohlener Neugier musterten, ohne dass auch nur einer das Wort an ihn richtete. Schließlich kehrte auch Abu Dun zurück. Wie angekündigt, kam er nicht allein, sondern in Begleitung eines dunkelhaarigen Mannes, der kaum weniger groß war als er selbst, und unter dessen Mantel eine grobe Mönchskutte zum Vorschein kam.

Obwohl das Gasthaus bald gut gefüllt war, saß Andrej noch immer allein am Feuer. Auch wenn Abu Dun mit seiner Behauptung Recht zu haben schien, dass die Menschen hier Fremden gegenüber ungewohnt freundlich waren, so ging ihr Vertrauen offensichtlich nicht so weit, sich zu einem bewaffneten Fremden an den Tisch zu setzen, der mitten in einem Schneesturm aus dem Nichts aufgetaucht war.

Abu Dun nahm geräuschvoll Platz und streckte sogleich die Hand nach dem Weinkrug aus. Auch sein Begleiter zog sich einen Stuhl heran und beugte sich vor, um fröstelnd die Hände über den Flammen im Kamin aneinander zu reiben. Abu Dun stellte ihn als Pater Lorenz vor.

»Ihr seid also Andrej Delāny«, sagte der Geistliche, während er gleichzeitig dem Wirt winkte, ihm einen Becher zu bringen. »Ein ungewöhnlicher Name. Woher stammt Ihr?«

»Aus Siebenbürgen«, antwortete Andrej. »Aber das ist lange her. Abu Dun und ich sind seit vielen Jahren auf Reisen.«

»Also ist die ganze Welt Eure Heimat«, sagte Lorenz. Er hatte ein gutmütiges, tiefes Lachen, das Andrej sofort für ihn einnahm. »Aber gut. Es steht mir nicht zu, Euch Fragen zu stellen. Euer Freund aus dem Morgenland sagt, dass Ihr Erkundigungen über Gräfin Berthold einziehen möchtet. Ist sie eine Bekannte von Euch?«

»Nicht direkt«, entgegnete Andrej. »Und eigentlich

interessiere ich mich auch eher für die Mädchen, die in ihren Diensten stehen.«

»Ihr seid wohl auf Brautschau?«, fragte Lorenz mit gutmütigem Spott.

»Er hat sich auch nach Lisa erkundigt.« Der Wirt lud ein Tablett auf dem Tisch ab und reichte Lorenz einen dampfenden Becher. Nachdem der Geistliche ihn mit spitzen Fingern entgegengenommen hatte, fügte er hinzu: »Sie haben mit Ulric gesprochen.«

Lorenz trank einen Schluck von der dampfend heißen Flüssigkeit und nickte. »Ich verstehe.«

»Das freut mich!«, sagte Andrej gereizt.

Lorenz hob besänftigend die freie Hand. Die Gespräche an den Nebentischen waren leiser geworden, und Andrej verspürte das unangenehme Gefühl, sich plötzlich im Mittelpunkt der allgemeinen Aufmerksamkeit zu befinden.

»Was hat er Euch erzählt?«, fragte Lorenz.

»Wer?«

»Ulric.« Der Geistliche deutete auf Abu Dun. »Euer Freund sagte mir, dass er versucht hat, Euch in seine Dienste zu nehmen.«

Das kam der Wahrheit nahe genug, dass Andrej mit einem zögerlichen Nicken reagierte. Die letzten Gespräche in der Gaststube verstummten.

»Er hat Euch zweifellos eine Geschichte von verschwundenen Mädchen und sonderbaren Todesfällen erzählt, die angefangen haben, als die Gräfin und ihr Beschützer auf das Schloss gezogen sind«, fuhr Lorenz fort, während er einen weiteren Schluck trank, Andrej über den Rand des Bechers hinweg aber aufmerksam im Auge behielt.

»Von Todesfällen hat er nichts gesagt«, erwiderte Andrej.

»Es gab sie.« Lorenz nickte. »Aber glaubt mir, Andrej, Gräfin Berthold hat nichts damit zu tun.«

»Wie könnt Ihr da so sicher sein?«, fragte Andrej.

»Ihr habt doch mit Thomas gesprochen.« Lorenz deutete auf den Wirt, der zwei Schritte von ihnen entfernt stehen geblieben war und ihrem Gespräch lauschte. »Lisa ist wohlauf und erfreut sich bester Gesundheit. Dasselbe gilt für meine Nichte. Auch sie hat einen Monat lang für Gräfin Berthold gearbeitet, und ich kann Euch versichern, dass es ihr ebenfalls gut geht.«

»Kann ich mit ihr reden?«, fragte Andrej.

»Nicht im Augenblick«, entgegnete Lorenz.

»Weil sie nicht da ist«, vermutete Andrej.

»Sie wäre hier, wenn das Wetter nicht umgeschlagen wäre«, antwortete Lorenz. »Gräfin Berthold hat ihr ein Empfehlungsschreiben gegeben, das ihr eine Anstellung im Nachbarort ermöglicht hat – ebenso, wie sie es für Lisa und etliche andere aus dem Ort und von den umliegenden Höfen getan hat. Meine Nichte ist ein gottesfürchtiges Kind und eine gute Christin, die weiß, was sie ihren Eltern und Gott dem Herren schuldig ist. Sie arbeitet eine Tagesreise weit von hier entfernt, und doch nimmt sie den langen, beschwerlichen Weg Woche für Woche in Kauf, um der Sonntagsmesse in der Kirche beizuwohnen, in der sie getauft wurde, und einige Stunden mit ihrer Familie zu verbringen. Wenn Ihr eine Woche hier bleibt, werdet Ihr sie kennen lernen.«

»Ebenso wie all die anderen, die in Gräfin Bertholds Diensten standen?«, erkundigte sich Andrej.

»Nicht alle«, antwortete Lorenz. Sein Blick wanderte kurz suchend durch den Raum. »Janosch, wo ist deine Tochter? Ich habe sie während der Messe vermisst.«

Ein bärtiger Mann an einem der Nachbartische sah auf und antwortete: »Sie pflegt ihre Mutter. Die ist krank, wie du wohl weißt.«

Lorenz nickte verstehend. »Sie soll zwei Ave Maria und einen Rosenkranz beten, und richte ihr aus, dass Gott auch in der Kirche ihres Herzens wohnt. Aber sobald deine Frau wieder gesund ist«, fügte er mit gespielter Strenge hinzu, »will ich sie beide auch wieder in *meiner* Kirche sehen.«

»Selbstverständlich, Vater«, versicherte der andere, ohne dass seiner Stimme allzu große Ehrfurcht anzumerken gewesen wäre.

Lorenz wandte sich wieder an Andrej. »Ihr habt mit Ulric gesprochen«, stellte er fest.

Andrej blickte Lorenz fragend an. »Wer genau ist dieser Ulric?«

»Es steht mir nicht zu, über meine Mitmenschen zu urteilen«, antwortete Lorenz. »Aber so mancher würde sagen, dass Ulric und seine Söhne schlechte Menschen sind.«

»Und was zeichnet sie – in den Augen anderer – als schlechte Menschen aus?«, fragte Andrej lächelnd.

Lorenz lächelte ebenfalls, aber seine Augen blieben von diesem Lächeln unberührt. Andrej ermahnte sich innerlich zur Vorsicht. Dieser Mann war nicht annähernd so harmlos, wie er sich gab.

Der Geistliche setzte zu einer Antwort an – in diesem Moment wurde die Tür so heftig aufgestoßen, dass sie gegen die Wand krachte. Eingehüllt in einen Mantel tobender Schneeflocken stolperte eine dick vermummte Gestalt herein.

»Tot!«, keuchte der Mann. Halb blind stolperte er weiter in den Raum hinein, prallte gegen einen der Tische und riss einen der Männer, die daran saßen, zu Boden. Er merkte es nicht einmal, sondern wankte weiter und schrie immer wieder: »Tot! Sie sind tot! Sie sind alle tot!«

Andrej atmete eiskalte Luft ein, die wie scharfe Messerklingen in seine Kehle schnitt.

Den atemlos hervorgestoßenen Worten des Mannes war ein Moment erschrockener Lähmung gefolgt. Dann brach in der Gaststube ein heilloses Durcheinander aus, in dem alle Männer kopflos durch den Raum rannten. Jeder versuchte zur Tür und nach draußen zu gelangen. Das Ergebnis war ein wüstes Gedrängel und Geschubse, bei dem wie durch ein Wunder niemand verletzt wurde.

Abu Dun, der Geistliche und Andrej waren die Letzten, die das Gasthaus verließen und in den heulenden Schneesturm hinaustraten. Wohin sie auch blickten, tobte ein weißes Chaos, in dem es keine Himmelsrichtungen und kein oben und unten zu geben schien.

Direkt vor dem Gasthaus stand ein flacher, zweirädriger Karren, auf dessen Ladefläche sich dunklere Schatten und Umrisse unter einer dicken Schneedecke abzeichneten. Andrej hielt sich mit gesenktem Kopf hinter Abu Dun, der ihm mit seinen breiten Schultern nicht nur Schutz vor dem eisigen Wind gewährte, sondern auch eine Gasse durch die Menschentraube pflügte, die den Wagen umlagerte. Als die Männer den klumpigen Schnee mit bloßen Händen weggeschaufelt hatten, kamen darunter menschliche Körperteile zum Vorschein, gebrochene Gliedmaßen und zerfetzte Leiber, erstarrte Gesichter und erloschene Augen, in die sich noch im Moment des Todes ein Ausdruck des Entsetzens eingegraben hatte: Niklas und seine Familie.

Andrej fing einen warnenden Blick aus Abu Duns Augen auf, bevor ihm eine verräterische Bemerkung entschlüpfen konnte, und schwieg, auch wenn er nicht verstand, warum.

»Das ist Niklas«, rief Pater Lorenz aus. Sein Atem dampfte in der Kälte.

»Und seine beiden Söhne«, fügte der Mann hinzu, der mit der Schreckensnachricht hereingekommen war. »Die anderen konnte ich nicht erkennen, aber ich glaube, es sind alle seine Knechte.«

Seine Worte waren nur mit Mühe zu verstehen. Die Kälte hatte seine Lippen so taub werden lassen, dass er kaum noch verständlich reden konnte.

»Wo hast du sie gefunden?«, wollte Lorenz wissen.

»Oben an der Wegkreuzung«, nuschelte der Mann. »Nicht weit von hier. Bei der Marienstatue.« Seine Stimme versagte endgültig ihren Dienst. Andrej tauschte einen fragenden Blick mit Abu Dun. Der Nubier wirkte genauso verwirrt wie Andrej. Er wusste nicht, wo die Wegkreuzung war, von der der Mann sprach – aber es war ganz gewiss nicht der Platz, an dem Abu Dun und er die Leichen gefunden hatten und auf Ulric und dessen Söhne gestoßen waren.

»Bringt sie ins Haus«, befahl Lorenz.

Der Wirt protestierte schwach, was die Männer aber

142

gar nicht zur Kenntnis nahmen. So schnell, wie es die in bizarren Haltungen gefrorenen Körper zuließen, trugen die Männer die Leichen ins Haus und legten sie vor dem Kamin auf den Boden. Der Widerspruch des Wirtes wurde lauter, als Lorenz kurzerhand den Tisch leer fegte und die Männer anwies, den Leichnam des alten Bauern darauf zu legen.

Andrej zog sich unauffällig ein kleines Stück zurück, blieb dem Kamin aber so nahe wie möglich. Auf seinem Gesicht prickelte es immer noch wie von tausend Nadelstichen. Schon die wenigen Augenblicke, die er vor der Tür verbracht hatte, hatten ausgereicht, um seine Hände so kalt werden zu lassen, dass ihn jede Bewegung schmerzte. Er verstand nicht, wieso sein Körper so empfindlich auf die Kälte reagierte.

»Bringt ein Tuch«, sagte Lorenz. »Irgendetwas, um ihn abzuwischen.« Er schlug das Kreuzzeichen über Stirn und Brust. »In Gottes Namen, was hat man diesen Menschen angetan?«

»Ich würde sagen, jemand hat sie umgebracht«, sagte Abu Dun trocken.

Pater Lorenz warf ihm einen zornigen Blick zu. »Auch wenn Ihr nicht an unseren Gott glaubt, Heide«, sagte er vorwurfsvoll, »so solltet Ihr doch wenigstens den Toten Respekt erweisen.« Er wandte sich wieder dem verkrümmten Leichnam zu, und sein Gesichtsausdruck änderte sich. »Außerdem wurden sie nicht einfach *umgebracht*«, fügte er mit leiser, erschütterter Stimme hinzu. »Gott im Himmel, welches Ungeheuer tut so etwas?«

Andrej musste sich dazu zwingen, den Toten anzusehen. Der Anblick einer Leiche hätte ihm nichts ausmachen sollen. Er war ein Krieger und hatte schon vor einem Menschenalter aufgehört, die Toten zu zählen, die er gesehen oder deren Leben er selbst beendet hatte. Er begriff auch nicht, was an diesen ermordeten Bauern so entsetzlich war, dass er ihren Anblick kaum ertragen konnte. Aber er kannte die Antwort auf Lorenz' Frage. Es war nicht das, was man diesen Leuten angetan hatte. Es war die *Absicht*, die dahinter stand.

Als Andrej den Toten das erste Mal gesehen hatte, war er zum Großteil von Schnee und Eis bedeckt gewesen. Doch während Pater Lorenz Eis und rot verklumpten Schnee entfernte, offenbarten sich immer neue Gräuel, die man dem Mann angetan hatte.

»Wer ist das?«, fragte Abu Dun. Andrej warf ihm einen überraschten Blick zu, den Abu Dun ignorierte.

»Niklas«, antwortete Lorenz, ohne in seiner traurigen Arbeit innezuhalten. »Sein Hof liegt auf der anderen Seite des Waldes. Nicht weit von dem Ulrics entfernt.«

»Dann sind sie Nachbarn«, vermutete Abu Dun. »Und Freunde.«

»Letzteres wohl gewiss nicht«, warf einer der Männer ein.

Lorenz hob den Kopf und sah ihn strafend an. »Du sollst nicht falsch Zeugnis reden wider deinen Nächsten«, sagte er. »Wir wissen nicht, was geschehen ist.«

Dem Ausdruck auf ihren Gesichtern nach, glaubten die Männer es sehr wohl zu wissen. Aber niemand wagte es, dem Geistlichen zu widersprechen. Schweigend sahen sie zu, wie Lorenz den Toten nach und nach von Eis, Schnee, Schmutz und gefrorenem Blut befreite. Andrej zerbrach sich vergeblich den Kopf darüber, warum Abu Dun vorgab, diese Männer noch nie gesehen zu haben. Begriff er denn nicht, wie gefährlich das war?

»Das sind also die … unerklärlichen Todesfälle, von denen Ihr gesprochen habt?«, fragte er.

Lorenz antwortete nicht sofort. Er säuberte mit demselben Tuch, mit dem er den Toten abgewischt hatte, seine Hände. Dann warf er es mit angeekeltem Gesichtsausdruck in den Kamin. Es fing nicht sofort Feuer, sondern begann nur zu zischen und heftig zu qualmen.

»Es waren bisher niemals so viele auf einmal«, antwortete er schließlich. Seine Erschütterung war ihm deutlich anzumerken. »Eine ganze Familie!«

Lorenz beugte sich wieder über den Toten. Andrej konnte nicht erkennen, was er tat, aber der Geistliche schien etwas ganz Bestimmtes zu suchen.

Als er sich wieder aufrichtete und vom Tisch zurücktrat, lag auf Pater Lorenz' Gesicht ein Ausdruck von Grauen und grimmiger Gewissheit. Er wandte sich um und ließ sich neben einem der anderen Toten in die Hocke sinken. Die Bewegungen, mit denen er Schultern und Hals des Toten abtastete, verfolgten deutlich ein bestimmtes Ziel.

»Er auch?«, fragte einer der Männer.

Lorenz nickte stumm und wandte sich dem nächsten Leichnam zu. Während er ihn untersuchte, trat Andrej zögernd an den Tisch heran und beugte sich neugierig vor.

Der Anblick traf ihn wie ein Schlag.

Vielleicht hatte er es vor zwei Tagen im Wald nicht gesehen, weil die Leiche halb im Schnee vergraben gewesen war. Vielleicht war er vom Anblick der anderen Verletzungen und Verstümmelungen zu schockiert gewesen. Aber nun war es unübersehbar, obwohl die Wunden selbst unscheinbar waren und sich im Vergleich zu allem anderen, was man dem Mann angetan hatte, geradezu harmlos ausnahmen.

Es waren zwei winzige, punktförmige Einstiche an der linken Seite des Halses, unmittelbar über der Halsschlagader.

»Dieser auch«, sagte Lorenz, nachdem er den dritten Toten untersucht und sich aufgerichtet hatte. Er verzichtete darauf, die beiden anderen Leichen zu untersuchen. Andrej spürte, dass er bereits wusste, was er finden würde, und sich den Anblick ersparen wollte. Stattdessen trat Lorenz wieder an den Tisch heran, streckte die Hand nach Niklas' Gesicht aus, zog aber den Arm wieder zurück, ohne den Leichnam berührt zu haben.

»Was ist das?«, fragte Abu Dun. »Ein Biss?«

Andrej fuhr zusammen. Er fragte sich, ob der Nubier den Verstand verloren hatte.

»Man könnte es fast meinen«, sagte Lorenz, ohne die Augen von den erstarrten Zügen des toten Bauern zu wenden. »Aber welches Tier wäre zu so etwas im Stande?«

»Ein Vampyr?«, schlug Abu Dun vor. Kein Zweifel, dachte Andrej. Er *hatte* den Verstand verloren.

Für einen Moment wurde es ganz still in der Gaststube. Andrej stockte der Atem. Dann drehte sich Lorenz betont langsam zu Abu Dun herum und maß ihn mit einem Blick, der selbst das Feuer im Kamin zum Erstarren gebracht hätte. »Mir scheint, ich habe mich in Euch getäuscht, Muselman«, sagte er. Seine Stimme war so spröde und kalt wie Glas. »Ich weiß nicht, wie man dort, wo Ihr herkommt, mit dem Tod umgeht. Hier bei uns respektiert man ihn und treibt keine Scherze damit.«

»Wer sagt Euch, dass ich einen Scherz machen wollte?«, gab Abu Dun zurück.

Bevor Lorenz antworten konnte, trat Andrej mit einem raschen Schritt zwischen ihn und den Nubier. »Was Abu Dun meinte«, erklärte er hastig, »ist, dass wir kein Tier kennen, das solche Bisswunden hinterlässt.«

»So wenig wie wir«, bestätigte Lorenz kühl. »Umso weniger will ich dummes Gerede von Vampyren oder Dämonen und anderen Unsinn hören! Diese Männer sind nicht die Ersten, die auf diese Weise zu Tode kommen, und die Menschen hier sind verängstigt genug. Wir brauchen wahrlich keine Märchenerzähler aus dem Morgenland, die hierher kommen und sich über uns lustig machen.«

»Abu Dun hat es nicht so gemeint«, wiederholte Andrej. »Es tut mir Leid.«

Lorenz wirkte keineswegs besänftigt. Andrej spürte, dass ihn alle im Raum anstarrten, aber er war froh, wenigstens die Aufmerksamkeit von Abu Dun abgelenkt zu haben.

Um das immer unbehaglicher werdende Schweigen zu beenden, beugte er sich vor und tat so, als untersuche er die beiden kleinen Bisswunden am Hals des Toten. Er wusste nur zu gut, woher sie stammten. »Und Ihr sagt, es sind nicht die ersten ... Opfer, die ihr so findet?«

»Nein«, antwortete Lorenz nach einem unbehaglichen Räuspern. »Vorher gab es bereits drei andere. Und es sind eine ganze Reihe Tiere auf dieselbe Art gerissen worden. Wir wissen nicht, welches Raubtier seine Opfer auf diese Weise schlägt.« Er schwieg kurz und fuhr zögernd fort: »Wenn es ein Raubtier ist, so hinterlässt es jedenfalls keine Spuren.«

Vielleicht, weil es Flügel hat, dachte Andrej.

Einer der anderen Männer meldete sich zu Wort. »Mein Sohn ist im letzten Sommer von einer Spinne gebissen worden«, sagte er. »Die Wunden sahen genauso aus … aber sie waren viel kleiner.«

Andrej war zusammengezuckt, seine Gesichtszüge erstarrten. Wieso sprach dieser dumme Bauer jetzt ausgerechnet von einer Spinne? Gottlob sah der Mann in diesem Moment nicht in seine Richtung, doch Lorenz fixierte Andrej stirnrunzelnd.

»Unsinn!«, sagte Lorenz. Er tat den Einwand mit einer unwirschen Handbewegung ab. »Keine Spinne auf der Welt kann einen Menschen töten. Es muss etwas anderes sein.«

»Oder jemand«, sagte der Mann, der schon zweimal gegen Ulric gewettert hatte. »Bei allem Respekt, Vater, aber jeder hier weiß, dass Ulrics und Niklas' Familien Todfeinde sind! Noch vor einer Woche hat Ulric lauthals verkündet, er werde niemals zulassen, dass …«

»Schweig!«, unterbrach ihn Lorenz mit schneidender Stimme. »Ich dulde keine haltlosen Anschuldigungen! Wir werden Ulric fragen, was er dazu zu sagen hat, und uns dann unsere Meinung bilden.«

Der Mann widersprach in heftigem Tonfall, aber Andrej hörte schon nicht mehr zu, sondern wich unauffällig ein paar Schritte zurück, bis er unmittelbar neben Abu Dun stand. »Erinnere mich an etwas«, raunte er ihm zu.

»Woran?«

»Dir die Kehle durchzuschneiden«, sagte Andrej. »Und zwar mindestens dreimal. Hast du den Verstand verloren?«

Abu Duns Zähne blitzten in einem wortlosen, breiten Grinsen auf. Andrej schüttelte seufzend den Kopf. Irgendetwas stimmte nicht mit Abu Dun, und es schien schlimmer zu sein, als er bisher angenommen hatte.

Lorenz und die anderen stritten noch ein paar Minuten heftig weiter. Dann beendete der Geistliche die Auseinandersetzung mit einem Machtwort und forderte die Männer auf, die Toten aus dem Haus zu schaffen. »Bringt sie in die Kirche«, wies er sie an. »Dort ist es kalt genug, sodass wir in Ruhe überlegen können, wie wir mit ihnen weiter verfahren.«

Es vergingen einige Minuten, bis auch der letzte Tote hinausgeschafft worden war und die Gaststätte sich geleert hatte. Abu Dun, Andrej und Lorenz blieben in gedrückter Stimmung zurück. Sie nahmen wieder Platz, nachdem der Wirt etwas getan hatte, was in seinem Haus vermutlich eher selten vorkam: Er nahm einen feuchten Lappen und wienerte den Tisch sauber, auf dem der Tote gelegen hatte. Andrej schüttelte trotzdem in stummer Ablehnung den Kopf, als ein neuer Krug Wein serviert wurde, während Abu Dun und Lorenz durstig zugriffen.

»Das hätte nicht passieren dürfen«, sagte Lorenz, nachdem er den Wein gierig heruntergestürzt und seinen Becher sofort neu gefüllt hatte. Seine Hände zitterten leicht.

»Was?«, fragte Andrej.

»Niklas«, antwortete Lorenz. Er trank einen weiteren Schluck und sah sich unauffällig um, als ob er sicher gehen wollte, dass niemand außer Abu Dun und Andrej ihm zuhörte. »Es ist allein meine Schuld.«

»Wieso?«

»Weil ich wusste, wie es zwischen Ulric und Niklas stand«, erwiderte der Geistliche. »Aber ich hätte nie geglaubt, dass er so weit gehen würde.«

»Dann denkt Ihr auch, dass Ulric und seine Söhne hinter diesem Gemetzel stecken?«, fragte Andrej.

Lorenz mogelte sich um die Antwort herum. »Die beiden Familien waren niemals befreundet«, antwortete er. »Aber seit Ulrics ältester Sohn und Niklas' Tochter einander näher gekommen sind, hat sich die Lage noch verschärft. Trotzdem hätte ich es niemals für möglich gehalten, dass …« Er schwieg einen Moment und schüttelte dann entschieden den Kopf. »Nein«, sagte er. »Ich glaube es auch jetzt noch nicht. Ulric hat sicher einiges auf dem Gewissen, aber zu einer solchen Gräueltat wäre er nie und nimmer fähig.«

»Uns hat er eine etwas andere Geschichte erzählt«, sagte Abu Dun.

»Wer?«, fragte Lorenz.

Andrej warf Abu Dun einen flehentlichen Blick zu, den der Nubier allerdings ebenso wenig beachtete wie alles andere, was Andrej bisher gesagt oder getan hatte. »Ulric«, antwortete er und deutete auf Andrej. »Er hat Andrej und mich in seine Dienste genommen, um Niklas' Tochter aus der Gewalt der Blutgräfin zu befreien.«

»Blutgräfin?« Lorenz' Augenbrauen rutschten fragend nach oben.

»Gräfin Berthold«, verbesserte Andrej rasch, bevor

Abu Dun noch mehr Unsinn reden konnte. »Ich glaube, Ulric hat sie so genannt.«

»Ja, das passt«, murmelte Lorenz.

»Wieso?«, fragte Andrej, wobei er Abu Dun einen drohenden Blick zuwarf. Sein Gefährte schien an jenem Morgen mit dem festen Vorsatz aufgewacht zu sein, sich um Kopf und Kragen zu reden.

»Bevor Gräfin Berthold und ihr Beschützer hierher kamen«, antwortete Lorenz, »waren Ulric und seine Söhne …«, er suchte kurz nach Worten. »Seine Familie hatte einen gewissen Einfluss«, sagte er schließlich.

»Ihr meint, sie hatten hier das Sagen«, brachte es Abu Dun auf den Punkt.

Lorenz antwortete nicht gleich, sondern sah den Nubier eine kleine Ewigkeit lang mit undurchdringlicher Miene an, bevor er seinen Becher mit einer übertrieben präzisen Bewegung auf den Tisch stellte und sich dann an Andrej wandte.

»Wer seid Ihr, Andrej Delãny?«, fragte er. »*Was* seid Ihr?«

»Was meint Ihr, Vater?«, fragte Andrej verständnislos zurück.

»Für die Menschen hier bin ich allenfalls ein Bruder, kein Vater«, seufzte Lorenz. »Und ich fürchte, nicht einmal dazu reicht es wirklich.« Ein wehleidiger Ausdruck erschien flüchtig auf seinem Gesicht. Dann straffte er die Schultern und fragte Andrej erneut mit fester Stimme: »Was seid Ihr? Ihr und Euer Freund – Ihr seid keine Reisenden, die irgendwo ihr Glück machen wollen.«

»Das haben wir nie behauptet«, widersprach Andrej.

»Ihr seid Söldner«, behauptete Lorenz.

»Und wenn wir es wären?«, fragte Abu Dun, noch bevor Andrej etwas sagen konnte.

»Dann würde ich Euch fragen, wie teuer Eure Schwerter sind … und Eure Loyalität«, antwortete Lorenz.

»Unsere *Schwerter* sind teuer«, erwiderte Andrej. »Unsere Loyalität … ist nicht käuflich.«

Pater Lorenz blickte Andrej und Abu Dun lange nachdenklich an und schwieg. Andrej sah, wie es hinter seiner Stirn arbeitete.

»Wie viel verlangt Ihr?«, fragte er, als er endlich zu einer Entscheidung gelangt war.

»Was genau wollt Ihr von uns?«, gab Andrej zurück.

»Ich will, dass Ihr die Wahrheit herausfindet«, antwortete Lorenz. »Mehr nicht.«

»Manchmal ist die Wahrheit nicht das, was die Menschen hören wollen«, sagte Andrej.

»Und manchmal kommt einen die Wahrheit teurer zu stehen, als einem lieb ist«, fügte Abu Dun ernst hinzu.

Ohne ihm zu sagen wohin und zu welchem Zweck, verschwand Abu Dun und blieb auch einige Zeit verschwunden. Andrej bereitete sich innerlich darauf vor, den Rest des Tages neben einem qualmenden Kamin und in Gesellschaft eines allmählich abkühlenden Bechers Glühwein zuzubringen.

Doch der Wirt hielt Wort und führte ihn in ein kleines Zimmer, in dem es zwei richtige Betten gab. Dass der Wirt sich seiner auf diese Weise entledigen wollte, um weiteren unangenehmen Fragen aus dem Weg zu gehen, war Andrej klar.

Vielleicht war es das Beste, wenn er eine Weile allein

war, um über die Geschehnisse der vergangenen Tage und sein zukünftiges Vorgehen nachzudenken. Möglicherweise war es gar nicht Abu Dun, der sich verändert hatte, sondern *er*. Auch der Gedanke, ein paar Stunden in einem richtigen Bett zu schlafen, ohne zu frieren, erschien ihm paradiesisch. Er litt noch immer unter Kopfschmerzen, und seine Glieder waren plötzlich so schwer, dass er sich sofort auf das Bett fallen ließ. Dort verharrte er eine geraume Weile mit offenen Augen, starrte die Decke über sich an und spürte seinen körperlichen Regungen nach. Noch immer war es ungewohnt und erschreckend für ihn, ein Unwohlsein zu verspüren. Er war nicht wie Pater Lorenz oder all die anderen, mit denen er unten im Schankraum gesessen hatte. Seine veränderte Existenzform verhinderte, dass er ein Opfer von Krankheit oder Schwäche wurde.

Jedenfalls war das vor den Ereignissen in Wien so gewesen.

Andrej war in Wien nicht nur auf Frederic und die Schatten seiner eigenen Vergangenheit gestoßen. Er hatte etwas von dort mitgebracht, etwas, was ihm immer noch zu schaffen machte: Er war verwundbar geworden und fürchtete, dass das Gift, mit dem Frederic ihn infiziert hatte, immer noch wirkte. Breiteneck hatte Abu Dun und ihm zwar versichert, dass sie wieder vollkommen gesund seien, aber das konnte nicht stimmen. Seit sie die Stadt an der Donau verlassen hatten, waren Abu Dun und er immer wieder Opfer von Müdigkeit, Erschöpfung und Entkräftung geworden.

Mit diesem beunruhigenden Gedanken schlief er ein und wachte erst wieder auf, als jemand mit Fäusten gegen die Tür hämmerte und seinen Namen rief. Andrej fuhr hoch, griff instinktiv nach seinem Schwert und hatte es bereits halb aus der Scheide gezogen, bevor ihm klar wurde, dass das vermeintliche Hämmern an der Tür ein eher zaghaftes Klopfen war, und dass, wer immer draußen auf dem Flur stand, seinen Namen gerade laut genug sprach, um sicherzugehen, dass Andrej ihn hören konnte. Auch das war neu: Es hatte ihm früher niemals Mühe bereitet, innerhalb kürzester Zeit wach zu werden und seine Lage auf Anhieb zu erfassen.

»Was?«, fragte er unwillig.

»Meister Delãny?«, drang die Stimme des Wirtes gedämpft durch das Holz der Tür. »Seid Ihr wach?«

»Natürlich nicht«, erwiderte Andrej übellaunig. »Deshalb antworte ich dir ja auch.«

»Bitte verzeiht die Störung. Aber unten ist jemand, der Euch zu sprechen wünscht.« Etwas schien den Wirt verstört zu haben, denn seine Stimme klang dünn und ängstlich.

Ihn? Andrej schob das Schwert wieder in die Scheide zurück, setzte sich vollends auf und fuhr sich mit der linken Hand über die Augen, während er die Beine vom Bett schwang. Es gab im Umkreis von hundert Meilen niemanden, der ihn kannte. Wer sollte ihn also sprechen wollen? Er gönnte sich noch einige Augenblicke, um die Müdigkeit wegzublinzeln, fuhr sich noch einmal mit dem Handrücken über Gesicht und Augen und stand dann auf. Er war so schwach, dass er auf dem kurzen Weg zur Tür zweimal ins Stolpern geriet.

»Was ist?«, raunzte er den Wirt grob an.

»Ich ... ich habe etwas zu essen für Euch vorbereitet, Herr«, stotterte der Wirt, während er zugleich zwei unsichere Schritte zurück machte. Man sah ihm an, dass er sich weit weg wünschte. »Und … und unten ist jemand für Euch.«

Dann machte er auf dem Absatz kehrt und lief so schnell davon, dass man es wohl durchaus als Flucht hätte bezeichnen können. Andrej sah ihm verwirrt nach, fuhr sich mit den gespreizten Fingern durch das Haar und gähnte so ausgiebig, dass seine Kiefergelenke knackten, während er ihm langsam folgte.

In der Gaststube erlebte er eine Überraschung. Er hatte damit gerechnet, Pater Lorenz zu sehen, vielleicht auch einen der Bauern. Aber an dem Tisch am Kamin, an dem Abu Dun und er heute Morgen gesessen hatten, erwartete ihn ein mittelgroßer, weißhaariger Mann, der einen ebenfalls weißen Mantel trug. Andrej blieb wie vom Donner gerührt stehen und starrte ihn an. Seine Hand senkte sich auf das Schwert, und sein Herz begann zu jagen. Er war schlagartig hellwach.

In den bernsteingelben Augen des Fremden blitzte es amüsiert auf. Er hob beruhigend die Hand. »Keine Sorge, mein Freund«, sagte er. »Ich bin nicht hier, um Streit mit Euch anzufangen.«

Das war auch nicht nötig. Wenn Andrej sich recht erinnerte, hatte er das bereits getan. Er nahm die Hand behutsam wieder vom Schwert, ließ den Weißhaarigen aber keinen Sekundenbruchteil aus den Augen und näherte sich vorsichtig dem Tisch. Am weißen Ledergürtel seines Gegenübers war kein Schwert auszumachen.

»Ich sagte doch, ich bin nicht gekommen, um mit Euch zu streiten«, sagte der Weißhaarige, dem Andrejs Blicke offenbar nicht entgangen waren. »Setzt Euch. Trinken wir einen Becher Wein zusammen. Das ist immer noch die beste Art, einen dummen Streit zu begraben.« Er wiederholte seine einladende Handbewegung.

Andrej bewegte sich widerwillig um den Tisch herum und setzte sich so weit entfernt von ihm, wie es nur ging. Er sah, dass bereits zwei Becher vor dem Weißhaarigen standen. Der Fremde schob ihm einen davon auffordernd zu.

»Er ist gut«, lobte er. »Nicht das gepanschte Zeug, das dieser Kretin von Wirt seinen anderen Gästen vorsetzt.«

Andrej wandte unwillkürlich den Kopf, aber der *Kretin*, von dem der Weißhaarige gesprochen hatte, war nicht in Sicht. Anscheinend hatte er fluchtartig den Raum und womöglich auch das Haus verlassen.

»Ich glaube nicht, dass ich mit Euch trinken will«, sagte Andrej.

Der andere seufzte. »Ich bitte Euch, Andrej. Ihr seid doch nicht etwa beleidigt wegen dieser dummen Sache gestern? Oder war es das erste Mal?«

»Das erste Mal?«

»Dass Ihr einen Kampf verloren habt.«

»Nein«, antwortete Andrej kühl. »Ich bin schon auf weitaus stärkere Gegner als Euch gestoßen.«

»Sie müssen wirklich gut gewesen sein«, sagte der Weißhaarige, »denn Ihr seid ein fantastischer Schwertkämpfer. Ich kann das beurteilen, denn ich bin der Beste.«

»Was wollt Ihr?«, fragte Andrej. Er lauschte so konzentriert in sich hinein, wie er nur konnte, aber da war nichts. Hätte er es nicht besser gewusst, so hätte er sein Leben darauf verwettet, einem ganz normalen Menschen gegenüberzusitzen.

»Gebt Euch keine Mühe«, sagte der Namenlose. »Es wird Euch nicht gelingen.«

»Was?«

»Mich zu spüren. Nicht, wenn ich es nicht will.« Er nippte an seinem Wein, stellte den Becher wieder ab und streckte Andrej die Hand über den Tisch hinweg entgegen. »Mein Name ist Blanche«, sagte er. Er sprach es französisch aus, auch wenn seine Aussprache ansonsten keinerlei Akzent aufwies. »Antoine Blanche.«

Andrej ignorierte die dargebotene Hand. »Das glaube ich Euch aufs Wort«, bemerkte er abfällig.

»Heute wenigstens. Und hier«, bekannte Blanche und zog mit leicht enttäuschtem Gesicht die Hand zurück.

»Und wie lautet Euer wirklicher Name?«, wollte Andrej wissen.

Der Weißhaarige hob die Schultern. »Ich habe schon so viele Namen getragen, dass ich irgendwann vergessen habe, wie ich wirklich heiße«, erwiderte er. »Spielt das eine Rolle?«

Statt zu antworten, fragte Andrej kalt: »Wer seid Ihr, Blanche? *Was* seid Ihr?«

Blanche starrte Andrej nur an. Für einen Moment schien der Blick der sonderbaren gelben Augen geradewegs durch Andrej hindurchzugehen, dann erschien ein eigentümliches, fast wehmütiges Lächeln auf seinem Gesicht. »Ich war einmal wie Ihr, Andrej«, sagte er leise. »Aber das ist lange her. Und ich war einmal ein ganz normaler Mensch. Das ist noch länger her.«

»Und was seid Ihr heute?«

»Warum wartet Ihr nicht einfach ab?«, fragte Blanche. »Irgendwann werdet Ihr es erfahren – falls Ihr lange genug lebt. Allerdings glaube ich das nicht.«

»Weil Ihr mich vorher umbringen werdet?«

»Wenn ich das wollte, hätte ich es längst getan«, antwortete Blanche. Er schüttelte so heftig den Kopf, dass sein schulterlanges weißes Haar flog. »Nein. Ich bin nicht Euer Feind, Andrej. Aber ich habe so viele wie Euch kommen und gehen sehen, dass ich weiß, wie Ihr enden werdet. Ebenso wie Euer Freund, dieser riesenhafte Tölpel. Ihr habt Feinde, Andrej. Mächtige Feinde. Nicht viele von uns können sich rühmen, von ihrem eigenen Volk so gehasst zu werden wie Ihr.«

»Ich gehöre keinem Volk an«, sagte Andrej.

Blanche lachte bitter. »Oh doch, das tut Ihr. Dass Ihr ein Ausgestoßener seid, ändert nichts daran, dass in unseren Adern dasselbe Blut fließt.« Er lachte noch einmal, und es klang wie eine Drohung. »Vielleicht hättet Ihr nicht gleich eine ganze Sippe auslöschen sollen, Andrej. Mir ist es gleich.« Er hob die Schultern. »Aber viele, mit denen ich gesprochen habe, nehmen es Euch wirklich übel.«

»Sie werden sich wieder beruhigen.«

»Sicher«, bestätigte Blanche. »Irgendwann einmal. Aber ich fürchte, es dauert lange, bis ein Unsterblicher vergisst.« Er trank einen Schluck Wein. »Doch ich bin nicht hier, um Euch zu bedrohen oder Konversation zu machen. Wo ist der Muselmane?«

»Wenn Ihr Abu Dun meint«, erwiderte Andrej schroff, »so weiß ich es nicht. Aber ich nehme nicht an, dass er einen Waldspaziergang macht.«

»Vielleicht ist es auch besser, dass er nicht hier ist«, sagte Blanche. »Ihr stellt Fragen, Andrej. Fragen über meine Herrin.«

»Sind sie Euch unangenehm?«, fragte Andrej.

»Warum stellt Ihr diese Fragen nicht derjenigen, die sie am besten beantworten kann?«, gab Blanche ruhig zurück.

»Was genau soll das heißen?«

Blanche räusperte sich. »Gräfin Berthold erwartet Euch und Euren Freund heute zum Abendessen«, erklärte er. Er stand auf. »Ich mache keinen Hehl daraus, dass ich mit dieser Entscheidung nicht einverstanden bin. Aber sie hat nun einmal so entschieden, und es steht mir nicht zu, ihr vorzuschreiben, was sie zu tun oder zu lassen hat.«

»Gräfin Berthold erwartet uns?«, vergewisserte sich Andrej überrascht. »Auf dem Schloss?« Ihn überfielen düstere Vorahnungen, als er an die heruntergekommene Ruine dachte, und an das, was darin wohnte.

Blanche beantwortete seine Frage mit einem kühlen Nicken. »Ich werde Euch bei Sonnenuntergang am Tor erwarten«, sagte er. »Ein Teil des Anwesens ist in schlechtem Zustand. Für jemanden, der sich nicht auskennt, kann es dort gefährlich werden. Also wartet besser auf mich, sollte ich mich verspäten. Ihr kennt den Weg?«

»Wir werden ihn finden«, sagte Andrej.

Offenbar wusste Blanche nichts von ihrem Besuch auf dem Schloss in der vergangenen Nacht.

»Dann erwarten wir Euch«, bekräftigte der Weißhaarige im Hinausgehen. »Seid pünktlich. Bei dieser Witterung ist es nicht ungefährlich, nach Einbruch der Dunkelheit in den Wäldern zu sein. Man sagt, dass sich ein blutrünstiges Raubtier hier herumtreibt.«

Abu Dun kehrte nur wenig später zurück, in Begleitung einer heulenden Windbö, eines Schwalls wirbelnden weißen Pulverschnees und einer schmalen Gestalt, die kaum größer war als ein Kind und neben dem riesenhaften Nubier noch zierlicher und zerbrechlicher wirkte.

Der Wirt hatte das versprochene Essen gebracht – das gar nicht übel war – sich dann aber hastig wieder zurückgezogen, noch bevor Andrej auch nur eine der Fragen stellen konnte, die ihm nach Blanches Besuch auf der Zunge brannten. Andrej plante, dies bei nächster Gelegenheit nachzuholen. Der Mann hatte panische Angst vor Blanche gehabt, und das kam ihm nach allem, was Lorenz und die anderen Dorfbewohner erzählt hatten, reichlich sonderbar vor.

Abu Dun drehte sich um und musste einen nicht unbeträchtlichen Teil seiner gewaltigen Körperkräfte aufwenden, um die Tür gegen den Wind ins Schloss zu drücken. Sein Begleiter blieb zwei Schritte vor Andrejs Tisch stehen, stampfte ein paar Mal mit den Füßen auf, um den Schnee abzuschütteln, und schlug dann die Kapuze seines zerschlissenen Mantels zurück. Der Begleiter entpuppte sich als eine Begleiter*in*. Andrej blickte in das Gesicht eines dunkelhaarigen, höchstens fünfzehnjährigen Mädchens, das sehr dünn war und verängstigt wirkte. Die Kälte hatte sein Gesicht gerötet, aber Andrej erkannte trotzdem, dass es normalerweise von einer fast unnatürlichen Blässe sein musste.

Abu Dun war es endlich gelungen, die Tür zu schließen. Er drehte sich schnaubend um. »Meine alten Knochen haben mich nicht getäuscht«, sagte er. »Das Wetter verschlechtert sich.«

Andrej deutete auf das Mädchen. »Wer ist das?«

»Marika«, antwortete Abu Dun. Er wies auf Andrej. »Das ist Andrej, von dem ich dir erzählt habe.«

Das Mädchen nickte knapp und zwang sogar ein schüchternes Lächeln auf seine Lippen, aber die Angst in ihren Augen war unverkennbar.

»Marika ist Janoschs Tochter«, fuhr Abu Dun fort. »Pater Lorenz hat von ihr erzählt – du erinnerst dich? Sie stand eine Weile in Gräfin Bertholds Diensten.«

»Auf dem Schloss?« Andrej bat Marika mit einer einladenden Geste, sich zu setzen, aber sie gehorchte erst, nachdem der Nubier mit einem Nicken sein Einverständnis signalisiert hatte.

Abu Dun nahm sich ebenfalls einen Stuhl, langte ungefragt über den Tisch und klaubte sich ein Stück Fleisch von Andrejs Teller.

»Ich dachte mir, es kann nicht schaden, wenn wir mit ihr reden«, sagte er mit vollem Mund. »Genauer gesagt, du. Ich habe bereits mit ihr gesprochen.«

Etwas am Anblick des begeistert kauenden Abu Dun irritierte Andrej. Es dauerte eine Weile, bis er begriff, dass es nicht die Art war, *wie* Abu Dun aß, sondern *was*.

»Schmeckt es gut?«, fragte Andrej.

»Ausgezeichnet«, erwiderte Abu Dun. »Warum?«

»Weil das Schweinebraten ist«, erklärte Andrej.

Abu Dun hörte kurz auf zu kauen. Dann schluckte er das Stück Fleisch herunter und biss sofort noch einmal ab. »Wie dumm von mir«, sagte er. »Wie konnte ich nur all diese Jahre auf einen solchen Genuss verzichten.«

Andrej war fassungslos. Obwohl Abu Dun kein fanatischer Moslem war, gab es gewisse Regeln, an die er sich strikt hielt.

Nachdenklich wandte Andrej sich an das Mädchen. »Dein Name ist also Marika, und du hast in den Diensten der …«, beinahe hätte er *der Blutgräfin* gesagt, »Gräfin Berthold gestanden?«

»Nur für vier Wochen, Herr«, antwortete sie fahrig. »Sie ist sehr nett. Und außerordentlich großzügig.«

»Nur vier Wochen?«, erkundigte sich Andrej. »Warum nicht länger?«

Das Mädchen druckste einen Moment herum. »Ich … ich glaube, sie war nicht besonders zufrieden mit mir«, erwiderte sie schließlich. »Ich war ungeschickt und habe vieles falsch gemacht. Einmal habe ich Geschirr zerbrochen.«

»Und daraufhin hat sie dich davongejagt«, vermutete Andrej.

»Oh nein, wo denkt Ihr hin?« Marika schüttelte heftig den Kopf. »Sie war wirklich sehr großzügig. Sie hat mich niemals geschlagen, nicht einmal gescholten. Und sie gibt mir immer noch Geld.«

»Geld?«

»Wir brauchten den Lohn, den sie mir gezahlt hat, dringend«, antwortete Marika. »Unser Hof wirft keinen großen Gewinn ab, und ohne meinen Lohn ginge es uns noch schlechter. Deshalb zahlt sie mir noch immer eine kleine Summe jeden Monat. Nicht viel, aber genug, damit wir nicht hungern müssen.«

»Wie edelmütig«, spöttelte Abu Dun. Andrej ging nicht darauf ein.

»Du warst also auf dem Schloss. Wie sieht es dort aus?«

Wieder verging eine Weile, bevor das Mädchen antwortete. »Eigentlich ist es gar kein richtiges Schloss«, sagte sie zögernd. »Ich meine: Ich war noch nie auf einem richtigen Schloss und weiß nicht, wie es dort aussieht, aber ich habe es mir immer anders vorgestellt.«

Damit hast du Recht, dachte Andrej, der schon so manches Schloss kennen gelernt hatte. Er nickte auffordernd. »Aber sie hat dich gut behandelt. Du musstest nichts tun, was du nicht wolltest?«

Marika blinzelte. »Wie meint Ihr das, Herr?«

»Und ihr Beschützer, dieser Blanche?«, überging Andrej ihre Frage.

»Den habe ich nicht oft zu Gesicht bekommen«, antwortete sie. Man musste nicht Gedanken lesen können, um zu erkennen, dass sie nur ungern über den Weißhaarigen sprach. »Er war die meiste Zeit unterwegs, aber ich weiß nicht, wo. Ich war fast immer allein mit der Gräfin auf dem Schloss.«

»Und warum hat sie dich entlassen?«, fragte Andrej.

»Wie ich schon sagte«, antwortete Marika. »Sie war nicht sehr zufrieden mit mir. Sie hat es nicht ausdrücklich gesagt, nicht einmal eine Andeutung gemacht, aber ich habe es wohl gemerkt. Immer habe ich alles falsch gemacht und Dinge zerbrochen, und irgendwann …«

»Du lügst«, unterbrach sie Andrej sanft, aber in einem Ton, der keinen Widerspruch duldete. »Da war noch etwas anderes. Was hast du getan? Etwas gestohlen?«

»Nein!«, widersprach Marika entsetzt. »Ich habe nichts …« Sie brach ab, senkte den Blick und presste die Lippen zusammen.

»Also?«, fragte Andrej.

»Da ist ein Junge«, sagte Marika zaudernd und ohne aufzublicken.

»Ich verstehe«, sagte Andrej. Er vergewisserte sich,

dass der Wirt nicht mehr im Raum war und sie allein waren, ehe er fortfuhr. »Du bist also keine Jungfrau mehr.«

Das Mädchen schwieg und nickte kaum wahrnehmbar.

»Keine Sorge«, versicherte Andrej. »Wir werden es niemandem sagen.«

Wieder zwang sich das Mädchen zu einem kurzen Nicken. »Kann ich ... kann ich jetzt gehen?«, fragte es stockend. »Ich konnte heute früh nicht zur Messe, und wo ich schon einmal hier bin, kann ich es jetzt nachholen.«

»Geh ruhig, Kind«, sagte Abu Dun. »Und warte dort auf mich. Ich habe deinem Vater versprochen, dich sicher wieder nach Hause zu geleiten.«

Das Mädchen verließ das Gasthaus, sichtlich erleichtert, der peinlichen Situation zu entkommen. Auch Abu Dun stand auf und ging hinter die Theke. Da der Wirt nicht da war, bediente er sich kurzerhand selbst und kam mit einem Krug Wein und einem Becher in den Händen zurück.

»Kannst du mir verraten, wie du das alles bezahlen willst?«, fragte Andrej.

Abu Dun ließ sich so schwer auf den Stuhl fallen, dass Andrej sich nicht gewundert hätte, wäre das Möbelstück unter seinem Gewicht zusammengebrochen.

»Ich habe eine Anzahlung bekommen«, antwortete er. »Nicht viel, aber für diese noble Herberge reicht es.«

»Eine Anzahlung! Von wem?«

»Von Ulric.«

Andrej sog scharf die Luft zwischen den Zähnen ein. »Du hast ...?«

»Ich habe ihm dafür lediglich versprochen, mich davon zu überzeugen, dass es Elenja gut geht und dass das auch so bleibt. Nicht mehr und nicht weniger.« Das Lächeln in seinen Augen erlosch. »Aber jetzt beantwortest du *mir* eine Frage. Woher kennst du diesen Namen?«

»Blanche?« Andrej hob die Schultern. »Er hat ihn mir genannt, vorhin, als er hier war.«

»Er war hier?«, entfuhr es Abu Dun. »Wann?«

»Während du auf Freiersfüßen gewandelt bist«, antwortete Andrej spöttisch.

»Bei Allah, warum war ich nicht hier?«, grollte Abu Dun. »Ich hätte ihm die Kehle herausgerissen!«

»Wahrscheinlich ist er deshalb gekommen, als du gerade nicht da warst«, sagte Andrej spöttisch.

»Was wollte er?«

»Er hat uns zum Abendessen eingeladen«, antwortete Andrej. »Genauer gesagt, hat er uns eine Einladung seiner Herrin überbracht.«

»Wie?«

»Du hast richtig verstanden. Gräfin Berthold bittet uns, heute Abend ihre Gäste auf dem Schloss zu sein.«

»Uns?«, wiederholte Abu Dun. »Dich und mich?«

Andrej sah sich um. »Siehst du hier sonst noch jemanden?«

»Aber warum sollte sie ausgerechnet uns zu sich bitten?«

»Gedulde dich noch ein paar Stunden, und du kannst sie selber fragen«, antwortete Andrej.

»Ganz bestimmt nicht!«, schnaubte der Nubier. »Du musst verrückt sein, wenn du glaubst, dass ich auch nur einen Fuß in dieses verfluchte Gebäude setze. Und noch verrückter, wenn du es selbst tust!«

»Hast du nicht gesagt, du wolltest dich um Elenja kümmern?«

»Wenn du schon einmal da bist, kannst du diese Kleinigkeit ja gleich für mich erledigen.«

»Was ist los?«, fragte Andrej. »Hast du Angst vor der Dunkelheit?«

»Angst vor diesem Ort«, antwortete Abu Dun. »Es ist ein böser Ort, Andrej. Ein Ort, den die Menschen meiden sollten. Außerdem habe ich heute Abend schon etwas vor.«

»Mit der Kleinen von gerade? Dann sei vorsichtig. Sie hat einen ziemlich eifersüchtigen Freund.«

Abu Dun blieb ernst. »Ich gehe nicht wieder dorthin«, beharrte er. »Vielleicht hast du ja Recht, und man sollte beide Seiten hören. Geh du zu deiner Gräfin, und ich rede mit meinem Bauern. Das passt doch ganz gut.«

»Jetzt spiel bloß nicht den Beleidigten«, sagte Andrej. »Willst du nicht herausfinden, wer dieser Kerl ist? Ich habe zwar nur ein paar Worte mit ihm gewechselt, aber ich habe das Gefühl, dass er uns eine Menge erzählen kann. Über uns.«

»Ich werde ihn fragen, wenn ich ihn das nächste Mal sehe«, erwiderte Abu Dun. Er stand auf. »Schreib mir deine Fragen auf, und ich prügele die Antworten aus ihm heraus, sobald ich ihn treffe.«

Bis zuletzt hatte Andrej gehofft, dass sich Abu Dun eines Besseren besinnen und doch mitkommen würde. Aber als er bei Sonnenuntergang durch das Torgewölbe des so genannten Schlosses ritt, war er allein. Abu Dun war eine gute Stunde vor ihm losgeritten, da er den weiteren Weg zurückzulegen hatte.

Andrej war hin und her gerissen zwischen Enttäuschung und Erleichterung. Ihm war nicht wohl dabei, allein an diesen unheimlichen Ort zurückzukehren. Andererseits war es besser, wenn Abu Dun und Blanche so schnell nicht wieder aufeinander trafen. Der Nubier hatte noch nie einen Kampf verloren, seit er zum Vampyr geworden war, und hatte seine Niederlage gegen diesen mächtigen Angreifer noch nicht verwunden.

Andrej saß ab und hielt nach etwas Ausschau, woran er die Zügel seines Pferdes festbinden konnte. Im weichen Licht der Dämmerung konnte er den Hof deutlicher erkennen als in der vergangenen Nacht. Das änderte jedoch nichts an der bedrohlichen Atmosphäre, die dieser Ort ausstrahlte.

Andrej überwand die Beklommenheit, die in ihm aufstieg, und zwang sich, seine Umgebung unvoreingenommen zu betrachten. Er sah die halb verfallene Ruine eines Bauernhofs, der seit wenigstens einem Jahrzehnt verlassen zu sein schien. Der allgemeine Eindruck von Alter und Vernachlässigung war noch stärker als bei Nacht, denn das Dämmerlicht offenbarte manches, was die Dunkelheit unter einem gnädigen Schleier verborgen hatte. Der Schnee, der den ganzen Tag über gefallen war, hatte die Spuren, die Abu Dun und er in der vergangenen Nacht hinterlassen hatten, wieder zugedeckt. Von Blanche waren keinerlei Spuren zu entdecken, obwohl es am Nachmittag aufgehört hatte zu schneien.

Andrejs Blick löste sich von der schäbigen Fassade des Wohnhauses, streifte die baufällige Scheune und den vergammelten Stall, und blieb schließlich an der

Ruine des Turmes hängen. Er vermochte nicht zu sagen, ob der Turm gewaltsam zerstört worden war oder ein Opfer von Zeit und Verwahrlosung war. Die Beschädigungen waren noch größer, als er in der Nacht vermutet hatte.

Andrej sah sich noch einmal unschlüssig um. Blanche hatte ihm eindringlich geraten, das Anwesen nicht auf eigene Faust zu erkunden. Entschlossen nahm er schließlich sein Pferd am Zügel und ging zum Eingang des Turmes hinüber. Plötzlich überkam ihn das Gefühl, beobachtet zu werden. Unruhig musterte er die Fenster und düsteren Ecken der Gebäude – natürlich war er allein. Andrej lächelte über sich selbst. Anscheinend hatte ihn Abu Duns Nervosität angesteckt. Aber er glaubte im Gegensatz zu seinem Gefährten nicht daran, dass ein Ort böse sein konnte. Dieser Hof wirkte nur deshalb unheimlich, weil er dem Zweck entfremdet worden war, zu dem er einst erschaffen worden war.

Dennoch zögerte Andrej, bevor er geduckt durch den niedrigen Eingang des Turmes trat. In der ihn umgebenden Dunkelheit konnte er zunächst fast nichts sehen. Daher blieb er stehen und schloss die Augen, damit sie sich an das düstere Zwielicht gewöhnen konnten. Als er sie wieder öffnete, sah er, dass der Fußboden nur wenige Schritte vor ihm eingestürzt war und er um ein Haar in ein mehrere Meter tiefes Kellergewölbe gefallen wäre. Vorsichtig näherte er sich dem Rand und blickte in die Tiefe. Er konnte nicht viel erkennen. Was dort unten nicht von Schatten verhüllt war, war von Staub und Unrat bedeckt. Ein strenger Geruch schlug ihm entgegen, den er nicht einordnen konnte, obwohl er sicher war, ihn zu kennen.

Das leise Knirschen von Schritten im Schnee ließ ihn herumfahren. Hinter ihm stand Blanche. Andrej fasste sich rasch wieder und suchte den Schnee hinter Blanche ab. Deutliche Spuren führten vom Haupthaus direkt zum Turm.

»Ich dachte, ich hätte Euch gebeten, auf mich zu warten«, sagte Blanche tadelnd. »Es ist gefährlich, allein hier herumzulaufen. Man kann leicht Schaden nehmen.«

»So leicht bin ich nicht umzubringen«, entgegnete Andrej.

»Bringt mich lieber nicht in Versuchung herauszufinden, *wie* leicht«, antwortete Blanche. Er sah sich nach allen Seiten um. »Wo ist Euer ungläubiger Freund?«

»Abu Dun lässt Euch ausrichten, wie sehr er es bedauert, Eurer Einladung nicht folgen zu können«, sagte Andrej, »aber leider …«

»Er ist also nicht hier«, fiel ihm Blanche ins Wort.

»Nein.«

Blanche nickte. »Er ist wieder bei diesem Ulric«, schloss er verdrießlich.

»Wenn Ihr es schon wisst, warum fragt Ihr dann?«

»Ich habe es nicht gewusst«, entgegnete Blanche scharf, »ich habe es befürchtet. Nur hatte ich gehofft, dass er vielleicht doch noch Vernunft annehmen würde.«

Sein Gesicht verriet, dass er in Wahrheit nichts anderes erwartet hatte. Schließlich streckte er die Hand aus. Andrej legte die Rechte auf den Schwertgriff und straffte die Schultern. Blanche verzog abschätzig die Lippen.

»Ich will Eure Zügel, nicht Euer Schwert!«, sagte er

spöttisch. »Oder wollt Ihr das Pferd vielleicht mit hineinnehmen?«

Bemüht, sich seine Verlegenheit nicht anmerken zu lassen, reichte Andrej Blanche die Zügel. Blanche führte das Pferd über den verschneiten Hof in Richtung der teilweise heruntergebrannten Stallungen, was Andrej zu einem skeptischen Stirnrunzeln veranlasste.

»Keine Sorge«, sagte Blanche, dem Andrejs Reaktion nicht entgangen war. »Es sieht von außen schlimmer aus, als es ist. Eurem Tier wird nichts geschehen.«

»Wer sagt, dass ich mir Sorgen um das Pferd mache?«, gab Andrej zurück.

Blanche lachte. »Jetzt erzählt mir nicht, Ihr wärt Besseres gewohnt.«

»Von Zeit zu Zeit.«

Blanche warf ihm einen abfälligen Blick zu, lenkte seine Schritte weiter nach rechts und schüttelte den Kopf, als Andrej ihm folgen wollte. »Ihr werdet im Haus erwartet.«

»Seid Ihr sicher, dass Ihr mich mit Eurer Herrin allein lassen wollt?«, fragte Andrej spöttisch.

Blanche lächelte, aber in seinen gelben Augen war von Gelöstheit keine Spur zu sehen. »Ich werde in der Nähe sein«, sagte er. »Seid dessen gewiss. Näher, als Ihr vielleicht glaubt.«

Andrej wusste, dass jegliche Erwiderung überflüssig war. Blanche und er würden stets auf verschiedenen Seiten stehen. Er begriff in diesem Moment mit absoluter Gewissheit, dass sie das, was sie zuvor im Wald begonnen hatten, auf die eine oder andere Weise zu Ende bringen würden.

Er sah dem Weißhaarigen nach, bis er in der Ruine des

Stalles verschwunden war, dann wandte er sich schaudernd um und ging zum Haus. Es war kälter geworden, und das Tageslicht war mittlerweile fast völlig verblasst.

Beim Haus angekommen, erlebte er eine Überraschung. Ohne dass er geklopft hätte, wurde die Tür geöffnet. Andrej blickte in das Gesicht eines vielleicht sechzehnjährigen Mädchens mit schulterlangem dunklem Haar und freundlichen Augen, in denen sich eine Mischung aus Neugier und Furcht spiegelte.

»Guten Abend«, begann er unsicher. »Ich bin …«

»Andrej«, unterbrach ihn das Mädchen. »Ihr müsst Andrej Delány sein.« Der seltsame Ausdruck in ihren Augen wurde von einem strahlenden Lächeln abgelöst, während sie zurücktrat und eine unbeholfene Bewegung machte, die eine Mischung aus einer einladenden Geste und einem Hofknicks darstellte. »Tretet ein, Herr. Gräfin Berthold erwartet Euch bereits.«

Andrej folgte der Einladung – und erlebte eine zweite, noch größere Überraschung. Der Raum, in den er trat, entsprach in keiner Weise dem schäbigen Äußeren des Hauses. Auf dem Boden lag ein zwar alter, aber kostbarer Teppich. Die Wände waren frisch getüncht worden. Eine Anzahl brennender Kerzen verbreitete mildes, gelbes Licht, das zusammen mit einigen Möbelstücken, die in wuchtigem Bauernstil gehalten waren, für eine durchaus wohnliche Atmosphäre sorgte. Es roch auch nicht wie erwartet nach Schimmel und Verfall, sondern nach gebratenem Fleisch und brennendem, trockenem Kiefernholz.

»Seid Ihr nicht zufrieden, Herr?«, fragte das Mädchen. Andrejs ungläubige Blicke waren ihm nicht entgangen. »Ich weiß, Ihr seid Besseres gewohnt, aber ich habe den ganzen Tag geputzt und aufgeräumt, und …«

»Nein, das ist es nicht«, unterbrach Andrej sie. »Ich hatte nur … etwas anderes erwartet.«

Er riss sich von dem unerwarteten Bild los und wandte sich zu dem dunkelhaarigen Mädchen um. »Ich nehme an, du bist Elenja?«

Die Verunsicherung des Mädchens verwandelte sich in Freude, als sie hörte, dass Andrej ihren Namen kannte. »Das ist richtig«, antwortete sie. »Ist … Euer Freund noch draußen?«

»Abu Dun kommt nicht«, sagte Andrej. Er fragte sich, ob das Mädchen schon wusste, was seiner Familie Schreckliches zugestoßen war, aber ein einziger Blick in ihr strahlendes Gesicht beantwortete diese Frage. Stand es ihm zu, ihr die schlechte Nachricht zu überbringen? Das war jedenfalls nicht der geeignete Augenblick. »Vielleicht kommt er später noch nach«, fügte er hinzu. »Wo ist deine Herrin?«

»Sie wartet oben auf Euch, Herr«, antwortete Elenja. »Gebt mir Euren Mantel.«

Andrej streifte den Mantel ab – er war schwer von Schneematsch und Nässe, mit der er sich vollgesogen hatte – und wandte sich zur Treppe. Das Geländer war blitzblank poliert, und auf den Stufen lag ein dunkelroter Läufer, der von polierten Messingstangen gehalten wurde.

»Geht ruhig hinauf, Herr«, sagte Elenja. »Gräfin Berthold erwartet Euch schon.« Sie hatte Mühe, ein Kichern zu unterdrücken; wie ein Kind, das ein Geheimnis zwar mühsam für sich behalten kann, nicht aber die Tatsache, dass es darum weiß.

Andrej warf ihr einen stirnrunzelnden Blick zu und stieg langsam die Stufen hoch. Auch am oberen Ende der Treppe brannte Licht, das aus einer halb offen stehenden Tür am Ende des schmalen Korridors drang, in den er gelangte. Der rote Läufer setzte sich hier fort, und die Wände waren so blütenweiß, als wären sie eben erst frisch gestrichen worden. Andrej musste ein wenig gebückt gehen, da die rechte Seite der Decke geneigt war und der Dachschräge folgte. Das Licht loderte rot und stammte offensichtlich von einem Kaminfeuer und nicht von einer Kerze. Ein Gefühl von Unwirklichkeit ergriff von Andrej Besitz. Für einen Moment war ihm, als schimmere eine zweite, düstere Realitätsebene durch die Wirklichkeit hindurch, so wie ein auf dünnen Stoff gemaltes Bild das darunter liegende nicht vollständig zu verbergen vermag.

Mit diesem Haus stimmte etwas nicht. Aber vielleicht lag das nur daran, dass das Innere des Gebäudes nicht entfernt seinen Erwartungen entsprach, die durch dessen verwahrlostes Äußeres geweckt worden waren.

Er schob die Tür weiter auf, trat geduckt hindurch und blieb auf der anderen Seite stehen. Der Raum war groß und musste einen Gutteil des gesamten Dachgeschosses einnehmen. Er wurde tatsächlich nur vom Feuerschein eines gewaltigen Kamins erhellt. Die Einrichtung, soweit Andrej sie erkennen konnte, war von der gleichen, großbäuerlichen Pracht wie die Möbel, die er im Untergeschoss gesehen hatte. Auch hier lag ein wertvoller Teppich auf dem Boden, und an den Wänden hingen Gemälde. Die Herrin all dieser Pracht saß in einem Sessel unmittelbar neben dem Kamin. Sie hatte sich so platziert, dass ihr Gesicht nicht von den Flammen beleuchtet wurde, sondern im Schatten blieb.

Andrej wollte näher treten, aber Gräfin Berthold hob rasch die Hand und sagte: »Bitte bleibt einen Moment, wo Ihr seid, Andrej.«

Ihre Stimme war leise, rauchig und auf unerwartete Weise vertraut.

Andrej gehorchte, starrte die schemenhafte Gestalt am Kamin aber mit angehaltenem Atem an und bemühte sich mit aller Macht, den Vorhang aus rauchfarbenen Schatten zu durchdringen, der ihr Gesicht verhüllte.

Es gelang ihm nicht. Seine falkenscharfen Augen versagten ihm den Dienst, als gebe es etwas, das verhinderte, dass er das Gesicht hinter den Schatten erkennen konnte.

»Gräfin … Berthold?«, fragte er zögernd. Sein Mund fühlte sich trocken an, sein Herz pochte, und er spürte, wie seine Hände zu zittern begannen, ohne dass er im Stande gewesen wäre, sie daran zu hindern. Diese Stimme! Aber das war doch vollkommen unmöglich!

»Bitte verzeiht«, fuhr sie mit einem Lachen fort. »Ich weiß, es ist unhöflich, aber ich wollte Euch einen kurzen Moment in Augenschein nehmen.«

Ein Lachen, das sein Herz umschloss wie eine Kralle aus Eis und ihm den Atem nahm. Dann erhob sich die Gestalt geschmeidig aus ihrem Sessel. Andrej vernahm das Rascheln von Stoff, vielleicht auch das seidige Geräusch, mit dem ihr schulterlanges Haar, das die Farbe dunklen Feuers hatte, über ihr Kleid glitt. Ihr Geruch hüllte ihn ein, und Andrejs Herz hörte auf zu schlagen.

»Jetzt komm näher, Andrej«, sagte Gräfin Berthold, während sie selbst einen einzelnen Schritt vorwärts tat, wodurch ihr Gesicht ins Licht des flackernden Kaminfeuers geriet, sodass Andrej es zum ersten Mal sehen konnte.

Nein!

Nicht zum ersten Mal.

Und er sah es nicht bloß – er erkannte *es*, erkannte *sie*.

Es war nicht Gräfin Berthold, die vor ihm stand. Jedenfalls kannte er sie nicht unter diesem Namen.

Es war Maria.

Das war doch vollkommen unmöglich! Seit jener entsetzlichen Nacht in Transsylvanien, in der sie sich voneinander verabschiedet hatten, um sich niemals wieder zu sehen, waren mehrere Jahrzehnte vergangen. Maria musste mittlerweile eine uralte Frau sein. Die Frau, die ihm gegenüberstand, stand in der Blüte ihrer Jahre.

Und doch war sie es.

Es gab nicht den geringsten Zweifel. Ihr Haar, das in ungezügelten Wellen bis weit über ihren Rücken hinabfloss, war dasselbe, in dem er in seinen Träumen unzählige Male das Gesicht vergraben hatte. Die Konturen ihres vertrauten Antlitzes waren dieselben, die er in seiner Fantasie tausendfach mit den Fingerspitzen und den Lippen nachgezeichnet hatte. Ihre Augen, in denen man sich für immer verlieren konnte, waren dieselben, die er jedes Mal vor sich sah, wenn er die Lider schloss. Er hatte ihre Stimme schon erkannt, als er hereingekommen war, hatte es aber nicht glauben wollen, aus Angst, wieder grausam enttäuscht zu werden.

»Andrej«, sagte sie leise.

Dieses eine Wort nahm ihm den letzten Zweifel. Es konnte keinen zweiten Menschen auf der ganzen Welt geben, der seinen Namen so wie sie ausgesprochen hätte. Er starrte sie an, ohne zu atmen, ohne zu blinzeln, sogar ohne zu denken.

Es war Maria.

Sie war da.

Sie lebte.

Und sie waren wieder zusammen.

Er wollte sie in die Arme schließen, die berauschende, viel zu lange entbehrte Wärme ihres Körpers spüren, sie an sich ziehen, um sie nie wieder loszulassen, seine Lippen auf die ihren pressen. Aber er stand wie gelähmt vor ihr und fühlte sich mit einem Mal verbraucht und müde, wie er es niemals zuvor kennen gelernt oder auch nur für möglich gehalten hätte. Er war am Ende einer Reise angelangt, die ein Menschenalter gedauert hatte. Doch der Sturm von Gefühlen, den er erwartet hatte, blieb aus.

»Du bist es wirklich«, brach Maria schließlich das Schweigen. Der Schein des Feuers, der auf ihrem Gesicht flackerte und es mit ständiger Bewegung erfüllte, machte es nahezu unmöglich, darin zu lesen. »Ich wusste es. Ich habe es schon gewusst, als Blanche das erste Mal von euch erzählte. Aber ich wagte nicht, daran zu glauben.«

Andrej war immer noch nicht fähig, auch nur einen klaren Gedanken zu fassen. Eine dünne, bange Stimme in seinem Inneren warnte ihn, dass es auch diesmal ein Traum war, nur ein Traum sein konnte, und das Trugbild sich in nichts auflösen musste, sobald er es berührte.

Maria lachte. Ihr Haar floss, einem Strom aus flüssigem Feuer gleich, über ihre Schultern und schien mit dem kostbaren Brokatstoff ihres Kleides zu verschmelzen. Sie strahlte reine Sinnlichkeit aus. Alles, was Andrej sich wünschte, war dazustehen und sie zu betrachten, das Bild, das er so oft in seiner Erinnerung heraufbeschworen hatte, nun endlich auch in Wirklichkeit zu sehen. Auf diesen Augenblick hatte er so unendlich, so quälend lange gewartet. Doch das Warten hatte sich gelohnt, selbst, wenn dieser Anblick das Letzte war, was er in seinem Leben sehen sollte.

»Seltsam – ich hätte erwartet, dass du dich mehr freust, mich wieder zu sehen«, sagte Maria. Sie lachte erneut, leiser jetzt.

»Verzeih«, sagte er endlich unbeholfen. »Ich war nur …«

»… überrascht?«, sprang ihm Maria bei, als er mitten im Satz abbrach. Sie nickte. »Ja. Natürlich bist du überrascht. Bitte entschuldige – ich glaube, ich bin dir gegenüber ein wenig unfair.« Sie löste sich von ihrem Platz am Kamin und kam mit schwerelos wirkenden Schritten auf ihn zu. Eine Armeslänge von ihm entfernt blieb sie stehen. Sie musste den Kopf in den Nacken legen, um ihm in die Augen blicken zu können. Sonderbar – er erinnerte sich nicht daran, dass sie um so vieles kleiner als er gewesen war.

Die Zeit stand still. Andrej konnte nicht sagen, wie lange sie sich so gegenüberstanden – schweigend, wie erstarrt. Es reichte ihnen, den anderen anzublicken, seine bloße Gegenwart aufzusaugen wie ein Lebenselixier, das ihnen zu lange vorenthalten worden war. Am Ende war es wieder Maria, die das Schweigen brach. »Andrej«, begann sie, »es ist schön, dich wieder zu sehen.«

Ein Teil von ihm begehrte nichts anderes, als sie in die Arme zu schließen und an sich zu pressen, doch es gab etwas, das ihn verunsicherte und erschreckte. Er fühlte sich wie ein Verräter, als die erste Frage, die schließlich über seine Lippen kam, Zweifel und Ungläubigkeit ausdrückte: »Aber wieso … Es ist so viel Zeit vergangen. Mehr als ein halbes Jahrhundert.«

»Ich weiß«, sagte Maria. »Und ich habe die ganze Zeit auf dich gewartet. So wie du auf mich.«

Andrej schüttelte den Kopf. Seine Lippen waren so trocken, dass er sie mit der Zunge befeuchten musste, um weitersprechen zu können. »Du scheinst nicht um einen Tag gealtert zu sein.«

»Und du bist der gleiche Schmeichler geblieben, der du immer warst.« Maria lächelte, hob die Hand und drohte ihm spielerisch mit den Fingern. »Vielleicht sollte ich mir doch überlegen, ob es sich wirklich gelohnt hat, all die Zeit auf dich zu warten«, sagte sie. »Anscheinend erinnerst du dich nicht so gut an mich, wie du behauptest. Ich *bin* älter geworden. Dreieinhalb Jahre, um genau zu sein.«

Andrej sah sie verwirrt an.

»Bist du hungrig?«, fragte Maria.

»Hungrig?«, wiederholte Andrej fassungslos.

»Du hast den ganzen Tag in diesem grässlichen Gasthaus zugebracht«, sagte Maria. »Ich kenne die Köstlichkeiten, die dort serviert werden. Du musst hungrig sein.« Sie wies auf die andere Seite des Raumes. Obwohl es ihm schwer fiel, den Blick von ihrem Gesicht zu lösen, wandte er den Kopf. Dort befand sich ein wuchtiger Eichentisch mit zwei einzelnen, geschnitzten Stühlen, auf dem ein wahres Festmahl vorbereitet war. Andrej hatte beim Eintreten weder den Tisch noch die beiden Kerzen, die jenen Teil des Zimmers in mildes, gelbes Licht tauchten, bemerkt. Irgendetwas an diesem Bild stimmte nicht, doch er hätte nicht in Worte fassen können, was es war.

»Elenja hat den halben Tag damit verbracht, dieses Mahl zuzubereiten. Wir sind hier nicht auf Gäste eingerichtet, weißt du?«

Andrej erschien die Szene immer unwirklicher. Das war der Moment, auf den sie beide seit einer Ewigkeit gewartet hatten – und sie sprachen über das Essen? Trotzdem nickte er nur.

Das schien Maria als Antwort jedoch zu genügen. Sie ging an ihm vorbei und blieb zwei Schritte von ihm entfernt stehen, um sich dann halb zu ihm umzudrehen und ihm auffordernd zuzuwinken.

Diese unbedeutende Geste durchbrach Andrejs Lähmung endgültig. Es war, als bräche ein Damm. Mit einem einzigen Schritt war er bei ihr und ergriff sie bei den Schultern. Als sie sich überrascht umwandte, legte er beide Hände um ihr Gesicht. Maria setzte noch dazu an, etwas zu sagen, möglicherweise versteifte sie sich sogar für den Bruchteil eines Augenblicks, wie um seine Hände abzustreifen und sich aus seiner Umarmung zu lösen, doch nichts von alledem spielte eine Rolle für Andrej. Er zog sie an sich und presste seine Lippen auf die ihren.

Ihr Kuss war nicht so süß, wie er ihn in Erinnerung hatte. Er war tausendmal süßer. Die Welt erlosch, wurde unwirklich, unwichtig. Es gab nur noch ihre Lippen, deren unendliche Weichheit, deren Geschmack er so lange vermisst hatte. Andrej versank in dieser Berührung wie ein Ertrinkender in einem Strudel, der sich urplötzlich unter ihm aufgetan hatte. Er versuchte nicht einmal, sich zu widersetzen, sondern überließ sich diesem Wirbel willenlos. Seine Hände lösten sich von ihrem Gesicht, fuhren ihren Hals entlang und über ihre Schultern, tasteten über die Linien ihres Körpers, die ihm so vertraut erschienen, als habe er sie erst einen Tag zuvor zum letzten Mal berührt. Er streichelte ihren Rücken, ihre Arme. Die letzten Jahrzehnte waren ausgelöscht. Sie waren wieder in Transsylvanien, in der Nacht, nach der sich alles ändern sollte. Er hielt sie in den Armen, spürte ihre Wärme, roch ihren betörenden Duft und genoss das Feuer, das das bloße Wissen um ihre Nähe in ihm entfachte.

Schließlich lösten sich Marias Lippen von den seinen. Zugleich legte sie beide Hände auf seine Brust, um ihn sanft, aber nachdrücklich ein kleines Stück von sich wegzuschieben. »Später«, hauchte sie atemlos. »Wir haben doch alle Zeit der Welt.«

Andrejs Enttäuschung war so tief, dass sie körperlich schmerzte. Aber dann nickte er nur stumm. Maria hatte Recht. Der Augenblick war zu kostbar, um ihn in einem einzigen Moment entfesselter Sinneslust zu verschwenden. Er trat einen halben Schritt zurück und zwang ein verständnisvolles Lächeln auf seine Lippen, das Marias Gesicht zufolge wohl eher zu einer Grimasse zu geraten schien.

Um die Situation nicht noch unangenehmer werden zu lassen, folgte er Maria hastig zum Tisch. Die beiden Stühle waren an den gegenüberliegenden Kopfenden des großen Tisches aufgestellt, sodass zwischen ihnen eine Distanz von annähernd drei Metern lag, wie Andrej mit einem Gefühl der Enttäuschung zur Kenntnis nahm. Er wollte seiner Geliebten so nahe wie möglich sein. Maria jedoch steuerte ihren Platz mit einer Selbstverständlichkeit an, die mehr als alle Worte bewies, dass sie eine solche Förmlichkeit gewohnt war. Andrej nahm widerwillig auf dem anderen Stuhl Platz. Sofort öffnete sich die Tür, und das junge Mädchen, das ihn unten begrüßt hatte, kam herein. Sie balancierte ein Tablett vor sich her, das viel zu groß und zu schwer für ihre zerbrechliche Gestalt zu sein schien. Darauf befanden sich ein bauchiger Krug, zwei Gläser aus kostbarem, geschliffenem Kristallglas und ein Kerzenleuchter. Mit mehr Eifer als Geschick lud sie ihre Last in der Mitte des Tisches ab, füllte die beiden Gläser mit einem dunklen, blutfarbenen Wein und servierte erst ihm, dann ihrer Herrin. Auch dabei stellte sie sich unbeholfen an, und Andrej musste an Marikas Worte über ihre Ungeschicklichkeit denken. Maria schien in der Tat eine äußerst nachsichtige Dienstherrin zu sein. Oder aber die Auswahl an geeignetem Dienstpersonal war in der Abgeschiedenheit des Schlosses so klein, dass sie sich notgedrungen damit abgefunden hatte, bescheiden zu sein.

»Danke, meine Liebe«, sagte Maria, als Elenja das Glas vor ihr abgestellt hatte, den Raum verließ und mit einem zweiten Tablett, das mit allerlei Speisen beladen war, zurückkam. »Wir bedienen uns dann selbst. Geh nur hinunter und mach dir einen schönen Abend. Aber bleib im Haus. Es kann sein, dass ich dich später noch einmal rufe.«

Das Mädchen entfernte sich hastig und warf im Hinausgehen noch einen scheuen, aber neugierigen Blick in Andrejs Richtung. Sie schloss die Tür ein wenig zu laut hinter sich, was Maria nur mit einem verständnisvollen Lächeln quittierte.

»Ich hoffe doch, es macht dir nichts aus, dein Fleisch selber zu schneiden«, sagte sie spöttisch, als sie den stirnrunzelnden Blick registrierte, mit dem Andrej dem Mädchen gefolgt war. »Gutes Personal ist schwer zu bekommen.«

»Und noch schwerer zu halten?«, entfuhr es Andrej. Die Worte taten ihm sofort Leid, als er Marias Bestürzung gewahr wurde.

Sie nickte ernüchtert. Ein Schatten huschte über ihr Gesicht. »Ich verstehe«, sagte sie. »Du hast das eine oder andere über mich gehört.« Sie hob abwehrend die Hand, als Andrej etwas erwidern wollte, und fuhr mit einem spöttischen Lächeln fort: »Natürlich, deshalb bist du ja gekommen. Also – erzähl!«

»Was?«, fragte Andrej ausweichend, um Zeit zu gewinnen.

»Den neuesten Klatsch aus dem Dorf«, antwortete Maria. »Was hat man dir erzählt? Dass ich einmal im Monat eine Jungfrau schlachte und ihr Blut trinke?« Sie lachte. »Die Idee ist verlockend, aber sie hat einen kleinen Schönheitsfehler. Wäre es so, müsste ich wohl verhungern. Die Auswahl an Jungfrauen ist leider nicht allzu groß.«

Andrej wünschte sich, sie würde über andere Dinge sprechen. Natürlich kannte sie den Grund, aus dem er gekommen war. Aber seine früheren Absichten spielten keine Rolle mehr. Nicht, seit er wusste, wer Gräfin Berthold in Wahrheit war.

»Erzähl mir von dir«, sagte er.

»Seltsam – dasselbe wollte ich dich auch gerade bitten«, sagte Maria und blinzelte ihm zu. Sie griff mit der linken Hand nach ihrem Glas, aber nicht um zu trinken, sie spielte nur damit. Das ruhig brennende Licht der Kerzen spiegelte sich auf dem in unzähligen Fassetten geschliffenen Kristall und ließ einen Wirbel winziger, roter Lichtreflexe auf ihrem Gesicht aufblitzen. »Ja, vermutlich hast du Recht«, fuhr sie fort. »Es ist wohl an mir, zuerst zu erzählen.«

Sie sprach nicht weiter, sondern schien sich ganz auf das Glas in ihrer Hand zu konzentrieren. Sie drehte es schneller, und die bunten Lichter huschten noch rascher über ihr Gesicht hinweg. Andrej nahm all seinen Mut zusammen und fragte geradeheraus: »Was ist mit dir passiert?«

»Blanche ist mir passiert«, antwortete Maria. Sie setzte das Glas ab und begann, mit der Fingerspitze die winzigen Tropfen verschütteten Weins aufzuwischen, die Elenjas Ungeschick auf der Tischplatte hinterlassen hatte, um sich anschließend die Finger abzulecken. »Du hast ihn ja kennen gelernt, Andrej, obwohl ich fürchte, du hast einen falschen Eindruck von ihm.«

»Ach?«, machte Andrej. »Wieso?«

»Weil es jedem so geht, der ihn nicht wirklich kennt. Manchmal glaube ich fast, dass genau das seine Absicht ist.«

»Was hat er dir angetan?«, fragte Andrej. Seine Stimme klang nicht so ruhig, wie er es beabsichtigt hatte, aber das schien Maria nicht zu überraschen. Sie sah ihn nur einen Herzschlag lang durchdringend an und lächelte dann nachsichtig.

»Er hat mich gerettet«, erwiderte Maria. »Aber er tat noch weitaus mehr. Ich glaube, du weißt, was.« Sie tupfte einen weiteren Tropfen Wein von der Tischplatte und strich sich die blutfarbene Flüssigkeit auf die Unterlippe. Es fiel Andrej schwer, bei dem Anblick gelassen zu bleiben. Aus seiner Verwirrung wurde Furcht; aus dieser Furcht Hass. Hass, der dem weißhaarigen Fremden galt. Er verstand. Maria war kaum gealtert, seit sie sich das letzte Mal gesehen hatten. Obwohl er – ganz wie bei Blanche – auch in ihrer Nähe nichts von alledem spürte, was er eigentlich in Anwesenheit eines anderen Unsterblichen hätte spüren sollen, war ihm klar, dass der Namenlose genau das getan hatte, was er, Andrej, immer hatte verhindern wollen: Er hatte ihr die Unsterblichkeit geschenkt, aber zu welchem Preis?

»Ich konnte nicht auf dich warten, Andrej«, begann Maria. Ihre Stimme wurde leiser, und obwohl ihr Blick direkt auf ihn gerichtet war, schien er geradewegs durch ihn hindurchzugehen, um sich auf einen Punkt in einer unendlich weit zurückliegenden, grausamen Vergangenheit zu richten. Er fühlte den Schmerz, den es ihr bereitete, darüber zu sprechen. »Die Männer des Sultans verfolgten uns. Wir mussten fliehen und uns verstecken. Wir trafen auf barmherzige Menschen, die uns Unterschlupf gewährten, doch als die Gefahr vorüber war, warst du nicht mehr da.«

Andrej schwieg. Er war sicher, dass es in Wahrheit nicht annähernd so einfach gewesen war, wie die schlichte Erzählung glauben lassen wollte, doch für den Moment mochte diese Erklärung genügen. Mit einem knappen Nicken forderte er sie auf fortzufahren.

»Wir wurden getrennt«, sagte Maria. »Es war eine schlimme Zeit. Für eine Weile musste ich mich allein durchschlagen. Ich konnte mich meistens verstecken. Irgendwann haben sie mich dann doch gefangen genommen.« Obwohl ihre Stimme nicht leiser wurde, verlor sie ihre Lebendigkeit. Der Schmerz in ihren Augen vertiefte sich. Andrej begriff, dass das, was sie mit dürren, unbeteiligt klingenden Worten erzählte, Jahre voller Grausamkeit und Furcht umfasste. Er hatte kein Recht, ihr Fragen zu stellen.

»Ich war zwei Jahre ihre Gefangene«, schloss Maria. »Dann wurde ich befreit.«

»Von Blanche?«, vermutete Andrej.

Maria nickte. Sie hatte den letzten Tropfen roten Weins von der Tischplatte getupft und fuhr sich mit der feuchten Fingerspitze über die Lippen. Der Anblick erfüllte Andrej mit einem vagen Unbehagen, das er sich nicht erklären konnte. »Es war nicht allzu weit von hier entfernt«, fuhr Maria fort. »Sie hatten mich und zwei andere Frauen in ein Zelt gesperrt, und sie kamen zwei- oder dreimal am Tag, um eine von uns zu holen. Dann wurde das Lager angegriffen. Ich war gefesselt und die Zeltplane geschlossen. Ich dachte, es sei eine ganze Armee. Aber es war nur ein einzelner Mann.« Sie schüttelte den Kopf. »Er hatte alle … erschlagen.«

Das fast unmerkliche Stocken entging Andrej nicht. Sie hatte ein anderes Wort benutzen wollen. Er wusste, welches.

»Und dann?«, fragte er, als sie nicht weitersprach.

»Sie waren alle tot«, antwortete Maria. »Auch die anderen Frauen. Ich war schwer verwundet. Ich wäre gestorben, hätte er mich nicht gerettet.«

Ein kurzer Schauer, wie von Tausenden kleiner Spinnenbeine verursacht, lief über seinen Rücken.

»Er hat mich gerettet«, wiederholte Maria tonlos, »und machte mich zu dem, was ich nun bin.«

»Und seither seid ihr zusammen«, vermutete Andrej.

»Ja«, sagte Maria. »Aber nicht so, wie du meinst.«

Andrej schwieg betroffen. Er hatte ihr nicht zu nahe treten wollen. Dennoch erfüllte ihn Marias Entgegnung mit einer Mischung aus Erleichterung und Freude darüber, dass es ihr wichtig war, ihn ihrer Treue zu versichern.

»Hat er dir nicht gefallen?«, fragte er mit einem angedeuteten Lächeln. »Es ist viel Zeit vergangen, und ich kann mich nicht erinnern, dass wir uns ewige Treue geschworen hätten.«

»Blanche ist der wundervollste Mann, dem ich jemals begegnet bin«, antwortete Maria mit erstaunlicher Offenheit. »Am Anfang hatte ich Angst vor ihm. Vor ihm und dem, was er mit mir gemacht hatte. Und ich fürchtete, er würde eine Gegenleistung fordern.« Sie begann wieder, das Glas in ihrer rechten Hand zu drehen. Abermals huschten rote und orangefarbene Lichtreflexe über ihr Gesicht, als hätten die Erinnerungen, die sie mit ihren Worten heraufbeschwor, leuchtend Gestalt angenommen. »Aber er wollte nichts von mir. Er hat mich niemals berührt. Blanche interessiert sich nicht für so etwas.«

»So etwas?«

»Für Frauen«, erklärte Maria. »Auch nicht für Männer, wenn du das glaubst.«

»Wie ein Eunuch ist er mir nicht vorgekommen«, sagte Andrej, bedauerte seine Worte aber schon, noch bevor er sie ganz ausgesprochen hatte.

»Ich glaube, er hat sich schon vor langer Zeit in etwas verwandelt, für das andere Dinge zählen.«

»Etwas?«

Maria hob die Schultern und stellte das Glas wieder

auf den Tisch. »Ich habe ihn danach gefragt«, sagte sie, »aber er hat mir nicht geantwortet. Ich glaube, dass er das ist, was auch wir werden. Irgendwann einmal.«

Die Worte riefen Andrej die Andeutungen des Namenlosen ins Gedächtnis. Nur dass er sie nun, da er sie aus Marias Mund hörte, nicht mehr missachten konnte. Er empfand keine Angst. Eher eine Art tiefes Unbehagen, das ihn fast noch mehr verstörte, als reine Furcht es vermocht hätte.

»Er hätte mich haben können, wenn er gewollt hätte«, fuhr Maria fort, ohne dass Andrej sie danach gefragt hätte. »Am Anfang, weil ich dachte, es ihm schuldig zu sein für das, was er für mich getan hat.« Sie lächelte flüchtig, wie um für das Gesagte um Verzeihung zu bitten. »Ich war jung.«

»Ich weiß.«

»Aber das war am Anfang. Später … später sehnte ich mich sogar danach. Aber er hat mich stets zurückgewiesen. Irgendwann habe ich es dann aufgegeben.«

Andrej hörte das leise Bedauern in ihrer Stimme und spürte einen durchdringenden Stich der Eifersucht. Er hatte nicht das mindeste Recht auf ein solches Gefühl. In den zurückliegenden fünf Jahrzehnten hatte er gewiss nicht wie ein Mönch gelebt, auch wenn unter all den Frauen, die er in dieser Zeit gehabt hatte, nicht eine gewesen war, der es auch nur annähernd gelungen wäre, Marias Platz in seinem Herzen und in seiner Erinnerung einzunehmen.

Ein ungutes Schweigen breitete sich zwischen ihnen aus. Andrej hätte am liebsten alles vergessen, was er gehört hatte, seit er dieses Zimmer betreten hatte. Er spürte, wie sich das Unbehagen noch verstärkte, wie ein üb-

ler Geruch, der plötzlich in der Luft lag und alles verderben würde, wenn es ihnen nicht gelang, die Ursache
dafür zu finden und auszumerzen. Er räusperte sich,
griff nach seinem Glas und trank einen Schluck. Der
Wein war schwer und süß, besser, als er erwartet hatte.
»Und danach?«, fragte er.

»Nachdem ich wieder gesund war«, antwortete Maria, »sind wir weggegangen. Ich glaube, wir dachten,
wir könnten einfach davonlaufen. Vor den Erinnerungen. Dem Krieg. Den Menschen.« Ein bitteres Lächeln
umspielte ihre Lippen. »Aber das konnten wir nicht.
Niemand kann das. Wir sind so weit gegangen, wie wir
konnten, bis hinauf nach Schweden, und danach in die
andere Richtung. Zwei Winter haben wir in Italien verbracht, wo Blanche ein kleines Schloss besitzt, doch am
Ende sind wir immer wieder hierher zurückgekommen.«

Sie sagte nicht: *weil ich dich gesucht habe.* Und doch
wusste Andrej, dass es so war. Marias Geschichte war
zugleich auch seine eigene. Abu Dun und er hielten sich
seit einem halben Jahrhundert in diesem Teil der Welt
auf, der von einem nicht enden wollenden Krieg heimgesucht und von Misstrauen und Hass regiert wurde,
ohne dass es einen vernünftigen Grund dafür gab. Die
Erde war schier unendlich groß, selbst für Männer wie
Abu Dun und ihn, die alle Zeit der Welt hatten, sie zu
erforschen. Trotzdem hatten sie sich nie weit von der
Gegend entfernt, in der er Maria verloren hatte, denn
ein winziger, aber unbeirrbarer Teil von ihm beharrte
wider jede Logik darauf, dass er sie dort auch wieder
finden würde.

»Wir waren überall«, sagte Maria. »Haben tausend

verschiedene Orte aufgesucht. Manchmal nur für wenige Wochen, manchmal nur für Tage, manchmal für Monate. Wir haben versucht, ein Zuhause zu finden. Aber ich glaube, für Menschen wie uns gibt es so etwas nicht.«

Auch darauf konnte Andrej nur mit einem traurigen Nicken antworten, denn auch dieser Teil von Marias Geschichte stimmte mit seiner eigenen überein. Dennoch berührten ihn ihre Worte auf unerwartete Weise. Heimatlos zu sein und nirgends lange auszuharren, das war etwas, womit er sich abgefunden zu haben glaubte. Eine weitere Lüge, wie er sich eingestehen musste, die zusammenbrach, als Maria aussprach, was er selbst lange nicht einmal zu denken gewagt hatte. Verbitterung stieg in ihm auf.

»Es ist überall dasselbe«, fuhr Maria fort. »Wo immer wir auftauchen. Am Anfang heißen uns die Menschen willkommen und sind freundlich zu uns, solange sie etwas von uns wollen. Aber irgendwann wird aus ihrer Freundlichkeit Feindschaft, und aus den Blicken, die sie dir nachwerfen, werden Steine. Sie können dich nicht verletzen. Aber sie tun weh.«

»Ich weiß«, sagte Andrej.

»Wir werden auch hier nicht bleiben können«, fuhr Maria fort. »Am Anfang dachte ich, dieses Tal sei anders. Ich dachte, die Menschen hier wären weniger misstrauisch.«

»Warum?«

»Dieser Ort ist so weit weg von allem«, antwortete Maria. »Er liegt zu abgelegen, als dass irgendein Feldherr ihn erobern wollte. Und er ist zu unbedeutend, als dass die Kirche ihre gierige Hand danach ausstrecken würde. Doch am Ende wird es wieder auf dasselbe hinauslaufen. Wir werden nicht bleiben können.« Sie sog hörbar die Luft ein und zwang sich, ihm direkt ins Gesicht zu sehen, als sie fortfuhr: »Es hat schon begonnen.«

Wie gerne hätte Andrej ihr widersprochen. Aber er konnte es nicht. »Wo ist er jetzt?«, fragte er.

»Blanche?«

Andrej nickte.

»Drüben in seinem Turm, nehme ich an«, antwortete Maria. »Er ist fast immer dort, wenn er nicht durch die Wälder streift.«

»Streift – oder fliegt?«, fragte Andrej.

»Er liebt die Einsamkeit«, erwiderte Maria, ohne auf seine Frage einzugehen.

Andrej nahm es hin. »Und du weißt nicht, was er in dieser Zeit tut?«

»Nichts, wofür er sich rechtfertigen müsste«, antwortete Maria eine Spur schärfer. »Ich weiß, wofür du ihn hältst. Aber das ist er nicht.«

Andrej dachte an einen verstümmelten Leichnam, dessen Hals zwei winzige, tödliche Bisswunden aufwies. An das, was ihm Pater Lorenz erzählt hatte. Er schwieg.

»Ich habe ihn niemals Blut trinken sehen.«

»Wir sollten damit aufhören, Maria«, sagte er leise.

»Womit?«

»So zu tun, als hätte es die letzten fünfzig Jahre nicht gegeben«, antwortete Andrej. »Du bist mir keine Rechenschaft schuldig, so wenig wie ich dir.« Er hasste sich selbst für seine Worte. Er verabscheute es, hinter allem und jedem Verrat und Betrug zu wittern. Hatte er sich so sehr daran gewöhnt, unglücklich zu sein, dass er den Gedanken, es nicht mehr zu sein, nicht ertrug?

»Keiner unserer Art muss wirklich Blut trinken«, fuhr Maria in ihrer Rechtfertigung fort.

Andrej fuhr zusammen. Maria registrierte es und runzelte flüchtig die Stirn. Sie konnte nicht wissen, was der Grund dafür war: Es war das Wort *unserer*. Andrej hatte sich noch nicht an den Gedanken gewöhnt, dass sie zu etwas geworden war, was er niemals gewollt hatte. Oder hätte er ihr die Unsterblichkeit geschenkt, wenn ihnen das Schicksal genug Zeit für diese Entscheidung gelassen hätte? Das war eine Frage, die seit fünfzig Jahren wie ein schleichendes Gift an ihm fraß. Er glaubte, diese Frage endlich beantworten zu können. Er hätte es nicht getan. Vielleicht hätte ihm der Schmerz, sie an seiner Seite altern und schließlich sterben zu sehen, das Herz gebrochen.

Dennoch hätte er diesen letzten, scheinbar einfachen Schritt nicht getan. Vielleicht war der Sieg über den Tod, die Unsterblichkeit, der größte Traum, den die Menschheit je geträumt hatte. Nur die wenigen, für die er in Erfüllung gegangen war, wussten, dass er in Wahrheit ein Albtraum war. Wenn ein allmächtiger Gott oder vielleicht auch nur eine teilnahmslos planende Schicksalsmacht existierte, dann hatten sie sich etwas dabei gedacht, den Menschen eine festgelegte Lebensspanne zu gewähren.

»Würdest du ihn bitte rufen?«, bat er.

»Blanche?«

»Ja. Ich möchte mit ihm reden.« Andrej hob rasch die Hand. »Keine Sorge. Ich möchte einfach nur mit ihm sprechen. Herausfinden, was für ein Mensch er ist.«

Marias Blick machte überdeutlich klar, was sie von seinem Ansinnen hielt – aber er verriet ihm auch noch etwas anderes. Falls sie seine Bitte überhaupt mit Sorge erfüllte, dann war es Besorgnis um ihn, und nicht um ihren unheimlichen Verbündeten und Lebensretter. Sie streckte die Hand nach einer kleinen Messingglocke aus, die vor ihr auf dem Tisch stand, und läutete.

Sie hatte die Klingel noch nicht wieder abgestellt, da öffnete sich die Tür, und das Mädchen kam herein. So schnell, als habe es draußen auf dem Flur gewartet.

»Ihr habt einen Wunsch, Herrin?«, fragte Elenja, während sie sich gleichzeitig bemühte, einen Hofknicks zu Stande zu bringen. Andrej musste ein Lächeln unterdrücken, als er sah, wie schwer es ihr fiel, bei diesen Worten ihre Dienstherrin anzublicken, und nicht ihn.

»Geh bitte und such nach Blanche«, antwortete Maria. »Unser Gast wünscht mit ihm zu sprechen.«

Elenjas Reaktion überraschte Andrej. Sie hatte sich gut in der Gewalt. Dennoch gelang es ihr nicht, ihre Verwirrung über Marias Befehl zu verhehlen. Sie blickte ihre Herrin an, als habe diese etwas so vollkommen Sinnloses von ihr verlangt, dass es sich nur um einen Scherz handeln konnte. Dann aber beeilte sie sich zu nicken und mit einem gemurmelten »Ganz, wie Ihr befehlt, Herrin« rückwärts gehend das Zimmer wieder zu verlassen.

»Hat Sie etwas gegen Blanche?«, wandte sich Andrej an Maria.

»Bisher nicht«, antwortete Maria, während sie Elenja verwundert hinterherschaute. »Sie geht ihm aus dem Weg, wo sie kann, aber das gilt für die meisten Menschen.«

Andrej hatte das sichere Gefühl, dass diese Antwort nicht die ganze Wahrheit darstellte. Er gestattete sich jedoch nicht, den Gedanken weiterzuverfolgen. Erneut nippte er an seinem Wein. Dann griff er nach dem Teller mit erlesenen Köstlichkeiten, der auf dem Tablett stand, und begann zu essen. Die Speisen waren allerdings schon abgekühlt und schmeckten längst nicht so gut, wie sie aussahen. Das Fleisch war zäh, das Gemüse zerkocht, und die Pilze, die Elenja zubereitet hatte, hätte er gewiss nicht angerührt, hätte er nicht gewusst, dass es unmöglich war, ihn zu vergiften. Dennoch nickte er anerkennend, als Maria ihm einen fragenden Blick zuwarf. Wenn das Mädchen tatsächlich die Tochter eines armen Bauern aus den umliegenden Wäldern war, konnte er nichts Besseres erwarten. Immerhin hatte sie sich Mühe gegeben.

Schon nach den ersten Bissen spürte er, wie hungrig er war. Maria hatte Recht: Nach dem, was ihm in dem so genannten Gasthof vorgesetzt worden war, hätte ihm wahrscheinlich alles geschmeckt. Maria selbst aß jedoch nur sehr wenig. Sie stocherte lustlos im Essen herum und nahm nur dann und wann einen winzigen Bissen zu sich, wenn Andrej sie ansah. Offensichtlich war sie von Elenjas Kochkünsten auch nicht besonders angetan.

Dann fiel ihm etwas auf. Die ganze Zeit über hatte er das Gefühl gehabt, dass mit diesem Festmahl etwas nicht stimmte. Es war der Tisch. Der Tisch und die Sitzordnung.

Die Tafel war nur für zwei Gäste gedeckt.

»Du wusstest, dass Abu Dun nicht mitkommt?«, fragte er.

»Blanche sagte es mir«, antwortete Maria. Sie kam

seiner nächsten Frage zuvor. »Hier geschieht nichts, wovon er nicht wüsste. Er hat mich davon schon unterrichtet, kurz nachdem du das Dorf verlassen hattest.«

Andrej schwieg verärgert, weil der Weißhaarige ihn offensichtlich auf Schritt und Tritt belauerte. Am meisten verstimmte ihn, dass er es nicht gemerkt hatte.

»Vielleicht ist es ganz gut so«, murmelte er.

»Was?«

»Wenn ich zuerst allein mit Abu Dun rede«, antwortete Andrej. Er schob seinen Teller von sich. Ihm war der Appetit vergangen. »Ich weiß nicht, wie er reagiert, wenn er dich sieht.«

»Du meinst, wenn er erfährt, was aus mir geworden ist?«, brachte es Maria auf den Punkt.

»Was ist denn aus dir geworden?« Andrej hasste sich für diese Frage. Aber sie war unvermeidbar. Etwas stand zwischen ihnen – eine Zerrissenheit, ein Argwohn, der ihm keine Ruhe ließ.

»Diese Frage stelle ich mir seit dem Morgen, an dem ich in Blanches Armen aufgewacht bin«, antwortete Maria. »Ich weiß es nicht.«

»So wenig wie ich«, flüsterte Andrej. Ein Blick in Marias Augen ließ ihn alles andere vergessen. Es spielte keine Rolle, was ihnen inzwischen zugestoßen war. Wozu sie beide geworden waren. Sie hatten einander wieder gefunden, und das war alles, was zählte.

Langsam stand er auf. Auch Maria schob ihren Stuhl zurück, erhob sich und ging wieder zum Kamin. Sie bewegte sich langsam und blickte einmal über die Schulter zurück, so als müsse sie sich mit eigenen Augen davon überzeugen, dass er ihr folgte. Unmittelbar vor dem

Kamin blieb sie stehen und streifte mit einer einzigen, anmutigen Bewegung ihr Kleid ab.

Darunter trug sie nichts.

Spät in der Nacht erwachte Andrej. Wieder fiel es ihm ungewohnt schwer, in die Gegenwart zurückzufinden. Er fühlte sich matt, körperlich und geistig gleichermaßen erschöpft. Er erinnerte sich an einen Albtraum, in dem Maria und Blanche aufgetaucht waren, und in dem Blut eine Rolle spielte.

Andrej tastete, ohne die Augen zu öffnen, nach rechts. Maria war in seinem Arm eingeschlafen. Er spürte die Wärme ihres Körpers und den süßen Duft ihres Haares noch immer auf der Haut. Vielleicht war er wach geworden, als sie sich aus seiner Umarmung gelöst hatte und aufgestanden war.

Andrej öffnete widerwillig die Augen und blinzelte in die heruntergebrannte Glut des Kamins. Als sie davor niedergesunken waren, hatte ein gewaltiges Feuer darin geprasselt. Die Scheite hatten sich inzwischen in ein kleines, nur mehr glimmendes Gluthäufchen verwandelt. Es war dennoch nicht kalt in dem Raum.

Umständlich setzte sich Andrej auf, zog die Beine an den Körper und stützte mit geschlossenen Augen das Kinn auf den Knien ab, um sich noch einmal die vergangenen Stunden ins Gedächtnis zu rufen. Maria und er hatten sich geliebt, mit all der Intensität und Leidenschaft, wie er es sich in den vergangenen Jahren unzählige Male vorgestellt hatte. Es war trotzdem nicht ganz so gewesen, wie es hätte sein sollen. Irgendetwas hatte gefehlt. Es war …

Andrej unterbrach diesen Gedankengang, zornig auf sich selbst. Er war ungerecht. Natürlich hatte die Wirklichkeit hinter den Träumen und Sehnsüchten von fünf Jahrzehnten zurückbleiben müssen. Wie hätten sie auch in einer Stunde nachholen können, worauf sie ein halbes Jahrhundert gewartet hatten?

Sein Rücken schmerzte. Es kostete ihn große Mühe, sich gänzlich aufzurichten. Als er sich zu recken versuchte, schoss ein so scharfer Schmerz durch sein Rückgrat, dass er die Zähne zusammenbeißen musste und nur mit Mühe ein Stöhnen unterdrücken konnte. Was war mit ihm geschehen? Das war nicht die wohlige Mattigkeit, die nach einer Liebesnacht folgte. Er fühlte sich vielmehr auf unerwartete Weise seiner Kraft beraubt.

Andrej erinnerte sich nur zu gut, dass er dieses Gefühl auch am vergangenen Morgen gehabt hatte, als er auf dem stinkenden Lager im Gasthaus erwacht war. Es hatte also nichts mit Maria zu tun, sondern ausschließlich mit ihm selbst. Seit sie Wien verlassen hatten, begann er immer öfter an seine Grenzen zu stoßen. Andrej hatte es bisher nicht gewagt, den Gedanken laut auszusprechen, schon aus Angst, ihn damit erst Wirklichkeit werden zu lassen. Doch hatte es vermutlich keinen Sinn, es noch länger zu leugnen: Breitenecks Medizin hatte ihn nicht vollständig geheilt. Oder sie begann, ihre Wirkung zu verlieren. Was auch immer ihn in den unterirdischen Katakomben der umkämpften Stadt vergiftet hatte – es hatte die Grenzen seiner Unsterblichkeit durchbrochen und ihm nachhaltigeren Schaden zugefügt, als er wahrhaben wollte. Vielleicht konnte Maria ihm helfen. Und wenn nicht sie, dann ihr unheimlicher Beschützer.

Andrej richtete sich erneut auf, stemmte die Hände in den Rücken und bog das Kreuz durch. Es tat weh, doch der Schmerz verebbte, lediglich das Gefühl der Erschöpfung blieb.

Er stellte mit einem raschen Blick fest, dass er allein war. Bis auf das leise Knacken des glimmenden Holzes und das leise Heulen, mit dem sich der Wind an den Kanten und Vorsprüngen des Hauses brach, war es vollkommen still. Er bückte sich nach seinen Kleidern. Jetzt erst merkte er, dass er nicht auf dem nackten Boden erwacht war. Das Kleid aus rotem Brokat, das Maria getragen hatte, lag noch unter ihm. Aus einer romantischen Anwandlung heraus bückte er sich, hob es auf und strich mit den Fingerspitzen über den kostbaren Stoff.

Verwirrt zog er die Hand zurück. Andrej erinnerte sich an jede Sekunde, jeden Atemzug, den sie Arm in Arm dagelegen und sich liebkost hatten. Er erinnerte sich ebenso deutlich an das Gefühl des samtweichen, warmen Stoffes, auf dem sie gelegen hatten. Jetzt fühlte er sich rau und spröde an, sodass er fürchtete, er könnte unter seinen Fingern zerfallen, wenn er zu fest zugriff. Andrej drehte sich um und hielt das Kleid in das schwache Licht des Kaminfeuers. Der Stoff war uralt. Der Brokat musste zweifellos einmal kostbar und prachtvoll gewesen sein, doch diese Zeiten waren schon sehr lange vorbei. Was er in Händen hielt, war wenig mehr als ein Fetzen, selbst für einen Bettler zu schäbig. Doch als Maria dieses Kleid getragen hatte, war es ihm wie die prachtvolle Robe einer Königin erschienen.

Verwirrt ließ Andrej das Kleid sinken und unterzog den Raum einer zweiten, gründlicheren Musterung. Er war peinlich berührt, als er feststellte, dass jemand den Tisch abgeräumt und sauber abgewischt hatte, während er schlief, tröstete sich aber mit dem Gedanken, dass es möglicherweise Maria gewesen war. Darüber hinaus gab es in dem Zimmer nicht viel Interessantes zu sehen. Der Stuhl neben dem Kamin, der Tisch, die Stühle und eine schwere, geschnitzte Bauerntruhe bildeten die gesamte Einrichtung. Es gab ein einziges Fenster, das als Schutz vor Wind und Kälte sorgfältig mit Brettern vernagelt worden war. Andrej bemerkte eine zweite, niedrige Tür auf der anderen Seite. Vielleicht führte sie in Marias Schlafgemach. Möglicherweise war es ihr zu unbequem geworden, auf dem Boden zu schlafen, und sie hatte sich dorthin zurückgezogen.

Andrej klopfte zweimal und ließ eine geraume Zeitspanne verstreichen, bevor er den Riegel zurückschob und gebückt durch die niedrige Tür trat. Dahinter lag kein Schlafzimmer, und Maria war auch nicht dort.

Der Geruch ließ ihn mitten in der Bewegung erstarren. Es war so dunkel, dass er Mühe hatte, mehr als nur verschwommene Umrisse wahrzunehmen. Dafür jedoch arbeiteten seine anderen Sinne mit umso größerer Schärfe. Blutgeruch erfüllte die Luft. Selbst ein normaler, sterblicher Mensch hätte ihn wahrgenommen, so überwältigend war er. Andrej empfand es wie lautlose Schmerzensschreie, die unaufhörlich in seinem Inneren widerhallten. In diesem Raum war vor nicht allzu langer Zeit Blut vergossen worden, viel Blut.

Aufs Höchste alarmiert, duckte sich Andrej. Zugleich hob er die Arme, um sich verteidigen zu können, falls er angegriffen werden sollte, obwohl er wusste, dass das nicht geschehen würde. Der Raum war vollkommen leer. Niemand war dort. Dennoch blieb er auf der Hut, während sich seine Augen nur quälend langsam an den schwachen Lichtschimmer gewöhnten, der durch die offen stehende Tür hereinfiel und das fensterlose Zimmer nur unzureichend erhellte. Wenige Tage zuvor hätte er anders reagiert, aber da hatte er auch noch nicht geahnt, dass es zumindest einen Menschen auf der Welt gab, dessen Anwesenheit er nicht spüren konnte.

Blanche war allerdings nicht dort. Der Raum bot auch nicht genug Platz, um sich darin zu verstecken. Den größten Teil des Platzes nahm eine große, auf metallenen Löwenfüßen stehende Badewanne ein. Sie enthielt jedoch kein Wasser. Die dunkle Flüssigkeit, die zwei Finger hoch ihren Boden bedeckte, verströmte einen so durchdringenden Geruch, dass es nicht den mindesten Zweifel gab: Es war Blut.

Der intensive Geruch überwältigte Andrej. Er reagierte darauf wie zwei Tage zuvor im Wald: Das Ungeheuer in ihm erwachte schlagartig und sprang ihn erbarmungslos und mit verheerender Kraft an. Sein ganzes Denken, Fühlen und Streben drehte sich nur noch um Blut. Es drohte ihn in einen schwarzen Schlund hinabzuziehen, in einen Abgrund aus Gier, Mordlust und reiner Zerstörungswut.

Mit äußerster Anstrengung gelang es Andrej, seiner Gefühle Herr zu werden und das Ungeheuer, das er niemals endgültig würde besiegen können, wieder in seinen Kerker zurückzutreiben. Zitternd, die Zähne so fest zusammengebissen, dass es schmerzte, die Hände mit aller Gewalt zu Fäusten geballt, stand er minutenlang da, bis er sich wieder so weit in der Gewalt hatte, dass er es wagen konnte, die Augen zu öffnen.

Er zwang sich, den Raum ein zweites Mal in Augenschein zu nehmen. Vielleicht hatten ihm seine Nerven einen bösen Streich gespielt. Aber er hatte sich nicht getäuscht. Die Wanne war voller Blut. Menschlichem Blut.

Aufs Äußerste beunruhigt, verließ Andrej den Raum. Er schloss die Tür sorgfältig hinter sich, damit niemand merkte, dass er jenen Raum betreten hatte. Dann unterzog er das Kaminzimmer einer gründlichen Untersuchung, ohne etwas Ungewöhnliches zu entdecken, bis auf einen sonderbar muffigen Geruch. Schließlich schlüpfte er in seine Stiefel und warf sich den Mantel um die Schultern. Als er das Schwert anlegte, kam er sich wie ein Verräter vor. Es schien ihm, dass er aus einem bloßen Verdacht eine Unterstellung machte, indem er die Waffe umband.

Er verließ das Zimmer und trat in den dunklen Gang. Unten, am Ende der Treppe, brannte zwar eine einzelne Kerze, die in der leichten Zugluft flackerte, doch die Insel aus trüb gelber Helligkeit schien die sie umgebende Dunkelheit eher noch zu betonen. Andrej blieb auf der obersten Stufe stehen und lauschte mit geschlossenen Augen. Niemand war im Haus. Maria hatte nicht nur das Zimmer, sondern das Gebäude verlassen. Er erwog einen Moment, nach dem Mädchen zu rufen, entschied sich dann dagegen und ging auf Zehenspitzen die ausgetretenen Stufen hinab. Selbst seine scharfen Augen vermochten die Dunkelheit, die ihn umgab, kaum zu durchdringen. Dennoch konnte er sich des Eindrucks nicht erwehren, dass das Gebäude weitaus schäbiger und baufälliger war, als es bei seiner Ankunft gewirkt hatte.

Er verwarf den Gedanken, zunächst die anderen Zimmer im Untergeschoss zu durchsuchen. Weder Maria noch das Mädchen waren in einem der angrenzenden Räume. In der Stille, die dort herrschte, hätte er ihre Atemzüge oder ihren Herzschlag hören müssen. Also wandte er sich dem Ausgang zu und öffnete die Tür, während seine linke Hand sich auf den Schwertgriff senkte.

Eisige Kälte und schneidender Wind schlugen ihm entgegen. Der Hof lag in nahezu vollkommener Dunkelheit vor ihm. Obwohl der Himmel wolkenlos war, schienen die Sterne ihre Leuchtkraft eingebüßt zu haben. Er konnte erkennen, dass es wieder geschneit haben musste, denn die Spuren, die er, Blanche und dessen Pferd am Nachmittag hinterlassen hatten, waren verschwunden. Nur eine einzige, schmale Spur führte von der Tür aus hinüber zu dem gedrungenen Schatten, den der zerfallende Turm warf. Allem Anschein nach war Elenja dorthin gegangen, um den Befehl ihrer Herrin auszuführen und Blanche ins Wohnhaus zu bitten, aber von dort nicht zurückgekommen.

Andrej zog den Mantel enger um die Schultern. Die Kälte machte ihm wieder stark zu schaffen. Obwohl der Schnee kaum knöcheltief war, bereitete es ihm Mühe, vorwärts zu kommen. Als er den Turm erreicht hatte, zitterte er vor Kälte und seine Finger waren so steif gefroren, dass sie schmerzten.

Gebückt und mit äußerster Vorsicht trat er durch den Eingang und schob sich mit dem Rücken an der Wand entlang, um nicht in das Loch im Fußboden zu stürzen, das er am Abend entdeckt hatte. Seine Nase registrierte wieder jenen unangenehmen Geruch nach Alter, Fäulnis und Verfall. Er glaubte, ein verstohlenes Huschen und Tappen zu hören. Wahrscheinlich wimmelte es dort unten von Ratten und anderem Ungeziefer. Andrej konzentrierte sich jedoch auf den oberen Teil des Gebäudes. Er wusste, dass er Marias Beschützer dort nicht antreffen würde, noch bevor er die schmale, in halsbrecherischem Winkel in die Höhe führende Steintreppe auf der Rückseite des Raumes erreichte und nach oben zu steigen begann.

Er gelangte in einen halbrunden, zugigen Raum, in dem es keinerlei Möbel gab. Lediglich die Trümmer der zusammengebrochenen Wände bildeten ein heilloses Durcheinander. Schnee und moderndes Blattwerk waren hereingeweht worden und verbanden sich zu einer matschigen Schicht auf dem Boden, in dem seine Schritte deutliche Geräusche verursachten und sichtbare Spuren hinterließen. Es waren die einzigen Spuren. Blanche war nie dort gewesen. Auch wenn Maria ihm gesagt hatte, dass er in diesem Turm wohnte, konnte das nicht stimmen.

Andrej überlegte einen Moment, auch das nächsthöhere, fast völlig verfallene Stockwerk zu durchsuchen, wandte sich dann aber wieder der Treppe zu.

»Anscheinend müsst Ihr Euch erst den Hals brechen, bevor Ihr auf mich hört. Ich habe Euch doch gewarnt, dass es hier gefährlich ist.«

Erschrocken fuhr Andrej zusammen, als die Stimme vom unteren Ende der schmalen Stiege an sein Ohr drang. Erst dann sah er die schlanke, hoch gewachsene Gestalt, deren Umriss sich als Schatten dort unten abzeichnete.

»Ich überzeuge mich eben gerne selbst«, sagte er und

ging langsam weiter. Seine Hand lag immer noch auf dem Schwert.

»Wovon?«, fragte Blanche.

»Von allem«, antwortete Andrej ausweichend. Er ging schneller, war aber gezwungen stehen zu bleiben, als nur noch zwei Stufen vor ihm lagen, da der Weißhaarige keine Anstalten machte, zur Seite zu treten, um ihm den Weg freizugeben. »Gräfin Berthold hat mir erzählt, dass Ihr hier lebt.«

Blanche lachte. »Ihr könnt sie ruhig weiter Maria nennen«, sagte er. »Ich weiß, wer Ihr seid. Und wie lange Ihr Euch kennt.«

Ohne es direkt auszusprechen, ließ er Andrej spüren, dass er auch wusste, was vorhin vor dem Kamin geschehen war.

»Wo seid Ihr gewesen?« Andrej deutete mit einer Kopfbewegung die Treppe hinauf. »Euer Gemach ist ein wenig unordentlich.«

Wieder lachte der Weißhaarige, bevor er antwortete. »Ja, das stimmt. Ich sollte bei Gelegenheit aufräumen. Was wollt Ihr hier?«

»Ich habe Maria gesucht«, erwiderte Andrej. »Ich dachte, sie sei vielleicht bei Euch.«

»Und ich dachte, sie sei bei Euch«, antwortete Blanche. Der Klang seiner Stimme hatte sich geändert. »Möglicherweise hätte ich ihr nicht blind vertrauen sollen.«

»Wieso?«

»Nach allem, was ich über Euch gehört habe, Andrej«, antwortete Blanche, »dachte ich, sie wäre bei Euch in Sicherheit. Anscheinend habe ich mich getäuscht.«

Es fiel Andrej schwer, sich von Blanche nicht provozieren zu lassen. »Wo ist sie jetzt?«, fragte er.

»Maria?«

Andrej musste sich beherrschen, um Blanche nicht scharf zurechtzuweisen. Es ärgerte ihn, dass der Weißhaarige Maria beim Vornamen nannte. Er nickte nur, aber seine Miene verriet unterdrückte Wut.

»Drüben im Haus. Sie spricht gerade mit dem Mädchen.« Blanche drehte sich halb herum und machte zugleich einen Schritt zur Seite, wodurch er den Weg freigab, sodass Andrej weitergehen konnte. Als er es tat, streckte Blanche jedoch rasch die Hand aus und hielt ihn am Arm zurück.

»Das solltet Ihr besser nicht tun«, sagte er.

Andrej riss sich mit einem heftigen Ruck los. »Wieso nicht?«, fragte er scharf.

Das spöttische Funkeln in Blanches Augen nahm noch zu. »Möchtet Ihr dem Mädchen erklären, dass seine gesamte Familie ausgelöscht wurde?«, fragte er, »und das ausgerechnet von denen, die Euch hierher geschickt haben?«

Andrej funkelte ihn an. »Woher wollt Ihr das wissen?«

»Wenn Ihr es nicht wart, und auch Euer Freund nicht … wer soll es dann gewesen sein, wenn nicht sie?«, fragte Blanche ruhig. »So groß ist die Auswahl an Verdächtigen nicht.«

»Mir fällt zumindest noch einer ein«, sagte Andrej mühsam beherrscht.

Blanche lächelte unerschütterlich weiter. »Wenn wir uns schon auf dieses Niveau begeben, Andrej«, sagte er ungerührt, »dann sind es zwei.«

Andrej schlug nach ihm. Er schlug mit aller Kraft zu und so schnell, wie er nur konnte, um das überhebliche

Grinsen aus seinem Gesicht zu wischen, aber er traf ihn nicht. Sein Hieb ging ins Leere, und Andrej musste mit wild rudernden Armen um sein Gleichgewicht kämpfen, um nicht durch das Loch im Boden zu stürzen. Blanche war einfach verschwunden und im gleichen Sekundenbruchteil *hinter* Andrej wieder aufgetaucht.

»Ich bitte Euch, Andrej«, sagte er ruhig. »Ich dachte, das hätten wir hinter uns.«

Bleich vor Wut schluckte Andrej die Antwort hinunter, die ihm auf der Zunge lag. Der Weißhaarige hatte vollkommen Recht. Kindische Prügeleien brachten gar nichts. Andrej schwor sich feierlich: Wenn er sein Schwert das nächste Mal in Gegenwart seines Widersachers ziehen würde, dann, um ihn zu töten.

Er starrte Blanche hasserfüllt an. Dann ging er – mühsam auf der anderen Seite der gähnenden Öffnung im Boden balancierend – auf die Tür zu. Dabei gab er eine ziemlich lächerliche Figur ab, denn der verbliebene Rest des Fußbodens war so schmal, dass er sich nur mit albernen kleinen Schritten fortbewegen konnte. Das schürte seinen Groll auf den Weißhaarigen noch weiter.

Draußen auf dem Hof schien es noch dunkler geworden zu sein. Die meisten Sterne gaben überhaupt kein Licht mehr ab, obwohl Andrej keine Wolke am Himmel erkennen konnte. Ohne die mindeste Spur von Überraschung registrierte er, dass nach wie vor nur seine eigenen Spuren im Schnee zu sehen waren. Wie auch immer Blanche in den Turm gelangt war, er war jedenfalls nicht über den Hof gegangen.

Im Haus brannte wieder mehr Licht. Trotz der Kälte und des heulenden Windes stand die Tür weit offen. Andrej war sicher, sie hinter sich geschlossen zu haben, als er das Haus verlassen hatte. Drinnen war es eiskalt. Schnee war hereingeweht worden und bildete hässliche, braune Pfützen auf dem Boden. Stimmen drangen an sein Ohr, aber es gelang ihm nicht, zu erkennen, woher sie kamen oder wer sprach.

Andrej schloss die Tür sorgsam hinter sich und stampfte zwei-, dreimal kräftig mit den Füßen auf, um den Schnee loszuwerden, der an seinen Stiefeln klebte. Als er daran dachte, wie alt und brüchig die Dielen sein mussten, auf denen er so unbekümmert herumtrampelte, hielt er erschrocken inne. Für einen winzigen Moment blitzte ein anderes Bild in ihm auf. Er sah das Zimmer völlig verändert vor sich. Zwischen den morschen Fußbodenbrettern gab es fingerbreite Ritzen, durch die Dunkelheit aus dem darunter liegenden Kellergewölbe wie klebriger, schwarzer Teer sickerte. Er glaubte einen monströsen Schatten durch diese Dunkelheit huschen zu sehen. Ein mächtiger, aufgedunsener Leib, der sich lautlos und schnell auf langen, staksenden Beinen bewegte und …

Andrej schüttelte sich, und die schreckliche Vision verblasste. Es war nur ein Trugbild gewesen. In Wirklichkeit war nichts Ungewöhnliches zu sehen. Das Zimmer war alt, aber so gepflegt, wie es die Baulichkeiten zuließen. Der Boden war massiv und völlig intakt. Was stimmte bloß nicht mit ihm?

Andrej konzentrierte sich wieder auf die Laute, die er vernommen hatte. Nun erkannte er Marias Stimme, außerdem hörte er ein Schluchzen. Er ging zu der Tür, hinter der die Stimmen zu hören waren, hob die Hand, um zu klopfen, entschied sich anders und trat ohne Vorwarnung ein.

Er trat in eine kleine, aber vollständig eingerichtete Küche, die von einem Dutzend brennender Kerzen und einem prasselnden Kaminfeuer nicht nur fast taghell erleuchtet, sondern auch in behagliche Wärme getaucht wurde. Er hatte geglaubt, die Stimmen von zwei Personen vernommen zu haben, aber Maria war allein im Zimmer. Sie saß mit dem Rücken zur Tür vor dem Kamin, hatte die Knie an den Leib gezogen und die Arme um die Beine geschlungen. Sie trug ein dünnes Nachthemd. Den Kopf hatte sie auf die Seite gelegt, und ihr Haar floss in schimmernden Wellen über ihre Schultern. Der Anblick war fast mehr, als er ertragen konnte.

»Kannst du nicht schlafen?«, fragte Maria, ohne sich zu ihm umzudrehen.

Andrej war verwirrt. Er war nahezu lautlos eingetreten, und Maria blickte nicht in seine Richtung. Er hatte vergessen, dass sie inzwischen über die gleichen, scharfen Sinne verfügen musste wie er. Wahrscheinlich hatte sie ihn schon gespürt, als er das Haus betreten hatte.

»Ich dachte, ich hätte Elenja gehört«, sagte er, während er die Tür hinter sich schloss.

»Sie war hier«, bestätigte Maria und deutete auf eine offen stehende Klappe im Boden. »Sie ist hinunter in den Keller gegangen, um Wein zu holen.«

Andrej trat einen Schritt näher und warf einen Blick auf den Tisch, auf dem noch zwei randvolle Weinkrüge standen.

»Sie wollte allein sein, Dummkopf.«

Das wiederum konnte Andrej verstehen. Dennoch fragte er: »Hältst du das für klug?« Seine Nackenhaare sträubten sich schon bei der Vorstellung, in dieses finstere Loch hinabsteigen zu müssen.

»Nein«, antwortete Maria. »Aber sie wollte allein sein, und ich habe das zu respektieren.«

Andrej ging zu der Klappe. Ihm war nicht bewusst, dass er sich so behutsam vorbeugte, als blicke er geradewegs in den Schlund eines Vulkans, der möglicherweise im nächsten Moment ausbrechen würde. Doch das Einzige, was er sah, waren die ausgetretenen Stufen einer gemauerten Treppe, an deren unteren Ende ein blassroter Lichtschein flackerte.

»Was ist dort unten?«, fragte er unbehaglich.

»Das solltest du die fragen, die dieses sonderbare Anwesen gebaut haben«, antwortete Maria. »Es ist das reinste Labyrinth. Aber keine Sorge, der Vorratskeller liegt nur ein paar Schritte entfernt. Sie wird sich nicht verirren. Sie hat Angst vor diesen Gängen.«

Wer hätte das nicht?, dachte Andrej bei sich. Laut fragte er: »Was hast du ihr erzählt?«

»Dass ihre Familie tot ist«, antwortete sie. »Sonst nichts. Sie musste es irgendwann erfahren.«

Andrej nickte. »Und wie hat sie es aufgenommen?«

»Wie es ein Mensch aufnimmt, wenn er erfährt, dass seine gesamte Familie und fast alle, die er kannte, ausgelöscht wurden.« Sie zuckte mit den Schultern. »Es hat sie schwer getroffen. Trotzdem war sie tapferer, als ich erwartet hatte.«

Sie drehte den Kopf und sah einen Moment lang stumm in Richtung der offen stehenden Klappe. »Aber vielleicht hast du Recht, und ich sollte sie nicht zu lange allein lassen.«

Sie stand auf, blieb jedoch nach einem Schritt wieder stehen, als wäre ihr noch etwas eingefallen. »Vielleicht wartest du besser oben auf mich.«

»Warum?«

»Weil ich es für klüger halte, wenn sie dich nicht sieht«, antwortete Maria. »Jedenfalls im Moment nicht.«

Andrej zögerte. Marias Begründung leuchtete ihm ein. Dennoch hatte er das unbestimmte Gefühl, dass sie einen gänzlich anderen Grund dafür hatte, ihn fortzuschicken.

Er sah wieder zur Bodenklappe. Vielleicht wäre es doch besser, wenn er dort hinunterginge, um nach dem Mädchen zu sehen. Es ging ihm nicht um Elenja. Was das Mädchen betraf, stimmte er Maria zu. Sicher war es besser, wenn er ihr nicht unter die Augen trat. Aber er wollte auch nicht, dass Maria dort hinunterging. Etwas Grauenvolles lauerte dort unten auf sie.

»Wahrscheinlich hast du Recht«, sagte er zögernd. »Ich warte dann oben auf dich.«

»Tu das«, sagte Maria. Sie machte einen weiteren Schritt, blieb wieder stehen und sah ihn ungeduldig an.

Andrej verließ die Küche widerstrebend. Auf halbem Weg ins obere Stockwerk wurde er langsamer und blieb schließlich stehen. Wieso wollte Maria ihn um jeden Preis loswerden? Wollte sie nicht, dass er mit Elenja sprach?

Andrej fand keine Antwort auf diese Frage. Ebenso wenig fand er den Mut, sich wieder umzudrehen und zurückzugehen.

Stattdessen trat er ins Kaminzimmer ein und setzte sich an den großen Tisch, an dem er am Abend zusammen mit Maria gegessen hatte.

Seine Lage erschien ihm immer absonderlicher. Er hatte das Gefühl, sein Leben nicht mehr unter Kontrolle zu haben oder auch nur zu verstehen, was mit ihm ge-

schah. Seit er Fahlendorf verlassen hatte und hierher gekommen war, begann die Wirklichkeit rings um ihn herum zu zerbrechen. Er fühlte sich wie in einem Traum,
aus dem es kein Erwachen gab. Dabei konnte er nicht
einmal sagen, ob es ein Wunschtraum war oder ein Albtraum – oder auch beides zugleich.

Sein Blick tastete unstet über die staubige Tischplatte
und blieb an der unregelmäßigen Tropfenspur hängen,
die Elenjas Ungeschick darauf hinterlassen hatte.

Andrej blinzelte, und der Staub war verschwunden.
Die Tischplatte glänzte wieder so sorgsam poliert, wie er
sie vorgefunden hatte, als er vor dem Kamin erwacht war.

Das beunruhigte ihn. Für gewöhnlich war auf seine
Sinne und sein Erinnerungsvermögen Verlass. Aber seit
sie in jene Gegend gekommen waren, begann ihn beides
immer mehr im Stich zu lassen.

Andrej stand auf, ging zum Kamin und bückte sich
zum zweiten Mal nach dem Kleid aus rotem Brokat.
Seine Farbe entsprach exakt der von Marias Haar. Es
schimmerte. Der Stoff war völlig unversehrt.

Andrej schloss fassungslos die Augen. Er konzentrierte sich ganz auf das, was ihm seine anderen Sinnes-
organe über das Kleid verrieten, aber es war dasselbe,
was auch seine Augen behaupteten. Vor sich hatte er
nicht jenen zerschlissenen Fetzen, an den er sich zu erinnern glaubte. Das Kleid war neu und vollkommen
unversehrt. Was war bloß los mit ihm? Verlor er allmählich den Verstand?

Andrej richtete sich auf, ließ das Kleid fallen und ging
mit entschlossenen Schritten zu der schmalen Tür auf
der anderen Seite des Raums.

Er fand genau das, was er befürchtet hatte. Das Zimmer war winzig und fensterlos. Auch die Wanne war da, aber es befand sich kein Blut darin. Statt des süßlichen Geruchs, der ihn vorhin fast um den Verstand gebracht hatte, roch er nun etwas, was er im ersten Moment für ein vornehmes, teures Parfum hielt, bis ihm klar wurde, dass es Marias Duft war, den sie in der Luft zurückgelassen hatte.

Plötzlich war ihm kalt. Entsetzlich kalt.

Er konnte sich nicht erinnern, sich hingelegt zu haben. Er musste wohl eingeschlafen sein, ohne es zu merken. Als er abrupt aus dem Schlaf hochschreckte, fand er sich lang ausgestreckt auf einer Decke aus rotem Brokat liegend vor dem Kamin wieder, in dem ein neues Feuer entfacht worden war. Dennoch war es kalt im Zimmer.

Andrej wünschte sich nichts sehnlicher, als die Decke aus kostbarem rotem Stoff enger um sich zu ziehen und sich näher ans Feuer zu rollen, um sich noch ein paar kostbare Minuten Schlaf zu erschleichen. Doch er wusste, dass er sich das nicht erlauben konnte.

Stattdessen zwang er sich, die Augen vollends zu öffnen und so lange in die hell lodernden Flammen zu blinzeln, bis sie zu tränen begannen. Jemand hatte vor noch nicht allzu langer Zeit frisches Holz auf die Glut gelegt, und es hatte Feuer gefangen. Wahrscheinlich war es die zunehmende Hitze des Feuers gewesen, die ihn geweckt hatte.

Mit schwerfälligen Bewegungen erhob sich Andrej. Ein Blick aus dem Fenster überzeugte ihn davon, dass die Sonne noch nicht aufgegangen war. Auf sein Zeitgefühl war kein Verlass mehr. Wie viel Zeit mochte vergangen sein, seit er eingeschlafen war? Er lauschte, vernahm aber nur die ganz alltäglichen Geräusche eines frühen Wintermorgens: Balken knarrten, der Wind heulte und jammerte, irgendwo klapperte Geschirr. Vielleicht würde er Maria in der Küche antreffen.

Andrej verließ das Zimmer und ging die Treppe hinunter. Er durchquerte mit raschen Schritten die Halle, wobei er, ohne es selbst zu bemerken, den Blick gesenkt hielt, als fürchte ein Teil von ihm, etwas zu erblicken, was er nicht erblicken wollte, wenn er seiner Umgebung zu viel Aufmerksamkeit schenkte. Erwartungsvoll stieß er die Küchentür auf und hielt überrascht inne, als er sah, dass er sich getäuscht hatte.

Es war nicht wie erwartet Maria, die mit dem Rücken zur Tür am Herd stand und lautstark mit Pfannen und Töpfen klapperte, sondern ein schmales, dunkelhaariges Mädchen, dessen Schultern wie unter einer unsichtbaren Last vornübergebeugt waren. Es war Elenja.

Das Mädchen drehte sich erschrocken zu ihm um. Andrej vermochte den Ausdruck auf ihrem Gesicht nicht zu deuten, als sie ihn erblickte. Sie war jedenfalls nicht erfreut, ihn zu sehen.

Er wusste nicht, wie er reagieren sollte. Er war diesem Bauernmädchen keinerlei Rechenschaft schuldig. Auch trug er keine Schuld an dem, was ihrer Familie widerfahren war. Dennoch fühlte er sich unter ihrem Blick schuldig. Sie starrten einander stumm an. Schließlich war es Elenja, die das immer unbehaglicher werdende Schweigen brach. »Oh, Herr«, sagte sie. »Bitte verzeiht – ich habe Euch nicht gleich erkannt.«

»Das macht nichts«, antwortete Andrej. »Ich habe Geräusche gehört, und …«

»Ich habe Euch doch nicht geweckt?«, fragte Elenja erschrocken.

»Nein«, beschwichtigte Andrej sie. »Und selbst wenn, wäre es nicht schlimm. Ich stehe gern früh auf.« Er machte einen weiteren Schritt in die Küche hinein, schloss die Tür hinter sich und sah sich um. »Wo ist Ma…, die Gräfin?«

»Sie ist hinausgegangen, um mit ihrem Paladin zu sprechen.«

»Paladin?«

Elenja lächelte flüchtig. »Blanche. Gräfin Berthold nennt ihn manchmal so. Ich weiß nicht genau, was das Wort bedeutet, aber es gefällt mir.«

»Und Blanche?«, entfuhr es Andrej. »Gefällt er dir auch?«

Vielleicht waren diese Worte nicht besonders klug gewählt, denn zwischen Elenjas schmalen Augenbrauen erschien eine Falte, und sie blickte ihn mit einer Mischung aus Schrecken und Misstrauen an. »Blanche?« Wieder ließ sie einige Atemzüge verstreichen, als hätte sie noch niemals über diese Frage nachgedacht und müsste es nun nachholen, bevor sie sie beantwortete. Schließlich aber nickte sie zögernd. »Ich glaube schon. Aber ich habe nicht viel mit ihm zu schaffen. Ich glaube, er mag keine Menschen.«

Wenigstens in diesem Punkt schienen sie einer Meinung zu sein. Andrej verzichtete auf eine Antwort, aber das flüchtige Lächeln, das seine Lippen umspielte, schien Elenja zu genügen.

Doch er war nicht hier, um über den Weißhaarigen zu sprechen. »Hat Maria …, die Gräfin, … mit dir gesprochen?«, fragte er.

»Über meine Familie?« Elenjas Blick umwölkte sich, doch sie hatte sich erstaunlich gut in der Gewalt. Sie nickte. »Ja. Ich weiß, was ihnen zugestoßen ist.« Andrej wollte etwas Aufmunterndes sagen, obwohl es ihm noch nie leicht gefallen war, Worte des Trostes zu finden. Doch das Mädchen kam ihm zuvor und fuhr in traurigem, aber gefasstem Tonfall fort: »Sie hat mir auch gesagt, dass Ihr Euch Vorwürfe macht. Das müsst Ihr nicht. Ich weiß, dass es nicht Eure Schuld ist.«

»Nicht meine Schuld? Was?«

»Die Männer, die meine Familie getötet haben … Ulric und seine Söhne. Ich weiß, dass Ihr in ihrem Auftrag hier seid.« Ihre Stimme begann nun doch leicht zu zittern, und ihre Lippen bebten. Sie blickte Andrej nicht direkt in die Augen, und er bemerkte, dass sie nur mit Mühe die Tränen zurückhalten konnte. »Ich wusste, dass es eines Tages so kommen würde. Alle haben es gewusst.«

»Was?«, fragte Andrej. »Dass sie deine Familie umbringen?«

Elenja schüttelte den Kopf. »Es sind böse Menschen. Jedermann hier fürchtet sie, und fast alle haben schon einmal unter ihnen leiden müssen. Aber niemand hatte den Mut, etwas gegen sie zu sagen oder zu unternehmen. Niemand außer meinem Vater.«

»Und nun hat er dafür mit seinem Leben bezahlt.«

»Ich … kann es nicht glauben«, flüsterte Elenja. Sie schüttelte immer wieder den Kopf und hatte den Blick nun starr auf einen Punkt zu ihren Füßen gerichtet. »Ich kann es nicht glauben. Ulric ist ein schlechter Mensch, und die meisten seiner Söhne auch. Aber Stanik hätte das niemals zugelassen.«

»Liebst du ihn?«, fragte Andrej.

Das Mädchen antwortete nicht sofort. Als es schließlich sprach, war seine Stimme noch leiser. »Wie kann ich das wissen? Ich weiß nicht, was Liebe bedeutet.«

»Aber Stanik bedeutet dir etwas?«, fragte Andrej. Wieder vergingen einige Augenblicke, bevor Elenja antwortete. »Er ist immer sehr sanft zu mir«, sagte sie. »Niemals habe ich auch nur ein böses Wort von ihm gehört.« Sie hob mit einem Ruck den Kopf und sah Andrej verzweifelt an. »Ist es das, was man Liebe nennt?«

Die Antwort lautete Nein, doch Andrej brachte es nicht fertig, sie auszusprechen. »Und was hat dein Vater zu dieser Freundschaft gesagt?«, fragte er stattdessen. »Er wusste doch davon, oder?«

»Alle haben so getan, als merkten sie nichts«, antwortete das Mädchen. »Aber natürlich haben sie es gewusst. Meine Brüder waren nicht einverstanden damit, aber Vater hat ihnen verboten, etwas zu sagen.«

Vielleicht hatte er gehofft, die Feindschaft zwischen den beiden Familien auf diese Weise beizulegen?, dachte Andrej.

»Ich reite zurück in die Stadt und versuche herauszufinden, was wirklich geschehen ist«, sagte er entschlossen. »Auch, wenn es dir bestimmt kein Trost ist – ich glaube nicht, dass Ulric und seine Sippe für den Tod deiner Familie verantwortlich sind.«

»Aber wer dann?«

Das war die falsche Frage, dachte Andrej. Sie musste lauten: *was?* »Ich werde es herausfinden«, versprach er. »Und wer immer es war, er wird dafür bezahlen, das verspreche ich dir.«

»Aber das macht sie auch nicht wieder lebendig«, sagte Elenja still.

»Ich weiß«, erwiderte Andrej. »Rache hat noch niemals ein Unglück wieder gutgemacht. Aber manchmal hilft sie, es leichter zu ertragen.«

Das Mädchen sah ihn so verwirrt an, dass Andrej seine unbedachten Worte bedauerte, noch bevor er sie ausgesprochen hatte. Er verstand selbst nicht, warum er so etwas überhaupt gesagt hatte. Es war weder tröstlich noch entsprach es seinem eigenen Empfinden. Wer konnte besser wissen als er, dass Rache noch niemals irgendetwas genutzt hatte? Andrej hielt den bestürzten Blicken des Mädchens noch einen Moment lang stand, dann fuhr er herum und stürmte aus dem Raum.

Als er sich wieder beruhigt hatte, hatte er den Hof schon halbwegs überquert und sich dem Eingang zu Blanches Turm genähert. Abrupt blieb er stehen. Der Weißhaarige war der letzte Mensch, den er jetzt sehen wollte.

Obwohl er wusste, dass es vermutlich aussichtslos war, ließ er seinen Blick aufmerksam über den Hof schweifen. Während der Nacht war neuer Schnee gefallen, doch obwohl Maria das Haus verlassen haben musste, waren die einzigen Spuren, die er sah, seine eigenen. Andrej überlegte, nach Maria zu rufen. Doch die Befürchtung, dass statt ihrer möglicherweise Blanche auftauchen würde, ließ ihn diese Idee augenblicklich wieder verwerfen. Stattdessen wandte er sich um und ging mit schnellen Schritten auf den halb niedergebrannten Stall neben dem Hauptgebäude zu.

Auch dort war es so dunkel, dass er kaum mehr als vage Schatten erkennen konnte. Trotz der Jahre, die seit dem Feuer vergangen sein mussten, lag noch immer ein leichter Brandgeruch in der Luft, vermischt mit etwas anderem, das er nicht genau einordnen konnte. Dazu kam der warme Duft seines Pferdes, das in der Dunkelheit vor ihm stand. Als er seine Schritte in diese Richtung lenkte, hörte er ein unwilliges Schnauben und das Scharren beschlagener Hufe auf dem Boden. Das Tier hatte Angst.

Andrej rief mit leiser, beruhigender Stimme den Namen seines Hengstes, doch das Schnauben wurde heftiger. Verwirrt blieb er stehen. Aus seiner Verwirrung wurde blanker Schrecken, als er sich daran erinnerte, dass das Pferd, das wenige Schritte von ihm entfernt in der Dunkelheit angebunden war, gar nicht auf diesen Namen hören konnte. Der Hengst, der ihm beinahe zwei Jahrzehnte lang treu gedient hatte, war gestorben, lange bevor Abu Dun und er Wien erreicht hatten. Wie hatte er das auch nur für eine Sekunde vergessen können?

Das Pferd beruhigte sich rasch, als Andrej herantrat und ihm mit der flachen Hand über die Mähne zu streichen begann. Gleichzeitig flüsterte er ihm leise besänftigend klingende Worte ins Ohr. Während er darauf wartete, dass sich das Tier weit genug beruhigte, damit er ungefährdet aufsitzen konnte, stellte er fest, dass das Pferd komplett gesattelt und aufgezäumt war. Blanche hatte es in den Stall gebracht, aber offenbar nicht von Sattel und Zaumzeug befreit. Ebenso wenig hatte er es gefüttert. Andrejs Groll auf den Weißhaarigen wurde immer tiefer. In der Welt, aus der er stammte, behandelte ein Mann sein Pferd nicht wie ein Ding, sondern wie einen Freund.

Andrej löste den groben Knoten, mit dem Blanche das Zaumzeug an einem verkohlten Balken festgemacht hatte, strich dem Tier noch einmal besänftigend mit dem Handrücken über die Nüstern und griff dann nach den Zügeln, um den Hengst zum Ausgang zu führen.

Als er sich herumdrehte, stand wie aus dem Nichts gewachsen ein Schatten vor ihm. Die Gestalt hatte sich ihm so lautlos genähert, dass er erschrocken zusammenfuhr und die Zügel losließ. Seine andere Hand zuckte zum Schwert.

Ein halblautes, höhnisches Lachen erschallte. »Ich wusste nicht, dass Ihr so schreckhaft seid, Andrej.«

Andrej konnte zunächst gar nichts erwidern. Er hätte nicht sagen können, was ihn mehr ärgerte – seine eigene, tatsächlich schreckhafte Reaktion, oder der unverhohlene Spott, den er in Blanches Stimme hörte. »Ich hatte es nicht erwartet, dass sich jemand hier an mich anzuschleichen versucht«, antwortete er gepresst. »So etwas kann tödlich enden, wisst Ihr?«

Blanche lachte lauter. »Nicht bei mir«, sagte er. Er kam näher. Sein Blick glitt neugierig über Andrej und das Pferd. »Ihr reitet aus?«

»Nein«, antwortete Andrej spitz. »Ich will nur mein Pferd füttern. Und ihm etwas Bewegung verschaffen. Es wird Euch sicher überraschen zu hören, dass jemand es hier angebunden hat, ohne ihm Futter und Wasser hinzustellen.«

Blanche schwieg. Vielleicht spürte er, dass es nicht ratsam wäre, Andrej weiter zu reizen.

So wie zuvor im Turm, machte der Weißhaarige auch diesmal keine Anstalten, den Weg freizugeben. Und wieder hielt Andrej irgendetwas davon ab, ihn einfach beiseite zu schieben.

»Behandelt Ihr Eure eigenen Tiere auch so schlecht?«, fragte er.

»Ich brauche kein Pferd«, antwortete Blanche. Er lachte leise. »Um ganz ehrlich zu sein – ich mag sie nicht. Und ich glaube, sie mich auch nicht.«

Das Pferd schnaubte leise, wie um die Worte des Weißhaarigen zu bestätigen. Andrej musste sich beherrschen, um nicht eine weitere, bissige Antwort zu geben. Ihm war klar – so wie es auch Blanche klar sein musste –, dass sie sich schon wieder wie Kinder benahmen, die sich gegenseitig zu übertrumpfen versuchten. Er war dieses Spiels müde. Doch möglicherweise war es für seinen Gegner mehr als nur ein Spiel. Blanche versuchte ihn auf subtile Art zu manipulieren, ihn allmählich und ohne dass er selbst es merkte, in eine bestimmte Richtung zu dirigieren.

»Muss ich Euch darum bitten, oder gebt Ihr freiwillig den Weg frei?«, fragte er, so sanft er konnte.

Vielleicht zum ersten Mal, seit er den Weißhaarigen kennen gelernt hatte, schien es ihm gelungen zu sein, ihn zu überraschen. Blanche legte fragend den Kopf auf die Seite und sah ihn zwei oder drei Atemzüge lang wortlos an. Dann trat er ebenso wortlos zurück und forderte ihn mit einer übertrieben höflichen Geste auf vorbeizugehen. »Wohin reitet Ihr?«, fragte er. »Nur für den Fall, dass die Gräfin sich nach Euch erkundigt.«

»Ich muss in die Stadt«, antwortete Andrej widerwillig. »Abu Dun wird sich möglicherweise fragen, wo ich bleibe.«

»Und natürlich wollt Ihr nicht, dass Eurem Freund aus lauter Sorge um Euch das Herz bricht, nicht wahr?«, fügte Blanche anzüglich hinzu.

Es fiel Andrej schwer, die Fassung zu wahren. Er verzichtete vorsichtshalber darauf, irgendetwas zu sagen, und beließ es bei einem verärgerten Blick. Mit einer kraftvollen Bewegung schwang er sich in den Sattel. Das Pferd schnaubte unwillig und begann unruhig auf der Stelle zu tänzeln. Es war hungrig und halb erfroren. Andrej streichelte ihm besänftigend mit der linken Hand über den Hals und tastete ungeschickt mit den Füßen nach den Steigbügeln, wobei er sich nach Kräften bemühte, Blanches geringschätzige Blicke zu ignorieren. Natürlich gelang es ihm nicht.

Obwohl er schnell geritten war, erreichte er Fahlendorf erst eine geraume Weile nach Sonnenaufgang. Irgendwann hatte sich der Himmel in der Richtung, die Andrej für Osten hielt, mit einem zunächst dunklen und später nur unwesentlich helleren, schmutzig marmoriertem Grau überzogen. Wirklich hell geworden war es nicht. Die Temperaturen mussten im Laufe der Nacht noch weiter gefallen sein, denn der Schnee knirschte nicht mehr unter den Hufen seines Pferdes, sondern hörte sich an wie Glas, das zermahlen wurde. Andrejs Kehle schmerzte, obwohl er seinen Mantel bis weit über die Nase hochgezogen hatte und durch den Stoff atmete. Als die trüben Lichter, die hinter den Fenstern des Dorfes brannten, endlich aus dem grauen Dunst vor ihm auftauchten, waren seine Finger so steif gefroren, dass er schon bei der Vorstellung, sie zu bewegen, Schmerzen empfand.

Andrej war heilfroh, als die Hand voll gedrungener Gebäude aus dem Schneegestöber vor ihm auftauchte. Um ein Haar hätte er sich verirrt. Er war zweimal vom Weg abgekommen, und bei der letzten Kreuzung hatte er es dem Pferd überlassen, die Richtung zu wählen. Er schätzte, dass er es allein seinem Hengst zu verdanken hatte, lebend angekommen zu sein.

Obwohl ihm jede weitere Sekunde, die er draußen in Schnee und Kälte verbringen musste, unerträglich vorkam, ging er nicht direkt ins Wirtshaus, sondern ließ sich mit steif gefrorenen Gliedern aus dem Sattel gleiten, nahm das Pferd am Zügel und führte es hinter das Haus. Von Abu Dun wusste er, dass es einen Stall gab, aber das Schneegestöber nahm weiter zu, sodass er nicht mehr die Kraft fand, danach zu suchen. Immerhin war das Pferd auf der Rückseite des Hauses vor dem schlimmsten Wind geschützt. Er würde den Wirt bitten, sich gleich um sein Tier zu kümmern. Vornübergebeugt, das Gesicht aus dem Wind gedreht und mit klappernden Zähnen kämpfte er sich zur Tür des Wirtshauses. Seine Finger waren so steif, dass er die Klinke nur mit Mühe herunterdrücken konnte. Endlich stolperte er in den Raum.

Genau wie am Morgen zuvor brannte auch jetzt im Kamin ein Feuer, das mehr Rauch und stickige Luft verursachte, als es Wärme abgab. Dennoch wankte er so schnell zum Kamin, wie ihn seine tauben Beine tragen konnten, ließ sich davor auf die Knie sinken und zerrte mit den Zähnen die Stofffetzen herunter, die er sich zum Schutz vor der Kälte um die Finger gewickelt hatte. Dann beugte er sich vor und streckte die Hände den prasselnden Flammen entgegen.

»Du wirst dir noch die Finger verbrennen, wenn du nicht aufpasst«, sagte eine Stimme hinter ihm.

Andrej ließ einige Sekunden verstreichen, bevor er langsam den Kopf wandte, ohne die Hände der Wärme des Feuers zu entziehen. Abu Dun saß an dem Tisch gleich hinter ihm, an dem auch er am vergangenen Morgen gesessen hatte, und blickte mit einer Mischung aus Belustigung und stiller Missbilligung auf ihn herab. Er hatte den Turban wieder abgelegt und zu einem unordentlichen Haufen aus schwarzem Stoff neben seinem Teller zusammengeknüllt. Als hätte er sich große Mühe gegeben, die Szenerie vom vergangenen Morgen bis ins letzte Detail nachzubilden, hatte er auch wieder eine Portion widerwärtigen Essens vor sich stehen. Abgesehen von ihm war die Gaststube leer.

»Ist dir klar, dass du dabei bist, dir eine Menge Feinde zu machen?«, fragte Andrej.

Abu Dun sah ihn prüfend an, folgte dann seinem Blick und runzelte die Stirn. »Wieso?«

»Die Schweine des Wirtes werden dich hassen.«

»Das ist kein Schweinefleisch«, antwortete Abu Dun.

»Ich weiß«, sagte Andrej und schüttelte den Kopf. »Aber du isst gerade ihr Frühstück.«

Auf Abu Duns Gesicht erschien ein Ausdruck panischen Schreckens. Er starrte entsetzt auf seinen Teller hinab, zog die Brauen zusammen und spießte schließlich mit seiner Messerspitze etwas auf. Er biss hinein und begann mit nachdenklicher Miene darauf herumzukauen. Seine Miene hellte sich augenblicklich auf. »Die Tiere haben einen ausgezeichneten Geschmack, das muss man ihnen lassen«, sagte er anerkennend.

Andrej verzog das Gesicht, ersparte sich aber jegliche Erwiderung, als sein Magen vernehmlich knurrte. Abu Dun spießte ein weiteres graues Etwas auf sein Messer und hielt es ihm hin. »Sei mein Gast«, feixte er.

Andrej ignorierte Abu Duns herausforderndes Grinsen und lauschte stattdessen in sich hinein. Er war hungriger, als er angesichts des Festmahls, das Maria und er am vergangenen Abend zu sich genommen hatten, hätte sein dürfen. Obwohl der Anblick dessen, was da zwischen Abu Duns mahlenden Zähnen verschwand, ein leises Gefühl von Übelkeit in ihm auslöste, knurrte sein Magen noch einmal lauter.

»Du scheinst ja eine anstrengende Nacht hinter dir zu haben«, bemerkte Abu Dun anzüglich. »Wo kommst du her?«

Ein heftiger Schmerz in seiner rechten Hand hinderte Andrej daran, sofort zu antworten. Erschrocken wandte er den Blick und stellte fest, dass seine Finger den Flammen zu nahe gekommen waren. Er hatte sich eine üble Verbrennung an drei Fingern der rechten Hand zugezogen. Hastig ballte er die Hand zur Faust, damit ein plötzlich eintretender Gast die Verletzung nicht bemerken konnte, war sich aber dessen bewusst, dass der Gestank von verbranntem Fleisch und versengtem Haar nicht so leicht zu verbergen war.

Er ließ sich Abu Dun gegenüber auf einen Stuhl sinken, da dieser Platz dem Feuer am nächsten war und er so am meisten von dessen kostbarer Wärme aufnehmen konnte. Er litt unter der Kälte wie ein uralter Mann; und wenn er es auch nicht wahrhaben wollte – er begann sich wie ein solcher zu benehmen.

Mit gestrafften Schultern sah er Abu Dun herausfordernd an. »Seltsam – aber genau dasselbe wollte ich dich gerade fragen.«

»Warum hast du es dann nicht getan?«, fragte Abu Dun mit vollem Mund.

Andrej beachtete den Einwand nicht und fuhr fort:

»Ich dachte, du würdest vielleicht doch noch nachkommen.«

»Das bin ich auch«, behauptete Abu Dun. »Aber ich wollte dich nicht stören.«

»Was soll das heißen?«

Abu Dun grinste, wobei ihm etwas von den zerkauten Speisen aus dem Mund fiel. »Es gibt Momente, in denen ein Mann keinen Wert auf die Gesellschaft seines besten Freundes legt, oder etwa nicht?«, antwortete er. »Hat es sich wenigstens gelohnt?«

Andrej sagte, so ruhig er konnte: »Es ist Maria.«

»Ich weiß«, entgegnete Abu Dun.

»Gräfin Berthold«, fuhr Andrej fort. »Die Frau, die die Menschen hier im Tal unter diesem Namen kennen, ist Maria. Ich habe sie gefunden.«

»Das sagtest du bereits«, erwiderte Abu Dun. »Ich hatte dich beim ersten Mal schon verstanden.«

»Niemand hier weiß, wer sie wirklich ist. Wie auch«, begann Andrej, »schließlich ist sie …« Er brach mitten im Satz ab, riss die Augen auf und starrte sein Gegenüber verblüfft an. »Was hast du gesagt?«

»Dass ich dich beim ersten Mal bereits verstanden hatte«, erwiderte Abu Dun geduldig. »Ich bin vielleicht ein alter Mann, aber ich bin weder schwerhörig noch …«

»Nein, davor«, unterbrach Andrej ihn in scharfem Ton. »Du … *weißt* es?«

»Selbstverständlich«, antwortete Abu Dun. Wieder grinste er mit weit offen stehendem Mund. Diesmal fiel ein Stück halb zerkauten Fleisches aus seinem Mund und klatschte auf den Teller. »Ich wusste es sogar eher als du.«

»Woher?«

»Von deinem neuen Freund.«

»Blanche?« Andrej schüttelte heftig den Kopf. »Er ist nicht mein Freund. Ganz bestimmt nicht.« Mit einiger Mühe gelang es ihm, seinen Blick von Abu Duns Teller loszureißen. Er kämpfte auch das Ekelgefühl nieder, mit dem ihn der Anblick des schmatzenden Nubiers erfüllte. Betont nüchtern sagte er: »Hör mit dem Spielchen auf und erzähl mir, was geschehen ist.«

Hinter ihm öffnete sich die Tür. Abu Dun hob die linke Hand und streckte Zeige- und Mittelfinger in die Höhe. Andrej wollte widersprechen. Er war hungrig, aber bestimmt nicht auf das, was er in dieser Spelunke vorgesetzt bekommen würde. Er wollte auch nicht das Bier, das Abu Dun zweifellos mit seiner Geste bestellt hatte.

Der Nubier fuhr ungerührt fort: »Wenn ich mich recht erinnere, hatten wir uns beim Schloss verabredet.«

Andrej versuchte, sich den vergangenen Abend ins Gedächtnis zu rufen, musste aber zu seiner Bestürzung feststellen, dass es ihm nicht gelang. Er wusste, dass Abu Dun noch einmal zu Ulric und seinen Söhnen reiten wollte, um das eine oder andere zu klären. Ob sie übereingekommen waren, dass er ihm später zum Schloss folgen sollte, konnte er nicht mehr sagen. Offenbar ließ ihn sein Gedächtnis mehr und mehr im Stich. Er forderte Abu Dun mit einem Kopfnicken auf weiterzusprechen.

»Ich war da. Dein neuer Freund hat mich draußen am Tor erwartet.« Er hob die Schultern. »Wir haben geredet, und ich bin wieder gegangen. So einfach war das.«

Andrej kannte den ehemaligen Sklavenhändler viel zu gut, um das zu glauben. Abu Dun ließ sich von niemandem auf der Welt einfach so wegschicken. Ganz sicher nicht von seinem Erzfeind Blanche. Er verzichtete jedoch auch diesmal auf eine Antwort und reagierte nur mit einem neuerlichen Nicken.

»Blanche war der Meinung, dass du lieber allein sein wolltest«, fuhr Abu Dun fort.

Andrej fiel auf, dass der Nubier Blanche zum ersten Mal bei seinem Namen nannte. Er war jetzt vollends verwirrt.

»Und?«, fragte Abu Dun. »War sie es?«

»Sie *ist* es«, antwortete Andrej.

Abu Dun grinste und kaute unermüdlich weiter. Nur in seinen dunklen Augen lag mit einem Mal eine Ernsthaftigkeit, die Andrej allzu lange vermisst hatte. Vielleicht war es Sorge. »Bist du ganz sicher?«, fragte er. »Fünfzig Jahre sind eine lange Zeit, Andrej. Selbst für Wesen wie uns.«

»Was soll das heißen?«, schnappte Andrej.

Abu Dun blieb ruhig. »Ich versuche mich nur in deine Lage zu versetzen, alter Freund«, sagte er. »Weißt du eigentlich, dass seit einem halben Jahrhundert kaum ein Tag vergangen ist, an dem du mir nicht mindestens einmal von ihr erzählt hast?«

»Nein!«, antwortete Andrej. »Das weiß ich nicht.« Es entsprach tatsächlich nicht der Wahrheit. Zu seiner eigenen Überraschung musste er sich eingestehen, dass er angefangen hatte, Maria zu vergessen. Sie wäre sicherlich nie vollständig aus seinem Herzen verschwunden, aber sie beherrschte schon längst nicht mehr sein ganzes Denken und Fühlen. Manchmal vergingen Wochen, sogar Monate, in denen er ihr Bild nicht vor sich sah. In den letzten Jahren war es ihm immer schwerer gefallen, sich an ihr Gesicht zu erinnern.

»Na ja, vielleicht war es auch nur an jedem zweiten Tag«, sagte Abu Dun achselzuckend. »Ich frage mich nur, ob du deinen Gefühlen trauen kannst.«

»Sie ist es«, wiederholte Andrej gereizt. »Warum kommst du nicht einfach mit zum Schloss und überzeugst dich selbst?«

»Das werde ich wohl tun müssen«, erwiderte Abu Dun. Der Ernst in seinem Blick erlosch, und er beugte sich wieder über seinen Teller mit Abfällen, den er schon zur Hälfte geleert hatte. »Aber erst später.«

»Nachdem du deinen Hunger gestillt hast?«, fragte Andrej spöttisch.

Abu Dun hob die Schultern. »Essen hält Leib und Seele zusammen«, sagte er. »Du solltest dir auch etwas bestellen. Liebe macht hungrig, habe ich mir sagen lassen.«

Andrej ignorierte die Spitze und fragte: »Wo bist du eigentlich gestern gewesen?«

Wieder antwortete Abu Dun mit vollem Mund und daher nahezu unverständlich. »Hier. Wenn ich schon unser sauer verdientes Geld für diese Absteige ausgebe, dann will ich wenigstens etwas davon haben.« Er hörte einen Moment auf zu kauen, hob den Kopf und sah Andrej direkt in die Augen. »Aber vorher war ich bei unseren Auftraggebern.«

»Ulric?«

Abu Dun nickte. »Ich glaube, die guten Leute hier im Dorf haben Recht. Es sind Räuber. Ich habe mich ein wenig in ihrem Haus umgesehen.«

»Und trotzdem hältst du an eurer Vereinbarung fest?«, erkundigte sich Andrej.

Zwischen den buschigen Augenbrauen des Nubiers entstand eine steile, missbilligende Falte. »Soll ich sie vielleicht erschlagen, nur, weil sie deinen neuen Freunden misstrauen?«

»Sie hat einen Namen«, tadelte Andrej.

»Meinetwegen«, sagte Abu Dun. »Interessiert dich gar nicht, was ich herausgefunden habe?«

Andrej nickte widerwillig, woraufhin sich Abu Duns Stirnrunzeln vertiefte. »Niklas und seine Leute waren tatsächlich nicht die Ersten, die auf so grausame Weise zu Tode gekommen sind«, sagte Abu Dun. »Es gab eine ganze Reihe von Todesfällen seit Gräfin …«, er verbesserte sich, »Maria und ihr Freund hier im Tal aufgetaucht sind. Von den verschwundenen Mädchen ganz zu schweigen.«

»Du weißt, dass das Unsinn ist«, antwortete Andrej.

»Wie kannst du da so sicher sein?«, fragte Abu Dun.

»Immerhin haben wir mit einem dieser Mädchen gesprochen, die angeblich verschwunden sind«, gab Andrej zu bedenken.

»Mit einem«, bestätigte Abu Dun. »Von den anderen haben wir nur gehört.«

»Ich verstehe«, sagte Andrej spitz. »Und Pater Lorenz hat also gelogen, als er von seiner Nichte erzählte?«

Abu Dun winkte ab. »Zwei von sechs«, sagte er. »Fehlen immer noch vier.«

»Elenja nicht mitgerechnet«, fügte Andrej hinzu. »Nur, falls du vergessen haben solltest, warum ich überhaupt zum Schloss geritten bin.«

»Nein, das habe ich nicht«, erwiderte Abu Dun. »Und? Hast du sie gefunden, oder warst du zu sehr damit beschäftigt, mit Maria in alten Erinnerungen zu schwelgen?«

Andrej überging die Anspielung. »Sie lebt und erfreut sich bester Gesundheit«, sagte er. »Wenigstens war das noch so, als ich aufgebrochen bin.«

Wieder öffnete sich die Tür. Abu Dun, der schon zu einer Entgegnung angesetzt hatte, klappte den Mund wieder zu und geduldete sich, bis der Wirt einen frischen Krug Bier und zwei zerbeulte Zinnbecher auf den Tisch gestellt und das Zimmer danach hastig wieder verlassen hatte. Er schenkte Andrej und sich ein, nahm einen gewaltigen Schluck und schüttelte dann den Kopf. »Das kann sich inzwischen ja geändert haben.«

Andrej fragte sich, woher er die Kraft nahm, immer noch so ruhig zu bleiben. Abu Dun benahm sich wie ein störrisches Kind. »Wenn ich Ulric richtig verstanden habe, dann ist auf dem Schloss angeblich in jeder Neumondnacht ein Mädchen verschwunden. Gestern war Neumond. Elenja ist nicht verschwunden.«

»Bist du da ganz sicher?«, fragte Abu Dun.

Das Einzige, dessen Andrej sich ganz sicher war, war der immer heftiger werdende Wunsch, dem Nubier seine Faust ins Gesicht zu schlagen. Statt diesem Bedürfnis nachzugeben, schüttelte er nur traurig den Kopf. »Ich habe selbst mit ihr gesprochen.«

»Bleiben immer noch drei«, beharrte Abu Dun.

Andrej resignierte. Abu Dun wollte es einfach nicht wahrhaben. Im Grunde konnte er das seinem alten Freund nicht einmal übel nehmen. Andrej versuchte sich vorzustellen, wie es gewesen wäre, wenn er dasit-

zen und sich die Behauptung anhören müsste, Abu
Duns seit fünfzig Jahren verloren geglaubte Liebe sei
wieder aufgetaucht. Ihm fiel auf, dass Abu Dun bisher
nicht einmal nachgefragt hatte, wie es Maria ging. Oder
wieso sie überhaupt noch am Leben war.

»Ich möchte, dass du mich zum Schloss begleitest«,
sagte er. »Vielleicht glaubst du mir ja, wenn du Elenja
mit eigenen Augen siehst.«

»Wer sagt, dass ich dir nicht glaube?«, erwiderte Abu
Dun und trank einen weiteren Schluck Bier. Er schüttelte den Kopf, als Andrej etwas sagen wollte. »Darüber
hinaus halte ich es für besser, wenn wir vorläufig hier
bleiben.«

»Warum?«

»Hast du vergessen, was gestern passiert ist?«, fragte
Abu Dun. »Die guten Leute hier jedenfalls nicht. Sie
haben eine Versammlung einberufen, heute, für die
Mittagsstunde. Alle werden herkommen, auch Ulric,
Stanik und seine anderen Söhne. Vielleicht ist es besser,
wenn wir dabei sind, um das Schlimmste zu verhindern.«

»Wieso?«, fragte Andrej. Was gingen ihn die Probleme dieses Bauernpacks an?

Abu Dun hob die Schultern. »Vielleicht, um zu verhindern, dass sie mit Fackeln und Mistgabeln zum
Schloss hinaufziehen und es niederbrennen?«

Andrej schwieg, betroffen über das, was er gerade
gedacht hatte, und auch, weil Abu Dun Recht hatte und
ihm dieser Gedanke nicht gekommen war. Es wäre nicht
das erste Mal, dass sie so etwas miterlebten. Die Menschen in dieser Gegend waren ungebildet, abergläubisch
und sie hatten Angst.

Ohne ein weiteres Wort streckte er den Arm aus, griff nach dem Zinnbecher und trank einen Schluck von dem Bier, das Abu Dun ihm eingeschenkt hatte.

Die Atmosphäre zwischen ihnen blieb angespannt. Andrej wartete, bis das Feuer des kleinen Kamins die Kälte so weit aus seinen Gliedern vertrieben hatte, dass er sich ohne größere Schmerzen bewegen konnte, dann stand er wortlos auf und verließ den Schankraum. Abu Dun rührte sich nicht, doch Andrej konnte seine herausfordernden Blicke spüren, während er die Tür öffnete und geduckt in das immer noch anhaltende Schneetreiben hinaustrat.

Andrej schlug den Mantelkragen hoch, zog fröstelnd die Schultern zusammen und folgte seinen schon wieder halb verwehten Spuren zur Rückseite des Hauses, wo er sein Pferd angebunden hatte.

Er erlebte eine Überraschung. Das Pferd war nicht mehr da. Von der Stelle aus, an der er es angebunden hatte, führte eine Spur zu einem aus rohen Brettern zusammengenagelten Schuppen, dessen Tür im Wind klapperte. Andrej trat ein und fand nicht nur sein Pferd, sondern gleich ein halbes Dutzend Tiere, die sich in dem Raum um eine mit feuchtem Hafer gefüllte Futterkrippe drängten. Das graue Licht, das durch die Ritzen in den Wänden hereinsickerte, reichte aus, um Andrej erkennen zu lassen, dass jemand seinem Pferd Sattel und Zaumzeug abgenommen und es zumindest notdürftig trockengerieben hatte.

»Ich hoffe, Ihr seid mir nicht böse, Herr«, ertönte eine Stimme aus den Schatten.

Andrej begriff nicht, wie er den Mann hatte übersehen können. Selbst bei vollkommener Dunkelheit hätte er ihn riechen und hören müssen. Die Atemzüge eines Menschen unterschieden sich deutlich von denen eines Tieres.

»Weshalb sollte ich?«

Der Wirt trat aus dem Schatten im hinteren Teil des Stalles und versuchte vergeblich, Andrejs Blick standzuhalten. »Weil ich Euer Tier hergebracht habe«, antwortete er. »Es machte einen sehr erschöpften Eindruck. Als wäre es die ganze Nacht draußen im Wald gewesen.«

War da ein Vorwurf in seiner Stimme? Andrej schüttelte den Kopf. »Nicht ganz, aber der Ritt hierher war sicherlich anstrengend. Und ich bin Euch nicht böse – ganz im Gegenteil.«

»So?«, sagte der Mann. Diesmal war Andrej sicher, sich den eigentümlichen Unterton in seiner Stimme nicht einzubilden. Der Wirt hatte zweifellos Angst, und er war verunsichert, aber da war noch mehr. Er spürte, dass dem Mann etwas auf der Seele lag. Es war kein Zufall, dass sie sich hier getroffen hatten. Der Wirt war herausgekommen, um mit ihm zu reden, mit ihm allein, doch es fiel ihm sichtlich schwer, die richtigen Worte zu finden. Andrej überlegte, ob er aus eigenem Antrieb gekommen war, oder ob ihn die anderen geschickt hatten.

»Was gibt es?«, fragte er geradeheraus.

Der Wirt begann unbehaglich auf der Stelle zu treten und zog schließlich eine grobe Bürste aus seiner schmuddeligen Kittelschürze, mit der er die Flanke des erstbesten Pferdes zu striegeln begann. »Herr?«

Andrej gemahnte sich in Gedanken zur Ruhe. »Ihr seid doch nicht hergekommen, um Euch um die Pferde zu kümmern«, sagte er. »Ihr habt eine Versammlung einberufen.«

»Für heute Mittag, ja«, bestätigte der Wirt, ohne ihn dabei anzusehen. »Eigentlich ist heute Markttag. Bei dem Wetter wird ohnehin niemand kommen, aber wir anderen treffen uns, um darüber zu beraten, was wir tun sollen.«

Andrej fasste sich weiter in Geduld. Wenn er den Mann einfach reden ließ, würde er früher oder später schon auf den Punkt kommen. »In Eurer Gaststube, nehme ich an?«

Der Wirt schüttelte heftig den Kopf und vermied es krampfhaft, in Andrejs Richtung zu blicken. »In der Kirche«, antwortete er. »Es ist der einzige Raum, der groß genug ist, um alle aufzunehmen.«

Und der Einzige, von dem ihr annehmt, dass Abu Dun ihn wahrscheinlich nie betreten würde, fügte Andrej in Gedanken hinzu. »Ulric und seine Söhne werden auch kommen, nehme ich an«, fragte er. Er behielt den Wirt bei diesen Worten genau im Auge, deshalb entging ihm dessen fast unmerkliches Zucken nicht.

»Ja«, antwortete der Mann knapp.

»Wollt Ihr, dass wir dabei sind?«, fragte Andrej.

Der Wirt wandte sich in Andrejs Richtung und nahm all seinen Mut zusammen, um ihm in die Augen zu blicken. »Ich weiß nicht, wie ich es sagen soll, Herr, aber einige von uns sind der Meinung …«

»… dass Abu Dun besser nicht dabei sein sollte«, unterbrach ihn Andrej.

Der Wirt schluckte krampfhaft und schwieg.

»Das muss Euch nicht unangenehm sein«, sagte Andrej. »Abu Dun und ich sind lange genug in diesem Teil des Landes unterwegs, um zu wissen, wie die Menschen auf seinen Anblick reagieren. Aber ich kann Euch versichern, dass es keinen Grund gibt, sich vor ihm zu fürchten.«

»Das ist es auch nicht, Herr«, sagte der Wirt hastig. »Es ist nur so, dass …« Er suchte vergeblich nach den richtigen Worten, rettete sich schließlich in ein Achselzucken und begann, die Bürste in den Händen zu kneten.

»Ihr habt Angst«, stellte Andrej fest. Er nickte. »Das kann ich verstehen.«

»Es ist nur so … verwirrend«, antwortete der Mann. »Ich meine, niemals zuvor ist so etwas geschehen. All die Jahre haben wir in Frieden und unbehelligt hier gelebt, und selbst Ulric und seine Familie haben niemandem wirklich etwas angetan, obwohl fast jeder hier bei uns schon einmal mit ihnen in Streit geraten ist.«

»Glaubt Ihr, dass Ulric für diese Toten verantwortlich ist?«, fragte Andrej.

»Nein«, antwortete der Mann. »Ulric ist ganz gewiss kein guter Mensch, und dasselbe gilt auch für seine Familie. Aber so etwas würden sie nicht tun. Ich meine … kein Mensch wäre im Stande, einem anderen Menschen so etwas anzutun.«

Du wärst entsetzt, wenn du wüsstest, was Menschen einander jeden Tag antun, dachte Andrej. Er schwieg einen Moment, dann fragte er: »Gibt es Raubtiere hier?«

»Vor einer Weile hat ein Rudel Wölfe die Wälder unsicher gemacht, aber wir haben sie vertrieben«, antwortete der Wirt. »Und vor fünf oder sechs Jahren gab es einen Bären, der ein paar Tiere gerissen hat.«

»Aber Ihr glaubt nicht, dass es ein Raubtier gewesen ist.«

»Kein Tier, von dem wir je gehört haben, würde so etwas tun«, bestätigte der Wirt. »Raubtiere töten Menschen, um sie zu fressen oder sich zu verteidigen. Nicht, weil ihnen das Töten Spaß macht.«

»Worauf wollt Ihr hinaus?«, fragte Andrej. »Wenn es nicht Ulric und seine Söhne sind, die Ihr im Verdacht habt, dann ist die Auswahl nicht mehr besonders groß. Abu Dun und ich sind erst seit gestern hier. Und Gräfin Berthold und ihr Begleiter …« Seine Stimme wurde eine Spur schärfer. »Wollt Ihr sagen, dass Ihr glaubt, *sie* hätte irgendetwas damit zu tun?«

»Nein!«, antwortete der Wirt hastig, in einem Tonfall, der ihn deutlich Lügen strafte. »Natürlich glaubt niemand hier so etwas. Gräfin Berthold ist ein Geschenk des Himmels, für das wir Gott auf ewig dankbar sind. Es ist nicht einer unter uns, der ihr keinen Dank schuldig wäre. Das ist es nicht!«

»Es ist nur so, dass all diese schrecklichen Ereignisse angefangen haben, seit sie hier bei Euch ist«, fügte Andrej hinzu.

Der Wirt starrte schuldbewusst zu Boden, und obwohl Andrej sein Gesicht nicht sehen konnte, konnte er spüren, wie es hinter seiner Stirn arbeitete.

»Ich kann Euch beruhigen«, fuhr er fort. »Ich habe gestern mit …« Um ein Haar hätte er *Maria* gesagt, aber dieses Eingeständnis der Vertrautheit zwischen ihnen hätte gewiss nicht dazu beigetragen, das Misstrauen der Dorfbewohner zu zerstreuen. Er setzte neu an. »Ich bin gestern zum Schloss geritten und habe mit der Gräfin und ihrem Beschützer gesprochen. Und auch mit Niklas' Tochter.«

Der Wirt hob mit einem Ruck den Kopf. »Elenja?«, entfuhr es ihm. »Wie geht es ihr?«

»Wie es jemandem eben geht, dem man eine so schreckliche Nachricht überbracht hat«, antwortete Andrej. »Davon abgesehen jedoch erfreut sie sich bester Gesundheit. Ich kann Euch versichern, dass vom Schloss und seinen Bewohnern keine Gefahr ausgeht.«

»Aber was ist es dann?«, fragte der Mann hilflos.

Diese Frage konnte Andrej auch nicht mit letzter Gewissheit beantworten. »Das weiß ich nicht«, gab er wahrheitsgemäß zu. »Aber wenn die anderen Euch geschickt haben ...« Er schwieg einen Moment, wartete vergeblich auf eine Bestätigung seiner Vermutung oder einen Einwand, und fuhr schließlich fort: »... dann richtet ihnen aus, dass ich kommen werde. Allein.«

Die Frage, die ihm das größte Kopfzerbrechen bereitet hatte, erledigte sich von selbst. Abu Dun war nicht mehr da, als er in die Gaststube zurückkam. Der Teller, vor dem er gesessen hatte, war leer, und dasselbe galt für den Bierkrug. Selbst Andrejs Becher war leer, obwohl er nur einen einzigen Schluck daraus genommen hatte. Andrej war nicht überrascht. Dennoch nahm er sich fest vor, der Sache auf den Grund zu gehen. Abu Dun gefiel sich manchmal darin, den ungehobelten Barbaren zu spielen, aber in Wahrheit war er das genaue Gegenteil.

Obwohl er spürte, dass Abu Dun nicht mehr im Haus war, ging er hinauf in ihr gemeinsames Zimmer, um auch dort nachzusehen. Abu Dun war nicht dort, aber etwas ... stimmte nicht. Andrej wusste nicht, ob etwas fehlte oder vielleicht nicht an dem Platz war, wo es sein sollte, aber das Gefühl war zu deutlich, um es zu igno-

rieren. Er blieb stehen, drehte sich einmal im Kreis und
sah sich den Raum noch einmal gründlich an.

Das Gästezimmer war kaum luxuriöser als der ver-
dreckte Dachboden, auf dem sie in Ulrics Haus genäch-
tigt hatten, aber nur spärlich möbliert.

Andrej trat an das niedrige Bett und sank davor auf
die Knie. Das Bettzeug war so zerschlissen, dass es diesen Namen kaum mehr verdiente, und wie alles andere
auch hoffnungslos verdreckt. Andrej roch feuchtes
Stroh, den Schweiß und die Ausdünstungen derer, die
vor ihnen in diesem Bett gelegen hatten.

Was er nicht roch, war Abu Dun.

Der Nubier war nicht in diesem Zimmer gewesen,
und er hatte ganz gewiss nicht in diesem Bett geschlafen. Andrej hätte selbst nach Tagen noch gewittert,
wenn der Nubier dort übernachtet hätte.

Um ganz sicherzugehen, beugte er sich noch weiter
vor, bis er mit dem Gesicht fast das Betttuch berührte.
Sein Eindruck blieb: Abu Dun hatte die vergangene
Nacht nicht in diesem Zimmer verbracht.

Die Tür wurde geöffnet, und als Andrej herumfuhr,
blickte er in das Gesicht eines ziemlich überraschten
Pater Lorenz.

»Andrej?«, murmelte er. »Was … was tut Ihr hier?«
Er machte einen halben Schritt in den Raum hinein und
blieb wieder stehen. »Wollt Ihr Euch von der Sauber-
keit der Bettwäsche überzeugen, oder ist das eine heid-
nische Sitte, die Ihr von Eurem Freund übernommen
habt?« Er versuchte zu lachen, aber es wollte ihm nicht
recht gelingen. »Das eine wäre völlig sinnlos, und das
andere würde mir in meiner Gemeinde gar nicht gefallen, fürchte ich.«

Andrej stand auf und kam zu dem Schluss, dass es wohl am klügsten war, gar nicht darauf zu antworten. »Guten Morgen, Pater Lorenz«, sagte er. »Seid Ihr auch auf der Suche nach Abu Dun?«

»Nein, nach Euch«, antwortete Lorenz. »Ich habe gehört, dass Ihr hier seid, und wollte Euch zu einem verspäteten Frühstück einladen, es sei denn, Ihr seid zu müde und wollt schlafen.«

Andrej zögerte. Er war nicht müde, dafür aber um so hungriger – aber er erinnerte sich noch zu gut an das, was er auf Abu Duns Teller gesehen hatte.

Als hätte er seine Gedanken gelesen, lächelte Pater Lorenz plötzlich und sagte: »Ich meinte ein Frühstück bei mir. Ich verfüge vielleicht nicht über besonders viele Talente, aber ich glaube, ich kann mit Fug und Recht von mir behaupten, ein ganz passabler Koch zu sein.« Seine linke Hand landete mit einem Klatschen auf dem schwarzen Priestergewand, unter dem sich ein sichtbares Bäuchlein abzeichnete.

»Gibt es da nicht irgendeinen Abschnitt in der Bibel, der die Völlerei betrifft?«, fragte Andrej.

»Mehr als einen, fürchte ich«, gestand Pater Lorenz betrübt. »Deshalb tut Ihr ein gutes Werk, wenn Ihr meine Einladung annehmt und mich begleitet. Wenn schon nicht für Euch, dann doch für mein Seelenheil.«

»Das ist Erpressung«, sagte Andrej. »Und obendrein ziemlich leichtsinnig. Was, wenn ich es gerade auf Euer Seelenheil abgesehen habe? Ich könnte ja auch ein Abgesandter des Teufels sein.«

»So wichtig bin ich nicht, dass Satan jemanden schicken würde, nur um mich zu verderben«, widersprach Lorenz. Er lachte gezwungen. In seinem Blick war etwas, das Andrej einen kalten Schauer über den Rücken laufen ließ. Der Geistliche war nicht nur gekommen, um ihn zu einem Frühstück einzuladen.

Sie verließen das Gasthaus und traten wieder in das Schneegestöber hinaus. Der Wind hatte inzwischen merklich an Kraft eingebüßt, und in der weißen Einöde ringsum zeichneten sich die Häuser deutlich ab. Obwohl der Sonnenaufgang bereits einige Zeit zurücklag, brannte immer noch überall Licht. Einzig die kleine Kirche, die sich am Ende der schmalen Straße erhob und auf die sie zusteuerten, war dunkel. Andrej drehte sich unauffällig um, während er dem Geistlichen folgte. Niemand war auf der Straße zu sehen, was angesichts der Witterung nicht überraschend war, doch er glaubte, hier und da einen Schatten hinter einem Fenster ausmachen zu können, oder einen neugierigen Blick zu spüren. Auf halbem Wege fragte er: »Wie viele Schäfchen zählt Eure Gemeinde, Pater?«

»Weniger als hundert«, antwortete Lorenz.

»Hundert?«, wiederholte Andrej überrascht. Er hätte die Einwohnerzahl des Ortes auf höchstens die Hälfte geschätzt.

»Nicht einmal die Hälfte lebt hier im Dorf«, sagte Lorenz, als hätte er seine Gedanken gelesen. Er machte eine ausholende Geste. »Es gibt ein paar Höfe im Umkreis einer Stunde. Drei oder vier Familien leben auch in den Wäldern.«

»Ein ziemlich einsames Leben«, sagte Andrej.

»Ein ziemlich friedvolles Leben«, verbesserte ihn Lorenz. »Wenn auch manchmal etwas eintönig.« Sie hatten die Kirche mittlerweile fast erreicht. Als sie näher kamen, stellte Andrej überrascht fest, dass die Tür weit offen stand, sodass Kälte und Schnee ungehindert in das Gebäude eindringen konnten. Drinnen war es nicht so dunkel, wie es von weitem den Anschein gehabt hatte. Die gesamte Wand hinter dem Altar bestand aus einem großen, kunstvoll gestalteten Fenster aus buntem Bleiglas. Eine Kostbarkeit, die er in einem Ort wie diesem gewiss nicht vermutet hätte, und bei dessen Anblick Lorenz' Augen in unübersehbarem Stolz aufleuchteten. Es war so kalt, dass sich an den Bänken und dem einfachen, aus einer großen, eisenbeschlagenen Truhe bestehenden Altar kleine Eiszapfen gebildet hatten. Die Tür musste die ganze Nacht über aufgestanden haben, denn auf dem Boden lag knöcheltief Schnee, und vor den einfachen Bänken hatten sich kleine Schneeverwehungen gebildet. Auf dem Altar stand eine einzelne große Kerze, deren Flamme trotz des Windes so ruhig und gleichmäßig brannte, als wäre sie eingefroren.

Andrej deutete auf das Fenster, dessen Bilder von ineinander fließenden Eisblumen bedeckt waren. »Ein prachtvolles Stück«, sagte er, nicht nur, um dem Geistlichen einen Gefallen tun. So mancher Priester, den er kannte, hätte seinen rechten Arm dafür gegeben, seine Kirche mit einem solchen Kunstwerk zieren zu können.

»Ja, es ist unser ganzer Stolz«, antwortete Lorenz. Wieder leuchteten seine Augen auf. Dann jedoch wandte er sich zur Seite und Andrej wurde klar, dass er ihn keineswegs dort hereingeführt hatte, um ihm seinen Schatz zu zeigen. Die beiden vorderen Bankreihen waren nicht leer. Auf dem eisverkrusteten Holz lagen fünf große, in Tücher eingedrehte Bündel.

»Sie sind immer noch hier?«, entfuhr es Andrej.

»Der einzige Ort, an dem sie sicher sind«, antwortete Lorenz. »Der Boden ist zu hart, um ein Grab auszuheben, und ich fürchte, dass sich wilde Tiere an ihnen vergehen würden, wenn wir sie einfach draußen liegen ließen.«

Er blieb vor einem der Bündel stehen. Andrej sah, wie es in seinem Gesicht zu arbeiten begann. Es kostete ihn deutliche Überwindung sich vorzubeugen und das steif gefrorene Tuch zur Seite zu schlagen. Das zerstörte Gesicht, das darunter zum Vorschein kam, war das eines jungen Mannes, der die zwanzig noch nicht erreicht haben konnte. Lorenz schlug mit der einen Hand das Kreuzzeichen über Stirn und Brust, fuhr mit der anderen jedoch gleichzeitig fort, das Tuch aufzubiegen, das so hart gefroren war, dass es knisterte und Andrej damit rechnete, es unter seinen Fingern zerbrechen zu sehen. Kopf und Schultern des Mannes wurden sichtbar, und Andrejs Magen zog sich heftig zusammen, als er auch darauf die Spuren schlimmer Verletzungen erblickte. Der Geistliche nahm auch die andere Hand zu Hilfe, um den Toten so herumzudrehen, dass die winzigen runden Wunden an der linken Seite seines Halses zu erkennen waren.

»Welches Geschöpf tut so etwas, Andrej?«, fragte er.

Etwas an der Art, wie er diese Frage stellte, rüttelte Andrej auf. Sein Ton hatte sich verändert. Er klang noch immer freundlich und gutmütig, und doch war etwas darin, das er bisher sorgsam unterdrückt hatte.

»Wie kommt Ihr darauf, dass …«

Lorenz sah aus besorgten Augen zu ihm auf. »Wir sind allein, Andrej«, unterbrach er ihn. »Ihr müsst mir nichts vormachen. Ihr wisst, wer das getan hat.«

»So?«, fragte Andrej unbehaglich.

»Ich habe Euch gestern beobachtet«, antwortete Lorenz. »Ihr habt sofort gewusst, was diese Wunden zu bedeuten haben. Ebenso wie Euer Freund. Die anderen haben es nicht bemerkt …« Er hob die Hand, als Andrej antworten wollte, und richtete sich wieder auf, wodurch er ihn plötzlich um fast eine Handspanne überragte. Andrej war nicht sicher, ob der Geistliche seine beeindruckende Größe bewusst einsetzte. »Lasst Euch nicht von meinem Gewand täuschen, Andrej, oder dem Umstand, dass wir hier so weit weg von den großen Städten der modernen Welt sind. Ich glaube nicht an Hexerei, und es ist mir vollkommen gleichgültig, wer Abu Dun und Ihr wirklich seid. Hier geschieht etwas, das die Menschen meines Dorfs in Gefahr bringt. Irgendetwas tötet sie, und Ihr wisst, was es ist.«

»Selbst, wenn das so wäre, wie kommt Ihr darauf, dass wir Euch helfen könnten?«

Lorenz' Miene verdüsterte sich. Andrej rechnete fest damit, dass er wütend werden würde, dann aber sagte er nur sanft: »Weil ich Euch darum bitte, Andrej. Und weil ich mir nicht vorstellen kann, dass Euch das Schicksal der Menschen hier vollkommen gleichgültig ist.«

Um Zeit zu gewinnen, machte Andrej einen Schritt an dem Geistlichen vorbei und ließ sich nun ebenfalls in die Hocke sinken, als müsse er die Wunden noch einmal genauer in Augenschein nehmen. Er wusste, welches Raubtier seine Opfer mit solchen Wunden zeichnete. Er glaubte sogar sicher zu wissen, *wer* dieses Raubtier war. Dennoch ließ er noch eine geraume Weile verstreichen, bevor er zögernd antwortete. »Ihr habt Recht. Ich habe so etwas schon einmal gesehen. Aber ich bin nicht sicher, ob wir Euch helfen können.«

»Ich bitte nicht für mich, Andrej«, antwortete Lorenz. »Ich bitte für die Menschen in diesem Dorf. Es sind gute Menschen. Sie haben niemandem etwas getan. Keiner hier hat es verdient, so zu sterben.«

»Seit wann fragt das Schicksal danach, was jemand verdient?«, fragte Andrej. Er stand auf. »Wann gab es den ersten Toten?«

Lorenz beugte sich vor und zog das Tuch wieder über das Gesicht des Toten, bevor er antwortete: »Vor vier Monaten«, sagte er. »Vielleicht.«

»Vielleicht?«

Lorenz drehte sich halb herum und rieb die Hände aneinander, um die Kälte aus seinen klammen Fingern zu vertreiben. »Von einem der Höfe, von denen ich Euch erzählt habe, ist eine junge Magd verschwunden. Sie ist nie wieder aufgetaucht.«

»Und Ihr glaubt, sie ist auch getötet worden?«

»Möglicherweise«, antwortete Lorenz. Er wies auf eine schmale Seitentür, die vermutlich zur Sakristei führte. »Es hieß, sie hätte eine Liebschaft mit einem jungen Mann aus dem Nachbardorf, der seither ebenfalls verschwunden ist. Vielleicht sind die beiden zusammen weggegangen. Vielleicht sind aber auch beide tot.«

Sie hatten die Tür erreicht. Dahinter lag tatsächlich eine winzige Sakristei, die der Geistliche jedoch mit schnellen Schritten durchquerte, um eine weitere Tür zu öffnen, die in das angebaute kleine Pfarrhaus führte. Andrej hatte es flüchtig von draußen gesehen und wusste, dass es nicht viel größer als der Pferdestall des Gasthauses war. Umso überraschter war er festzustellen, wie behaglich der kleine Raum eingerichtet war. Es gab ein Bett, einen großen Schrank mit geschnitzten Türen und einen schweren Eichentisch mit vier dazu passenden Stühlen, die jedem Herrenhaus Ehre gemacht hätten. In dem kleinen Kamin prasselte ein Feuer, und auf dem Tisch standen hölzerne Schalen mit Brot, getrocknetem Fleisch und gedünstetem Gemüse, dazu ein bauchiger Krug und zwei Trinkbecher, die vermutlich aus purem Silber bestanden. Pater Lorenz schien keine Zweifel gehegt zu haben, dass er seiner Einladung folgen würde.

»Nehmt Platz, Andrej«, forderte ihn der Geistliche auf. »Es ist nicht viel, was ich Euch anbieten kann, aber es kommt von Herzen.«

Während Andrej sich setzte, nahm er die Einrichtung des kleinen Zimmers genauer in Augenschein. Alles hier kam ihm auf seltsame Weise vertraut vor. Stil und Qualität der Möbel entsprachen so genau dem, was er in Marias Schloss gesehen hatte, dass es wohl kaum ein Zufall sein konnte. Um seinen Verdacht zu überprüfen, griff er nach Krug und Becher und schenkte sich einen Schluck Bier ein. Er hatte richtig vermutet: Beides bestand aus massivem, schwerem Silber.

»Ich hoffe doch, Ihr schwärzt mich jetzt nicht bei der Gräfin an«, sagte Lorenz mit einem flüchtigen Lächeln, während auch er Platz nahm.

»Eine weitere kleine Sünde, Pater?«, erwiderte Andrej im gleichen Tonfall. »Gegen welches Gebot habt Ihr hier verstoßen?«

»Oh, die Sachen sind nicht gestohlen«, sagte Lorenz im Tonfall gespielter Empörung. »Sie sind ein Geschenk eines großzügigen Gemeindemitglieds.«

244

»Lasst mich raten«, sagte Andrej. »Sein Name war nicht zufällig Ulric?«

Lorenz grinste und brach sich ein Stück Brot ab. »Er und seine Familie haben der Kirche diese Dinge geschenkt, jawohl«, bestätigte er.

»Nachdem sie sie vorher im Schloss gestohlen hatten«, vermutete Andrej.

»Es stand ein halbes Menschenleben lang leer«, sagte Lorenz. »Wie kann man etwas stehlen, das niemandem gehört?«

Auch Andrej nahm sich ein Stück Brot. In der Behaglichkeit der Stube, mit der wohltuenden Wärme des Feuers im Rücken, spürte er auch wieder die Müdigkeit, die sich in seinem ganzen Körper auszubreiten begann, als fließe mit einem Mal Blei durch seine Adern. Er griff erneut zu, nahm sich noch ein Stück Brot und eine Frucht, die zwar so verschrumpelt war, dass er nicht mehr erkennen konnte, worum es sich eigentlich handelte, aber dennoch köstlich schmeckte. Auch das Bier war weitaus besser als das, was man ihm im Gasthaus vorgesetzt hatte. Dann forderte er Lorenz mit einer Kopfbewegung auf weiterzusprechen. »Erzählt mir alles.«

»Sehr viel mehr als das, was Ihr bereits wisst, gibt es nicht zu erzählen«, antwortete Lorenz. »Irgendetwas tötet die Menschen hier. Wir wissen nicht, was. Aber es wird nicht aufhören.«

Und woher wusste er das?, fragte sich Andrej. »Warum habt Ihr niemanden um Hilfe gebeten?«, erkundigte er sich. »Geht in die Stadt. Es muss doch jemanden geben, der …«

»Den Baron, ja!« Lorenz gab sich keine Mühe, die Verachtung in seiner Stimme zu verhehlen. »Den gibt es.

Einmal im Jahr hören wir sogar von ihm.« Er schnaubte. »Immer dann, wenn er seinen Steuereintreiber schickt, um den Zehnten zu fordern.«

»Dann hat Gräfin Berthold das Schloss von ihm gekauft?«

»Das weiß ich nicht«, antwortete Lorenz. »Einfache Leute wie uns gehen solche Dinge nichts an.«

»Aber alles hat begonnen, nachdem sie und ihr Begleiter hierher gekommen waren?«

Der Geistliche nickte.

»Und was genau soll ich jetzt für Euch tun?«

»Die Wahrheit herausfinden«, antwortete Lorenz nach einer unbehaglichen Pause. »Ihr wart bei Ulric. Zweifellos hat er Euch erzählt, was manche über die Gräfin und ihren Beschützer sagen.«

»Zweifellos«, bestätigte Andrej. »Aber Ihr glaubt das doch nicht etwa, oder?«

Der Geistliche griff nach einem Stück Brot, aß jedoch nichts davon, sondern knetete es nur zwischen den Fingern. Ohne Andrej anzusehen, fuhr er mit besorgter Stimme fort: »Ihr seid gestern weggegangen, nachdem sie die Toten gebracht hatten. Ihr habt nicht gehört, was die Leute reden. Ich schon.« Er schüttelte müde den Kopf. »Man kann es ihnen nicht einmal verübeln. Sie haben Angst.«

»Und sie suchen einen Schuldigen«, vermutete Andrej.

»Niemand hat es bisher laut ausgesprochen«, bestätigte Lorenz. »Es gibt keinen unter uns, der nicht auf die eine oder andere Art in der Schuld der Gräfin stünde. Vielleicht ist das der Grund.« Er seufzte. »Menschen sind sonderbare Geschöpfe, Andrej. Ich kenne sie lange genug, um in ihre Herzen zu blicken. Wenn Ihr jemandem etwas schuldet, so entsteht aus diesem Gefühl nur allzu leicht Zorn und Hass.«

Andrej verstand immer noch nicht, worauf der Geistliche eigentlich hinauswollte, und sagte ihm dies.

»Vielleicht weiß ich es selbst nicht«, gestand Lorenz. Er sah Andrej durchdringend an, straffte die Schultern, räusperte sich und fuhr mit veränderter Stimme fort. »Diese Versammlung war nicht meine Idee. Die Menschen hören auf mich, doch sie lassen sich von mir nichts befehlen. Ich fürchte, es wird ein Unglück geben, wenn wir nicht den wahren Schuldigen finden.«

»Vielleicht ist es ja wirklich nur ein Raubtier«, gab Andrej zu bedenken.

»Dann findet es!«, verlangte Lorenz. »Wir hier sind dazu nicht in der Lage, aber Ihr schon.«

»Was bringt Euch auf diesen Gedanken?«, erkundigte sich Andrej.

»Ihr tragt das Schwert an Eurem Gürtel nicht nur zur Zierde«, behauptete der Geistliche. »Habe ich Recht?«

»Das stimmt«, gab Andrej zu. »Aber seid Ihr denn sicher, dass Eure … Eure Schäfchen unsere Hilfe überhaupt wollen?«

Lorenz blieb ihm die Antwort auf diese Frage schuldig. Er begann an seinem Brot herumzuknabbern, um Zeit zu gewinnen. Gerade als Andrejs Geduld erschöpft war und er Lorenz unwirsch auffordern wollte, endlich zu antworten, vernahmen sie einen dumpfen Laut, der durch die geschlossene Tür der Sakristei hereindrang. Lorenz sprang so hastig auf, als hätte er nur auf diesen Vorwand gewartet, eilte um den Tisch herum und verschwand durch die Tür, ohne Andrej auch nur eines Bli-

247

ckes zu würdigen. Sein Verhalten ärgerte Andrej. Aber er begriff auch den wahren Grund seines Ärgers. Lorenz – und mit ihm die meisten anderen Dorfbewohner – kamen mit ihrem Verdacht der Wahrheit unangenehm nahe. Es bestand für Andrej nicht der geringste Zweifel daran, wer hinter diesen unheimlichen und erschreckenden Vorkommnissen steckte, aber ihm war auch klar, dass der Zorn der Menschen sich nicht allein gegen Blanche richten würde, wenn sie die Wahrheit erfuhren. Maria war in Gefahr.

Mit einem Ruck stand er auf und folgte dem Kirchenmann.

Andrej hatte es nicht so eilig wie Pater Lorenz, sondern verwandte noch einige Augenblicke darauf, die Sakristei genauer zu betrachten. Es überraschte ihn nicht, auch dort einige Gegenstände von Wert vorzufinden, die man in einer so kleinen Kirche nicht erwartet hätte. Ulric war entweder ein äußerst großzügiger Mensch, oder er hatte eine Menge Sünden auf sein Gewissen geladen.

Als Andrej durch die Tür der Sakristei trat, stand Pater Lorenz bereits mitten in der Kirche und sah sich nach rechts und links um. Er war vollkommen allein.

Andrej trat rasch neben ihn und sah ihn fragend an.

»Ich hätte schwören können …«, murmelte der Geistliche.

Andrej erging es ähnlich. Er wusste, dass er etwas gehört hatte. Seltsam war nur, dass er nicht mit Gewissheit sagen konnte, um was für ein Geräusch es sich gehandelt hatte.

»Erwartet Ihr …«, begann er, doch Lorenz hob rasch

248

den Arm und brachte ihn mit einer erschrockenen Geste zum Schweigen. Gleichzeitig legte er den Kopf auf die Seite und lauschte einige Atemzüge lang mit geschlossenen Augen.

Andrej tat dasselbe, aber er hörte nichts Auffälliges. Abgesehen von ihm selbst und dem Geistlichen war die Kirche vollkommen leer. Die einzigen Geräusche, die er hörte, waren ihre eigenen Atemzüge und die klagende Stimme des Windes, die durch die offene Tür hereindrang. Dann fiel ihm doch etwas auf: Es war kein Geräusch, sondern ein Geruch, so schwach, dass er selbst ihm beinahe entgangen wäre, und so fremd und düster, dass er ihn nicht einzuordnen vermochte. Aber er kannte ihn.

Der Pater öffnete mit einem leisen Seufzer wieder die Augen und schüttelte den Kopf. »Ich muss mich wohl getäuscht haben«, sagte er. »Aber ich hätte schwören können ...« Er brach seinen Satz zum zweiten Mal ab. Seine Augen wurden groß, während sich sein Blick auf einen Punkt zwischen ihnen und der Kirchentür richtete. Beunruhigt sah Andrej in dieselbe Richtung.

Durch die weit offen stehende Tür drangen immer noch Kälte und pulveriger Schnee ein, der die Spuren, die Lorenz und er selbst vor einiger Zeit hinterlassen hatten, schon wieder fast vollkommen zugedeckt hatte. Dennoch gab es eine frische Spur. Es war weder die Spur eines Menschen noch die eines Tieres, sondern vielmehr eine regelmäßige Doppelreihe kreisrunder, tiefer Abdrücke, die draußen vor dem Gebäude begannen und seine und die Fußspuren des Geistlichen überlagerten. Andrej folgte der Spur mit Blicken und drehte sich langsam herum, doch auch diesmal war Pater Lorenz schneller als er. Entsetzt wirbelte er herum, rannte drei, vier Schritte weit zurück und stieß dann einen keuchenden Schrei aus.

Andrej zog mit einer fließenden Bewegung sein Schwert. Er eilte zu Lorenz, ergriff den Geistlichen am Arm, schob ihn ein kleines Stück zurück und nahm schützend vor ihm Aufstellung.

Seine Reaktion war schnell, aber vollkommen überflüssig. Sie waren allein. Es gab nichts, wovor er Lorenz und sich selbst schützen musste. Nur den Altar, die beiden Bänke und vier in schmutzige Laken eingewickelte Tote.

Nur vier.

Nicht fünf, wie es hätte sein müssen.

»Großer Gott!«, hauchte Lorenz. »Was …?« Er wollte an Andrej vorbei zu den verbliebenen Leichen eilen, aber dieser hielt ihn mit einer raschen Bewegung des Schwertes zurück und deutete mit der anderen Hand auf den Boden vor ihnen. Die unheimliche Spur setzte sich bis zu der Stelle fort, an der vorhin noch der fünfte Leichnam gelegen hatte, knickte dann im rechten Winkel ab und führte geradewegs zu der fensterlosen Wand auf der linken Seite der Kirche, wo sie unvermittelt aufhörte. Sie verschwand so spurlos, als wäre, wer auch immer sie hinterlassen haben mochte, einfach durch die Wand gelaufen.

»Aber das ist doch …«, stammelte Lorenz. Er schüttelte hilflos den Kopf, fand keine Worte und warf Andrej schließlich einen flehenden Blick zu.

Andrejs Gedanken überschlugen sich. Plötzlich packte ihn Angst, so heftig, dass er all seine Willenskraft aufbieten musste, um seine Hände am Zittern zu hindern.

Einen verschwindend kurzen Augenblick lang glaubte er zu wissen, was geschehen war. Zu kurz, um den Gedanken festzuhalten; zu intensiv, um das Grauen, das er auslöste, ignorieren zu können. Alles ergab auf einmal einen Sinn: Die sonderbaren Geräusche, der seltsame Geruch, die unheimliche Spur, die einfach aufhörte, und der verschwundene Tote. Lorenz irrte sich. Vielleicht täte er gut daran, doch an Hexerei und Teufelswerk zu glauben. Dann war der Moment der Erkenntnis ebenso plötzlich wieder vorbei, wie er gekommen war. Zurück blieb nur ein Gefühl so bodenloser Angst, wie Andrej sie noch niemals zuvor empfunden hatte.

»Was bedeutet das?«, flüsterte Lorenz. »Wer tut so etwas? Warum?«

Andrej beachtete ihn nicht, sondern folgte langsam der Spur, die der unheimliche Eindringling hinterlassen hatte. Vor der Bank ließ er sich in die Hocke sinken, wechselte das Schwert von der rechten in die linke Hand und streckte die frei gewordenen Finger nach der Stelle aus, an der der Leichnam gelegen hatte. Er wagte es nicht, das Holz zu berühren, aber er schloss die Augen und konzentrierte all seine überscharfen Sinne auf das, was er spürte. Ganz gleich, wer oder was dort gewesen war – Mensch, Tier oder Ungeheuer –, es musste eine Spur seiner Anwesenheit hinterlassen haben.

Da war tatsächlich etwas. Es war der Geruch. Er war dort eine Spur intensiver als bei der Tür, wo der Wind schon damit begonnen hatte, alle Spuren auszulöschen. Er hatte auch eine andere Note. Er war nicht stärker geworden, sondern ... siegesgewiss. Es war der Geruch des Jägers.

»Andrej?«, flüsterte Lorenz hinter ihm.

Andrej öffnete die Augen, drehte mühsam den Kopf und sah verständnislos in Lorenz' Gesicht hinauf. Der Geistliche sah ihn verwirrt an, aber auch misstrauisch und sehr erschrocken. Andrej wurde klar, was für einen seltsamen Anblick er bieten musste: Er saß in verkrampfter Haltung in der Hocke da, hatte die rechte Hand – wie ein Magier bei einer Beschwörung – über der Bank ausgestreckt. Über den Ausdruck auf seinem Gesicht wagte er erst gar nicht nachzudenken. Hastig zog er die Hand zurück und stand auf.

»Was habt Ihr?«, fragte Lorenz.

Andrej ignorierte die Frage, machte auf dem Absatz kehrt und folgte der Spur bis zur Wand.

Auch wenn er das, was dort geschehen war, immer noch nicht in seiner ganzen Tragweite erfassen konnte, so hatte doch ein Teil von ihm es längst verstanden. Dieser Teil zeigte sich nicht im Mindesten überrascht. Wer oder was auch immer dort gewesen war, hatte nicht nur Spuren im Schnee hinterlassen, der Schnee hatte auch Spuren an ihm hinterlassen. Pater Lorenz mit seinen groben, menschlichen Augen mochte es nicht sehen, doch für Andrej war die Fortsetzung der Fährte deutlich erkennbar. Sie führte weder in der einen noch in der anderen Richtung von der Wand weg, sondern daran empor. Sie hörte auch unter der Decke nicht auf, sondern führte geradewegs daran entlang zurück zur Tür.

Obwohl die Versammlung erst für die Mittagsstunde einberufen worden war, tauchten die ersten Männer schon eine Stunde vorher auf. Dick vermummte, frierende Gestalten, die wie Gespenster aus dem Schneetreiben erschienen und keineswegs alle mit dem Ort dieser Zusammenkunft einverstanden zu sein schienen. Die meisten knieten zwar kurz nieder oder deuteten eine Verbeugung an, während sie das Kreuzzeichen schlugen, andere beließen es bei einem trotzigen Blick in Richtung des Geistlichen oder bei einem viel sagenden Stirnrunzeln.

Andrej beobachtete das Eintreffen der Männer von seinem Platz in der hintersten Bankreihe aus. Sein Platz lag so weit weg von der Tür und dem Altar wie möglich, aber so, dass er den gesamten Raum im Überblick hatte. Er hatte sich in seinen Mantel gewickelt und das Schwert so neben sich auf die Bank gelegt, dass man es nicht sofort sah. Lorenz' Bemerkung über die Waffe hatte ihm zu denken gegeben. Jedermann wusste, dass er sie trug und warum er sie trug. Dennoch war es vielleicht klug, sie nicht offen zur Schau zu stellen.

Der Wirt und Abu Dun kamen als Letzte. Sie erschienen in einem Abstand von wenigen Augenblicken, dennoch vermutete Andrej, dass sie den Weg vom Gasthof gemeinsam zurückgelegt hatten, da der Wirt auffällig oft verstohlen zurück zur Tür sah.

Abu Dun war nicht willkommen. Die Feindseligkeit auf den Gesichtern der Männer war nicht zu übersehen, und selbst ohne sein scharfes Gehör hätte Andrej die gemurmelten Gespräche der Männer vermutlich richtig gedeutet.

Er hob flüchtig die Hand, als der Nubier hereinkam, doch zu seiner Überraschung erwiderte Abu Dun den Gruß lediglich mit einem knappen Nicken und ging dann mit schnellen Schritten zwischen den Bankreihen hindurch nach vorn, um Pater Lorenz etwas zuzuflüstern. Der Geistliche zog sichtlich überrascht die Augenbrauen zusammen und blickte kurz in das anhaltende Schneetreiben hinaus. Er beließ es dann aber bei einem angedeuteten Achselzucken und forderte Abu Dun mit einer Geste auf, an seiner Seite zu bleiben. Der Nubier leistete dem Folge, sah aber zugleich auffordernd in Andrejs Richtung.

Andrej hielt es nicht für klug, sich unmittelbar neben Abu Dun zu stellen. Das hätte ihrer Anwesenheit mehr Gewicht verliehen, als angebracht war.

Mittlerweile hatten sich ungefähr dreißig Personen in der Kirche versammelt. Da sie sich ununterbrochen bewegten und durcheinander liefen, war es schwer, ihre genaue Zahl zu bestimmen. Der Geistliche nahm vor dem Altar Aufstellung und klatschte ein paar Mal in die Hände, um für Ruhe zu sorgen. Andrej kannte nur wenige der Gesichter, die sich immer wieder zu ihm umwandten und ihn mit einer Mischung aus Neugier, Scheu und unverhohlenem Misstrauen musterten. Doch er war sicher, dass jedermann wusste, wer Abu Dun und er waren. Er konnte ihre Feindseligkeit spüren.

Während Lorenz darauf wartete, dass Ruhe einkehrte, hielt Andrej Abu Dun scharf im Auge. Der Nubier sah ungewohnt verwahrlost aus. Sein schwarzes Gewand, das zwar zerschlissen und an zahllosen Stellen geflickt, für gewöhnlich jedoch tadellos sauber war, war zerknittert und mit Schlamm bespritzt. Den Turban hatte er so unordentlich um den Kopf geschlungen, dass es grotesk aussah. Seine rechte Hand hatte sich um den Griff des riesigen Krummsäbels geschlossen, den er zur Schau stellte. Andrej war verwirrt und beunruhigt. Abu Dun war trotz seines manchmal polternden Auftretens ein sehr besonnener Mann, der genau wusste, wie Furcht einflößend und beängstigend er allein durch seine gewaltige Größe und das ebenholzfarbene Gesicht wirkte. Deshalb hatte er sich angewöhnt, diesen Eindruck durch ein um so ruhigeres und umsichtigeres Auftreten zu mildern. Auf dieser Versammlung schien er es allerdings nicht nur darauf angelegt zu haben, alle Anwesenden einzuschüchtern, sondern auch ihre Vorurteile zu bestätigen. Andrej fragte sich, was sein Freund beabsichtigte. Wenn Abu Dun mit diesem sonderbaren Auftreten einen Plan verfolgte, so konnte zumindest er ihn nicht erkennen.

Endlich hatte sich das Stimmengemurmel so weit gelegt, dass Lorenz nur noch ein abschließendes Mal in die Hände klatschen musste, um die allgemeine Aufmerksamkeit auf sich zu ziehen.

»Meine Freunde!«, begann er. »Ihr wisst, warum ich euch hier zusammengerufen habe.«

Eine interessante Formulierung, dachte Andrej. Es war noch keine Stunde her, da hatte Lorenz behauptet, diese Versammlung weder selbst einberufen zu haben noch sonderlich glücklich darüber zu sein. Trotzdem glaubte er nicht, dass Lorenz ihn belogen hatte.

»Vielleicht sollten wir warten, bis alle da sind«, warf einer der Männer ein. »Ulric und seine Bande fehlen noch!«

Lorenz runzelte verärgert die Stirn und maß den Sprecher mit einem strafenden Blick. »Ich dulde nicht, dass in meiner Kirche so geredet wird«, sagte er. »Wir sind hier, um herauszufinden, was geschehen ist, nicht, um schon vorher über unsere Mitmenschen zu urteilen.«

Die trotzige Antwort überging er klugerweise. Er deutete kurz auf Abu Dun, der neben ihm stand und den Mann, der den Priester unterbrochen hatte, so drohend musterte, als hätte er sich vorgenommen, alles in seiner Macht Stehende zu tun, um die diplomatischen Bemühungen des Paters zu verderben.

»Ich habe mit Andrej und seinem Freund aus dem Morgenland gesprochen«, fuhr Lorenz fort. »Sie werden uns helfen herauszufinden, was hier geschieht, und uns von dieser Gefahr befreien.«

Auch das entsprach nicht unbedingt dem, was Andrej gesagt hatte, doch diesmal entlockte ihm Lorenz' Umgang mit der Wahrheit ein flüchtiges Lächeln.

»Wozu brauchen wir die Hilfe dieser Fremden?«, fragte der Mann, der zuvor schon gesprochen hatte. »Wir alle wissen doch, wer hinter diesem Teufelswerk steckt!«

Abu Duns Blicke wurden noch finsterer, während Lorenz eher betrübt wirkte, als er antwortete: »Niemand weiß, was wirklich geschehen ist, Ralf. Warst du es nicht, der im letzten Jahr seinen eigenen Hund erschlagen hat, weil er glaubte, er hätte ein halbes Dutzend Hühner gerissen, nur um hinterher festzustellen, dass es der Fuchs war?«

Der Angesprochene machte ein trotziges Gesicht und schwieg. Lorenz fuhr, nun wieder an alle gewandt, fort: »Ich weiß, dass so mancher unter euch noch eine Rechnung mit Ulrics Familie offen hat, doch wir dürfen nicht vorschnell urteilen oder gar *ver*urteilen.«

Von der Tür her erscholl lautes Händeklatschen. Andrej wandte überrascht den Blick. Ulric, Stanik und zwei weitere seiner Söhne waren vollkommen lautlos in der

Tür erschienen. Ein Blick in ihre Gesichter genügte Andrej, um zu erkennen, dass sie schon eine ganze Weile dort standen und dem Gespräch gefolgt waren.

Der Anblick, den der vermeintliche Bauer und seine Söhne boten, verschlug ihm die Sprache. Die Männer trugen keine einfachen, zerschlissenen Sachen mehr, wie an dem Abend, an dem Abu Dun und er sie kennen gelernt hatten, sondern schwere dunkle Mäntel aus ebenso teurem wie warmem Stoff, kostbare Stiefel und lederne Kappen, die mit Nieten und Metallplättchen verstärkt waren und ihren Trägern einen fast ebenso guten Schutz boten wie ein Helm. Unter ihren Mänteln blitzten schwere Kettenhemden hervor. Alle waren mit Schwertern bewaffnet, die kaum weniger wertvoll und beeindruckend waren als Andrejs eigene Klinge. Das waren keine einfachen Bauern und auch nicht die Strauchdiebe und Räuber, als die Abu Dun sie bezeichnet hatte, sondern Krieger. Es war weniger ihr Anblick, der die Menschenmenge in der Kirche – Pater Lorenz vielleicht ausgenommen – gehörig einschüchterte. Es war das Selbstvertrauen und das Wissen um die eigene Stärke, das sie ausstrahlten. Andrej fragte sich, wie er sich in diesen Männern so sehr hatte täuschen können.

»Bravo, Vater«, sagte Ulric spöttisch. »Ihr habt wahrlich gesprochen, wie man es von einem Mann wie Euch erwartet. Es freut mich zu sehen, dass ich mich nicht in Euch getäuscht habe.«

Er begann langsam den schmalen Gang zwischen den Bankreihen hinabzugehen, wobei sein Mantel sich öffnete, sodass jeder deutlich die Rüstung und vor allem die Waffen sehen konnte, die er darunter trug. »Ihr habt euch also hier versammelt, um über uns Gericht zu halten? Nun, dann ist es wohl nur angemessen, wenn wir auch dabei sind, meine ich.«

»Niemand hält hier über jemanden Gericht«, antwortete Lorenz. »Aber fünf Menschen sind auf grausame Art und Weise ums Leben gekommen. Und jedermann hier weiß, dass Ihr und Eure Söhne Niklas den Tod geschworen habt.«

»Wenn jeder, dem von einem anderen schon einmal der Tod gewünscht wurde, tatsächlich gestorben wäre, dann wäre die Welt ein ziemlich einsamer Ort«, antwortete Ulric verächtlich. »Aber wo wir schon einmal dabei sind: Nicht wir waren es, die die Toten im Wald gefunden haben.«

Abu Dun zog nachdenklich die Augenbrauen zusammen. Seine Finger schlossen sich fester um den Griff seines Krummsäbels, doch Lorenz trat mit einem raschen Schritt zwischen ihn und Ulric, bevor der Nubier reagieren und die Situation möglicherweise außer Kontrolle geraten konnte. »Ihr wisst so gut wie ich, dass diese beiden Fremden unmöglich etwas mit Niklas' Tod zu tun haben können«, sagte er ruhig.

»So wenig wie wir«, bestätigte Ulric. Er warf Abu Dun einen abwägenden Blick zu, in dem nicht die leiseste Spur von Respekt oder Furcht lag. Dann drehte er sich um und sah zu Andrej hin, als hätte er dessen Blicke gespürt. »Warum fragt Ihr nicht Euren Beschützer, Vater? Er hat die letzte Nacht auf dem Schloss verbracht und weiß besser als jeder andere hier, was dort vorgeht. Oder hat die Hexe auch Eure Sinne verwirrt, Andrej?«

Andrej kämpfte die Wut nieder, die Ulrics Worte in ihm auslöste. Er erhob sich gemächlich und griff betont langsam nach dem Schwert, das neben ihm auf der Bank lag. Während er sich Ulric näherte, band er den Waffengurt mit nachlässigen Bewegungen um und ließ das Schwert halb aus seiner Scheide gleiten. Doch diese einschüchternde Geste verfehlte ihre Wirkung auf Ulric und die drei anderen völlig.

»Ich war auf dem Schloss, das ist richtig«, gab er zu. »Ich habe die Gräfin gesprochen. Und ich kann Euch versichern, Ulric, dass sie so wenig eine Hexe ist, wie Ihr ein Bauer seid.«

In Ulrics Augen blitzte es wütend auf, doch er zügelte seinen Zorn und beließ es bei einem knappen, spöttischen Kopfnicken. »Sie muss gute Argumente gehabt haben, wenn Ihr sie nach einer einzigen Nacht schon so gut kennt«, sagte er.

Andrej maß ihn mit einem verächtlichen Blick. »Die hatte sie«, sagte er.

»Darf man erfahren, welche«?, fragte Ulric. »Oder geht uns das nichts an?«

»Es geht Euch nichts an«, erwiderte Andrej, »aber ich beantworte Eure Frage trotzdem gern – wenn Ihr auch mir hinterher eine Frage beantwortet.«

»Nur zu«, sagte Ulric.

»Ich kenne Gräfin Berthold. Wir sind uns früher schon einmal begegnet. Hätte ich bei dem ersten Zusammentreffen mit Euch schon gewusst, wer sie ist, dann hätte ich mir den Weg zum Schloss sparen können. Diese Frau kann niemandem ein Leid zufügen, glaubt mir.«

»Worauf wir alle hier zweifellos Euer Wort haben?«, vermutete Ulric spöttisch.

»Ja«, antwortete Andrej. »Aber nun bin ich an der

Reihe, eine Frage zu stellen. Sagt mir eins, Ulric, warum ist Euch so sehr daran gelegen, die Menschen hier glauben zu machen, dass alles Unheil vom Schloss der Gräfin ausgeht?«

In Ulrics Augen blitzte diesmal nicht nur Zorn auf, sondern noch etwas weitaus Gefährlicheres. »Vielleicht deshalb, weil alles angefangen hat, nachdem sie hergekommen ist«, sagte er.

»Das ist wahr«, stimmte Andrej zu. »Jemand hat angefangen, Menschen umzubringen, nachdem die Gräfin in das Schloss gezogen ist.« Er ließ eine kurze, genau berechnete Pause einfließen. »Ich frage mich, ob das vielleicht jemand war, der Angst hat, seine Macht und seinen Einfluss zu verlieren.«

»Was soll das heißen?«, fragte Ulric scharf. Stanik trat vor und ließ wie zufällig die Hand auf den Griff seines Schwertes gleiten. Andrej sah aus den Augenwinkeln, wie auch die beiden anderen sich zur Seite bewegten, sodass sie ihn mit dem nächsten Schritt blitzschnell einkreisen konnten.

»Nichts weiter«, erwiderte er lächelnd. »Ich habe nur sehr genau zugehört, was Ihr über die *Hexe* erzählt. Von den sechs Mädchen, die angeblich verschwunden sind, erfreuen sich wenigstens drei bester Gesundheit. Mit einem haben Abu Dun und ich vor zwei Tagen selbst gesprochen. Was das zweite angeht, haben wir zwar nur Pater Lorenz' Wort, was mir allerdings reicht. Und Elenja hat mir heute Morgen das Frühstück zubereitet, obgleich doch gerade erst Neumond war.«

»Elenja?«, mischte sich Stanik ein. Er nahm die Hand vom Schwert und kam aufgeregt einen Schritt näher. »Sie lebt? Wie geht es ihr?«

Andrej blickte ihn kalt an. »Wie würde es dir gehen, wenn du gerade erfahren hättest, dass jemand deine gesamte Familie umgebracht hat?«

Stanik setzte zu einer Antwort an, doch sein Vater brachte ihn mit einer herrischen Geste zum Schweigen. »Und auch darauf haben wir zweifellos Euer Wort, Andrej«, sagte er in einem Tonfall, in dem so viel Herablassung und Verachtung mitschwang, dass Andrej sich mehr denn je zusammennehmen musste, ihn nicht einfach niederzuschlagen. Er wollte antworten, doch Abu Dun kam ihm zuvor.

»Nein«, sagte er. »Nicht nur sein Wort. Auch meins …« Er drehte sich zu Lorenz um und nickte, woraufhin sich der Geistliche mit schnellen Schritten entfernte und die Tür zur Sakristei öffnete.

Nicht nur Andrej zog verblüfft die Augenbrauen hoch, als ein dunkelhaariges, blasses Mädchen zum Vorschein kam. Es war Elenja. Ihr Gesicht hatte noch das letzte bisschen Farbe verloren. Zugleich schien auch jedes Leben daraus gewichen zu sein, aber der Ausdruck in ihren Augen verriet Andrej, dass sie hinter der Tür gestanden und jedes Wort gehört haben musste. Jetzt war ihm klar, worüber Abu Dun und der Geistliche geredet hatten. Er musste zugeben, dass diese kleine Aufführung ihre Wirkung nicht verfehlte. Weder auf ihn noch auf die anderen Anwesenden, und erst recht nicht auf Ulric und seinen Sohn. Dennoch verstand er nicht genau, was sie damit bezwecken wollten.

»Elenja!«, rief Stanik aus. Sein Vater wollte ihn zurückhalten, doch er wirbelte bereits herum, rannte mit wehendem Mantel auf das Mädchen zu und wollte es in die Arme schließen. Elenja wich jedoch mit einer so er-

261

schrockenen Bewegung zurück, dass Stanik erstarrte. Für einige Augenblicke wirkte er hilflos.

»Aber was …«, murmelte er.

Elenja machte einen weiteren Schritt zurück und stellte sich hinter Vater Lorenz, der sich ein wenig weiter aufrichtete, sodass er Ulrics Sohn nun um eine gute Handspanne überragte.

»Elenja, was … was tust du?«, fragte Stanik. »Ich bin es. Erkennst du mich nicht?« Ohne die Antwort des Mädchens abzuwarten, wirbelte er herum und starrte Andrej an. »Was hast du mit ihr gemacht?«, schnappte er. »Was hast du ihr erzählt?«

»Nichts«, sagte Andrej. »Ich glaube nicht, dass ich ihr irgendetwas mitteilen konnte, was ihr nicht schon bekannt war.«

Stanik presste die Lippen aufeinander. Er drehte mit einem Ruck den Kopf, starrte zuerst Lorenz, dann das Mädchen und schließlich hasserfüllt wieder Andrej an. Gebieterisch streckte er den Arm aus. »Komm hierher«, befahl er.

Elenja zog sich noch ein Stück weiter hinter den Geistlichen zurück, und Lorenz verschränkte herausfordernd die Arme vor der Brust. Stanik wiederholte seine Aufforderung, erreichte damit aber nicht mehr, als dass das Mädchen noch weiter zurückwich. Schließlich fuhr er wieder zu Andrej herum.

»Du verdammter …«, begann er.

»Stanik!«, sagte Ulric scharf.

Stanik verstummte, auch wenn der Blick, den er seinem Vater zuwarf, fast ebenso feindselig war wie der, mit dem er Andrej gemustert hatte. Ulric trat zwischen ihn und Andrej.

»Ihr treibt ein gefährliches Spiel, Andrej«, sagte er. »Ich hoffe, das ist Euch klar.«

»Ich habe die Regeln nicht gemacht«, erwiderte Andrej. »Ihr habt mich gebeten, zum Schloss zu gehen und mit der Gräfin zu reden. Das habe ich getan. Mehr nicht.«

»Mehr nicht?«, wiederholte Ulric herausfordernd. Ein hämischer Glanz trat in seine Augen. »Ja. Da bin ich sicher.«

Obwohl er wusste, wie unsinnig es war, setzte Andrej zu einer wütenden Antwort an, doch Elenja kam ihm zuvor.

»Bitte, hört auf zu streiten!«, rief sie. Als wäre Stanik mit einem Male nicht mehr da, trat sie hinter Pater Lorenz hervor und hob besänftigend die Arme. »Ich will nicht, dass ihr euch meinetwegen streitet. Mir ist nichts geschehen, und Andrej hat Recht – die Gräfin würde niemals auch nur einer Fliege etwas zu Leide tun!«

Sowohl Stanik als auch sein Vater fuhren gleichzeitig herum, doch statt etwas auf die Worte des Mädchens zu erwidern, zog Ulric nur überrascht die Augenbrauen hoch, während Stanik erschrocken zusammenzuckte. »Deine Hände!«, keuchte er. »Was ist mit deinen Händen passiert?«

Auch Andrej sah überrascht auf die Arme des blassen Mädchens. Sie waren so dünn, dass er sie mit Daumen und Zeigefinger hätte umfassen können. Sie trug dicke, von eingetrocknetem, braunem Blut besudelte Verbände um beide Handgelenke. Er erinnerte sich nicht, ob sie am Morgen auch schon da gewesen waren.

»Was hat die Hexe dir angetan?«, zischte Stanik.

Elenja sah ihn verwirrt an, ließ die Arme sinken und

blickte bestürzt auf ihre eigenen Handgelenke hinab. Sie schien gar nicht fassen zu können, was sie da sah. »Ich … ich weiß nicht«, murmelte sie.

»Unsinn!«, fauchte Stanik. »Das war die Hexe!« Er ergriff Elenjas rechten Arm und hielt ihn in die Höhe, damit jedermann in der Kirche den besudelten Verband sehen konnte. »Schaut es euch an!«, rief er mit erhobener Stimme. »Das ist es, was eure Wohltäterin mit den Mädchen macht, die ihr ihr anvertraut!«

Elenja wollte sich losreißen, doch Stanik packte sie umso fester. Ihr Gesicht verzerrte sich vor Schmerz. Andrej war mit einem einzigen Schritt bei ihm, schlug ihm mit der Faust auf das rechte Handgelenk und stieß ihn mit der anderen Hand so grob zurück, dass Stanik rücklings gegen den Altar stolperte und um ein Haar gefallen wäre.

Hätte Andrej die Bewegung nicht vorausgeahnt, so wäre seine Reaktion vermutlich zu spät gekommen. So gelang es ihm im letzten Moment zurückzuspringen, gleichzeitig das Schwert zu ziehen und Ulrics Klinge zu parieren, die nach seinem Hals stieß. Gleichzeitig zogen auch Staniks Brüder ihre Waffen und drangen auf Andrej ein. Andrej tauchte unter der Klinge des einen weg und versetzte dem anderen einen Fußtritt, der ihn aus dem Gleichgewicht brachte und seinen Hieb ins Leere gehen ließ. Dann sprang er zurück, nahm mit leicht gespreizten Beinen Aufstellung und ergriff sein Schwert mit beiden Händen. Den Nächsten, der ihn anzugreifen versuchte, würde er töten!

Da prallte Abu Duns Krummsäbel mit solcher Wucht gegen sein Schwert, dass Andrej die Klinge aus den Händen gerissen wurde und scheppernd davonflog. Er

264

selbst taumelte mit rudernden Armen zwei Schritte rückwärts, um nicht zu stürzen. Während er noch um sein Gleichgewicht kämpfte, stieß ihm der Nubier die flache Hand vor die Brust und warf ihn damit endgültig zu Boden.

Andrej war viel zu durcheinander, um an Gegenwehr auch nur zu denken. Abu Dun stürzte sich auf ihn, rammte ihm sein Knie in den Magen und presste ihm die Luft aus dem Leib. Seine rechte Hand ballte sich drohend vor Andrejs Gesicht zur Faust.

»Das reicht jetzt!«, grollte er. »Steh auf, du verdammter Narr!« Leiser, mit einem beschwörenden Blick in Andrejs Augen, fügte er hinzu: »Was soll denn der Unsinn, du Dummkopf? So finden wir nie heraus, was hier vorgeht.«

Andrej war noch immer vollkommen überrumpelt. Er starrte das nachtschwarze Gesicht seines Freundes nur fassungslos an. Hätte Abu Dun in diesem Moment sein Messer gezogen, um ihm die Kehle durchzuschneiden, hätte er sich vermutlich nicht einmal gewehrt.

»Hört auf!«, rief Pater Lorenz. »Ich beschwöre Euch, haltet ein! Vergießt kein Blut im Haus des Herrn!«

Abu Dun ließ von Andrej ab. Er schob den Säbel wieder in den Gürtel und streckte seine Hand aus, um Andrej aufzuhelfen. Andrej ignorierte die Geste, rappelte sich verwirrt hoch und sah sich nach seinem Schwert um. Während er es aufhob, steckten auch Ulric und seine Söhne ihre Waffen wieder ein. Ulric wirkte ebenso überrascht wie Andrej – während Staniks Gesicht von purem Hass verzerrt war.

»Nein«, wimmerte Elenja. »Bitte hört auf! Es war nicht die Gräfin. Ich weiß nicht, was passiert ist, aber sie hat mir nie etwas angetan!« Niemand schenkte ihren Worten die geringste Beachtung.

Ganz langsam trat Andrej auf Abu Dun zu und starrte ihn an. »Was soll das?«, zischte er. »Hast du den Verstand verloren?«

»Ganz im Gegenteil«, antwortete Abu Dun unwillig. »Ich zweifle eher an deinem.«

»Wie es aussieht, habe ich wohl die richtige Wahl getroffen«, sagte Ulric. Er warf Abu Dun einen raschen, anerkennenden Blick zu. »Gut gemacht. Wenn er die Waffe noch einmal gegen mich oder einen meiner Söhne erhebt, dann töte ihn.«

Zorn verdunkelte Abu Duns Gesicht. »Du täuschst dich in mir, Ulric«, sagte er kalt. »Du bezahlst mich dafür, euch zu beschützen, und das habe ich getan. Aber mehr werde ich bestimmt nicht tun.« Er wandte sich zu Andrej um. »Keine Sorge, alter Freund. Dich beschütze ich kostenlos. Wenn es sein muss, dann auch vor dir selbst.«

Andrej war eher verwirrt als zornig. Es war nicht das erste Mal, dass Abu Dun und er in Streit gerieten, und auch nicht das erste Mal, dass sich ihre Klingen in mehr als nur einem freundschaftlichen Übungskampf kreuzten. Aber so hatte er den Nubier noch nie erlebt. Was bedeutete das?

»Bitte, beruhigt Euch«, bat Pater Lorenz. »Wir wollen reden, kein Blut vergießen.«

»Aber es ist doch schon Blut vergossen worden«, mischte sich Ralf ein. »Seht ihr denn nicht, was hier geschieht?« Seine Stimme wurde lauter. »Wir fangen an, uns gegenseitig umzubringen! Einen größeren Gefallen können wir der Hexe doch gar nicht tun!«

Andrej starrte den Mann grimmig an. Das Schlimme war, dachte er, dass er Recht hatte. Die Situation war so angespannt, dass schon der geringste Anlass zu Mord und Totschlag führen konnte.

Er drehte sich zu dem Mädchen um und streckte auffordernd die linke Hand aus. Elenja zögerte einen Moment, dann kam sie langsam näher und ließ es zu, dass Andrej nach ihrem Arm griff und begann, den Verband zu entfernen.

Darunter kam ein kleinfingerlanger, gerader Schnitt zum Vorschein, der an ihrer Handwurzel begann und sich den Arm hinaufzog. Er musste sehr tief gehen, denn die Wunde klaffte immer noch auseinander und begann wieder leicht zu bluten, als der Druck des Verbandes fehlte.

Andrej tauschte einen Blick mit Pater Lorenz, der sich neugierig über seine Schulter gebeugt hatte. Keiner von ihnen sagte etwas, aber ihnen war klar, was diese Wunde zu bedeuten hatte. Es war keine Verletzung, die sich das Mädchen beim Arbeiten in der Küche zugezogen haben konnte.

»Habt Ihr frisches Verbandszeug im Haus?«, fragte Andrej.

Lorenz nickte. »Sicher.« Er winkte Elenja. »Komm mit mir, mein Kind.«

Das Mädchen warf Andrej einen bittenden Blick zu, folgte dem Geistlichen aber, als Andrej ihr auffordernd zunickte.

Andrej wartete, bis die beiden die Kirche verlassen und die Tür zur Sakristei hinter sich zugezogen hatten, dann drehte er sich um und rief mit lauter Stimme: »Das ist genug für heute. Die Versammlung ist beendet.«

Ulric lachte lauthals. »Seid Ihr jetzt schon unser Anführer?«

»Andrej hat Recht«, sagte Abu Dun. »Oder besteht ihr darauf, Blut zu vergießen?«

Ulric war klug genug, nichts darauf zu erwidern. Er blickte Andrej trotzig an und verließ die Kirche dann mit entschlossenen Schritten. Zu Andrejs Überraschung schlossen sich ihm auch seine Söhne an. Zögernd und nicht, ohne Abu Dun und Andrej einen verstörten oder grimmigen Blick zuzuwerfen, verließen nach und nach auch die anderen das Gotteshaus.

Andrej wartete, bis der Letzte durch die Tür verschwunden war, dann fuhr er den Nubier wutentbrannt an. »Was soll das alles? Hast du beschlossen, dir neue Freunde zu suchen? Ich hätte dir einen besseren Geschmack zugetraut!«

Abu Dun blieb ruhig. »Und ich dir ein bisschen mehr Verstand«, erwiderte er. »Seit wann redest du, bevor du nachdenkst? Normalerweise ist es doch genau das, was du mir vorwirfst.«

»Du weißt ganz genau, dass Maria …«

»… dem Mädchen nichts angetan hat?«, fiel ihm Abu Dun ins Wort. Er schüttelte nachdenklich den Kopf. »Ich habe nur dein Wort, dass es wirklich Maria ist. Es ist noch nicht allzu lange her, da warst du nicht ganz so leichtgläubig.« Er hob die Hand, als Andrej abermals auffahren wollte. »Ich glaube dir ja, Andrej. Wenn diese Frau tatsächlich Maria ist, dann hat sie mit alldem nichts zu tun. Aber sie ist nicht allein. Weißt du, wie lange sie schon mit Blanche zusammen ist? Oder was er mit ihr gemacht hat?«

Andrej schwieg. Abu Dun hatte Recht. Seit ihrem

ersten Zusammentreffen spürte er deutlich, dass Blanche weit mehr als das war, was er zu sein vorgab, und seine eigenen finsteren Pläne verfolgte. Aber in seinen Gedanken war für nichts anderes mehr Platz als für Maria. Für einen kurzen Moment blitzte eine Erinnerung auf, ein jäher Schrecken, den er vor nicht allzu langer Zeit verspürt hatte und der das Gift des Zweifels mit sich brachte.

»Hier geht irgendetwas vor, das mir ganz und gar nicht gefällt«, fuhr Abu Dun fort, als ihm klar wurde, dass er keine Antwort bekommen würde. Er schaute auf die in Tücher eingewickelten Leichen. »Du weißt, wer diese Männer getötet hat. Und wie. Willst du abwarten, bis irgendjemand hier herausfindet, wer wir sind, und sie uns die Schuld in die Schuhe schieben?« Er schüttelte mit einem trotzigen Schnauben den Kopf. »Ich für meinen Teil jedenfalls nicht. Ich werde herausfinden, was hier vorgeht, und den Leuten den wahren Schuldigen präsentieren.«

»Weil du plötzlich deinen Sinn für Gerechtigkeit entdeckt hast?«, fragte Andrej höhnisch.

Abu Dun schüttelte abermals den Kopf. »Nein«, antwortete er. »Und ich weiß auch, dass wir nicht hier bleiben können. Aber ich möchte einmal einen Ort in aller Ruhe verlassen, ohne fliehen zu müssen und ohne zu wissen, dass ich nie wieder dorthin zurückkehren kann.« Er schien auf eine Bestätigung zu warten und seufzte leise, als er sie nicht bekam. »Also gut«, fuhr er fort. »Ich bringe das Mädchen jetzt zurück zum Schloss, und dann …«

»Nein!«, sagte Andrej. »Das tust du nicht.«

Abu Dun hob fragend die linke Augenbraue.

»Ich bringe sie zurück«, sagte Andrej. »Du hast Recht. Wir sollten herausfinden, was hier wirklich vorgeht. Bleib du bei Ulric und seinen Söhnen, und ich kümmere mich um Blanche.«

»Das gefällt mir gar nicht«, beharrte Abu Dun. »Ich habe sie abgeholt, und ich halte es für besser, wenn ich sie auch wieder zurückbringe.«

»Du warst auf dem Schloss?«

»Auf halbem Wege dorthin«, antwortete der Nubier. »Ich wollte das Mädchen holen, damit jedermann hier sieht, dass sie noch am Leben und unversehrt ist, aber jemand auf dem Schloss muss wohl auf die gleiche Idee gekommen sein. Sie kam mir auf halbem Wege entgegen. Blanche war bei ihr, doch als er mich gesehen hat, hat er kehrtgemacht und ist verschwunden.«

»Zweifellos, weil er Angst vor dir hatte«, spottete Andrej.

»Aus welchem Grund wohl sonst?«, gab Abu Dun selbstbewusst zurück. »Ich bin nicht gerade begierig darauf, ihm zu begegnen. Jedenfalls jetzt noch nicht. Also, wenn du darauf bestehst …«

»Vielleicht kannst du ja später nachkommen«, schlug Andrej vor. »Ich bin sicher, Maria würde sich freuen, dich wieder zu sehen.«

»Ja, vielleicht«, sagte Abu Dun. Aber es klang nicht so, als ob er diese Worte ernst meinte.

Pater Lorenz hatte nicht nur Elenjas Wunden versorgt und neu verbunden, sondern auch darauf bestanden, dass sie sich eine Weile ausruhte und noch eine kräftige Mahlzeit zu sich nahm, bevor sie sich auf den Rückweg zum Schloss machten. Das Mädchen hatte nur schwach dagegen protestiert, sich aber dann doch nicht zweimal bitten lassen und die Speisen, die der Geistliche auftrug, in einer Geschwindigkeit und mit einem Heißhunger heruntergeschlungen, die nicht nur den Pater in Erstaunen versezten. Auch Andrej wunderte sich. Er erinnerte sich noch gut an die von Lebensmitteln überquellende Küche, in der das Mädchen arbeitete, und er kannte Maria gut genug, um zu wissen, dass bei ihr gewiss kein Bediensteter Hunger leiden musste. Dann erinnerte er sich aber auch daran, wie hungrig er selbst gewesen war, als er am Morgen im Gasthof eintraf, trotz des Festmahls, das Maria und er zuvor zu sich genommen hatten.

Nachdem ihm Pater Lorenz das feierliche Versprechen abgenommen hatte, gut auf das Mädchen aufzupassen und es unversehrt an Maria zu übergeben, holte er sein Pferd und die klapprige Mähre, auf der Elenja gekommen war. Er lieh sich von Pater Lorenz einen warmen Mantel aus, den er dem Mädchen um die Schultern legte, dann brachen sie auf.

Sie mussten Fahlendorf einmal zur Gänze durchqueren. Andrej war nicht überrascht, wieder keinen Menschen auf der Straße zu sehen, obwohl der Sturm nachgelassen hatte und es kaum noch schneite. Dafür spürte er versteckte, misstrauische Blicke. Auch Elenja atmete sichtbar erleichtert auf, als sie schließlich das letzte Gebäude hinter sich gelassen hatten und vor ihnen nur noch der verschneite Wald lag.

Elenja im Auge zu behalten war nicht der einzige Grund, aus dem er zwar neben ihr, zugleich aber auch ein kleines Stück hinter ihr ritt, womit er ihr, ohne dass sie es bemerkte, die Führung überließ. So schwer es ihm am Morgen gefallen war, Fahlendorf zu finden, so wenig hätte er nun gewusst, wie er zu dem Schloss zurückkam. Andrej gestattete sich nicht, mehr als einen flüchtigen Gedanken an dieses Versagen seiner Fähigkeiten zu verschwenden. Aber es gab der nagenden Beunruhigung tief in seinem Inneren weitere Nahrung. So etwas hätte ihm nicht passieren dürfen. Selbst, wenn er den Weg mit verbundenen Augen zurückgelegt hätte, hätte er seine eigene Fährte wittern müssen. Er hoffte nur, dass Elenja den Weg trotz der schlechten Witterungsverhältnisse gut genug kannte. Schließlich war sie in diesen Wäldern aufgewachsen.

Eine geraume Weile ritten sie schweigend nebeneinander her, dann hob Elenja müde den Kopf und blickte nach rechts und links, als erwache sie gerade aus einem tiefen Schlaf und hätte Mühe zu begreifen, wo sie sich befand. Schließlich richtete sich ihr Blick auf Andrejs Gesicht.

»Ich habe mich noch gar nicht bei Euch bedankt, Herr«, sagte sie.

Andrej schüttelte unwillig den Kopf, entschärfte die schroffe Geste aber durch ein flüchtiges Lächeln. »Erstens heißt es nicht Herr, sondern Andrej«, sagte er, »und zweitens – wofür bedankt?«

»Dass Ihr …« Elenja stockte. »Dass *du* Stanik und die seinen verschont hast«, fuhr sie dann fort.

Verschont? Andrej hatte die Situation ein wenig anders in Erinnerung, aber er verbesserte Elenja nicht. »Warum hätte ich ihnen etwas antun sollen?«, fragte er. »Ganz davon abgesehen waren sie zu viert, und ich allein.«

»Aber du hättest sie besiegt«, sagte Elenja. Es war keine Frage.

»Woher willst du das wissen?«

»Von der Gräfin«, antwortete das Mädchen. »Sie hat erzählt, dass du der beste Schwertkämpfer auf der Welt bist. Ist das wahr?«

Andrej lächelte. »Vielleicht nicht der Beste auf der Welt«, sagte er, »aber ich bin ziemlich gut, das stimmt.«

»Genau das sagt Blanche auch«, fügte das Mädchen hinzu.

»Blanche?« Andrej verzog das Gesicht. »So?«

»Er hat mir erzählt, dass ihr im Wald miteinander gekämpft habt«, bestätigte Elenja mit einem heftigen Nicken. »Wer hat diesen Kampf gewonnen?«

»Niemand«, antwortete Andrej, dem das Thema unangenehm war. Zugleich fragte er sich, warum um alles in der Welt der Weißhaarige dem Mädchen überhaupt davon erzählt hatte. »Wir haben nicht bis zum Ende gekämpft«, fuhr er fort, »sonst wäre einer von uns jetzt tot.«

»Genau das hat Blanche auch gesagt«, erwiderte Elenja.

»So?«, fragte Andrej. »Und was hat er dir noch erzählt?«

»Über dich und deinen Freund?« Elenja schüttelte den Kopf. »Nichts. Er redet nur sehr wenig. Es war Zufall, dass das Gespräch auf euch kam.«

»Was treibt er sonst so?«, fragte Andrej in beiläufigem Tonfall.

Das Mädchen runzelte die Stirn. »Wie meinst du das?«

»Nur so«, behauptete Andrej. »Er ist ein außerge-

273

wöhnlicher Mann, finde ich. Ich würde gerne mehr über ihn wissen.«

»Ich kann dir nicht viel von ihm erzählen«, antwortete Elenja bedauernd. »Ich bin noch nicht lange auf dem Schloss. Und ich habe ihn nur ein paar Mal gesehen. Meistens bleibt er in seinem Turm oder streift durch die Wälder. Die Gräfin hat mir einmal erzählt, dass er Menschen meidet.«

Was vermutlich ein großes Glück für die Menschheit ist, dachte Andrej. Er stellte keine weiteren Fragen, sah aber vor seinem geistigen Auge wieder den verfallenen Turm und die mit dem Schutt und Unrat eines halben Jahrhunderts gefüllten Zimmer, in denen Blanche angeblich lebte.

Das Gespräch kam ins Stocken, was aber auch daran lag, dass sie mittlerweile die Straße verlassen hatten und ihre volle Aufmerksamkeit brauchten, um sich einen Weg durch den verschneiten Wald zu suchen. Andrej überließ Elenja nun ganz offen die Führung. Er musste sich eingestehen, dass er die Orientierung verloren hatte. Sollte es jemals Spuren gegeben haben, so hatte der frisch gefallene Schnee sie längst wieder zugedeckt. So sehr er sich auch bemühte, entdeckte er nicht einen vertrauten Umriss, nicht einen Baum, der ihm bekannt vorkam, nicht einen Busch, dessen Zweige er vielleicht am Morgen geknickt hatte. Er konnte nur hoffen, dass sie in die richtige Richtung ritten.

Nach einer Weile wurde es besser. Der Wald lichtete sich ein wenig, sodass sie wieder nebeneinander reiten konnten. Auch die Baumwipfel bildeten kein nahezu geschlossenes Dach mehr über ihren Köpfen, durch das nur wenig Licht zu dringen vermochte. Andrej hatte das nichts ausgemacht. Er konnte sich auch bei fast vollständiger Dunkelheit bewegen, doch Elenja und ihr Tier waren immer langsamer geworden. Ein paar Mal hatten tief hängende Zweige ihr Gesicht gestreift und ihr einmal sogar die Kapuze vom Kopf gerissen, sodass sie nun erleichtert aufatmete, als die Bäume vor ihnen auseinander wichen und sie wieder besser sehen und schneller reiten konnten.

»Wer hat dich in die Stadt geschickt?«, fragte Andrej.

»Blanche«, antwortete Elenja. »Die Gräfin wollte nicht, dass ich gehe, aber er sagte mir, dass es besser sei, mich bei der Versammlung blicken zu lassen, damit kein Unglück geschieht. Weißt du, was er damit gemeint hat?«

»Blanche wusste von der Versammlung?«, fragte Andrej überrascht.

Das Mädchen nickte. »Ja. Genau wie die Gräfin. Sie sagte, Pater Lorenz hätte alle zusammengerufen, um …« Sie brach ab. Plötzlich verdunkelten sich ihre Augen, als sie sich an den Grund der Versammlung erinnerte. Sie presste die Lippen aufeinander, kämpfte einen Moment tapfer gegen die Tränen und versuchte sogar weiterzusprechen, brachte jedoch nur einen sonderbaren Laut zu Stande, der eher wie ein schreckliches Lachen klang.

»Schon gut«, sagte Andrej. »Weine ruhig, wenn dir danach zu Mute ist. Es hilft.«

Doch Elenja weinte nicht. Ihre Tränen versiegten, bevor sie den Weg aus ihren Augen finden konnten, und der Schmerz, der sich auf ihrem Gesicht ausgebreitet hatte, machte wieder jener furchtbaren Leere Platz, die Andrej am Morgen gesehen hatte. Sie sah ihn zwar an, aber ihr Blick schien durch ihn hindurchzugehen und sich auf einen Punkt zu richten, der in den tiefsten Abgründen des Schreckens lag.

»Was wirst du jetzt tun?«, fragte Andrej leise, um das Mädchen auf andere Gedanken zu bringen. »Bleibst du bei der Gräfin, oder gehst du zurück nach Hause?«

»Nach Hause?« Elenja zog die Unterlippe zwischen die Zähne und schloss die Hände so fest um das Zaumzeug, dass ihre Knöchel blau durch die steif gefrorene Haut traten. »Da ist niemand mehr.«

»Dennoch gehört der Hof jetzt dir«, sagte Andrej. »Was ist mit deiner Mutter?«

»Sie ist schon lange tot«, antwortete das Mädchen. »Ich habe sie gar nicht richtig gekannt. Vielleicht gehe ich später zurück. Solange mich die Gräfin behalten will, werde ich wohl bei ihr bleiben.«

»Und Stanik?«, fragte Andrej geradeheraus.

Elenja hob die Schultern. »Er wird wohl bekommen, was er will«, sagte sie.

Was immer sie damit auch meinte, es machte Andrej wütend. Er hatte nicht vergessen, wie grob Stanik das Mädchen am Morgen behandelt hatte. Den mörderischen Ausdruck in den Augen des jungen Mannes hatte er erst recht nicht vergessen. Dennoch schwieg er. Ganz gleich, was er von Stanik und dessen Familie hielt – er war möglicherweise Elenjas einzige Möglichkeit, einem Leben voller Armut, Angst und Demütigungen zu entgehen.

»Es ist jetzt nicht mehr sehr weit«, sagte Elenja. »Wirst du der Gräfin sagen, was vorhin passiert ist?«

Andrej sah sie verständnislos an. »Warum nicht?«

»Wegen Blanche«, antwortete das Mädchen. »Er

hasst Staniks Vater und seine ganze Familie. Die Gräfin glaubt, dass er nur nach einem Vorwand sucht, um ihnen etwas anzutun.«

»Und du möchtest nicht, dass ich ihm diesen Vorwand liefere«, vermutete Andrej. Er schüttelte den Kopf.

Elenja schenkte ihm einen dankbaren Blick und wollte etwas sagen, doch in diesem Moment hob Andrej warnend die Hand und legte lauschend den Kopf auf die Seite. Er hatte ein Geräusch gehört, das nicht in den winterlichen Wald passte. Er hielt sein Pferd an und suchte die Baumwipfel und den Himmel darüber mit Blicken ab. Bald sah er sie.

Die Eule näherte sich ihnen mit scheinbar trägen, behäbigen Flügelschlägen, flog dabei aber überraschend schnell. Vor den hellgrauen Wolken war sie kaum zu erkennen und selbst für Andrejs scharfe Augen nicht viel mehr als ein verschwommener Schemen, der seinem Blick immer wieder entglitt. Sie flog über sie hinweg und in gerader Linie in die Richtung, in die Elenja gedeutet hatte, so als lege sie Wert darauf, von ihnen gesehen zu werden. Gerade als sie direkt über ihnen war, drehte sie den Kopf und starrte Andrej für die Dauer eines schweren Flügelschlages aus ihren großen gelben Augen an. Dann war sie ebenso schnell wieder verschwunden, wie sie aufgetaucht war.

Auch Elenja hatte ihr Pferd angehalten und sah dem Tier schaudernd hinterher. »Was hast du?«, fragte Andrej.

»Diese Eule«, antwortete das Mädchen. »Ich habe sie schon ein paar Mal gesehen. Sie ist unheimlich.«

Unheimlicher, als du dir vorstellen kannst, dachte Andrej. Laut fragte er: »Unheimlich? Wieso?«

277

»Ich weiß nicht«, gestand Elenja unsicher. »Es klingt sicher albern, aber sie macht mir Angst.« Sie versuchte zu lachen, doch es misslang.

Sie ritten weiter. Elenja hatte Recht gehabt. Es war nicht mehr weit. Die Pferde mühten sich noch einige hundert Schritte durch den tiefen Schnee, dann lag das Schloss plötzlich vor ihnen.

Andrej hielt abermals an. »Was hast du?«, fragte Elenja. Sie klang beunruhigt und konnte einen raschen, nervösen Blick hinauf in den Himmel nicht unterdrücken.

»Nichts«, antwortete Andrej. Er versuchte, aufmunternd zu lächeln, und schwang sich aus dem Sattel. Elenja blickte ihn fragend an. Andrej ging um sein Pferd herum, reichte dem Mädchen die Zügel und wies mit der anderen Hand auf das Tor. »Reite schon vor. Du kannst der Gräfin ausrichten, dass ich sofort nachkomme.« Er lächelte. »Vielleicht machst du auch schon mal etwas von dem köstlichen Glühwein warm, den ich gestern hatte. Ich bin halb erfroren.«

»Aber was …?«

»Ich will etwas überprüfen«, schnitt ihr Andrej das Wort ab. »Geh jetzt.«

Die letzten Worte hatte er eine Spur schärfer ausgesprochen, nicht mehr im Tonfall einer Bitte, und sie zeigten Wirkung. Elenja sah ihn verunsichert an, ergriff dann aber die Zügel seines Pferdes und ritt weiter.

Andrej blieb reglos stehen, bis sie das Tor erreicht hatte und dahinter verschwunden war. Dann drehte er sich um und lief ein kleines Stück den Weg zurück, den sie gerade gekommen waren. Als er sicher war, vom Schloss aus nicht mehr gesehen werden zu können, drang er nach links in den Wald ein. Gerade so tief im Schutz des dichten Unterholzes, dass er nicht Gefahr lief, das Schloss ganz aus dem Blick zu verlieren und sich zu verirren, schritt er halb um das große Anwesen herum und trat auf seiner Rückseite wieder aus dem Wald hervor. Er hatte noch keine überzeugende Erklärung, falls Maria ihn fragen sollte, wo er gewesen war, aber darüber würde er später nachdenken. Die Eule war in dieser Richtung verschwunden. Er musste herausfinden, was es mit diesem Tier auf sich hatte.

Andrej warf einen sichernden Blick in die Runde, dann huschte er geduckt zur Rückseite des Hofs. Die Mauer war ursprünglich über zwei Meter hoch gewesen, nun aber nur noch teilweise intakt, sodass er ohne Schwierigkeiten darüber hinwegklettern konnte. Dahinter lag die Rückseite des Stalles. Andrej glaubte, Stimmen zu hören – vielleicht Elenja und Blanche, die die Pferde zurückbrachten – und duckte sich hinter das Gewirr aus verkohlten Balken und Schutt, das sich da erhob, wo einmal das hintere Drittel des Stalls gestanden haben mochte. Mit klopfendem Herzen lauschte er, bis die Geräusche aus dem Inneren des Gebäudes verklungen waren. Sicherheitshalber wartete er noch einmal eine Weile ab, bevor er sich wieder aufrichtete und so leise wie möglich in das zerstörte Gebäude eindrang.

Drinnen war es dunkel, obwohl gut die Hälfte des Daches fehlte, und der stehen gebliebene Rest kaum mehr war als ein Skelett aus verkohlten Balken und einigen schwarz verbrannten Schieferplatten. Was Andrej umgab, war kaum mehr als ein grauer Schimmer, fast so, als bewege er sich durch dichten Nebel, der dem Licht die Fähigkeit nahm, die Dinge zu enthüllen. Der ihm inzwischen wohl vertraute sonderbare Geruch lag in der Luft, der zugleich aber auch immer fremdartiger und beunruhigender zu werden schien. Rings um ihn herum entdeckte er ein Gewirr aus verbrannten Trümmern und zerborstenem Holz. Unter dem Schnee, der auch hier knöcheltief den Boden bedeckte, knirschte und knisterte es, als bewege er sich über einen Teppich aus Glasscherben. Irgendetwas streifte sein Gesicht. Andrej wischte es instinktiv weg, bemerkte aus den Augenwinkeln eine Bewegung und griff erschrocken zum Schwert, bevor er sah, dass es lediglich ein Schleier aus feinem Pulverschnee war, der im Wind tanzte.Unruhiger, als er sich selbst eingestehen wollte, nahm er die Hand wieder vom Schwert und schlich vorsichtig weiter.

Der sonderbare Geruch wurde stärker und entwickelte sich zum Gestank. Andrej bewegte sich zwei weitere Schritte, blieb wieder stehen und versuchte herauszufinden, aus welcher Richtung er kam, wenn er schon nicht sagen konnte, wodurch er verursacht wurde.

Nicht einmal das gelang ihm.

Entmutigt ging er weiter, duckte sich unter einem halb zusammengebrochenen Türsturz hindurch und fand sich unversehens auf der anderen Seite des großen Raumes wieder, in dem er am Morgen sein halb erfrorenes Pferd vorgefunden hatte. Das Tier stand wieder an seinem Platz, aber der Stall schien viel größer zu sein, als er ihn in Erinnerung hatte. Durch das unheimliche graue Licht konnte er sein Pferd lediglich als verzerrten Schatten wahrnehmen, der sich unruhig vor dem Hintergrund der halb geschlossenen Tür bewegte. Es war nur ein Pferd im Stall. Das Tier, auf dem Elenja gekommen war, war nicht dort.

280

Andrej sah sich um. Sein Herz begann zu klopfen. Irgendetwas näherte sich. Das Pferd schnaubte nervös. Andrej riss seinen Blick von den verkohlten Dachbalken los und versuchte das Tier mit Blicken zu fixieren, aber es wollte ihm nicht gelingen. Das unheimliche Licht verwirrte seine Sinne immer mehr und schien ihm nun auch noch den Atem zu nehmen. Dennoch glaubte er, so etwas wie einen Schatten zu erkennen, der lautlos auf langen, staksenden Beinen durch die Dunkelheit glitt und sich dem Pferd näherte. Als Andrej blinzelte, war der Schatten verschwunden.

Etwas berührte sein Gesicht, flüchtig und Ekel erregend wie eine Spinnwebe. Andrej fuhr sich mit dem Handrücken über die Wange und betrachtete angewidert seine Finger, die mit einer schleimigen grauen Substanz besudelt waren. Er hob zögernd die Hand ans Gesicht und roch daran. Der unheimliche Geruch, der die Luft dort drinnen durchtränkte, haftete eindeutig auch daran.

Andrej wischte sich die Hand am Mantel ab, legte den Kopf in den Nacken und musterte aufmerksam das schwarze Skelett aus verbrannten Dachbalken über sich. Große, wie uralte zerrissene Segel wirkende Spinnweben hingen von ihnen herab und bewegten sich sacht in einem Windzug, den er nicht spürte. Vielleicht war es auch kein Wind. Vielleicht kroch etwas über dieses Netz heran. Etwas, das ihn aus gierigen, schwarzen Augen belauerte und gerade in diesem Moment seine zahlreichen Beine spannte, um sich auf ihn zu stürzen und …

Andrej wirbelte mit einer fließenden Bewegung herum, riss sein Schwert in die Höhe und schlug mit aller

Kraft zu. Mit knapper Not schaffte er es, den Hieb im letzten Augenblick abzubrechen. Die Klinge kam so dicht vor Marias Kehle zum Halten, dass der rasiermesserscharfe Stahl ihre Haut ritzte und ein einzelner Blutstropfen wie eine glitzernde rote Träne an ihrem Hals hinablief.

Mit einem Satz schien sein Herz in seinen Hals hinaufzuspringen, um dort rasend schnell weiterzuhämmern. Er taumelte zurück, als hätte er einen Schlag ins Gesicht bekommen.

»Maria!«, keuchte er. »Großer Gott! Was tust du hier?«

Maria hob die Hand an die Kehle und betrachtete stirnrunzelnd den roten Fleck, der an ihren Fingerspitzen zurückgeblieben war. »Ja«, sagte sie lächelnd. »Ich freue mich auch, dass du wieder da bist.«

Andrejs Hände begannen so heftig zu zittern, dass er Mühe hatte, sein Schwert festzuhalten.

»Um Himmels willen, ich hätte dich beinahe umgebracht!«, stammelte er. »Wieso schleichst du dich an mich heran?«

»Ich bin nicht geschlichen«, entgegnete Maria kühl, während sie das Blut zwischen den Fingerspitzen zerrieb. Der winzige Schnitt an ihrer Kehle war schon wieder verschwunden. »Und um deine Frage zu beantworten: Ich wohne hier.«

»Nicht in diesem Stall«, antwortete Andrej. Sein Herz wollte sich gar nicht mehr beruhigen. Großer Gott, um ein Haar hätte er sie enthauptet! Aus seinem Schrecken wurde Entsetzen, das sich wie ein lähmendes Gift in seinen Adern auszubreiten begann. »Tu das nie wieder«, murmelte er.

»Was?«, fragte Maria. »In meinen eigenen Stall gehen?«

»Schleich dich nie wieder an mich an«, antwortete Andrej. »Es könnte dein Tod sein.«

»Kaum«, antwortete Maria gelassen. Sie lächelte, aber ihre Augen wurden noch eine Spur kühler. In dem unheimlichen, alle Farben schluckenden Licht wirkte ihr Haar beinahe grau. »Was tust du hier?«

»Ich wollte nach den Pferden sehen«, antwortete Andrej unbeholfen.

»Das hat Blanche schon getan«, erwiderte Maria.

»Ja, aber ich traue ihm nicht«, versetzte Andrej. »Als ich ihm das letzte Mal mein Pferd anvertraut habe, wäre es fast erfroren.«

Das misstrauische Funkeln in Marias Augen schlug in blanken Zorn um. Sie beließ es aber bei einem wortlosen Kopfschütteln und einem ebenso stummen Blick auf das Pferd.

»Vielleicht hast du Recht«, seufzte sie. »Blanche versteht nicht besonders viel von Pferden. Ich sage ihm, dass er sich besser um dein Tier kümmern soll.«

»Da war noch ein zweites Pferd«, erinnerte Andrej sie. »Wo habt ihr es hingebracht?«

Statt zu antworten, trat Maria an ihm vorbei und streckte die Hand aus, um den Hengst zu streicheln. Das Tier warf den Kopf in den Nacken, stampfte mit den Vorderhufen auf und versuchte, nach ihr zu beißen. Maria zog die Hand hastig zurück und wandte sich mit einem angedeuteten Achselzucken wieder zu ihm um.

»Lass uns nicht streiten«, sagte sie. »Elenja hat mir erzählt, dass du ganz aufgeregt warst und allein in den

Wald gelaufen bist.« Sie legte fragend den Kopf auf die Seite. »Es ist wegen der Eule, nicht wahr?«

Andrej musterte sie überrascht.

»Elenja hat mir erzählt, dass ihr dem Vogel begegnet seid«, sagte sie.

»Das stimmt«, antwortete Andrej zögernd. Was wusste Maria von der Eule?

»Das Tier gehört Blanche«, sagte Maria, als hätte sie seine Gedanken gelesen. »Du hättest mich fragen können.«

»Blanche?«, wiederholte Andrej überrascht. »Die Eule gehört ihm?«

»Sie ist sein Auge und sein Ohr«, bestätigte Maria. »Ich glaube, er ist auf eigentümliche Weise mit ihr verbunden.«

»Du glaubst?«, wiederholte Andrej zweifelnd.

»Er spricht nicht gerne über sie«, antwortete Maria.

»Wie über so vieles, nicht wahr?«, fragte Andrej.

Maria überging die Bemerkung. »Lass uns nicht streiten«, wiederholte sie. »Schon gar nicht über ein dummes Tier. Wenn du sie hier gesucht hast, dann war deine Mühe jedenfalls umsonst. Sie kommt niemals hierher. Sie meidet die Nähe der Menschen.«

»Genau wie ihr Herr.«

Er sah Maria an, dass sie sich über diese Bemerkung ärgerte. Möglicherweise zu Recht. Andrej war sich darüber im Klaren, dass man sein Benehmen durchaus als Eifersucht deuten konnte. Doch dazu hatte er nicht das mindeste Recht.

Ohne Blanche wäre Maria schon vor einem halben Jahrhundert gestorben. Außerdem hatte sie ihm glaubhaft versichert, dass zwischen ihr und dem Weißhaarigen niemals etwas gewesen war. Nein. Er hatte keinen Grund, eifersüchtig zu sein.

Um von seinen Gedanken abzulenken, zog er den Mantel enger um die Schultern und fröstelte übertrieben. »Hat Elenja getan, worum ich sie gebeten habe, und einen Topf mit Glühwein auf den Herd gesetzt?«, fragte er.

»Genug, um darin zu baden«, antwortete Maria. »Komm.« Sie ergriff ihn am Arm und zog ihn lachend mit sich zur Tür. Das Pferd scheute leicht, als sie an ihm vorübergingen. Andrejs schlechtes Gewissen meldete sich, das Tier abermals hungrig in der Kälte zurückzulassen, aber Maria zog ihn hastig mit sich hinaus ins Freie. Kaum hatten sie das Gebäude verlassen, da verlor das unheimliche graue Licht seine Macht, und ihr Haar flammte wieder leuchtend auf.

Maria ließ seine Hand los, rannte ein paar Schritte und klaubte im Laufen eine Hand voll Schnee auf, die sie zu einem Schneeball zusammenpresste und über die Schulter zurückwarf, ohne auch nur den Kopf zu drehen. Trotzdem landete das eisige Geschoss zielsicher in Andrejs Gesicht und nahm ihm für einen Moment den Atem.

Andrej blieb stehen, spuckte sonderbar bitter schmeckenden Schnee aus und fuhr sich mit dem Handrücken durch das Gesicht.

»Na warte«, grollte er. »Das hat noch keiner ungestraft mit mir gemacht!«

»So?«, fragte Maria und warf einen zweiten, deutlich größeren Schneeball, der mit solcher Wucht in seinem Gesicht explodierte, dass er einen halben Schritt zurücktaumelte, um sein Gleichgewicht zu wahren. Im nächsten Moment ließ er sich auf ein Knie fallen, um seinerseits einen Schneeball zusammenzuraffen und nach Maria zu werfen.

Sie wich dem Wurfgeschoss ohne die geringste Mühe aus und revanchierte sich mit einem ganzen Hagel von Schneebällen, von denen nur die wenigsten ihr Ziel verfehlten. Im nächsten Moment war eine wilde Schneeballschlacht im Gange.

Andrej versuchte zunächst noch, Maria zu schonen, zum einen, weil sie eine Frau war, zum anderen, weil Maria eben seine geliebte Maria war, aber diese Rücksicht wurde ihm nicht gedankt. Er selbst traf so gut wie nie, während sie einen wahren Schauer aus Schneebällen auf ihn herunterprasseln ließ, von denen mehr als einer einen Eisklumpen oder einen kleinen Stein enthielt, sodass Andrej bald der Kopf schwirrte und er sogar aus einer kleinen Platzwunde an der Schläfe blutete. Das hielt Maria allerdings nicht davon ab, ihn immer heftiger und härter zu attackieren. Schließlich reichte es ihm. Er ließ auch den letzten Rest von Rücksicht fahren und warf so hart und gezielt zurück, wie er nur konnte.

Maria bewegte sich dermaßen schnell und geradezu schwerelos, dass er sie dennoch nicht traf. Sie schien auf fast magische Weise vorherzusehen, wohin er zielen würde. Wenn es Andrej doch einmal gelang zu treffen, dann, weil sie es zuließ, um ihn nicht vollkommen zu entmutigen.

Schließlich wurde er des Spieles überdrüssig. Er ließ seinen letzten Schneeball fallen, nahm einen weiteren, eisigen Schneeball in Kauf, der präzise gezielt genau auf seiner Stirn auseinander platzte, und hob die Arme.

»Erbarmen!«, flehte er lachend. »Ich ergebe mich, aber ich flehe Euch an, hört auf, edle Dame!«

»Nichts da!«, antwortete Maria. »Von mir hat noch keiner Gnade erfahren, und du wirst bestimmt nicht der Erste sein, Hexenmeister!«

Ein weiterer Schneeball – diesmal mit einem Herz aus Eis – zerstob zwischen seinen Augen. Maria näherte sich ihm mit langsamen Schritten. Etwas Weißes glitzerte zwischen ihren Fingern. »Es sei denn, du könntest mir etwas anbieten, um dein erbärmliches Leben auszulösen.«

»Leider besitze ich nichts von Wert«, sagte Andrej bedauernd.

»Hmm«, machte Maria nachdenklich. »Was machen wir denn da nur?« Sie kam näher. Die rechte Hand hielt sie hinter dem Rücken verborgen, aber selbstverständlich war Andrej klar, was sie damit vorhatte. In ihren Augen blitzte der Schalk.

»Ich überlasse mich ganz Eurer Gnade, Herrin«, sagte Andrej. »Tut mit mir, was Ihr wollt!«

»Ich fürchte, da fällt mir nur eins ein«, antwortete Maria betrübt. »Das da!« Damit zog sie blitzschnell ihre Hand hinter dem Rücken hervor und warf ihm den eiskalten Schnee aus nächster Nähe ins Gesicht.

Zumindest hatte sie das vor. Andrej hatte die Bewegung jedoch vorausgeahnt und reagierte entsprechend. Augenblicklich wich er zur Seite, ergriff ihr Handgelenk und wirbelte sie herum, sodass sie in seinen ausgebreiteten Armen landete.

Das war sein Plan.

Tatsächlich war Maria auch dieses Mal schneller als er. Andrej konnte nicht einmal sagen, was mit ihm geschah. Maria tat *irgendetwas,* und seine Füße verloren unvermittelt den Kontakt mit dem Boden. Er überschlug sich halb in der Luft, bevor er mit solcher Wucht auf dem Rücken landete, dass ihm die Luft aus den Lungen getrieben wurde. Instinktiv versuchte er, ihr die Beine unter dem Leib wegzuziehen, aber Maria sprang blitzschnell in die Höhe, landete mit beiden Füßen wenige Zentimeter neben seinem Gesicht und trat dann so wuchtig in den Schnee, dass er von einer wirbelnden eisigen Wolke eingehüllt wurde und prustend und schnaubend nach Luft rang.

Als er sich den Schnee aus den Augen rieb, war Maria schon wieder zwei Schritte zurückgewichen und hielt einen glitzernden Schneeball in jeder Hand.

»So«, sagte sie. »Du kämpfst also mit faulen Tricks.«

»Du etwa nicht?«, fragte Andrej, während er sich scheinbar schwerfällig auf die Seite wälzte und dabei verstohlen eine Hand voll Schnee zusammenraffte.

»Ich bin eine Frau«, trumpfte Maria auf. »Wir dürfen das.«

»Ach?«, fragte Andrej, »ist das so?« Er warf Maria den Schnee ins Gesicht. Gleichzeitig sprang er hoch und stürzte sich mit ausgebreiteten Armen auf sie. Maria wich ihm mit einer spielerischen Bewegung aus, stellte ihm ein Bein, und als er darüber stolperte, schlug sie ihm den Handballen zwischen die Schulterblätter. Andrej fiel der Länge nach hin. Maria war im gleichen Atemzug über ihm, krallte die Hand in sein Haar und rammte sein Gesicht mit solcher Wucht in den Schnee, dass er Sterne sah.

Andrej reagierte ohne nachzudenken. Er packte ihren Arm, verdrehte ihn mit einem harten Ruck, der ihr vermutlich das Handgelenk gebrochen hätte, wäre sie ein gewöhnlicher Mensch gewesen, und schleuderte sie in hohem Bogen über sich hinweg.

Maria schlug graziös einen halben Salto in der Luft, landete elegant wie eine Katze auf den Füßen und stand schon wieder in Angriffsstellung vor ihm, noch bevor Andrej auch nur auf den Beinen war.

Andrej spürte, dass es besser wäre aufzuhören. Anfangs hatten sie herumgebalgt wie Kinder oder frisch Verliebte, aber der Punkt, an dem aus dem Spiel Ernst wurde, war schnell überschritten.

Maria schien anderer Meinung zu sein. Sie ergriff erneut seinen Arm und schleuderte Andrej mit einer für ihn nicht nachzuvollziehenden, flinken Bewegung durch die Luft.

Er verzichtete darauf, den Sturz abzufangen, und nahm den dumpfen Schmerz, mit dem sein Hinterkopf auf das eisenharte Eis prallte, das sich unter dem Schnee verbarg, in Kauf. Nicht einmal dann rührte er sich, als Marias Knie mit solcher Wucht in seinem Leib landete, dass er seine Rippen knacken hörte.

Maria hob die Hände, um sich gegen ihn zu verteidigen. Als sie begriff, dass seine Gegenwehr ausblieb, wirkte sie enttäuscht. »Du gibst schon auf?«, fragte sie.

»Was bleibt mir anderes übrig?«, sagte Andrej zerknirscht. »Ich bin dir nicht gewachsen. Du bist zu gut.«

In gewisser Hinsicht entsprach das sogar der Wahrheit. Andrej wusste, dass er Maria besiegen konnte; aber nicht, ohne ihr wehzutun oder sie sogar zu verletzen. Vorsichtig, um nicht unbeabsichtigt die nächste Runde einzuläuten, hob er die Arme und umschlang mit den Händen ihre Taille.

»Ich meine das ernst«, sagte er. »Du bist gut. Wo hast du gelernt, so zu kämpfen?«

»Blanche hat es mir beigebracht«, antwortete Maria. Warum überraschte ihn das nicht? »Er sagt, er hätte diese Art zu kämpfen im Osten gelernt, bei einem Volk, das hier völlig unbekannt ist. Sie eignet sich besonders für Frauen – oder Männer, die nicht besonders stark sind.«

»Und zu welcher dieser beiden Kategorien gehörst du?«, fragte Andrej ernsthaft.

Maria zog drohend die Augenbrauen zusammen. Statt ihm jedoch kurzerhand die Faust auf die Nase zu schlagen, womit er eigentlich gerechnet hatte, ergriff sie seine Hände, löste sie von ihrer Taille und legte sie auf ihre Brust. »Na, was meinst du wohl?«, fragte sie.

Andrej zog Maria mit sanfter Gewalt zu sich herab und küsste sie lange und zärtlich. »Ganz sicher bin ich nicht«, murmelte er, nachdem er wieder zu Atem gekommen war.

»Nicht?«, fragte Maria. »Also, dann muss ich mir wohl überzeugendere Argumente einfallen lassen.«

»Hier?«, erkundigte sich Andrej und küsste sie wieder. Seine Hand streichelte zärtlich ihren Nacken. Ihm fiel auf, wie warm ihre Haut war, obwohl sie nicht einmal einen Mantel trug, sondern nur ein dünnes Kleid.

»Warum nicht hier? Hast du Angst, Blanche könnte uns sehen?« Maria bewegte den Kopf. Ihr Haar kitzelte sein Gesicht. »Keine Sorge. Er interessiert sich nicht für so etwas.«

»So etwas ist eine interessante Formulierung«, sagte Andrej, während er Maria sanft, aber entschieden von sich fortschob. »Vielleicht erklärst du mir später, was du damit meinst. Stell dir nur vor, Elenja beobachtet uns.«

»Du bist prüde«, behauptete Maria.

»Nein.« Andrej stand auf und versuchte vergeblich, sich den Schnee von den Kleidern zu klopfen. »Aber Elenja ist noch ein halbes Kind.«

»Dieser Meinung scheint ihr Freund Stanik nicht zu sein«, antwortete Maria.

»Das mag sein«, erwiderte Andrej. »Aber das ändert nichts daran, dass sie erst vor ein paar Stunden vom Tod ihrer Familie erfahren hat.«

Maria schwieg. Ihr Lächeln erlosch. »Du hast Recht. Entschuldige. Das war gedankenlos von mir.«

»Was hast du damit gemeint: Stanik scheint da anderer Meinung zu sein?«, fragte Andrej.

»Dass die beiden es schon miteinander getrieben haben«, antwortete Maria achselzuckend. »Was hast du denn gedacht?«

Andrej gefiel nicht, wie Maria über so intime Dinge sprach. Das passte gar nicht zu ihr. Nicht zu der Maria, die er gekannt hatte. Aber was wusste er schon? Das letzte Mal, das er Maria gesehen hatte, war fünfzig Jahre her. Das war selbst für einen Unsterblichen eine lange Zeit.

»Und das hat sie dir einfach so erzählt?«, fragte er zweifelnd.

Maria wandte sich um und begann langsam zum Haus zurückzugehen. »Selbstverständlich nicht«, antwortete sie belustigt. »Nicht einfach so. Aber wir sind Frauen. Und Frauen haben keine Geheimnisse voreinander, weißt du?«

»Ja«, seufzte Andrej. »Das habe ich auch schon einmal gehört.«

Sie fanden Elenja in der Küche, wo sie schon wieder emsig mit Töpfen und Besteck klapperte. Andrej fiel bei genauerem Hinsehen allerdings auf, dass sie nicht wirklich arbeitete, sondern nur ihre Hände beschäftigt hielt und sich dabei offenbar alle Mühe gab, möglichst viel Lärm zu machen. Als Andrej hinter Maria in die Küche trat, knirschte zerbrochenes Geschirr unter seinen Stiefeln.

Das Geräusch ließ Elenja von ihrer Arbeit aufsehen und den Kopf zur Tür drehen. Andrej sah, dass sie geweint haben musste. Dann erschien ein erschrockener Ausdruck auf ihrem Gesicht, der den Schmerz für einen Moment auslöschte. Sie fuhr sichtlich zusammen.

»Ich habe einen Topf zerbrochen«, sagte sie. »Das … das tut mir Leid. Bitte verzeiht mir, Herrin. Ich mache es wieder gut, bestimmt!«

»Das macht doch nichts, Kind«, sagte Maria rasch. »Es ist nur ein dummer Tonkrug. Beruhige dich.«

Elenja beruhigte sich nicht, sondern ließ sich immer aufgeregter neben Andrej auf die Knie sinken und begann die Scherben mit den bloßen Fingern aufzusammeln. »Es tut mir Leid«, stammelte sie. »Bitte verzeiht mir, Herrin. Ich mache es wieder gut. Ihr könnt es mir von meinem Lohn abziehen, oder … oder ich arbeite dafür an meinem freien Tag, und … und …« Sie begann zu stammeln und hob die linke Hand vor den Mund, um das Schluchzen zurückzuhalten.

»Du armes Kind«, sagte Maria mitfühlend. Sie ließ sich neben dem Mädchen in die Hocke sinken, nahm ihr behutsam die Scherben aus der Hand und zog sie dann mit sanfter Gewalt in die Höhe. »Vergiss jetzt diesen hässlichen Krug. Er hat mir sowieso nie gefallen. Ich habe schon ein paar Mal überlegt, ihn wegzuwerfen.«

»Ihr … Ihr dürft mich nicht wegschicken, Herrin«, flehte Elenja. Sie musste sich an einem Splitter geschnitten haben. Ihre linke Hand war blutig, und auch ihre Lippen schimmerten rot.

Der Anblick weckte unangenehme Erinnerungen in Andrej. Er musste sich umdrehen, damit er ihre blutverschmierten Lippen nicht mehr sah.

»Was redest du nur für einen Unsinn, Kind?«, fragte Maria in deutlich strengerem Ton. »Ich habe nicht vor, dich wegzuschicken, schon gar nicht wegen eines albernen Kruges!«

Andrej nahm all seine Kraft zusammen und drehte sich wieder um. Er wünschte sich, er hätte es nicht getan.

Maria hatte das Mädchen in die Arme geschlossen. Die linke Hand hatte sie unter Elenjas Kinn gelegt und ihren Kopf angehoben. Ihr Gesicht näherte sich dem des Mädchens, wie um tröstend ihre Wange gegen Elenjas zu legen.

Stattdessen berührten ihre Lippen die des Mädchens. Ihre Zunge glitt zwischen ihren ebenmäßigen, weißen Zähnen hervor und tastete über die Lippen des Mädchens. Sie liebkoste ihre Mundwinkel und den sinnlichen Schwung ihrer Oberlippe. Aber es war kein Kuss, weder ein tröstender noch ein freundschaftlicher.

Marias Zunge suchte das Blut, mit dem Elenja ihre Lippen benetzt hatte.

Der Anblick war mehr, als Andrej ertragen konnte. Ihm war, als könne er das Blut schmecken, die verlockende, warme Süße, so kostbar und berauschend.

Der Käfig in seinem Inneren begann zu bersten. Die Ketten, mit denen er die Bestie tief in sich über so viele

Jahre gefesselt hatte, wurden mürbe. Noch hielten sie, aber der Anblick dessen, was Maria tat, begann sie rasch und lautlos aufzulösen wie Säure, der nichts widerstehen konnte. Obwohl ihm das bewusst war, war es ihm doch vollkommen unmöglich, den Blick von Marias schrecklichem Tun zu lösen.

»Was … tust du … da?«, krächzte er mühsam.

Maria drehte langsam den Kopf. Ihre Augen leuchteten in einem düsteren Gelb. »Ich versuche nur, ihr ein wenig zu helfen«, sagte sie. »Warum gehst du nicht schon einmal nach oben und wartest auf mich? Ich komme gleich nach.«

Andrej konnte nicht antworten. Marias Zunge glitt wie ein kleines, von eigenem Willen erfülltes Lebewesen über ihre Lippen, fand noch einen winzigen Tropfen des kostbaren roten Elixiers und leckte ihn auf. Andrejs Hände begannen zu zittern. Das Ungeheuer zerrte heftiger an seinen Ketten, und er spürte, wie die Gier in ihm wuchs.

Andrej blinzelte, und mit einem Schlag waren Marias Augen wieder normal. Auf ihren Lippen befand sich kein Blut, und sie stand gut zwei Schritte von Elenja entfernt, die ihn verwirrt und ängstlich zugleich ansah.

Andrej fuhr herum, flüchtete aus dem Raum und stürmte, immer mehrere Stufen auf einmal nehmend, die Treppe hinauf.

Andrej vermochte nicht zu sagen, wie lange es dauerte, bis Maria ihm folgte, oder was er in dieser Zeit getan und gedacht hatte. Er war aufgewühlt und erregt wie selten zuvor. Als sich die Tür endlich öffnete und Maria hereinkam, fand er sich selbst auf den Knien vor dem Kamin hockend wieder und hatte die zitternden Hände über den Flammen ausgestreckt. Seine Finger schmerzten. Er hatte sich eine ganze Reihe schwerer Verbrennungen zugezogen, ohne es zu merken. Selbst der Stoff seines Mantels war angesengt. Trotzdem fror er erbärmlich. Als er die Hände zurückzog und die Finger zu krümmen versuchte, gelang es ihm kaum, was aber nicht an den Brandwunden lag, sondern an der Kälte, die in seine Glieder gekrochen war.

»Was tust du denn da?«, fragte Maria. Ihre Augenbrauen zogen sich besorgt zusammen, als ihr Blick über seine versengten Hände tastete und für eine Sekunde an den prasselnden Flammen des Kaminfeuers hängen blieb. Die Hitze hatte Andrejs Gesicht feuerrot anlaufen lassen. Trotzdem schien die Kälte in seinen Fingern noch zuzunehmen.

Andrej stand auf und rieb die Hände aneinander. Es tat weh. Kleine Fetzen verbrannter Haut lösten sich von seinen Fingern und fielen zu Boden. Darunter kam nässendes, rotes Fleisch zum Vorschein. Maria sog scharf die Luft ein.

»Was hast du nur getan, du Dummkopf?«, fragte sie. »Zeig her!« Sie kam näher, griff nach seinen Händen und betastete mit kundigen Fingern die roten Brandblasen und Wunden. Es schmerzte höllisch.

»Das muss versorgt werden«, sagte sie bestimmt. »Warte hier. Ich hole sauberes Wasser und …«

»Glaubst du wirklich, dass das nötig ist?«, unterbrach sie Andrej.

Maria blinzelte hilflos. Dann rettete sie sich in ein unsicheres Lächeln. »Nein«, sagte sie verlegen. »Natürlich nicht. Bitte verzeih. Manchmal vergesse ich einfach, dass …«

Sie unterbrach sich, schien seinem Blick mit einem Male nicht mehr standhalten zu können und zog seine Hände schließlich noch näher an sich heran; diesmal, um die nässenden Wunden auf seinen Fingerspitzen sanft mit den Lippen zu berühren. Auch das tat weh, und der Anblick erinnerte Andrej auf so widerwärtige Weise an das, was sie unten in der Küche getan hatte, dass er nicht anders konnte, als sich mit einem Ruck loszureißen.

»Andrej!«, murmelte Maria verstört.

»Ich …« Andrej biss sich auf die Unterlippe und starrte auf seine Hände hinab. Die Wunden heilten, aber nicht so schnell wie sonst. Nicht einmal annähernd so schnell. Ihm war auch immer noch furchtbar kalt. Das Feuer im Kamin loderte so hoch, dass das Holz beinahe weiß glühte, und doch schien es im Zimmer immer kälter zu werden, als wären die Flammen bloße Illusion.

»Was ist los mit dir?«, fragte Maria. Sie klang jetzt nicht mehr besorgt, sondern nur noch verwirrt, aber auch ein wenig verärgert.

»Das frage ich dich!«, gab Andrej zurück. »Was sollte das gerade, unten, mit dem Mädchen?«

»Elenja?« Maria sah ihn verständnislos an. »Was soll mit ihr sein? Ich habe sie schlafen geschickt. Das arme Kind ist vollkommen am Ende, und …«

»Du weißt ganz genau, wovon ich rede«, fiel ihr Andrej ins Wort.

»Nein«, antwortete Maria. Ihre Verwirrung wirkte glaubwürdig. »Ich weiß nicht, wovon du sprichst.«

Er merkte, wie schwer es ihr fiel, Ruhe zu bewahren. Wenn sie ihm etwas vormachte, dann war es eine Meisterleistung. Andrej fragte sich, ob er ihr Unrecht tat. Er zweifelte zunehmend an seinem Urteilsvermögen. Einerseits reagierte er wie ein tollwütiger Kettenhund auf jede noch so vorsichtige Kritik an Maria, andererseits stellte er immer wieder ihre Aufrichtigkeit in Frage. Abu Dun hatte Recht: Er durfte sich nicht von seiner Liebe zu ihr blenden lassen.

»Du weißt genau, was ich meine«, sagte er, obwohl es ihm schwer fiel, die Worte auszusprechen. »Lüg mich nicht an! Ich habe beobachtet, was du getan hast!«

Maria wirkte verletzt. »Ich habe nur versucht, ihr zu helfen«, sagte sie. »Du hast doch gesehen, in was für einem Zustand sie war!«

»Helfen? So?«

»Ich habe ihr den Schmerz genommen«, sagte Maria. »Was ist so schlimm daran?«

»Ihren Schmerz genommen«, wiederholte Andrej ungläubig. »Wie? Indem du ihr Blut trinkst?«

Maria starrte ihn an, als hätte er ihr ohne Vorwarnung ins Gesicht geschlagen. »Was sagst du da?«

»Tu nicht so unschuldig!«, fauchte Andrej. »Ich bin nicht blind! Ich weiß, was ich gesehen habe.«

Aber wusste er es wirklich? Maria starrte ihn entsetzt an. Nichts in ihrem Blick deutete darauf hin, dass ihr Schock etwa gespielt sei. Hatte er die grausige Szene wirklich gesehen, oder war da vielleicht etwas in ihm, das sie unbedingt sehen *wollte?*

»Ich habe nichts dergleichen getan, Andrej«, sagte sie ruhig. »Ich weiß nicht, wovon du sprichst.«

Sie schwieg, wartete auf eine weitere Erklärung und

sah dabei so verwundbar aus, dass Andrej all seine Selbstbeherrschung aufbieten musste, um sie nicht in die Arme zu schließen und um Vergebung anzuflehen.

Aber er tat es nicht. Er wollte Maria vorbehaltlos glauben, aber er war überzeugt davon, dass er dieser Neigung nicht nachgeben durfte – auch um Marias willen.

»Was hast du getan?«, fragte er.

»Nicht ihr Blut getrunken«, antwortete Maria patzig. Sie schien ihren scharfen Ton jedoch im selben Moment schon wieder zu bedauern. Als sie weitersprach, klang sie wieder versöhnlicher.

»Ich kann dich verstehen, Andrej. Ich weiß, ich hätte es nicht tun sollen, aber das Mädchen hat mir so Leid getan. Ich hatte Angst, sie würde sich etwas antun. Du hast ihre Arme gesehen?«

»Sie hat versucht, sich die Pulsadern aufzuschneiden«, sagte Andrej.

»Ja«, bestätigte Maria. »Heute Morgen, kurz nachdem du fortgeritten bist. Wenn ich nicht zufällig im letzten Moment hereingekommen wäre …« Sie hob die Schultern und überließ es seiner Fantasie, sich auszumalen, was geschehen wäre.

»Ich weiß, ich hätte das nicht tun sollen«, wiederholte sie. »Aber als ich sie gerade unten gesehen habe … ich hatte einfach Angst, dass sie den Kummer nicht mehr erträgt und daran zerbricht. Also habe ich ihr den Schmerz genommen. Sie wird ein paar Stunden schlafen, und wenn sie erwacht, wird sie das Schlimmste vergessen haben.«

»Hat Blanche dir gezeigt, wie man das macht?«, fragte Andrej.

»Er hat mir alles gezeigt, was ich weiß«, antwortete Maria ernst.

»Und wie viel von deinem Schmerz hat er dir genommen?«, fragte Andrej.

»Gar nichts«, erwiderte Maria traurig. »Ich habe es mir gewünscht. Da war so viel, was ich vergessen wollte. Ich habe meinen Vater sterben sehen. Ich habe meine ganze Familie verloren, jeden, den ich kannte. Ich hatte dich verloren, Andrej.« Ihre Stimme wurde leiser, bitterer. »Ich habe ihn angefleht, mir die Erinnerung an diesen Schmerz zu nehmen, aber er hat es nicht getan.«

»Obwohl er es kann?«

»Man muss nicht alles tun, was man kann«, erwiderte Maria mit einem ebenso flüchtigen wie traurigen Lächeln. »Jeder Mensch hat das Recht auf seine Erinnerungen. Auch auf seinen Schmerz.«

»Ist das eine Weisheit von Blanche?«, fragte er böse.

»Vielleicht ist es einfach nur die Wahrheit«, antwortete Maria. Sie schnitt ihm mit einer Geste das Wort ab. »Ich will mich nicht mit dir streiten, Andrej. Schon gar nicht über Blanche. Ich weiß, dass du eifersüchtig auf ihn bist, aber glaub mir, du hast nicht den mindesten Grund dazu.«

»So?«, fragte Andrej verdrießlich. »Bin ich das?«

»Das will ich doch hoffen«, sagte Maria. »Wenn nicht, wäre ich wirklich beleidigt.«

Gegen seinen Willen musste Andrej lachen. Maria trat auf ihn zu, schlang die Arme um seinen Hals und stellte sich auf die Zehenspitzen, um sein Gesicht zu erreichen.

»Was fangen wir jetzt mit diesem Tag an?«, fragte sie, während sie sacht die Nase an seinem Kinn rieb. »Elenja wird bis morgen früh durchschlafen, und ich fürchte, ich bin eine miserable Köchin.«

»Obwohl du Zeit genug hattest, um es zu lernen?«, fragte Andrej, während seine Hände sanft über ihre Schultern und ihren schmalen Rücken hinabglitten.

»Ich hatte Wichtigeres zu lernen«, antwortete Maria, während ihre Lippen nach denen Andrejs suchten und sie dann so sanft berührten, dass er vor Lust aufstöhnte. »Soll ich dir zeigen, was?«

Nicht nur Elenja schlief bis zum nächsten Morgen durch. Als Andrej erwachte, drang bereits graues Tageslicht durch die Ritzen der Bretter, mit denen das Fenster vernagelt war. Er fand sich wieder frierend in seinen Mantel eingerollt auf dem Boden vor dem Kamin liegend. Das Feuer war erloschen. Ein letzter, dunkelroter Funke glomm in der grauen Asche, zu der die Holzscheite zerfallen waren, und erlosch gerade in dem Moment, in dem Andrej die Augen öffnete. Die Kälte war längst durch seinen Mantel, seine Haut und sein Fleisch gekrochen und hatte sich als grimmiger Schmerz in seinen Knochen und Gelenken eingenistet.

Es war nicht nur die Kälte, die Andrej zu schaffen machte. Er fühlte sich so schwach und kraftlos wie ein neugeborenes Kind – oder wie der uralte Mann, der er im Grunde war. Obwohl ihm das hereinströmende Licht bewies, dass er mindestens zwölf Stunden geschlafen hatte, war er todmüde. Seine Glieder fühlten sich an wie Blei, doch es war nicht die Schwere, die man nach einem langen Tag harter Arbeit empfindet, sondern ein sonderbar … *moderiges* Gefühl. Seine Lider waren so schwer, dass es ihm nur mit Mühe gelang, die Augen offen zu halten.

Andrej widerstand der Versuchung, sich stärker in seinen Mantel zu wickeln und darauf zu warten, dass er sich besser fühlte. Er ahnte, dass er wieder einschlafen würde, und befürchtete, dann zu erfrieren. Es war so kalt, dass es ihn nicht gewundert hätte, wenn er eine dünne Schicht aus Eis auf den Möbeln und dem Boden entdeckt hätte.

Mühsam kämpfte er sich auf die Beine, schlang den Mantel enger um die Schultern und runzelte die Stirn, als sein Blick dabei zufällig auf seine Hände fiel. Die Verbrennungen, die er sich am Tag zuvor zugezogen hatte, waren immer noch deutlich sichtbar. Sie sahen wie mehrere Tage alte Brandwunden aus, statt, wie erwartet, vollkommen verheilt zu sein. Andrej ballte die Hände trotz der Schmerzen zu Fäusten und lauschte in sich hinein. Nein, es war nicht nur die Kälte. Unter der Schwäche lauerte noch etwas anderes. Er kleidete sich rasch an und verließ das Zimmer.

Er spürte, dass Maria nicht im Haus war, aber aus der Küche hörte er Geräusche. Dort erfüllte ein fremdartiger, aber äußerst angenehmer Duft die Luft. Er entströmte einem Topf, der auf dem Herd vor sich hin blubberte. Elenja war damit beschäftigt, Brot zu schneiden und die Scheiben kunstvoll auf einem Teller zu arrangieren, auf dem sich bereits eine Auswahl an Früchten befand. Andrej fragte sich vergeblich, woher sie wohl mitten im Winter kamen. Als sie das Geräusch der Tür hörte, sah sie auf und drehte sich mit einem strahlenden Lächeln zu ihm um.

»Guten Morgen, Herr«, begrüßte sie ihn. »Ich habe

Euch doch hoffentlich nicht geweckt! War ich zu laut?«

»Nein«, antwortete Andrej. »Aber du hättest es besser getan. Die Sonne ist schon aufgegangen.«

»Schon vor einer Weile«, bestätigte Elenja. »Gräfin Berthold hat mir verboten, Euch zu wecken. Sie sagte, Ihr hättet eine anstrengende Nacht hinter Euch und würdet jedes bisschen Schlaf brauchen.«

Andrej zog es vor, die Bemerkung zu überhören. »Andrej«, erinnerte er sie. »Gestern hast du mich doch Andrej genannt, wenn ich mich recht erinnere.«

Elenjas Blick machte deutlich, dass sie nicht die geringste Ahnung hatte, wovon er sprach. Anscheinend hatte Maria ihr doch mehr genommen als nur die Erinnerung an den Schmerz. Andrej räusperte sich unbehaglich und schaute auf ihre bandagierten Gelenke.

»Wie geht es deinen Händen?«, fragte er. »Tun sie noch weh?«

»Kein bisschen«, antwortete Elenja. »Die Gräfin hat mir eine Salbe gegeben, die die Schmerzen vertrieben hat.«

Andrej betrachtete schweigend ihre Verbände. Es waren dieselben, die Pater Lorenz ihr angelegt hatte.

»Ich war auch wirklich zu ungeschickt«, fuhr Elenja in fröhlich plapperndem Ton fort. »Wenn die Gräfin mich nicht gefunden hätte, wäre vielleicht ein Unglück geschehen.«

»Ja, vielleicht«, sagte Andrej. »Was ist denn überhaupt passiert?«

»Ich habe einen Topf zerbrochen und mich an den Scherben geschnitten ... glaube ich.«

»Glaubst du?«, wiederholte Andrej.

Elenja nickte heftig. »Ja. Jedenfalls …« Sie stockte und machte ein ratloses Gesicht. »Genau erinnere ich mich gar nicht«, murmelte sie. »Seltsam.«

»Dann kann es ja nicht allzu schlimm gewesen sein«, sagte Andrej. »Trotzdem, sei vorsichtig. Auch kleine Verletzungen können böse Folgen haben, wenn sie sich entzünden.« Er sog Luft durch die Nase ein. »Was immer du da kochst, es riecht köstlich. Ruf mich, sobald es fertig ist.«

»Es dauert nicht mehr lange«, antwortete das Mädchen. Sie lächelte wieder. »Gräfin Berthold hat mir gesagt, dass Ihr sehr hungrig sein würdet, wenn Ihr aufwacht.«

Es war die zweite Bemerkung dieser Art, und das gefiel ihm gar nicht. Er nahm sich vor, deswegen ein paar Worte mit Maria zu wechseln. »Wo ist sie jetzt?«, fragte er ungehalten.

»Die Gräfin? Ich nehme an, im Stall. Sie wollte sich um Euer Pferd kümmern. Ich hätte es getan, aber sie hat darauf bestanden, es selbst zu übernehmen.«

»Dann werde ich besser mal nachsehen, ob sie auch alles richtig macht«, sagte Andrej und verließ die Küche. Beim Hinausgehen fiel ihm auf, dass die Kellerklappe offen stand, aber er maß dieser Beobachtung keine weitere Bedeutung bei, sondern wappnete sich innerlich gegen die Kälte. Statt sich mit Elenja über das Essen zu unterhalten, hätte er sie lieber um einen zweiten Mantel oder eine Decke bitten sollen.

Es war nicht so kalt, wie er befürchtet hatte. Dafür erwartete ihn eine andere, womöglich noch unangenehmere Überraschung. Er hatte nahezu den halben Tag verschlafen. Die Sonne war zwar nur als verwaschener heller Fleck hinter den Wolken zu erkennen, aber er sah, dass sie nicht mehr lange brauchen würde, bis sie ihren Zenit erreicht hatte. Das Essen, das Elenja vorbereitete, war kein Frühstück, sondern das Mittagsmahl.

Er lenkte seine Schritte zum Stall hin. Im hellen Tageslicht kam ihm das Gebäude noch schäbiger vor, und die Erinnerung an das graue Zwielicht, das ihn am Tag zuvor verwirrt hatte, ließ ihn stocken. Als ihm klar wurde, wie töricht er sich benahm, ging er trotzig weiter.

Maria war nicht im Stall. Statt ihrer stand eine hoch gewachsene, schlanke Gestalt in einem weißen Mantel und mit schulterlangem, weißem Haar vor dem Pferd und versuchte mit mehr gutem Willen als Geschick, ihm einen Futtersack umzubinden, was allerdings kläglich scheiterte. Der Hengst warf immer wieder nervös den Kopf zurück oder versuchte zu beißen. Als Blanche ihm unvorsichtigerweise zu nahe kam, schlug das Pferd mit den Hinterläufen aus und versetzte ihm einen Tritt, der ihn gegen die Wand schleuderte.

»Habe ich Euch schon gesagt, dass er keine Fremden mag?«, fragte Andrej, während er ohne Mitgefühl zusah, wie sich Blanche auf die Knie hochstemmte und mit schmerzhaft verzogener Miene die Hand gegen den Leib presste.

»Da geht es dem Mistvieh genau wie mir«, erwiderte er mit verzerrtem Gesicht. »Obwohl ich bei deinem Tier vielleicht eine Ausnahme machen könnte.« Er stand auf und versetzte dem Futtersack einen wütenden Tritt. »Gut durchgebraten und mit einer schmackhaften Sauce könnte es mir beinahe sympathisch sein.«

Andrej lachte, hob den Sack auf und ging damit zu seinem Pferd. Zunächst versuchte der Hengst auch nach ihm zu schnappen, beruhigte sich aber dann und ließ zu, dass Andrej ihm den Hafersack umband. Er wartete, bis das Tier zu fressen begonnen hatte, dann begann er ihm über den Hals zu streichen. Der Hengst beruhigte sich zusehends, nur sein Schweif peitschte immer noch von einer Seite zur anderen. Er ließ den Weißhaarigen nicht aus den Augen, während er fraß.

»Wusstet Ihr, dass manche Pferde ganz ausgezeichnete Menschenkenner sind?«, fragte Andrej, ohne sich zu Blanche umzudrehen. »Sie spüren instinktiv, ob es einer gut mit ihnen meint oder nicht.«

»Dann wundert es mich nicht, dass er mich beinahe umgebracht hätte«, knurrte Blanche. »Euer Hengst hat mir ein paar Rippen eingetreten.«

»Das tut mir Leid«, bedauerte Andrej.

»Was? Dass es nicht mein Schädel war?«, entgegnete Blanche verächtlich.

Andrej drehte sich widerstrebend zu ihm um. Der Hengst hatte Blanche härter getroffen, als er gedacht hatte. Das lederne Wams des Weißhaarigen war zerrissen und blutbesudelt, seine Mundwinkel zuckten vor Schmerz.

»Das hätte doch auch nichts geändert, oder?«, fragte er.

»Es wäre nicht eben angenehm für mich«, antwortete Blanche achselzuckend. »Aber das wäre auch schon alles.«

»Schade«, sagte Andrej mit übertriebener Enttäuschung. Er seufzte. »Dann muss ich mir halt ein anderes Reittier zulegen. Vielleicht einen Elefanten. Oder seid

Ihr auf Euren Reisen in ferne Länder vielleicht Tieren begegnet, die noch größere Füße haben? Ich bin für einen guten Rat immer dankbar.«

»Ihr seid sehr witzig«, sagte Blanche. Er nahm die Hand von der Brust. Die Wunde hatte aufgehört zu bluten. Selbst der Riss in seinem Wams schien sich zu schließen, auch wenn Andrej wusste, dass das unmöglich war. »Da Ihr so freundlich wart, Euer bissiges Ungeheuer selbst zu versorgen, kann ich mich wieder wichtigeren Angelegenheiten zuwenden.«

»Zum Beispiel?«, fragte Andrej.

Blanche hatte sich schon halb zum Ausgang gewandt, doch nun blieb er stehen und sah nachdenklich zu Andrej zurück. »Warum interessiert Euch das?«, fragte er.

»Nehmt an, ich bin einfach sehr neugierig.«

»Oder sehr eifersüchtig?«

»Das war immer schon Marias größter Fehler«, sagte Andrej. »Vielleicht ihr einziger. Sie ist zu vertrauensselig. Und sie redet zu viel.«

»Sie hat gar nichts gesagt«, erwiderte Blanche. »Aber das muss sie auch nicht.« Er schüttelte den Kopf und verzog das Gesicht, als habe er in eine Frucht gebissen, deren verlockendes Aussehen bitter schmeckendes Fruchtfleisch verbarg. »Hätte ich für jedes Mal, das sie in den vergangenen fünfzig Jahren Euren Namen genannt hat, ein Goldstück bekommen, dann wäre ich ein sehr reicher Mann.«

»Und das stört Euch gar nicht?«

»Nein«, antwortete Blanche ruhig. »Ganz im Gegenteil.«

»Im Gegenteil? Was soll das heißen?«

Blanche wandte sich abermals zur Tür, hielt wieder

inne, schüttelte den Kopf und seufzte tief. »Also gut«, sagte er. »Ich hätte es vorgezogen, dieses Gespräch zu einem späteren Zeitpunkt zu führen, aber eigentlich ist dieser Moment so gut wie jeder andere. Ihr wollt sie haben? Sie gehört Euch.«

»Wie meint Ihr das?«, fragte Andrej verdattert.

»Was ist daran so schwer zu verstehen? Das Mädchen liebt Euch, und Ihr liebt sie. Ich stehe Euch nicht im Wege.«

»So einfach ist das also?«, murmelte Andrej fassungslos. Er fühlte sich wie vor den Kopf geschlagen. Er hatte mit allem gerechnet – aber nicht damit. Machte sich der Weißhaarige einen grausamen Spaß mit ihm?

»Ich … ich verstehe nicht ganz …«, sagte er hilflos.

»Oh doch, das tut Ihr«, behauptete Blanche. »Ich bin kein Mann, der gern um den heißen Brei herumredet, und wenn es stimmt, was Maria mir über Euch erzählt hat, dann seid Ihr das auch nicht. Maria liebt Euch. Sie hat in all den Jahren niemals die Hoffnung aufgegeben, Euch eines Tages wieder zu finden. Wenn es einen Menschen auf der Welt gibt, dem ich Maria anvertrauen würde, dann Euch. Wenn es nicht so wäre«, fügte er nach einer genau bemessenen Pause hinzu, »dann wärt Ihr längst tot.«

»Und das ist alles?«, fragte Andrej. »Ihr wollt mir weismachen, dass Ihr Maria fünfzig Jahre lang beschützt und begleitet habt, und dann gebt Ihr sie einfach frei? Nachdem ich kaum zwei Tage hier bin?«

»Ich weiß alles über Euch, was ich wissen muss«, antwortete Blanche. »Nicht nur von Maria. Es ist unmöglich, ein Geheimnis vor mir zu bewahren. Ihr seid der Richtige für sie.« Er lachte leise. »Der Umstand, dass

Ihr noch am Leben seid, ist der beste Beweis dafür, meint Ihr nicht auch?«

»Trotzdem sind fünfzig Jahre eine lange Zeit«, beharrte Andrej.

»Nicht, wenn man es gewohnt ist, in Jahrtausenden zu rechnen«, antwortete Blanche. »Tatsächlich kommt mir Euer Auftauchen sogar ganz gelegen. Ihr kennt Maria. Sie ist eine wundervolle Frau, aber manchmal beansprucht sie ihre Mitmenschen über Gebühr. Und unglückseligerweise ist sie ein sehr bodenständiger Mensch. Nicht einmal ich konnte sie dazu bewegen, diesen Teil der Welt zu verlassen.«

»Und Ihr habt andere Pläne«, vermutete Andrej.

»Die Welt ist groß«, erwiderte der Weißhaarige. »Ich habe eine Menge davon gesehen, aber noch längst nicht alles.«

Vielleicht zum ersten Mal, seit er den Weißhaarigen kannte, erschien Andrej Blanches Lächeln aufrichtig.

»Ich an Eurer Stelle würde auch nicht mehr lange hier bleiben«, sagte er. »Ihr wart im Dorf. Ihr wisst, wie die Leute dort denken – und wozu sie fähig sind.«

»Vielleicht reicht es ja schon, wenn Ihr verschwindet«, sagte Andrej spröde.

Statt zu antworten, legte Blanche seinen Kopf auf die Seite und lauschte. Seine Augen wirkten leer, aber seine Haltung verriet Anspannung und Konzentration.

»Was habt Ihr?«, fragte Andrej alarmiert.

Blanche verharrte in derselben Haltung, bis er sich ganz unvermittelt straffte und den Kopf schüttelte.

»Es tut mir Leid, Andrej«, sagte er. »Ich würde gern noch mit Euch plaudern, aber ich fürchte, dass dazu keine Zeit mehr bleibt.«

»Dringende Angelegenheiten?«, fragte Andrej.

»Ich muss etwas erledigen«, antwortete Blanche, »das eigentlich Eure Aufgabe wäre.«

Damit verschwand er. Andrej wollte ihm folgen, blieb aber gleich darauf entmutigt stehen. Blanche legte – ohne sich sichtlich zu beeilen – ein derartiges Tempo vor, dass Andrej hätte rennen müssen, um ihn einzuholen. In der Zeit, in der Andrej drei Schritte aus dem Stall herausgetreten war, hatte der Weißhaarige den Hof bereits überquert und war unter dem Tor verschwunden. Immerhin hatte er diesmal Spuren im Schnee hinterlassen.

Andrej ließ ein paar Sekunden verstreichen, dann ging er zurück in den Stall, befreite das Pferd vom Futtersack und schwang sich in den Sattel.

Die Spur führte in gerader Richtung zurück zum Wald und ein kleines Stück den Weg hinauf, den Elenja und er am vergangenen Tag gekommen waren. Dann verschwand sie. Sie wurde nicht undeutlicher oder verlor sich im Unterholz, sondern war von einem Schritt auf den anderen einfach nicht mehr da. Es wunderte Andrej nicht. Er hatte damit gerechnet.

Enttäuscht hielt er sein Pferd an und sah unschlüssig nach rechts und links. Wenn Blanche das Tempo beibehalten hatte, in dem er den Hof überquert hatte, dann konnte er schon eine halbe Meile weit weg sein, und er hatte nicht die geringste Ahnung, in welche Richtung er sich bewegt hatte. Seine Sinne halfen ihm nicht. Der frisch gefallene Schnee dämpfte jeden Laut, und selbst, wenn es Spuren gegeben hätte, hätte er sie in dem Dämmerlicht des Waldes kaum gesehen. Ihm blieb nichts anderes übrig, als auf sein Glück zu vertrauen – und darauf, dass Blanche keinen Grund hatte, plötzlich die Richtung zu ändern.

Nach kurzer Zeit nahm er Lärm wahr. Er kam von sehr weit her, und Andrej war zunächst unsicher, um was es sich handeln könnte. Dann aber hörte er das Klirren von Metall und einen einzelnen, durchdringenden Schrei.

Abu Dun!

Andrej hätte diese Stimme jederzeit und überall erkannt. Plötzlich ergab alles einen Sinn. Irgendwo vor ihm war ein Kampf im Gange. Abu Duns wütendem Gebrüll zufolge, stand es nicht gut um seinen Freund.

Andrej ließ alle Vorsicht fahren, rammte dem Hengst die Absätze in die Seiten und sprengte los. Das Tier wieherte protestierend, als Andrej vom Weg abwich und die spitzen Dornen des Unterholzes blutige Kratzer in seinen Flanken hinterließen. Andrej hatte keine Zeit, darüber nachzudenken, dass er das treue Tier malträtierte. Vor ihm kämpfte Abu Dun um sein Leben, und so trieb er den Hengst nur noch zu größerer Schnelligkeit an.

Das Klirren von Stahl auf Stahl wurde lauter. Er hörte Abu Dun immer zorniger brüllen. Dann ertönte ein gellender Schmerzensschrei, der Andrej das Blut in den Adern gefrieren ließ!

Verzweifelt spornte er sein Pferd weiter an, brach durch die Zweige eines verschneiten Gebüschs und riss mit solcher Gewalt an den Zügeln, dass der Hengst sich mit einem schrillen Wiehern aufbäumte und er um ein Haar den Halt verloren hätte.

Andrej ließ die Zügel los, glitt rücklings aus dem Sattel und landete sicher auf den Füßen, noch bevor die Hufe des Hengstes den Schnee unmittelbar neben Abu Duns Kopf aufwirbelten. Das Tier scheute wieder, und Andrej ließ sich hastig neben Abu Dun auf die Knie fallen und zerrte ihn ein Stück zur Seite. Ein eingetretener Schädel war selbst für einen Unsterblichen keine Kleinigkeit. Sollte der Gefährte überhaupt noch am Leben sein …

Trotz der Sorge um Abu Dun, die ihn fast um den Verstand brachte, sah sich Andrej hastig auf der kleinen Lichtung um. Der Schnee war zertrampelt und voller Blut. Nur wenige Schritte entfernt lagen zwei Leichen, möglicherweise eine dritte noch ein Stück weiter weg. Das konnte Andrej nicht deutlich erkennen. Ihm blieb keine Zeit, genauer hinzusehen. Sein Pferd gebärdete sich immer wilder. Die Hufe des Hengstes zertrampelten den Schnee so dicht neben Abu Duns Kopf, als wolle er ihn umbringen. Andrej sprang auf, riss die Arme in die Höhe und stieß einen schrillen Ruf aus. Der Hengst fuhr auf der Stelle herum und sprengte wie von Furien gehetzt davon. Andrej ließ sich hastig wieder auf die Knie sinken und beugte sich über Abu Dun.

Die Augen des Nubiers standen weit offen und waren glasig. Blut war aus beiden Mundwinkeln gelaufen. Sein Herz schlug nicht mehr.

Hastig öffnete Andrej den Mantel seines Freundes, tastete über das blutgetränkte schwarze Gewand, das der Nubier darunter trug, und riss es schließlich kurzerhand entzwei.

Abu Duns Brust schien eine einzige große Wunde zu sein. Mindestens drei Schwerthiebe hatten seine Lungen durchbohrt, ein weiterer sein Herz. Es musste eine sehr schmale, rasiermesserscharfe Klinge gewesen sein, die ihm diese Wunden beigebracht hatte.

Dieselbe Klinge, die auch seine Kehle durchschnitten und seine linke Hand abgetrennt hatte.

Der Anblick traf Andrej wie ein Schlag. Abu Duns linker Arm endete zwei Handbreit unter dem Ellbogengelenk in einem blutigen Stumpf. Der Schnitt war so sauber, als sei er von einem geschickten Medicus mit einem chirurgischen Präzisionsinstrument ausgeführt worden. Aus der durchtrennten Ader floss kaum noch Blut, da sein Herz nicht mehr schlug.

Andrej fühlte sich, als ob eine eiskalte, unsichtbare Hand sich um sein Herz und seine Kehle schlösse und ihm ebenso lautlos wie unbarmherzig die Luft abschnürte.

Abu Dun war schon oft verletzt worden, aber noch nie so schwer – und niemals zuvor war einer von ihnen *verstümmelt* worden.

Er hockte wie gelähmt da, starrte die erloschenen Augen des nubischen Riesen an und wartete darauf, dass das Leben in sie zurückkehrte. Abu Duns Augen blieben groß und leer. Sie waren keine Fenster zu seiner Seele mehr, sondern nur noch totes Fleisch, das nie wieder zum Leben erwachen würde.

Abu Dun war tot.

Andrej schrie verzweifelt auf, riss die Arme in die Höhe und schlug die geballten Fäuste mit aller Kraft auf die zerstörte Brust des Nubiers. Er spürte, wie dessen Rippen unter der Gewalt der Hiebe brachen, doch das war ihm gleich. Es spielte keine Rolle. Er schlug erneut zu, und noch einmal und noch einmal, um das Leben mit Gewalt in das Herz zurückzuzwingen.

Es gelang ihm nicht. Abu Duns Kopf rollte von einer Seite auf die andere, aber es war nicht das Leben, das in ihn zurückkehrte, sondern das Echo der brutalen Hiebe, die Andrej auf ihn niederprasseln ließ.

Wie lange war der Nubier jetzt schon tot? Andrej versuchte sich zu erinnern, wann er dessen gellenden Schrei gehört hatte, und danach die schreckliche Stille. Es war wohl kaum mehr als ein oder zwei Minuten her, auch wenn es ihm wie eine Ewigkeit erschien. Abu Dun war schon länger jenseits der düsteren Grenze zwischen Leben und Tod gewesen, genau wie er selbst, aber diesmal war es anders. Etwas fehlte. Etwas, das immer zu spüren gewesen war, selbst wenn das Herz nicht mehr schlug und die Atmung aussetzte. Jener winzige, hartnäckige Funke, der durch keine Macht der Welt zum Erlöschen zu bringen war, ganz egal, wie schlimm die Verletzung war.

Nun war er nicht mehr da.

Andrej kämpfte die Panik nieder, mit der ihn dieser Gedanke erfüllte, und zwang sich mit einer schier übermenschlichen Anstrengung zur Ruhe. Er schloss die Augen, legte die gespreizten Finger der linken Hand auf Abu Duns Stirn und konzentrierte sich ganz auf das, was er mit den Sinnen des Vampyrs spürte, der tief in ihm schlummerte.

Da war nichts. Der Körper unter seinen Fingern war nur noch ein Klumpen toten Fleisches, in das Fäulnis und Verwesung bereits ihre Klauen geschlagen hatten.

Andrej suchte mit unsichtbaren, tastenden Fingern nach dem schier unerschöpflichen Quell des Lebens, der in jedem Menschen ruhte – seiner Seele.

Unzählige Male hatte er auf diese Weise Leben genommen, hatte die Kraft seiner Opfer seiner eigenen hinzugefügt. Aber er hatte stets gespürt, dass dieser Weg in beide Richtungen gangbar war. Und diesmal wollte er nicht nehmen, sondern geben. Er wusste nicht, *wie*, aber er wusste, *dass* es möglich war. Er hatte es noch nie versucht, Leben zu spenden, statt zu nehmen, aber nun musste er es tun, wollte er Abu Dun nicht verlieren.

Andrej grub weiter, suchte und tastete sich in Abgründe des leblosen Behältnisses vor sich hinab, von denen er bisher nicht einmal gewusst hatte, dass es sie gab. Schließlich, weit, weit unten am Grunde der bodenlosen Schlucht, die dort klaffte, wo noch vor kurzem die hell leuchtende Lebensflamme des Nubiers gewesen war, fand er etwas. Es war kein Funke, nicht einmal ein Glimmen, sondern vielmehr nur noch die Form, die die Seele ausgefüllt hatte, die bloße Idee, die dahinter gewesen war. Aber Andrej fühlte, dass er diese Form mit Leben füllen konnte, wenn er sich nur genügend bemühte, wenn es ihm nur gelang, genug von seiner eigenen Lebenskraft zu spenden. Andrej griff danach und …

Es war, als hätte er mit der bloßen Hand glühendes Eisen berührt. Andrej schrie auf, riss die Hand zurück und stürzte rücklings in den Schnee, wo er sich krümmte und schreiend und brüllend um sich schlug, wie um eine Armee unsichtbarer Geister zu vertreiben, die an ihm zerrte und riss.

Was er gefühlt hatte, war entsetzlich. Es war kein körperlicher Schmerz, nicht die Art von Pein, die er kannte und mit Worten oder wenigstens mit Gefühlen beschreiben konnte, sondern etwas so unbeschreiblich Fremdes und durch und durch Unmenschliches, dass schon die bloße Erinnerung daran beinahe mehr war, als er ertragen konnte.

Es dauerte lange, bis Andrejs Schreie verstummten und er mit einem letzten, kraftlosen Wimmern in den Schnee sank. Sein Herz jagte. Angst und Schmerz hielten seine Gedanken in einem unbarmherzigen Würgegriff und schnürten ihm die Luft ab. Minuten vergingen, in denen er wie gelähmt dalag und des Sturmes von Gefühlen Herr zu werden versuchte, der noch immer hinter seiner Stirn tobte. Es waren keine Erinnerungen. Keine Bilder. Nichts, was er mit Worten hätte beschreiben können, sondern zusammenhanglose Formen des Grauens, an denen sein Geist zu zerbrechen drohte. Andrej hatte einen Blick in seine Hölle getan, und die Erinnerung daran drohte alles Menschliche in ihm zu verzehren.

Irgendwann verebbte der Schmerz. Er verging allerdings nicht ganz und würde ihn womöglich niemals wieder verlassen. Er hatte etwas berührt, das auf ewig unangetastet bleiben sollte. Allein das Wissen um seine Existenz hatte sich in seine Seele gefressen und eine schwärende Wunde darauf hinterlassen, die nie wieder verheilen würde. Doch der mörderische Würgegriff des Entsetzens ließ allmählich nach und seine Gedanken begannen sich zu klären.

Mühsam stemmte er sich auf die Ellbogen hoch und kroch ein Stück von der reglos daliegenden Gestalt fort, bevor er es wagte, den Kopf zu drehen. Er fürchtete sich davor, den Leichnam des Nubiers anzusehen.

Als er es endlich tat, merkte er, dass inzwischen eine geraume Weile vergangen sein musste. Das Blut, das aus Abu Duns Wunden geströmt war und seine Kleider durchtränkt hatte, war bereits eingetrocknet. Abu Duns abgeschlagene Hand hatte sich im Tod zu einer Faust geballt, die drohend in seine Richtung wies. In seinen erloschenen Augen lag ein Ausdruck, den Andrej zuvor nicht gesehen hatte: Erstaunen und ein leiser Vorwurf, der zweifellos ihm galt.

Andrej wusste, dass das ausgeschlossen war. Der Ausdruck in Abu Duns Augen musste derselbe wie bei allen Toten sein, die er gesehen hatte. Dasselbe fassungslose Erstaunen, das jeder im letzten Augenblick des Lebens empfand. Den Vorwurf in Abu Duns Blick bildete er sich nur ein, weil er wusste, dass er seinen Freund verraten hatte.

Sie hatten es niemals laut ausgesprochen, aber sie waren beide stets davon überzeugt gewesen, dass sie eines Tages gemeinsam sterben würden. So, wie sie ihre Kämpfe gemeinsam gekämpft hatten, weil sie geschworen hatten, das Leben des anderen mit dem eigenen zu verteidigen, wenn es sein musste. Das war oft genug geschehen, aber nun war Abu Dun tot, und Andrej lebte. Er fühlte sich wie ein Verräter, der sein Wort gebrochen und seinen Freund im Stich gelassen hatte.

Andrej stand auf und ging zu den beiden anderen Toten.

Es waren Staniks Brüder. Beide waren mit einem einzigen, raschen und präzisen Schwerthieb getötet worden, der ihr Genick durchtrennt hatte, ohne sie ganz zu enthaupten. Sie waren nicht einmal mehr dazu gekommen, ihre Waffen zu ziehen. Andrej bezweifelte, dass sie begriffen hatten, was geschah. Vielleicht hatten sie sich zu sehr auf den Schutz verlassen, den Abu Duns hünenhafte Gestalt und sein Schwert versprachen.

Er richtete sich auf und sah noch einmal zu der Erhebung, die ihm zuvor schon aufgefallen war. Wie er vermutet hatte, war es keine Schneewehe, sondern ein weiterer, verkrümmter Körper, der fast vollständig unter rot besudeltem Schnee vergraben war. Andrej kniete sich neben ihn, drehte ihn auf den Rücken und befreite sein Gesicht von rotbraun verklumptem Schnee. Er hatte erwartet, Stanik oder vielleicht auch dessen Vater zu finden, aber das in maßlosem Entsetzen verzerrte Gesicht, das unter dem Schnee zum Vorschein kam, gehörte Pater Lorenz. *Ihn* hatte der Tod nicht überraschend ereilt, dachte Andrej. Er musste gesehen haben, was geschah, und er hatte genau gewusst, was ihm bevorstand.

Während Andrej die Hand ausstreckte, um die Augen des toten Geistlichen zu schließen, versuchte er sich auszumalen, was sich dort abgespielt hatte. Blanche musste Abu Dun und den drei Männern aufgelauert und sie aus dem Hinterhalt angegriffen haben. Vermutlich hatte er die beiden Jungen sofort getötet, ohne sich auf einen Kampf einzulassen. Auch ein Schwert in der Hand eines Kindes blieb ein Schwert, und selbst ein schlechter Kämpfer konnte einen Glückstreffer landen. Dieses Risiko konnte sich der Weißhaarige nicht leisten. Nicht, wenn er noch einen Gegner wie Abu Dun vor sich hatte. Doch am Ende hatte er ihn besiegt, auch wenn der nubische Riese ihm zweifellos einen harten Kampf geliefert hatte. Andrej war sicher, dass Lorenz die ganze Zeit dabeigestanden und zugesehen hatte. Vielleicht hatte er gebetet. Bestimmt hatte er gebetet, dachte Andrej bitter. Als ob Gebete schon jemals irgendetwas bewirkt hätten!

Andrej befreite den Toten vollends von Schnee und Blut und untersuchte ihn nach äußeren Verletzungen. Alles, was er fand, waren zwei winzige, rot umrandete Punkte an der linken Seite seines Halses.

Behutsam ließ er den Toten wieder in den Schnee zurücksinken, faltete dessen Hände über der Brust und untersuchte dann die erschlagenen Brüder. Es überraschte ihn nicht, an ihren Hälsen die gleichen, harmlos wirkenden Wunden zu entdecken. Ihm lief ein Schauer über den Rücken, als ihm bewusst wurde, was Pater Lorenz in seinen letzten Minuten gesehen haben musste. Obwohl es keinerlei Beweise dafür gab, glaubte er zu wissen, dass Blanche zuerst das Blut der beiden Jungen getrunken hatte, und dann, nachdem er dem unglückseligen Geistlichen hinlänglich Gelegenheit gegeben hatte zu begreifen, was er sah, hatte sich Blanche auch ihn geholt.

Andrej wagte es nicht, Abu Dun nach den Bisswunden des Vampyrs abzusuchen. Er glaubte, dass er nichts finden würde. Andrej hatte am eigenen Leibe gespürt, wie leicht der Vampyr seinem Opfer die Kraft stehlen, ihm das Leben und die Seele aussaugen konnte, ohne auch nur einen Tropfen seines Blutes trinken zu müssen.

Vorsichtig legte Andrej die drei Leichen nebeneinander und bettete sie so, dass man die kleinen Bisswunden nicht sofort sehen konnte. Er hätte gern mehr für sie getan, doch dazu war keine Zeit. Nach kurzem Innehalten wandte er sich um und ging wieder zu Abu Dun hinüber, doch seine Schritte wurden immer zögernder. Als er nur noch zwei Meter von ihm entfernt war, blieb er stehen. Er hatte nicht die Kraft, Abu Dun noch einmal zu berühren, und er wusste, dass er es nicht ertragen würde, ihm noch einmal in die Augen zu sehen.

Was war es gewesen, das er bei seiner Suche nach der Seele Abu Duns gespürt hatte? War es etwas, das Blanche zurückgelassen hatte? Dieser Gedanke löste in ihm das Empfinden aus, etwas durch und durch Verdorbenes berührt zu haben, etwas, das so bösartig und grausam war, dass es keinen Platz in der Schöpfung hatte. Hatte Blanche Abu Dun durch seine Berührung verdorben und besudelt, oder hatte er vielleicht gerade erst den wahren Abu Dun kennen gelernt? Nicht den schwarzgesichtigen Riesen aus dem Land jenseits der Pyramiden, mit dem er seit einem halben Jahrhundert sein Leben teilte, sondern das, was sein Wesen ausmachte, was ihn von allen anderen Menschen unterschied?

War es das, fragte sich Andrej schaudernd, was sie *waren?* Vielleicht hatte er zum ersten Mal wirklich gesehen, was einen Vampyr ausmachte. Vielleicht war er auf den Kern seines eigenen, wahren Selbst gestoßen.

Er hasste Blanche für diesen Gedanken. Sobald die Erkenntnis von Abu Duns Tod endgültig in sein Bewusstsein vorgedrungen war, würden sein Hass und seine Wut zu schierer Raserei werden. Er würde Blanche töten. Nicht irgendwann, sondern noch an diesem Tag.

Das Knacken eines Zweiges unterbrach seine Gedanken. Andrej fuhr herum und riss das Schwert aus der Scheide, doch auf der anderen Seite der Lichtung stand nur sein Hengst.

Andrej atmete erleichtert auf. Plötzlich wurde ihm klar, in welchem Zustand er sich befand und wie wehrlos er gewesen wäre, hätte Blanche tatsächlich versucht, sich an ihn anzuschleichen. Zugleich war er betroffen, als das Tier auf die Lichtung hinaustrat und er sah, wie zerschrammt und blutüberströmt seine Flanken waren. Einige dieser Verletzungen mochte es sich selbst zugezogen haben, als es in Panik davongelaufen war. Die meisten aber waren ohne Zweifel der Rücksichtslosigkeit zuzuschreiben, mit der er es auf dem Weg durch das Unterholz angetrieben hatte. Andrej hob die Hand und schnalzte mit der Zunge. Der Hengst schnaubte und kam mit gesenktem Kopf auf ihn zu. Dann bleib er stehen und begann, nervös mit den Vorderhufen im Schnee zu scharren.

»Was ist los?«, fragte Andrej. »Komm her!«

Noch einmal schnaubte das Pferd. Seine Ohren bewegten sich unruhig hin und her, seine Hufe scharrten immer aufgeregter im Schnee. Das Tier wollte ihm gehorchen, aber etwas schien ihm Angst einzujagen. Andrej fragte sich, ob es mit seinen feinen Sinnen eine Gefahr spürte, die ihm selbst verborgen blieb?

Andrej ging auf den Hengst zu und schwang sich mit einer kraftvollen Bewegung in den Sattel. Das Tier wieherte erleichtert und trabte unaufgefordert los. Andrej begriff, dass es Abu Duns Leiche war, die dem Hengst solche Angst eingeflößt hatte. Er war nicht der Einzige, der die schreckliche Veränderung spürte, die in seinem Freund vorgegangen war.

Vorsichtig suchte er sich einen Weg zurück zu dem schmalen Pfad, der durch den Wald führte. Ja, er würde Blanche töten. Er würde ihn finden und zum Kampf herausfordern. Der Weißhaarige würde für das büßen, was er getan hatte. Andrej wusste, wie gering seine

Chancen waren, diesen Kampf zu gewinnen. Abu Dun und er hatten schon gegen dieses Ungeheuer in Menschengestalt gekämpft, und nicht einmal ihnen beiden zusammen war es gelungen, Blanche zu bezwingen. Doch das spielte keine Rolle. Es war vollkommen gleichgültig, ob er gewann oder verlor. Ein Teil von ihm war zusammen mit Abu Dun gestorben, und der Rest wollte und konnte nicht weiterleben, solange der Mörder des Nubiers nicht zur Rechenschaft gezogen worden war.

Andrej hatte die halbe Strecke zum Schloss zurückgelegt, als er abermals ein Geräusch hörte. Irgendetwas strich durch die Baumwipfel. Schnee rieselte in kleinen, schräg fallenden Schleiern zu Boden. Er hörte das Geräusch kraftvoller Flügelschläge in der Luft, fuhr im Sattel herum und riss das Schwert aus dem Gürtel.

Doch so schnell seine Reaktion auch sein mochte, sie reichte nicht aus. Andrej sah einen riesigen, weißen Schatten auf sich zufliegen. Gelbe Augen blitzten in mörderischer Wut. Dann prallte die Eule mit solcher Gewalt gegen ihn, dass er aus dem Sattel gerissen und gegen einen Baumstamm geschleudert wurde und auf der Stelle das Bewusstsein verlor.

Eine kühle Hand lag auf seiner Stirn, als er erwachte. Etwas berührte seine Lippen und versuchte sie auseinander zu zwingen. Er war zu müde, um sich zu wehren, sodass er gehorsam die Lippen öffnete, und etwas Kaltes, Bitteres floss in seinen Mund. Als es seine Kehle hinunterlief, hätte er sich beinahe übergeben. Doch er schluckte tapfer und unterdrückte auch den Hustenreiz, der ihm die Kehle zuschnüren wollte. Dann erst öffnete er die Augen.

Er war wieder im Schloss. Er erinnerte sich nicht, wie er dort hingekommen war. Auch das Zimmer, in dem er sich befand, war ihm fremd, aber er war ganz zweifellos in Marias Haus. Er erkannte den Geruch.

»Wie fühlt Ihr Euch, Herr?«

Die Hand, die bisher seine Stirn gekühlt hatte, zog sich zurück, und ein schmales, von glattem, dunklem Haar eingerahmtes Gesicht blickte aus traurigen Augen auf ihn herab. Es dauerte einen Moment, bis er diesem Gesicht einen Namen zuordnen konnte.

»Elenja?«

Er versuchte sich aufzurichten, aber das Mädchen schüttelte den Kopf und drückte ihn mit erstaunlicher Kraft zurück.

Nein, begriff er. Nicht Elenja war erstaunlich stark – *er* war erbärmlich schwach.

»Ihr dürft Euch nicht bewegen, Herr«, sagte Elenja. »Ihr seid schwer verletzt.«

Andrej lauschte in sich hinein. Schwer verletzt war noch milde ausgedrückt. Auch wenn sein Körper die Verletzungen inzwischen wieder geheilt hatte, so spürte er doch noch immer ein schwaches Echo dessen, was geschehen war. Der Sturz vom Pferd war hart genug gewesen, um ihm das Genick zu brechen, und die grausamen Klauen der Eule hatten sein Gesicht zerfetzt und sein linkes Auge zerstört. Er verstand nicht, warum ihn die Eule nicht getötet hatte. Oder ihr Herr, der zweifellos in der Nähe gewesen war.

»Keine Sorge«, sagte Elenja. Sie schien seine Bewegung falsch zu deuten. »Euer Gesicht ist unverletzt. Am

Anfang sah es schlimm aus, aber nachdem die Gräfin Euch gewaschen hatte, waren keine Verletzungen zu sehen.«

»Gewaschen?«

»Ihr wart über und über mit Blut bedeckt«, antwortete Elenja mit einem heftigen Nicken. »Ich hatte große Angst um Euch, aber es war wohl nicht Euer Blut.« Sie zögerte einen Moment. »Es muss ein fürchterlicher Kampf gewesen sein.«

»Ja«, murmelte Andrej. »Das muss es wohl.«

»Ihr wollt nicht darüber reden«, stellte Elenja fest.

Andrej war nicht sicher, ob er es *konnte*. Er war nicht einmal sicher, ob er froh darüber war, das Bewusstsein zurückerlangt zu haben.

»Es ist wegen Eures Freundes«, fuhr Elenja fort. Ihr Taktgefühl schien nicht besonders stark ausgeprägt zu sein.

»Ja«, antwortete Andrej knapp. Natürlich war es nicht ihre Schuld, aber Elenjas Worte taten weh, denn sie ließen ihn wieder Abu Duns leere, für alle Zeiten erloschene Augen sehen.

Er presste die Lider zusammen, doch das schien es eher noch schlimmer zu machen. Brennende Hitze füllte seine Augen, und als er sie wieder öffnete, konnte er Elenja nur verschwommen erkennen.

Es war ihm peinlich, vor diesem Kind die Fassung zu verlieren. Er unterdrückte die Tränen und versuchte zu lächeln. Aber es schien Elenja nicht zu überzeugen, denn sie sah nun noch besorgter aus.

»Ihr wart sehr lange befreundet, nicht wahr?«, fragte sie.

»Ein ganzes Leben lang«, antwortete Andrej.

»Ich weiß«, sagte Elenja

»Woher?«

»Abu Dun hat es mir erzählt«, erwiderte sie. Andrej warf ihr einen fragenden Blick zu, und sie erinnerte ihn: »Als er mich ins Dorf begleitet hat. Ich glaube, er war ein sehr warmherziger Mensch – obwohl er sich alle Mühe gegeben hat, es zu verbergen.«

»Du bist eine gute Menschenkennerin«, sagte Andrej gegen seinen Willen. Er wollte nicht über Abu Dun sprechen. Nicht zu diesem Zeitpunkt. Der Schmerz war noch zu frisch. Aber zugleich spürte er auch, dass es hilfreich sein könnte, seinen Schmerz zu teilen.

»Ja«, fuhr er mit leiser Stimme fort. »Wir waren gute Freunde, unser ganzes Leben lang. Bessere Freunde, als mir bisher bewusst war. Und jetzt ist er tot.«

Das Wort schnitt wie ein glühendes Messer in seine Brust. Warum tat es nur so weh? Sie waren Krieger gewesen, Söldner, die sich ihren Lebensunterhalt mit dem Schwert verdienten, und die immer gewusst hatten, dass dieses Leben eines Tages auch durch das Schwert enden würde, selbst wenn sie Unsterbliche waren. Und dennoch traf ihn der Schock so hart, dass er schier daran zu Grunde ging. Es gab Dinge, auf die man nie vorbereitet war.

»Es tut weh, ich weiß«, sagte Elenja mitfühlend. Ihre schmale Hand griff nach seinen Fingern und drückte sie. Es war eine Geste echten Mitgefühls, und doch musste Andrej all seine Kraft aufwenden, um sie nicht einfach von sich zu stoßen, sie zu schlagen. Abu Dun war tot, ermordet. Wie konnte dieses dumme Kind sich einbilden, seinen Schmerz auch nur im Entferntesten nachempfinden zu können?

Doch noch bevor er diesen Gedanken zu Ende gedacht hatte, wurde ihm klar, wie widersinnig er war. Dieses dumme Kind hatte vor wenigen Tagen seine gesamte Familie verloren. Wenn jemand das Recht hatte, in Tränen auszubrechen und mit dem Schicksal zu hadern, dann sie! Stattdessen versuchte *sie, ihm* Trost zu spenden.

Andrej fühlte sich gemein und schäbig.

»Wie komme ich hierher?«, fragte er, um sich von seinen beschämenden Gedanken abzulenken.

»Gräfin Berthold war in Sorge, weil Ihr so lange fort wart«, antwortete Elenja. »Wir haben gewartet, und dann ist Euer Pferd allein zurückgekommen. Also haben wir Euch gesucht. Zuerst haben wir Euch nicht finden können, aber dann ...« Sie stockte, atmete hörbar ein und fuhr nach einer Pause sichtbar angespannt fort: »Dann haben wir Euren Freund gefunden, und ... und die ... anderen.«

Sie stockte erneut, fuhr sich nervös mit der Zungenspitze über die Lippen und sprach weiter, ohne ihn direkt anzublicken: »Es waren ... Ulrics jüngere Söhne, nicht wahr? Habt Ihr ... ich meine ... gab es noch mehr Tote?« Sie überwand sich, es auszusprechen: »War Stanik auch dabei?«

»Ich habe ihn wenigstens nicht gesehen«, sagte Andrej vorsichtig. »Aber ich glaube nicht.«

Elenja lächelte schüchtern, doch Andrej spürte deutlich, wie schwer es ihr fiel, die Fassung zu bewahren. Er fühlte sich noch jämmerlicher. Ganz gleich, was er selbst von Stanik halten mochte – dieser Junge war jetzt alles, was ihr geblieben war. Statt auszusprechen, was er wirklich dachte, schüttelte er nur den Kopf und bekräftigte: »Er war bestimmt nicht dabei. Ich kann mir nicht vorstellen, dass er freiwillig hierher gekommen wäre.« Er konnte sich allerdings auch nicht vorstellen, dass Staniks Brüder freiwillig zu diesem Hof kamen, schon gar nicht in Begleitung des Geistlichen. Und der einzige Mensch, der diese Frage hätte beantworten können, war tot.

Er versuchte noch einmal sich aufzurichten. Diesmal gelang es ihm. Als er sich mühsam in eine halb sitzende Position aufgerichtet hatte, wurde ihm schwindelig. Obwohl das Mädchen kein Wort sagte, spürte Andrej, dass sie sich anspannte, um bereit zu sein, sollte er fallen.

Er fiel nicht. Das Schwindelgefühl wurde kurz stärker und verschwand dann abrupt. Nur die Schwere in seinen Gliedern blieb. Die Decke rutschte von seinen Schultern, und er stellte fest, dass er darunter nackt war.

»Wo sind meine Kleider?«, fragte er.

Elenja wies auf das Fußende des Bettes. »Ich habe sie gewaschen«, sagte sie. »Alle Flecken habe ich nicht rausbekommen. Sie waren furchtbar schmutzig und voller Blut.«

Andrej beugte sich ächzend vor und griff mit der linken Hand nach seinen Kleidern, während er mit der anderen die Decke festhielt, damit sie nicht gänzlich herunterrutschte. Elenja sah ihm mit einer gewissen Schamhaftigkeit zu, rührte jedoch keinen Finger, um ihm zu helfen.

»Du hast die Sachen gewaschen, sagst du?«, fragte er zweifelnd.

Elenja machte ein betroffenes Gesicht. »Zweimal«, verteidigte sie sich. »Alles habe ich nicht rausbekommen. Ich habe es so gut gemacht, wie ich konnte.«

Das hatte Andrej nicht gemeint. Nach seinem Dafürhalten waren die Kleider so sauber wie schon seit Monaten nicht mehr. Und sie waren vollkommen *trocken*.

»Wie lange … bin ich schon hier?«, fragte er stockend.

»Den ganzen Tag«, antwortete Elenja. »Die Sonne geht gleich unter.«

»Den ganzen Tag?«, wiederholte Andrej ungläubig. »Großer Gott, ich habe den ganzen Tag geschlafen?« Er schlüpfte so hastig in seine Kleider, wie er nur konnte, und wäre fast von der Bettkante gefallen, als er sich vorbeugte und die Stiefel anzuziehen versuchte. »Wo ist mein Schwert?«, fragte er.

»Auf dem Stuhl neben dir«, antwortete eine Stimme von der Tür her. Andrej drehte sich erschrocken um, und Maria fuhr mit einem angedeuteten Lächeln fort: »Aber du brauchst es nicht. Es sei denn, du bist wirklich sehr unzufrieden mit der Art, wie Elenja deine Kleider gewaschen hat.«

Andrej blieb ernst. »Was soll das heißen: Ich brauche es nicht?«, fragte er.

Maria bedeutete Elenja mit einem Blick, das Zimmer zu verlassen. Sie trug wieder das Kleid aus rotem Brokat, das Andrej prachtvoller und kostbarer denn je vorkam. Ihr Haar hatte sich auf unbegreifliche Weise verändert. Es schien an Glanz gewonnen zu haben, und obwohl er wusste, dass das unmöglich war, hatte er den Eindruck, dass es deutlich länger war als am Tag zuvor.

Maria wartete, bis das Mädchen das Zimmer verlassen und die Tür hinter sich geschlossen hatte. Dann kam sie näher, blieb aber außerhalb seiner Reichweite stehen.

»Es tut mir wirklich Leid um deinen Freund«, sagte

sie. Warum nannte sie ihn nicht *Abu Dun*, wie sie es früher immer getan hatte?

Andrej stand auf, griff nach dem Schwertgurt, der über einem Stuhl auf der anderen Seite des Bettes hing, und begann ihn sich mit steifen Bewegungen umzulegen. Maria sah ihm stirnrunzelnd dabei zu. Sie enthielt sich jeden Kommentars, aber Andrej wusste nur zu gut, was ihre Blicke bedeuteten. Er hatte Mühe, seine Bewegungen zu koordinieren. Das Schwert schien einen Zentner zu wiegen. Er war sich nicht sicher, ob er es auch nur aus der Scheide ziehen konnte, geschweige denn, damit zuschlagen. Trotzdem fragte er: »Wo ist Blanche?«

Maria beantwortete seine Frage mit einem Kopfschütteln. »Er ist fort. Du brauchst deine Waffe nicht.« Sie hob die Hand, wie um ihn zu berühren, und ließ den Arm dann wieder sinken.

»Was soll das heißen – fort?«, fragte Andrej barsch. »Wohin ist er gegangen? Wann kommt er zurück?«

»Er kommt nicht zurück«, antwortete Maria. »Er ist gegangen. Für immer.«

Andrej starrte sie an. »Gegangen? Wieso?«

»Aber er hat es dir doch gesagt«, antwortete Maria mit einem traurigen Lächeln. »Heute Morgen, als ihr euch im Stall getroffen habt.«

»Woher weißt du das?«, schnappte Andrej. »Du hast mit ihm gesprochen!«

»Nein«, antwortete Maria erschrocken. »Oder doch. Aber nicht heute. Vergangene Nacht, als du geschlafen hast.«

»Vergangene Nacht«, wiederholte Andrej. »Und was habt ihr noch so getan, während ich geschlafen habe?«

Maria wirkte verletzt. Sonderbarerweise bedauerte er das nicht.

»Es ist alles meine Schuld«, sagte Maria leise. »Es tut mir so Leid um deinen Freund, Andrej.«

»Er hat einen Namen«, sagte Andrej scharf.

»Abu Dun«, antwortete Maria. »Verzeih.«

Andrej blickte starr an ihr vorbei ins Leere. »Wo ist er?«, fragte er. »Wohin ist er gegangen?«

Maria schüttelte auch dieses Mal nur traurig den Kopf. »Ich weiß es nicht«, sagte sie. »Er hat mir nicht verraten, wohin er geht.«

»Und wenn du es wüsstest, würdest du es mir nicht sagen«, vermutete Andrej.

»Du würdest versuchen, ihn zu finden«, antwortete Maria. »Und er würde dich töten.«

»Falsch«, sagte Andrej. »Ich werde ihn finden. Und dann wird sich zeigen, wer wen tötet.«

»Niemand kann Blanche töten«, antwortete Maria.

»Vielleicht hat es nur noch niemand ernsthaft versucht«, sagte Andrej grimmig.

Maria schüttelte traurig den Kopf. »Du verstehst immer noch nicht«, seufzte sie. »Er ist unsterblich. Ich meine: *wirklich* unsterblich. Nicht nur langlebig und schwer zu töten wie du und ich, Andrej, sondern wahrhaft unsterblich. Ich habe erlebt, wie man ihn in Stücke gehackt hat. Verbrannt, bis kaum mehr als verkohlte Knochen von ihm übrig waren. Lebendig begraben und unter Tonnen von Felsen verschüttet.« Sie schüttelte heftig den Kopf. »Nichts von alledem vermochte ihn zu töten. Ich glaube nicht einmal, dass er überhaupt sterben kann. Du hast Recht, Andrej – ich würde es dir nicht sagen, wenn ich wüsste, wohin er gegangen ist.

Ich will nicht, dass er dich tötet. Aber ich weiß es nicht.«

»Dann muss ich ihn eben ohne deine Hilfe finden«, sagte Andrej.

»Und wahrscheinlich würdest du das sogar«, vermutete Maria. Sie lächelte matt. »Du bist der einzige Mensch auf der Welt, dem ich zutraue, ihn zu finden. Weißt du, dass ihr euch in vielem sehr ähnlich seid?«

Statt zu antworten, drehte sich Andrej wortlos um und wollte an ihr vorbei zur Tür gehen.

Maria hielt ihn am Arm fest. »Andrej, bitte.«

Andrej wollte sich mit einer zornigen Bewegung losreißen, aber es gelang ihm nicht. Stattdessen stieß ihn Maria ohne die geringste Mühe auf das Bett zurück, nahm direkt vor ihm Aufstellung und verschränkte trotzig die Arme vor der Brust.

»Verdammt noch mal, was soll das?«, fauchte Andrej. Er sprang wieder auf, doch Maria wich nicht zurück, sondern schüttelte nur eigensinnig den Kopf.

»Findest du, dass jetzt der richtige Moment für alberne Spielchen ist?«, fragte er wütend.

»Solange du dich wie ein albernes Kind benimmst, ja«, antwortete Maria. »Was glaubst du, was Blanche mit dir anstellt, wenn *ich* dich schon niederwerfen kann? Willst du unbedingt sterben? Wenn ja, dann gib mir dein Schwert, und ich erledige das für dich. Du sparst dir eine Menge Mühe, und es tut bestimmt nicht so weh wie das, was er mit dir machen wird.«

Andrej wollte auffahren, sie anbrüllen, einfach aus dem Weg schleudern, wenn es sein musste. Blanche hatte Abu Dun umgebracht. Er musste ihn finden und töten, das war alles, was noch zählte. Er konnte an nichts

anderes mehr denken. Allein der Name des Weißhaarigen reichte aus, ihn in Raserei zu versetzen.

»Geh mir aus dem Weg!«, verlangte er. »Oder …«

»Oder was?«, fragte Maria. »Willst du mich schlagen?
Nur zu! Lauf ihm nach und lass dich umbringen. Aber
damit machst du Abu Dun auch nicht wieder lebendig.
Schlag mich nieder! Wahrscheinlich habe ich es verdient.«

»Wie meinst du das?«, fragte Andrej.

Marias Stirn umwölkte sich. Sie antwortete nicht sofort, sondern starrte nur an ihm vorbei ins Leere, bevor
sie sich auf die Bettkante sinken ließ und ihre Hände im
Schoß faltete.

»Gestern Nacht«, begann sie mit leiser, ausdruckslo-
ser Stimme, »nachdem du eingeschlafen bist, bin ich
noch einmal hinuntergegangen, um mit ihm zu sprechen.«

»Warum?«

»Er wollte es«, antwortete Maria. »Er hatte mir vorher gesagt, dass er mit mir reden wollte.« Sie atmete
hörbar ein, hob den Kopf und sah ihm fest in die Augen.
»Er hat mir gesagt, dass er fortgeht. Es war mir immer
klar. Wir haben nie darüber gesprochen, aber wir wussten beide, dass er gehen würde, sobald wir dich gefunden haben.«

»So schnell?«

»So schnell«, bestätigte Maria. »Aber wir haben auch
über Abu Dun gesprochen.«

Andrej starrte sie an.

»Ich … ich habe es nicht begriffen«, fuhr Maria mit
leiser, zitternder Stimme fort. »Es ist meine Schuld,
Andrej. Es tut mir so unendlich Leid. Wenn ich es rück-

gängig machen könnte, würde ich es tun, aber ich …«
Sie konnte nicht weiterreden.

»Wovon sprichst du?«, fragte Andrej.

»Er hat mir gesagt, dass er Abu Dun nicht traut. Ich
habe nicht begriffen, was er gemeint hat, bitte glaub
mir! Er … er hat gesagt, dass er sich darum kümmern
wird, bevor er geht, aber ich konnte doch nicht wissen,
was er damit meint.«

»Du meinst, er hat Abu Dun getötet, weil ich bei dir
bleiben will?«, flüsterte Andrej.

Maria schwieg, und auch Andrej konnte nichts mehr
sagen. Seine Kehle war wie zugeschnürt. Er verstand
Maria. Er gab ihr keine Schuld – wie hätte sie wissen
können, was der Weißhaarige meinte? Blanche hatte
Abu Dun umgebracht, um Maria zu beschützen, nachdem sie ihn, Andrej, wieder gefunden hatte, da er in
Abu Dun eine Gefahr für Maria sah.

Es war, als ob Andrej Abu Dun selbst den Todesstoß
versetzt hätte.

So wie schon zuvor hatte Elenja ein wahres Festmahl
für sie zubereitet, dem aber weder Maria noch er mit
großem Appetit zusprachen, obwohl es köstlich war
und Andrej sich nach wie vor wie ausgehungert fühlte.
Er stocherte eine Weile lustlos in seiner Mahlzeit herum
und schob den Teller dann angewidert von sich. Maria
blickte vorwurfsvoll, enthielt sich aber jeglichen Kommentars, wofür Andrej ihr dankbar war. Er wusste, dass
er nicht nur dem Essen, sondern vor allem dem Mädchen, das es mit einem großen Aufwand an Mühe und
Zeit zubereitet hatte, bitter Unrecht tat. Deshalb nahm

er sich vor, sich am nächsten Morgen bei Elenja zu entschuldigen, schob seinen Teller aber dennoch ein weiteres Stück zurück und griff stattdessen nach dem Weinkrug. Er war leer. Andrej wollte nach der kleinen Glocke greifen und nach Elenja läuten, aber Maria legte ihm rasch die Hand auf den Unterarm und schüttelte den Kopf.

»Elenja schläft wahrscheinlich schon«, sagte sie. »Ich habe ihr freigegeben. Ich hole dir neuen Wein, wenn du noch welchen willst.«

Der tadelnde Unterton in ihrer Stimme entging Andrej nicht. Tatsächlich hatte er den Krug innerhalb kürzester Zeit beinahe allein geleert. Er begann den Alkohol bereits zu spüren, was ungewöhnlich war. Wenn man sein halbes Leben mit einem Mann wie Abu Dun verbracht hatte, dann war man es gewohnt, gewaltige Mengen an Alkohol zu konsumieren. Er zögerte kurz und nickte dann.

Maria nahm den leeren Krug vom Tisch und ging aus dem Zimmer. Auch Andrej erhob sich und schlenderte zum Kamin hinüber. Trotz des hell lodernden Feuers war es kalt. So kalt, dass er seinen Atem als grauen Dampf vor dem Gesicht erkennen konnte, während er vor dem Feuer niederkniete und die Handflächen den Flammen entgegenstreckte. Er tat es vorsichtig, um nicht zu wiederholen, was ihm am Tag zuvor passiert war. Obwohl es nur wenige Stunden zurücklag, schien es in einem anderen Leben passiert zu sein.

Andrej schloss die Augen und versuchte sich zu entspannen und Ruhe in seine Gedanken zu bringen. Er hatte es bitter nötig, nachdem er jedes Mal erschöpfter und müder erwachte, als er eingeschlafen war.

Wie mochte das Leben ohne Abu Dun sein? Er konnte es sich einfach nicht vorstellen. Sie waren so lange zusammen gewesen, dass der Nubier zu einem Teil von ihm geworden war.

Eine Hand legte sich sanft auf seine Schulter. Maria war zurückgekommen. Sie hatte keinen neuen Krug Wein gebracht, sondern lediglich ein einzelnes Glas aus kostbar geschliffenem Kristall, in dem eine rotgoldene Flüssigkeit das Licht der Flammen brach. Er hatte nicht gehört, dass sie zurückgekommen war. Sie trug nicht mehr das Kleid aus rotem Brokat, sondern ein langes Gewand aus Seide, unter dem sich die Linien und Rundungen ihres Körpers deutlich abzeichneten.

Trotz des verführerischen Anblicks empfand Andrej nichts. Er fühlte sich leer und ausgebrannt. Vielleicht würde er nie wieder in der Lage sein, echte Gefühle zu erleben.

Abgesehen von Hass

»Trink«, sagte Maria. »Das wird dir gut tun.«

Andrej griff nach dem Glas und nippte daran. Der Wein schmeckte leicht muffig, und er konnte spüren, wie stark er war. Dennoch trank er einen zweiten Schluck und leerte das Glas schließlich ganz.

»Brav«, lobte Maria ihn spöttisch, als er ihr das leere Glas zurückgab. »Den schlechten Geschmack musst du entschuldigen. Er kommt von dem Schlafmittel, das ich dem Wein beigemischt habe.«

»Schlafmittel?«

»Du brauchst Ruhe«, sagte Maria bestimmt. »Du wirst sehen, dass du dich gleich besser fühlst, wenn du eine ganze Nacht durchgeschlafen hast.«

Vielleicht hatte sie Recht, überlegte Andrej. Er hätte

verärgert sein sollen, dass sie ihm ohne sein Wissen einen Schlaftrunk gegeben hatte. Aber es erschien ihm viel zu mühsam, ein so kompliziertes Gefühl wie Wut zu entwickeln.

Maria hauchte ihm einen Kuss auf die Wange, ließ sich wieder zurücksinken und streifte die Ärmel ihres Nachthemdes über die Schultern.

»Ich dachte, du hättest mir ein Schlafmittel gegeben«, sagte er.

»Es wirkt erst in einer halben Stunde«, antwortete sie.

»Und wenn das nicht reicht?«

»Aufschneider«, erwiderte Maria mit einem Lächeln. »Und sollte es wirklich so sein, dann fällt mir schon etwas ein, um dich wach zu halten.«

Sie machte Anstalten, das Hemd vollends abzustreifen, aber Andrej ergriff ihren Arm und hielt sie zurück. »Nicht«, sagte er. »Bitte.«

Maria wirkte verwirrt, zog aber das Hemd wieder über die Schultern.

»Mir … ist nicht danach«, sagte er stockend. »Bitte entschuldige.«

»Abu Dun«, sagte Maria mitfühlend. »Ich verstehe. Verzeih mir. Das war … taktlos.« Sie zupfte verlegen an ihrem Nachthemd herum, zog dann die Knie unter den Leib und kuschelte sich an seine Schulter. »Mir war nicht klar, wie sehr du …« Sie suchte nach Worten. »Wie viel er dir bedeutet hat«, sagte sie schließlich.

Wie auch?, dachte Andrej. Es war ihm ja selbst bisher nicht klar gewesen. Warum spürte man erst, wie viel einem ein Mensch wirklich bedeutete, wenn man ihn verloren hatte? Plötzlich fühlte er sich müde. Eine bleierne Schwere begann von seinen Gliedern Besitz zu ergreifen, und er hatte Mühe, die Augen offen zu halten. War das schon die Wirkung des Schlafmittels, das Maria ihm gegeben hatte?

»Was habt ihr mit seinem Leichnam gemacht?«, fragte er.

»Abu Dun?« Maria kuschelte sich enger an ihn. »Wir haben ihn im Wald begraben, unweit der Stelle, an der er … wo wir ihn gefunden haben. Ich dachte, es wäre in deinem Sinne.«

»Wieso?«

Es dauerte eine Weile, bis Maria antwortete, so, als müsse sie sich erst die passenden Worte zurechtlegen, um ihn zu überzeugen. »Er ist ein Muselman. Ich weiß nicht, was sie mit seiner Leiche machen würden, wenn sie sie finden. Die Menschen im Dorf sind nicht sehr aufgeschlossen. Und nun, da Pater Lorenz tot ist …«

»… ist niemand mehr da, der Ulric und die anderen zurückhält«, führte Andrej den Gedanken zu Ende. »Die anderen Toten …«

»… haben wir ebenfalls begraben«, unterbrach ihn Maria. »Nicht sehr tief, fürchte ich. Spätestens im Frühjahr, wenn der Schnee geschmolzen ist, werden sie sie finden. Aber bis dahin sind wir schon lange nicht mehr hier.«

Sie werden die Toten finden, und ein verlassenes Haus voller unheimlicher Dinge, und sie werden die Geschichte von der Blutgräfin und den unheimlichen Fremden noch ihren Enkeln erzählen, dachte Andrej bitter. Jetzt – viel zu spät – begriff er, was Abu Dun gemeint hatte. Es war ihm lächerlich erschienen. Nun wurde ihm klar, dass nur seine Reaktion auf Abu Duns Worte dumm gewesen war. Genau wie der Nubier hatte sich auch Andrej stets nach einem Ort gesehnt, an dem er bleiben und einfach leben konnte, einem Platz, an dem die Menschen ihn akzeptierten und achteten, an dem sie nicht nach einer Weile anfingen, hinter seinem Rücken zu tuscheln, ihm sonderbare Blicke zuzuwerfen und ihn zu fürchten und am Schluss zu hassen. Und genau wie Abu Dun hatte er stets gewusst, dass es einen solchen Ort wahrscheinlich nicht gab. Aber Abu Dun war bescheidener gewesen. Er hatte sich nur einen Ort gewünscht, den sie *verlassen* konnten, ohne dass die Menschen dort sie verfluchten und Gott auf Knien dankten, dass sie fort waren.

Nicht einmal dieser bescheidene Wunsch war ihm gewährt worden.

»Vielleicht sollten wir gleich gehen«, sagte er leise. »Bevor sie merken, was passiert ist, und noch Schlimmeres geschieht.« Er versuchte sich vorzustellen, wie Ulric reagieren würde, wenn er vom Tod seiner beiden Söhne erfuhr. Es war nicht besonders schwer.

»Gleich morgen«, bestätigte Maria. »Ich habe schon alle Vorbereitungen getroffen.«

Andrej hob überrascht den Kopf. »Morgen schon?«

»Was spricht dagegen?«, gab Maria zurück. »Mit ein wenig Glück und wenn sich das Wetter nicht weiter verschlechtert, können wir in einer Woche in Prag sein. Ich kenne dort jemanden, der uns Unterschlupf gewährt.«

»Prag?«, wiederholte Andrej zweifelnd. Ihm war nicht wohl bei dem Gedanken.

»Warum nicht?«, fragte Maria. »Es ist eine wunderschöne Stadt. Und sicher. Weit weg vom Krieg und Verrückten mit Mistgabeln und Fackeln.«

»Das mag sein«, bestätigte Andrej.

»Aber es gefällt dir trotzdem nicht«, stellte Maria fest.

»Nein«, sagte Andrej. »Abu Dun und ich haben große Städte immer gemieden.«

»Wie Wien zum Beispiel«, sagte Maria spöttisch.

»Das war etwas anderes«, sagte Andrej unwillig. »Und es hätte uns fast umgebracht.«

»Das ist nicht wahr«, antwortete Maria. »Frederic hätte euch fast umgebracht. Und wenn es stimmt, was mir erzählt wurde, dann wart ihr es, die die Stadt gerettet haben.« Sie löste den Kopf von seiner Schulter, zog die Knie an den Körper und verschränkte die Hände davor. »Ihr habt euch doch immer einen Ort gewünscht, den ihr verlassen könnt, ohne dass die Menschen dort euch verfluchen. Wien war ein solcher Ort.«

Andrej konnte nicht anders, als sie aus großen Augen anzustarren. »Liest du meine Gedanken?«, fragte er schaudernd.

»Sicher«, antwortete Maria. Sie lachte. »Vor allem dann, wenn du sie laut aussprichst, Dummkopf.«

»Nenn mich nicht so«, entgegnete Andrej.

»Also gut«, Maria lachte noch einmal, lauter.

Er hatte seine Gedanken laut ausgesprochen? Es fiel ihm schwer, das zu glauben.

»Glaub es ruhig«, sagte Maria augenzwinkernd. »Du tust es nämlich immer noch.«

Andrej war völlig verstört. Er war sich sicher, ja, er *wusste*, dass er den letzten Gedanken nicht laut ausgesprochen hatte.

»Mach dir keine Sorgen«, sagte Maria kopfschüttelnd. »Das liegt an dem Pulver, das ich in deinen Wein gemischt habe. Es löst die Zunge.«

»Du hast mir nicht gesagt, dass du eine Hexe geworden bist«, murmelte Andrej. Bei diesen Worten lief ihm
ein kalter Schauer über den Rücken, aber Marias Lachen wurde noch lauter.

»Aber du hast doch nicht erwartet, dass ich dir auf
der Stelle alle meine Geheimnisse offenbare?«, fragte
sie. »Du solltest eine Frau nie unterschätzen, Andrej.
Schon gar nicht eine Frau wie mich.«

Unwillkürlich rutschte Andrej ein kleines Stück von
ihr weg und schaute sie lange forschend an. »Hast du
das auch von Blanche gelernt?«

»Ich habe doch gesagt, ich weiß nahezu alles von
ihm.«

»Und woher weißt du von Frederic?«

Marias Blick veränderte sich. Es schien, als ob in
ihren Augen, die bisher von Mitgefühl und tiefer Zuneigung erfüllt gewesen waren, plötzlich eine Spur
von Gekränktheit läge. »Du fragst dich, woher Frederic
wusste, wo ich bin«, sagte sie. »Das kann ich dir sagen.
Ich habe ihn getroffen. Vor vielleicht einem halben Jahr.
Kurz bevor Blanche und ich hierher gekommen sind.«

»Frederic?«, vergewisserte sich Andrej ungläubig.
»Du hast Frederic getroffen?« Maria nickte. Sie verzog
flüchtig die Lippen. »Ja«, sagte sie. »Ich kann nicht behaupten, dass ich sehr glücklich über diese Begegnung
war. Es gibt Menschen, die man nicht unbedingt wieder treffen möchte.«

»Und was hat er …«

»Wir haben nicht sehr lange miteinander gesprochen«, fiel ihm Maria ins Wort. Ihr Ton machte deutlich, dass sie nicht über Andrejs ehemaligen Ziehsohn
sprechen wollte. Dennoch fuhr sie fort: »Blanche hat

mit ihm geredet. Ich weiß nicht, worüber, aber danach hatte er es ziemlich eilig, wieder zu gehen.«

Andrej glaubte ihr kein Wort. Das war sicher längst nicht alles gewesen. Aber er fühlte, dass Maria nicht gewillt war, mehr preiszugeben.

»Warum muss ich mich ständig rechtfertigen, Andrej?«, fragte sie plötzlich in verletztem Ton. Sie streckte die Hand aus, berührte flüchtig seine Schulter und zog die Finger dann so hastig wieder zurück, als hätte sie sich verbrannt. »Ich bin nicht deine Feindin. Vielleicht bin ich nicht das, was du nach all den Jahren erwartet hast. Aber ich bin immer noch die, die ich war.«

Andrej wusste die Antwort auf diese Frage nicht. So gerne er ihr widersprochen hätte, er konnte es nicht. Maria hatte vollkommen Recht: Ihr Wiedersehen war nicht so, wie er es erwartet hatte. Ein halbes Jahrhundert lang hatte er davon geträumt. Natürlich hatte er nicht ernsthaft geglaubt, dass Maria dem Idealbild entsprechen könnte, zu dem sie in seinen Gedanken und Sehnsüchten geworden war. Und doch war in ihm ein Gefühl tiefer Enttäuschung, das er nicht begründen konnte und dessen er sich schämte. Lag es an Blanche? Machte er – ohne es zu wollen – *sie* für das verantwortlich, was der Weißhaarige ihm angetan hatte?

»Er hat mich niemals gezwungen, irgendetwas zu tun, was ich nicht wollte«, sagte Maria.

»Habe ich das auch wieder laut ausgesprochen?«

Maria schüttelte heftig den Kopf. »Nein. Aber ich habe Recht, nicht wahr?«

»Du hast mir immer noch nicht gesagt, wer er wirklich ist«, sagte Andrej, statt ihre Frage zu beantworten.

»Vielleicht, weil ich es selbst nicht weiß«, erwiderte

Maria. »Am Anfang dachte ich, ich wüsste es. Aber je länger ich ihn gekannt habe, desto weniger sicher war ich. Er hat niemals über sich gesprochen, weißt du?«

»In all den Jahren nicht?«, wunderte sich Andrej.

»Oh, natürlich hat er aus seinem Leben erzählt«, gab Maria zurück. »Er hat so viele Geschichten erzählt, so viele Dinge, die er erlebt und gesehen hat. Aber er hat niemals von *sich* erzählt. Er hat niemals verraten, was er ist, oder wie er zu dem geworden bist, was er nun ist. Ich weiß nur, dass er sehr alt sein muss. Ich selbst habe sie nie gesehen, doch Abu Dun hat dir bestimmt von den großen Pyramiden in seinem Land erzählt, oder? Warst du einmal dort?«

»Nein«, antwortete Andrej. »Aber ich weiß davon.«

»Blanche war dabei, als sie erbaut wurden«, sagte Maria. »Und ich glaube, er war auch damals schon alt. Vielleicht ist er einer der Ersten.« Sie zuckte mit den Schultern und sah aus großen, fremd wirkenden Augen in die tanzenden Flammen des Kaminfeuers. Ihre Stimme wurde leiser. »Vielleicht ist er sogar der Erste, der so wurde wie wir. Wer weiß, vielleicht stammen wir alle von ihm ab.«

»Das meinst du nicht ernst«, sagte Andrej.

Maria lachte leise und riss ihren Blick von den Flammen los. »Nein, natürlich nicht«, sagte sie. »Aber er ist so wie wir. Vielleicht ist er den Weg nur schon sehr viel weiter gegangen.«

Dagegen konnte Andrej nichts einwenden. Er selbst hatte in den zurückliegenden Tagen mehr als einmal ganz ähnliche Überlegungen angestellt und war zu dem gleichen Schluss gekommen. Aber der Gedanke erfüllte ihn mit Abscheu. Blanche war kein Mensch mehr. Er hatte seine Menschlichkeit schon vor langer Zeit verloren und war zu … etwas anderem geworden, das nur noch wie ein Mensch aussah, aber keine Gefühle und keine Seele hatte. Er musste wieder an das denken, was er tief in Abu Dun gespürt hatte; etwas … Fauliges, etwas so durch und durch Böses und Falsches, dass sich sein Herz schon bei der bloßen Erinnerung daran zusammenzog. War es das, was Maria meinte? War es das, wozu sie unweigerlich am Ende, nach einigen Hundert, vielleicht nach Tausenden von Jahren, werden mussten, wenn sie den Weg zu Ende gingen, den der Weißhaarige beschritten hatte? Andrej wollte das nicht wahrhaben. Wenn es so war, dachte er, dann war Abu Dun vielleicht sogar der Glücklichere von ihnen beiden.

»Weißt du, warum wir nach Wien gegangen sind?«

»Nein«, antwortete Maria.

»Wir waren auf der Suche nach einem Mann«, sagte Andrej. »Einem Medicus. Wir hatten gehört, dass er einiges über …« Er suchte nach Worten.

»Vampyre?«, half ihm Maria aus. »Warum sprichst du das Wort nicht aus? Wir sind allein. Niemand hört uns zu.«

»Vampyre«, bestätigte Andrej. Ihm kam das Wort nur schwer über die Lippen. »Es hieß, er hätte viel über uns herausgefunden.«

»Und?«, fragte Maria. »Habt ihr ihn gefunden?«

Andrej nickte und schüttelte zugleich den Kopf. »Ja. Aber es war zu spät. Er ist gestorben, bevor er uns alles verraten konnte, was er wusste.«

»Vielleicht nichts«, sagte Maria. »Ich kenne diesen Breiteneck nicht, aber ich bin Männern wie ihm oft genug begegnet, glaub mir. Sie wissen gar nichts.«

342

Andrej sah sie stirnrunzelnd an. Er konnte sich nicht erinnern, jemals in ihrer Gegenwart den Namen Breiteneck erwähnt zu haben.

»Sie forschen und sitzen in ihren Alchimistenstuben und rühren Pulver und Zaubertränke an. Sie glauben, den Stein der Weisen gefunden zu haben, wenn sie auch nur das kleinste der unzähligen Rätsel lösen, die die Natur bereithält. Sie begreifen nicht, dass sie für jeden Stein, den sie umdrehen, um einen Blick darunter zu werfen, tausend andere missachten. Hat er dir erzählt, dass es eine Krankheit ist?«

Andrej sah sie überrascht an. Das kam dem nahe, was der Medicus ihnen erklärt hatte.

Maria beantwortete ihre eigene Frage mit einem abfälligen Kopfnicken. »Ja, das ist es, was sie alle glauben. Es ist so bequem, weißt du? Nur eine Krankheit …!« Sie klang aufgebracht. »Eine Laune der Natur. Etwas, das nicht sein sollte und das man bekämpfen muss. Es fällt ihnen leichter, das zu glauben, statt sich der Frage zu stellen, ob sie vielleicht doch nicht die Krönung von Gottes Schöpfung sind.«

»Und wenn er Recht hatte?«, fragte Andrej. Maria wollte auffahren, doch er brachte sie mit einer Handbewegung zum Schweigen. »Ich bin noch nicht so alt, dass ich alles vergessen hätte. Ich hatte einen Vater, der mich gezeugt hat, und eine Mutter, die mich zur Welt gebracht hat. Genau wie du. Irgendwann einmal waren wir ganz normale, sterbliche Menschen.«

»Und dann ist etwas geschehen, von dem weder du noch ich genau wissen, was es war«, sagte Maria. »Willst du es wirklich wissen? Ich für meinen Teil nicht.«

Auf diese Frage hatte er keine Antwort. Noch vor ein

paar Tagen hätte er mit einem klaren, überzeugenden Ja geantwortet, aber da hatte er Blanche noch nicht gekannt.

»Lass uns morgen weiter darüber reden«, lenkte Maria ein. Sie stand auf. »Ich muss noch einige Vorbereitungen für unsere Reise treffen.«

»Ich werde dir helfen«, sagte Andrej und wollte sich ebenfalls erheben, aber Maria schüttelte den Kopf.

»Ich muss nur einige persönliche Dinge zusammensuchen«, sagte sie. »Eine Auswahl treffen. Wir reisen mit kleinem Gepäck. Du würdest mich dabei nur stören.«

»Und was soll ich tun?«, fragte Andrej.

»Schlaf ein!«, befahl Maria.

Andrej schlief ein.

Er erwachte zitternd vor Kälte. Es war tief in der Nacht. Der Kamin brannte noch, aber wieder schienen die Flammen keine Hitze zu verströmen, sondern das bisschen Wärme, das noch in seinem Körper war, aus ihm herauszusaugen. Selbst das Licht, das sie verbreiteten, wirkte kalt.

Andrej wickelte sich zitternd aus dem Mantel, in den er sich im Schlaf eingedreht hatte, und sah auf seine Hände hinab. Sie taten weh. Auch die Spuren der Verbrennungen, die er sich zuvor zugezogen hatte, waren immer noch zu sehen. Etwas stimmte nicht mit ihm, und es hatte keinen Sinn, die Augen davor zu verschließen.

Aber es waren weder die Schmerzen noch die Kälte, die ihn geweckt hatten, sondern eine intensive innere Unruhe.

Außerdem hatte er etwas gehört. Er konnte nicht sagen, was für ein Geräusch es gewesen war oder woher es kam. Es hatte ihn geweckt, und das allein war Grund genug, beunruhigt zu sein. Ein Leben voller Gefahren hatte ihn gelehrt, selbst im Schlaf harmlose von bedrohlichen Lauten zu unterscheiden.

Eine Woge von Kälte schlug über ihm zusammen und ließ ihn unter dem viel zu dünnen Mantel erbeben. Vorsichtig rutschte er noch näher an das prasselnde Feuer heran. Er hätte nicht so extrem auf die Kälte reagieren dürfen. Andrej steckte seine Hände unter die Achseln, um sie zu wärmen. In diesem Moment hörte er das Geräusch wieder.

Es war ein leises, qualvolles Stöhnen. Im ersten Moment dachte er, es käme aus dem Untergeschoss oder sogar von außerhalb des Hauses. Dann aber wiederholte es sich, und ihm wurde klar, dass es ganz aus der Nähe kommen musste, vielleicht gedämpft durch eine Wand.

Alarmiert sah er auf. Sein Blick wurde von der zweiten Tür des Kaminzimmers angezogen, die er vergessen hatte, ebenso wie das, was dahinter lag.

Instinktiv wollte er aufspringen, zwang sich aber, noch einen Atemzug lang reglos und mit geschlossenen Augen zu lauschen – nicht nur mit seinem Gehör, sondern auch mit allen anderen Sinnen, die ihm zur Verfügung standen. Er war nicht allein. In seiner unmittelbaren Nähe befand sich ein Mensch, den Schmerzen und Angst quälten, eine Angst, die Andrej, nachdem er darauf aufmerksam geworden war, wie einen üblen Geruch wahrnehmen konnte, der mit jedem Moment stärker wurde.

Schnell und lautlos stand Andrej auf, schlug den Mantel zurück und zog ebenso lautlos das Schwert aus der Scheide, indem er die Klinge zwischen Daumen und Zeigefinger der linken Hand hindurchgleiten ließ, damit sie kein verräterisches Geräusch verursachte. Er konnte immer noch nicht fassen, dass er das kleine Nebenzimmer mit seinem grässlichen Inhalt vergessen hatte. Nun, als hätte es dieses Begreifens bedurft, wurde ihm klar, wie viel anderes er in den letzten Tagen vergessen, nicht richtig gedeutet oder übersehen hatte. Nicht nur sein Körper begann ihn in zunehmendem Maße im Stich zu lassen.

Vorsichtig näherte er sich der Tür. Das Stöhnen wiederholte sich nicht. Hinter der dünnen Wand herrschte eine fast unheimliche Stille. Auch die Schwingungen von Angst und Entsetzen, die ihn geweckt hatten, wurden rasch schwächer. Wer immer sich dort auf der anderen Seite befand, hatte sich entweder beruhigt – oder lag im Sterben.

Andrej brauchte nur einen Augenblick, um die Tür zu erreichen und die Klinke herunterzudrücken, doch in dieser winzigen Zeitspanne schossen ihm tausend grausige Bilder durch den Kopf, die ihm mehr zusetzten, als es der Anblick jedes noch so Furcht einflößenden Feindes vermocht hätte. War Blanche zurückgekommen? Hatte er sich hereingeschlichen, sich Marias oder des Mädchens bemächtigt? Er stieß die Tür auf und trat mit einem einzigen Schritt in den dahinter liegenden Raum.

Was er sah, war schlimmer als alle Schreckensvisionen, die ihm durch den Kopf geschossen waren. Der Raum hatte sich nicht verändert. Er sah immer noch winzig und fensterlos aus. Immer noch nahm die große

Badewanne mit den Füßen in Löwenform einen Großteil des vorhandenen Platzes ein.

Nur war sie nicht mehr leer.

Maria lag der Länge nach ausgestreckt nackt in der
Wanne, die kein Wasser enthielt, sondern deren Boden
einen halben Finger hoch mit einer dunkelroten Flüssigkeit gefüllt war, die einen unverkennbaren Geruch
verströmte. Elenja – nackt bis auf ein zerschlissenes
Leibchen, das über und über mit dunkelbraun eingetrockneten Flecken besudelt war – kniete am Fußende
der Wanne. Sie hatte sich weit vorgebeugt, sodass ihr
Haar nach vorn gefallen war und Andrej den Blick auf
ihr Gesicht verwehrte. Aus ihren aufgeschnittenen
Adern lief ein dünner, stetig fließender Strom von Blut.
Maria räkelte sich in diesem grässlichen Bad. Ihre Augen waren geschlossen. Sie warf den Kopf von der einen
auf die andere Seite und stöhnte lustvoll. Ihre Hände
liebkosten ihren Körper, tauchten immer wieder ein,
um frisches, warmes Blut zu schöpfen, das sie über ihre
Lenden, ihre Brüste, die Schenkel und ihr Gesicht laufen ließ. Es gab keinen Zoll ihrer Haut, der nicht mit
Blut bedeckt gewesen wäre. Selbst ihre Zähne schimmerten rot, und ihr Haar hing in langen, klebrigen
Strähnen über ihre Schultern.

Die Szene war so unerträglich, dass Andrej gar nichts
empfand. Er stand einfach nur da, starrte auf das un-
glaubliche Bild vor ihm und versuchte zu begreifen, was
er sah. Es gelang ihm nicht. Der Anblick dessen, was
Maria tat, sprengte die Grenzen des Vorstellbaren. Eine
halbe Ewigkeit stand er fassungslos da, dann ließ er mit
einem Schrei sein Schwert fallen, war mit einem Satz bei
dem Mädchen und riss es in die Höhe.

Elenja reagierte gar nicht, sie lag wie eine Puppe in seinen Armen. Doch mit einem Mal schrie sie auf, machte sich mit einer verzweifelten Bewegung los und stolperte einen Schritt zurück, bis sie gegen die Wand prallte. Andrej streckte die Hand nach ihr aus, aber sie schrie nur noch lauter, krümmte sich zusammen und schlug nach ihm. Ihre Augen waren so groß, dass sie aus den Höhlen zu quellen schienen, und schwarz vor Entsetzen. Andrej bezweifelte, dass sie ihn überhaupt erkannte.

Elenjas Fingernägel zerkratzten sein Gesicht und suchten seine Augen. Zugleich versuchte sie ungeschickt, aber mit umso größerer Kraft, ihm das Knie zwischen die Beine zu rammen. Andrej wehrte den Stoß ab, packte ihre Arme und hielt sie mit einer Hand fest. Mit der anderen umschloss er ihren schmalen Hals, suchte die Schlagader und drückte kurz und mit genau berechneter Kraft zu. Elenja seufzte noch einmal schmerzerfüllt und erschlaffte dann in seinen Armen.

Andrej griff rasch zu und fing sie auf, als sie zusammenbrach. Behutsam ließ er das Mädchen vor sich auf den Boden gleiten, drehte es auf den Rücken und tastete nach seinen Handgelenken. Die Wunden bluteten immer noch. Da ihr Herz raste, spritzten kleine, rote Fontänen aus ihren aufgeschnittenen Adern, die seine Arme und sein Gesicht besudelten. Andrej wurde mit grausamer Gewissheit klar, dass das Mädchen unter seinen Händen verbluten würde, wenn er sein Herz nicht daran hindern konnte, auch noch den letzten Rest des verbliebenen Lebenssaftes aus ihr herauszupressen. Aber was sollte er tun?

Kurz entschlossen beugte er sich vor, riss einen Streifen aus dem Saum ihres zerfetzten Unterhemds und wickelte ihn um ihr linkes Handgelenk, so fest er konnte. Der Stoff färbte sich fast augenblicklich rot, und das Blut lief in einem dünnen, unaufhörlichen Strom an ihrer Hand hinab und begann eine rasch anwachsende rote Lache neben ihr zu bilden.

»Verdammt noch mal! Was tust du da?«

Noch bevor Andrej den Kopf drehen konnte, traf ihn ein so harter Stoß, dass er gegen die Wand geschmettert wurde. Eine schmale, in nassem Rot glitzernde Gestalt erschien neben ihm und beugte sich über das bewusstlose Mädchen.

Andrej stemmte sich hoch und versuchte, Maria beiseite zu stoßen, doch sie versetzte ihm mit der flachen Hand einen Schlag ins Gesicht, der so hart war, dass er benommen gegen die Wand sank und Mühe hatte, nicht das Bewusstsein zu verlieren.

»Bleib, wo du bist!«, herrschte ihn Maria an. »Oder willst du sie umbringen?«

Andrejs Schädel dröhnte. Ihm war schwindelig, und seine Beine hatten einfach nicht mehr die Kraft, das Gewicht seines Körpers zu tragen. Alles verschwamm vor seinen Augen. Dennoch stemmte er sich in die Höhe und kroch auf Händen und Knien auf Maria und ihr wehrloses Opfer zu.

»Lass sie in Ruhe«, stöhnte er. »Was tust du da? Hör auf, um alles in der Welt!«

Maria tat etwas mit Elenjas Händen, das er nicht genau erkennen konnte, und wandte kurz den Kopf, um sich mit einem raschen Blick davon zu überzeugen, dass er außer Reichweite war. Sie würde das Mädchen töten. Sie würde das zu Ende bringen, wobei er sie gestört hatte, und er hatte nicht die Kraft, sie daran zu hindern. Sein Schwert. Er brauchte sein Schwert.

Andrej drehte den Kopf und sah die Waffe auf dem Boden liegen, dort, wo er sie fallen gelassen hatte, nur zwei Schritte entfernt, und doch unendlich weit weg. Während Maria, nackt und in eine zweite Haut aus nassem Rot gehüllt, die ihr etwas Dämonisches verlieh, sich hektisch an den Armen des bewusstlosen Mädchens zu schaffen machte, nahm er all seine Kraft zusammen und kroch zur Tür zurück. Zitternd streckte er die Hand nach dem Schwert aus, bekam es zu fassen und musste voller Entsetzen feststellen, dass er nicht mehr die Energie hatte, es zu heben. Die Schwäche, die ihm in den zurückliegenden Tagen zunehmend zugesetzt hatte, breitete sich blitzartig in seinem Körper aus. Er spürte, dass sein Herz kaum noch die Kraft hatte, zu schlagen und das Blut durch seine Adern zu pumpen. Jeder Atemzug war eine Qual. Etwas stahl seine Kraft, sein Leben.

Schließlich verlor er für einige Augenblicke das Bewusstsein. Als seine Gedanken wieder aus dem schwarzen Schlund emportauchten, in den sie hinabgestürzt waren, warf er sich mit einem keuchenden Atemzug herum und schrie entsetzt auf, als er in ein rotes, unter einer grausigen feuchten Maske verborgenes Gesicht blickte. Das schiere Grauen, mit dem ihn dieser Anblick erfüllte, ließ ihn zurückprallen und davonkriechen, bis er gegen die Wand stieß.

»Beruhige dich, Andrej«, sagte das abstoßende, rote Gesicht. Es sprach mit Marias Stimme. Die Augen in der furchtbaren Dämonenfratze waren Marias Augen. Aber es war nicht Maria. Sie konnte es nicht sein. Er wollte nicht, dass sie es war.

»Andrej, bitte!«, sagte das *Ding*. »Ich kann dir alles erklären, aber hör mir zu!«

Er wollte es nicht hören. Er wollte diese Stimme nicht hören, diese furchtbar vertraute Stimme, die von Lippen gebildet wurde, die zu einem Antlitz der Hölle gehörten. »Nein«, wimmerte er. »Geh weg. Nein!«

Maria bewegte sich einen Schritt auf ihn zu und blieb stehen, als er nach ihr zu treten versuchte. Er hatte die Arme schützend vor das Gesicht gerissen und die Augen mit den Händen bedeckt, um den furchtbaren Anblick nicht länger ertragen zu müssen. Aber es half nichts. Das Bild hatte sich in sein Gehirn eingebrannt. Er würde es selbst dann noch sehen, wenn er sich die Augen herausriss. Andrej wünschte sich, sterben zu dürfen oder wenigstens in barmherzigen Wahnsinn zu versinken, doch stattdessen vernahm er Marias Stimme.

»Warum bist du hereingekommen?«, fragte sie bedauernd. »Du hättest das nicht tun sollen, Andrej. Warum musstest du das sehen?«

»Was hast du getan?«, wimmerte Andrej. Er schluchzte. Tränen liefen über sein Gesicht, und er hatte sich wie ein verängstigtes Kind zusammengekrümmt und die Knie an den Leib gezogen. »Was hast du getan? Wer bist du? Was hast du mit Maria gemacht?«

Das widerwärtige … *Ding* mit Marias Gesicht schüttelte sanft den Kopf. »Du verstehst es nicht«, sagte es mit Marias Stimme. »Wie könntest du auch, mein armer Liebling? Du hättest es nicht sehen dürfen. Noch nicht.«

Die Worte dieser Kreatur trafen Andrej wie Hiebe, bereiteten ihm tausendfach größere Qualen als alles, was dieses Geschöpf des Grauens ihm hätte antun können. Es hatte kein Recht, mit Marias Stimme zu sprechen. Andrej trat nach ihm, ohne zu merken, ob er traf. Das rot glänzende Gesicht beugte sich über ihn, die Lippen, die denen Marias so ähnelten, formten Worte, die er nicht hören wollte. Warme, nasse Hände berührten ihn, glitten über seine Schultern, seinen Hals und das Gesicht. Jede Berührung brannte wie pures Feuer, das sich tief in seine Seele fraß. Sie zwangen ihn, den Kopf zu heben und in die albtraumartige Verhöhnung von Marias Antlitz hinaufzublicken. Er wehrte sich verzweifelt, aber das *Ding* wischte seine Hände mit einer spielerischen Bewegung zur Seite.

»Sieh mich an!«, befahl es.

Sein Wille wurde ebenso mühelos hinweggefegt wie seine Arme. Andrej bäumte sich auf, tastete blindlings nach dem Schwert, das irgendwo neben ihm liegen musste, doch Maria zerrte ihn einfach in die Höhe, zwang ihn herum und versetzte ihm einen Stoß, der ihn gleich wieder zu Boden geschleudert hätte, hätte sie ihn nicht zugleich mit unbarmherziger Kraft festgehalten und zu dem reglos daliegenden Mädchen hingeschleift. Warum tat sie das? Wollte sie sich an seinen Qualen angesichts des wehrlosen Kindes, das sie auf so grässliche Weise getötet hatte, weiden?

»Sieh sie dir an!«, gebot Maria.

Er versuchte nicht mehr, sich zu widersetzen. In was sich Maria auch immer verwandelt hatte, es war stärker als er. Wimmernd sank er auf die Knie herab und sah in das Gesicht des Mädchens.

Elenja war nicht tot. Ihr Gesicht war so bleich wie das einer Toten, ihre Augen standen weit offen und wirkten starr, bar jeden Lebens – aber sie war nicht tot. Tief in ihr glomm noch ein winziger Funke, der verzweifelt gegen das Erlöschen ankämpfte. Noch während er da-hockte und vergeblich zu begreifen versuchte, was er sah und spürte, ließ sich Maria auf der anderen Seite ebenfalls auf die Knie sinken, streckte die Hand aus und legte die gespreizten Finger ihrer Linken auf Stirn und Augen des Mädchens. Andrej konnte nicht sagen, was dort geschah, aber der winzige Funke in Elenja glomm plötzlich auf und wurde wieder zu einer schwach, aber ruhig und gleichmäßig brennenden Flamme.

»Was ... hast du getan?«, flüsterte er ungläubig.

Maria richtete sich mit einem erschöpft klingenden Seufzer auf. Ihre Hand hinterließ einen roten Abdruck auf Elenjas Gesicht, mit ihrem eigenen, nun allmählich eintrocknenden Blut gemalt. Ein leises Stöhnen kam über Elenjas Lippen.

»Ich glaube, sie schafft es«, flüsterte Maria.

»Sie ...« Andrej schüttelte verwirrt den Kopf. »Aber was ... was meinst du?«

»Dass du sie beinahe umgebracht hättest, du Dumm-kopf«, antwortete Maria. Es klang fast, als ob sie nicht ihm, sondern sich selbst die Schuld dafür gäbe. Sie ließ sich wieder auf die Knie fallen und stützte die Hände auf die Oberschenkel. Ihre Schultern sackten nach vorn. Andrej konnte sehen, wie alle Kraft aus ihrem Körper wich.

»Was geht hier vor?«, fragte Andrej.

»Das ist nicht so einfach zu erklären«, antwortete sie zögernd, als hätte seine Frage Zeit gebraucht, um bis in ihr Bewusstsein vorzudringen. Sie starrte an ihm vorbei ins Leere, während sie verzweifelt nach den richtigen Worten suchte. »Es ist meine Schuld«, flüsterte sie. »Ich hätte es dir sagen sollen. Aber es war … der einzige Weg.« Ihre Stimme war kaum noch zu hören; ein bloßes Flüstern, in dem eine so tiefe Bitterkeit und Trauer lag, dass Andrej den Schmerz, den sie spürte, nachempfinden konnte. Mehr noch: In ihm stieg unvermittelt das furchtbare Gefühl auf, ihr Unrecht getan zu haben. Vielleicht war alles ganz anders, als es den Anschein gehabt hatte.

»War?«, fragte Andrej mit leiser, zitternder Stimme.

»Du hast mich nie gefragt, wie ich so alt geworden bin. Wolltest du denn nicht wissen, wie es mir gelungen ist, die Zeit zu besiegen?«

Entsetzt starrte Andrej Maria, dann das reglose Mädchen zwischen ihnen und schließlich wieder Maria an. Dann fragte er, mit einer Stimme, die schrill und krächzend und in seinen eigenen Ohren wie die eines Fremden klang: »So? Du … du hast dein Leben verlängert, indem du es anderen gestohlen hast?«

»Nicht gestohlen!«, verteidigte sich Maria. Sie klang erschrocken. »Es ist nicht so, wie du glaubst!«

Andrej hörte ihre Worte gar nicht. Er begriff endlich. Die Mischung aus Scham, Furcht und Verzweiflung, die er eben noch verspürt hatte, machte einem Gefühl von Bitterkeit Platz. »Also ist alles wahr«, flüsterte er. »Ulric hat die Wahrheit gesagt. Du hast diese Mädchen getötet.«

»Nein!« Maria schrie fast. »So verstehe doch! Ich habe niemanden getötet! Ich würde niemals ein anderes Leben nehmen, um meines zu verlängern! Das musst du mir glauben!«

Wie konnte er das? Er hatte es mit eigenen Augen gesehen. Wäre er nur einen Moment später gekommen, dann wäre auch Elenja tot gewesen. Wie all die anderen.

»Bitte, lüg mich nicht an«, sagte er. »Ich werde dir nichts antun, keine Angst. Ich möchte einfach nur die Wahrheit wissen.«

»Aber es ist die Wahrheit!«, verteidigte sich Maria verzweifelt. »So versteh doch! Ich habe niemandem etwas gestohlen! Ich habe nur etwas von ihrer Lebenskraft genommen, aber nicht so viel, dass es ihnen schadet oder sie umbringt! Sieh sie dir doch an! Sie ist am Leben. Sie wird wieder ganz gesund, ohne Schaden zu nehmen, und sie wird sich an nichts erinnern.«

»Und was du von ihr … genommen hast, wird ihr nicht fehlen?«, fragte Andrej spöttisch.

Maria schüttelte heftig den Kopf. »Du ahnst ja nicht, wie gewaltig der Vorrat an Kraft ist, den wir alle in uns tragen. Was ich ihr genommen habe, ist nicht mehr, als wenn ich einen Becher Wasser aus dem Ozean geschöpft hätte. Sie wird es gar nicht merken. Sie wird schlafen und alles vergessen haben, wenn sie wieder erwacht. Glaubst du, ich hätte mir all diese Jahre des Lebens und der Jugend zusammengestohlen, indem ich andere Leben vernichte? Denkst du wirklich, ich könnte so etwas tun?«

Andrej wusste nicht mehr, was er glauben sollte. Er wusste nicht einmal mehr, was er glauben *wollte*. Alles drehte sich. Seine Gedanken überschlugen sich und kreisten zugleich ständig um dieselben Fragen. Er blickte auf Elenja herab. Der Atem des Mädchens hatte sich beruhigt, ihre Augen waren geschlossen. Sie schien zu schlafen. Als er in sie hineinlauschte, spürte er weder Schmerz noch Todesangst. Ihre Lebensflamme brannte ruhig und gleichmäßig, so stark und jung, wie sie vorher gewesen war.

»Es ist das Blut, das dir die Kraft gibt?«, murmelte er.

»Ja«, antwortete Maria. »Es gibt uns allen unsere Kraft.«

Andrej schüttelte den Kopf. »Nicht mir«, sagte er, »und auch nicht Abu Dun.«

»Aber ihr habt die Kraft derer genommen, die ihr getötet habt«, sagte Maria. »Dieser Weg steht mir nicht offen. Nur die wenigsten von uns sind dazu in der Lage. Ich bin nicht wie du, Andrej, so wenig, wie du wie Blanche bist. Doch solange ich die Kraft des Blutes schöpfen kann, bleibe ich am Leben und jung.«

»Blanche«, flüsterte Andrej bitter. »Er war es, der dich zu dem gemacht hat, was du jetzt bist, habe ich Recht?«

Maria nickte und fuhr sich müde mit den Händen durch das Gesicht. Ihre Finger hinterließen schmierige Spuren auf der Haut.

»Die Vorstellung hat mich anfangs genauso entsetzt wie dich«, sagte Maria. »Ich wollte es nicht. Ich wäre lieber gestorben.«

»Aber dann hat er dich gezwungen, wie?«, fragte Andrej böse.

Maria sah ihn traurig an. »Zuerst, ja«, erwiderte sie. »Ich habe mich gewehrt. Ich habe verzweifelt gekämpft, ihn angefleht, gebettelt. Aber irgendwann habe ich begriffen, dass er Recht hatte.«

»Womit?«, fragte Andrej leise. Es fiel ihm schwer, etwas zu empfinden. Er wollte sie hassen, doch es gelang ihm nicht.

»Du hast niemals vor einer solchen Wahl gestanden, nicht wahr?«, fragte Maria. »Du bist ein Mann des Schwertes. Ein Krieger, der mit und von der Gewalt lebt und weiß, dass es genau diese Gewalt ist, die auch ihn eines Tages töten wird. Du hast dieses Los akzeptiert, und das kann ich verstehen. Aber ich bin nicht wie du. Ich bin eine Frau. Ja, ich gebe es zu, ich wusste, dass es nicht richtig war, aber ich habe mich trotzdem so entschieden. Ich wollte weiterleben. Und sei es nur, um dich eines Tages wieder in die Arme schließen zu können.«

Die Vorstellung, diesen mit Blut besudelten Leib je wieder in die Arme zu schließen, seine Lippen noch einmal auf die ihren zu pressen, die so viel unschuldiges Blut genommen hatten, jagte ihm einen eisigen Schauer über den Rücken.

»Und die anderen Mädchen?«, fragte er leise.

»Ihnen ist nichts geschehen«, antwortete Maria. »Ich habe nur ein einziges Mal von ihnen getrunken und sie dann fortgeschickt. Sie sind am Leben. Ich kann dich zu ihnen bringen, wenn du dich davon überzeugen willst.«

Andrej hatte mit einem dieser Mädchen selbst gesprochen und glaubte, dass Maria auch in Bezug auf die anderen die Wahrheit sagte. Er schämte sich, die Frage gestellt zu haben, doch Maria schien Verständnis dafür aufzubringen. Sie beugte sich vor und streckte die Hand aus, zog den Arm aber wieder zurück, noch bevor ihre Hand auf seinen Fingern einen warmen, roten Abdruck hinterlassen konnte.

»Ich kann verstehen, wenn du mich jetzt hasst«, sagte sie. »Ich könnte es sogar verstehen, wenn du dein Schwert nimmst und mich auf der Stelle erschlägst.«

Maria stand auf und ging zu dem Platz neben der Tür, wo er sein Schwert fallen gelassen hatte. Sie hob es auf, trug es zu ihm zurück und hielt ihm die Waffe mit dem Griff voran hin. »Nimm es«, sagte sie. »Wenn das, was ich getan habe, in deinen Augen so schlimm ist, dann bring es zu Ende. Tu es, wenn du glaubst, dass ich es verdient habe.«

Andrej zögerte, doch Maria machte nur eine heftige, auffordernde Bewegung mit dem Schwert und sah ihm fest in die Augen.

»Ich bitte dich nur, mich nicht zu verachten«, sagte sie leise. »Töte mich, wenn du willst, aber verlass mich nicht. Ich habe zu lange auf dich gewartet, als dass ich ohne dich weiterleben könnte.«

Andrej starrte sie lange aus leeren Augen an. Schließlich griff er nach dem Schwert, aber nur, um es mit einer sorgfältigen Bewegung in die lederne Scheide an seinem Gürtel zurückzuschieben.

»Ich würde dir niemals etwas antun«, sagte er. Sein Zorn war verraucht, so wie auch die Furcht erloschen war. Sein Entsetzen hatte einem tiefen Mitleid Platz gemacht und der festen Entschlossenheit, den Mann zu suchen, der Maria das angetan hatte. Er wusste nicht genau, was der Weißhaarige aus ihr gemacht hatte. Andrej konnte nicht einmal mit Bestimmtheit sagen, ob Maria noch ein Mensch war, und wie viel von dem Menschen, den er vor so langer Zeit gekannt und geliebt hatte, noch in ihr war. Aber er würde Blanche suchen, und er würde für das büßen, was er ihr angetan hatte.

»Ich werde dir helfen«, sagte er. Maria sah ihn fragend an. Andrej stand auf und schüttelte heftig den Kopf. »Das muss aufhören. Ich weiß noch nicht wie, aber wir werden einen anderen Weg finden. Ich helfe dir dabei.«

Maria sah stumm zu ihm hoch. Sie sagte nichts, doch in ihren Augen, die bisher dunkel vor Schmerz und Furcht gewesen waren, glomm eine schwache, verzweifelte Hoffnung auf. Alles, was Andrej noch empfand, war ein tiefes, allumfassendes Mitgefühl, das alle anderen Gefühle und Gedanken einfach weggewischt hatte. Er wollte sie in die Arme schließen, doch Maria wich zurück und bedeutete ihm, still zu sein. Andrej lauschte konzentriert und glaubte, etwas zu hören.

»Was war das?«, fragte er.

Maria schüttelte den Kopf. »Nichts«, sagte sie. »Ich dachte, ich hätte etwas gehört, aber da ist nichts.« Sie schlang die Arme um seinen Nacken und zog ihn sanft an sich, um ihn zu küssen. Ihre Lippen waren warm und weich. Sie schmeckten nach ihr, aber auch bitter–metallisch nach Elenjas Blut. Andrej wehrte sich gegen ihre Umarmung, aber sein Widerstand war zwecklos. Maria war so viel stärker als er, dass sie sein Sträuben gar nicht zur Kenntnis zu nehmen schien. Schließlich gab Andrej nach. Er zog sie so fest an sich, wie er nur konnte. In diesem Augenblick flog die Tür hinter ihnen auf, und ein krächzender, halb erstickter Schrei erklang.

Andrej wirbelte hastig herum und versuchte sich von Maria zu lösen. Dabei verlor er beinahe das Gleichgewicht.

Er hatte sich also nicht getäuscht und tatsächlich ein Geräusch gehört. Unter der Tür stand Stanik und starrte ihn aus Augen an, die vor Entsetzen schier aus den Höhlen zu quellen schienen. In der linken Hand hielt er eine Sturmlaterne, deren flackerndes Licht den Raum in ein Durcheinander von Schatten und tanzenden, roten Lichtreflexen tauchte, und in der anderen einen langen Dolch. Alle Farbe war aus seinem Gesicht gewichen. Sein Unterkiefer war heruntergeklappt und die Zunge quoll ihm aus dem Mund, sodass er wie ein Idiot ausgesehen hätte, wäre da nicht der Ausdruck von Entsetzen auf seinen Zügen gewesen.

Endlich war es Andrej gelungen, sich von Maria loszumachen und einen Schritt in Staniks Richtung zu tun. Doch es war zu spät. Der Junge erwachte mit einem Schrei aus seiner Erstarrung, prallte zurück und schleuderte Andrej zugleich die Laterne entgegen. Gedankenschnell duckte er sich und hörte, wie sie hinter ihnen klirrend zerbrach. Etwas zischte, und der durchdringende Gestank von brennendem Öl erfüllte den Raum. Andrej warf einen erschrockenen Blick über die Schulter zurück und sah, dass die Lampe auch Maria verfehlt hatte und an der gegenüberliegenden Wand zerbrochen war. Brennendes Öl lief an der Wand entlang zu Boden, und die Flammen breiteten sich mit rasender Geschwindigkeit aus. Dennoch stürmte er weiter und streckte den Arm aus, um Stanik zu packen.

Stanik überwand seine Überraschung und reagierte mit unerwarteter Schnelligkeit. Sein Messer zuckte hoch und zerschnitt Andrejs Handfläche, und als der vor Schmerz aufschrie und den Arm zurückzog, bewegte sich die Klinge rasend schnell weiter und bohrte sich dicht unterhalb seines Herzens in seinen Leib. Schmerz explodierte wie ein greller Funkenschauer vor Andrejs Augen, und aus seinem beherzten Vorwärtsstürmen wurde ein Stolpern, bis er hilflos auf die Knie sank und zur Seite kippte, als Stanik seinen Dolch zurückriss und ihm auch noch einen kräftigen Tritt versetzte. Ihm wurde schwarz vor Augen. Hätte der Junge ihn weiter attackiert, hätte er sich nicht einmal mehr wehren können. Stanik fuhr jedoch mit einem Schrei herum und war im nächsten Moment auf der Treppe verschwunden. Andrej konnte seine gehetzten Schritte auf dem altersschwachen Holz poltern hören. Dann fiel die Haustür ins Schloss.

Stöhnend kämpfte sich Andrej in die Höhe, presste die Hand auf die verletzte Seite und bemühte sich mit aller Macht, den Schmerz niederzukämpfen. Es gelang ihm, sich gegen die Ohnmacht zu wehren, die ihn in ihre dunkle Umarmung hinabzuziehen versuchte. Warmes Blut strömte zwischen seinen Fingern hindurch und lief an seiner Seite hinab. Ein furchtbares Zischen und Tosen umgab ihn. Er roch heißes Öl und brennendes Holz. Maria schrie. Mit einer letzten, verzweifelten Anstrengung gelang es ihm, die Augen zu öffnen und sich halb umzudrehen.

Die zerbrochene Laterne hatte die Rückwand des Zimmers in Brand gesetzt. Eine Lache brennenden Öls begann sich lautlos und schnell auf dem Boden auszubreiten und seine gierige Zunge nach dem reglos daliegenden Mädchen auszustrecken.

»Andrej!«, schrie Maria. »Bist du verletzt?«

»Nein«, log Andrej. »Das Feuer wird …«

»Darum kümmere ich mich«, unterbrach ihn Maria. »Lauf ihm nach! Er darf nicht entkommen! Ich bringe Elenja in Sicherheit und komme nach!«

Da sich Andrejs Körper von seinen schweren Verletzungen noch nicht vollständig erholt hatte, war Stanik schon längst nicht mehr auf dem Hof, als er aus dem Haus trat. Gottlob verfügte der junge Bursche weder über Flügel noch über die Fähigkeit, sich unsichtbar zu machen. Deshalb hinterließ er, anders als so mancher, dem Andrej in den letzten Tagen begegnet war, deutlich sichtbare Spuren im Schnee. Er war geradewegs aus dem Tor gerannt – der Länge seiner Schritte nach zu urteilen wie von Furien gehetzt.

Andrej kam allmählich zu Bewusstsein, welcher Anblick sich dem Jungen geboten haben musste, als er die Tür aufgestoßen hatte. In dem Zimmer hatte eine Wanne voller Blut gestanden. Elenja hatte spärlich bekleidet und scheinbar tot am Boden gelegen. Er hatte die nackte, über und über mit Blut besudelte Maria in den Armen gehalten und geküsst. Andrej fuhr sich mit dem Handrücken über den Mund und spürte etwas Nasses, Klebriges. Seine Lippen waren blutverschmiert. Er an Staniks Stelle hätte vermutlich nicht anders reagiert, hätte sich ihm diese Szene dargeboten!

Dicht hinter dem Tor war Stanik scharf nach rechts abgebogen. Nur wenige Schritte weiter fand Andrej den Schnee aufgewühlt und zertrampelt, und die Fährte, die von dort in Richtung des Waldes verlief, war die eines Pferdes.

Andrej war deshalb nicht beunruhigt. Bei der Dunkelheit und den herrschenden Witterungsverhältnissen würde Stanik im Wald auch zu Pferde kaum schneller vorankommen als er zu Fuß. Dennoch ging er in die Hocke und besah sich die Spur genauer. Es waren die Hufabdrücke von zwei Pferden. Stanik war entweder nicht allein gekommen, oder – was Andrej wahrscheinlicher erschien – er hatte ein zweites Reittier mitgebracht, weil er jemanden abholen wollte. Vielleicht, dachte Andrej, hatte er sich seine Meinung über Ulrics ältesten Sohn doch vorschnell gebildet. Er würde ihn fragen, sobald er ihn eingeholt hatte.

Andrej richtete sich wieder auf und folgte der Spur, die geradewegs zu dem schmalen Waldweg führte, der vom Dorf aus zum Schloss verlief. Bevor er in den Wald eindrang, blieb er jedoch noch einmal stehen und drehte sich um. Der heruntergekommene Hof lag schwarz vor ihm, nur an einer Stelle, so schwach, dass ein normales Auge es nicht wahrgenommen hätte, färbte ein blassroter Schein den Himmel. Die Flammen schlugen noch nicht aus dem Dach, aber Maria hatte es bisher auch nicht geschafft, sie zu löschen. Er bezweifelte, dass ihr das gelingen würde. Andrej hatte nur einen einzigen, flüchtigen Blick in den Raum geworfen, aber er hatte gesehen, wie gierig sich das Feuer in das uralte, trockene Holz der Wände und des Fußbodens gefressen hatte. Der Hof war verloren.

Andrej war jedoch sicher, dass Maria die Situation bewältigen konnte, und setzte seinen Weg mit schnellen Schritten fort. Eine kurze Strecke lang folgte er der Spur, die Stanik hinterlassen hatte, dann blieb er stehen und lauschte mit angehaltenem Atem.

Er hatte es kaum zu hoffen gewagt, aber diesmal ließen ihn seine Sinne nicht im Stich. Er vernahm das rhythmische Hämmern eisenbeschlagener Pferdehufe, das verräterische Knacken eines Zweiges oder das leise Rascheln, mit dem Pferd oder Reiter Schnee von tief hängenden Ästen fegten. Stanik war schon weiter entfernt, als er vermutet hatte, aber er bewegte sich nicht viel schneller als Andrej. Nachdem er einen weiteren Moment konzentriert gelauscht hatte, konnte er auch die Richtung bestimmen, aus der die Hufschläge kamen.

Statt weiter dem Weg zu folgen, wich Andrej nach

rechts von dem vorgegebenen Pfad ab und benutzte sein Schwert, um sich einen Weg durch das verschneite Unterholz zu hacken. Zwei- oder dreimal blieb er stehen, um zu lauschen und sich zu orientieren. Das Geräusch der Hufschläge wurde allmählich lauter. Solange Stanik nicht bemerkte, dass er verfolgt wurde, bestand die Chance, ihn einzuholen.

Zum ersten Mal stellte sich Andrej die Frage, was er Stanik eigentlich sagen sollte. Er wusste es nicht. Andrej gestand sich bedrückt ein, dass er wohl keine andere Wahl hatte, als den Jungen niederzuschlagen und ihn gefesselt und geknebelt zum Hof zurückzutragen, damit er sich mit eigenen Augen davon überzeugen konnte, dass seine Verlobte am Leben und an Leib und Seele unbeschadet war.

Ein weißer Schemen huschte über ihm durch die Baumwipfel. Andrej hörte das Schlagen großer, kraftvoller Flügel und glaubte, die Berührung einer unsichtbaren, eisigen Hand zu spüren, die seine Seele streifte. Dann war das Geräusch verklungen, und Dunkelheit und Stille des nächtlichen Waldes schlugen wie eine Woge über ihm zusammen.

Andrej sah sich mit klopfendem Herzen um. Er war nicht sicher, ob er sich das alles nicht nur eingebildet hatte, doch als er lauschte, fiel ihm auf, wie unnatürlich still es war. Alles, was er hörte, war das entfernte Geräusch der Hufschläge, das nun wieder größeren Abstand zu gewinnen begann, und seine eigenen Atemzüge. Sonst nichts. Der Wald war vollkommen still. Als wäre alles Leben in weitem Umkreis erloschen.

Andrej mahnte sich zur Ruhe. Schließlich war es mitten in der Nacht im tiefsten Winter, und vermutlich hatte allein schon der Lärm der Pferdehufe und seiner eigenen Schritte die wenigen Nachtjäger, die sich nicht im Winterschlaf befanden oder in wärmere Gegenden gewandert waren, vertrieben. Blanche war nicht hier.

Trotzdem ertappte er sich dabei, immer wieder nach rechts und links zu blicken, während er weiterlief. Er beschleunigte seine Schritte deutlich, um Stanik einzuholen. Der Junge musste halb wahnsinnig vor Angst sein.

Andrej hackte sich immer rücksichtsloser einen Weg durch das dichte Unterholz. Mehr als einmal verfing sich ein dorniger Zweig in seinem Mantel oder ein tief hängender Ast peitschte in sein Gesicht und verletzte ihn. Er konnte keine Rücksicht nehmen. Stanik war vielleicht nicht der Einzige, der zu dieser späten Stunde im Wald unterwegs war, und er musste ihn um jeden Preis einholen, bevor er mit irgendjemandem reden konnte.

Als würde sich eine bekannte Szene wiederholen, vernahm er plötzlich das schrille Wiehern eines Pferdes, brechende Äste, das Klirren von Metall, den gellenden Schrei aus einer menschlichen Kehle, in dem sich Entsetzen mit Schmerz mischte. Er hörte ein Zischen, einen hohen, rasselnden Laut, der so fremd und voller Wildheit war, dass sich Andrejs Nackenhaare aufstellten. Dann fiel ein Körper mit einem dumpfen Laut aus großer Höhe in den Schnee.

Andrej stürmte los. Ohne das Schwert zu benutzen, brach er einfach mit seinem Körper durch das Unterholz, wobei er die kleinen Verletzungen und Schrammen, die er sich zuzog, nicht einmal zur Kenntnis nahm. Vor ihm wieherte noch immer ein Pferd im Todeskampf, aber er hörte auch die hämmernden Hufschläge eines zweiten Tieres, die sich schnell entfernten, um dann mit einem plötzlichen, dumpfen Laut, einem schrillen Kreischen und dem hässlichen Geräusch von brechenden Knochen zu verstummen.

Das Zischen war noch immer zu vernehmen, und ein Wimmern, das kaum noch als menschlich zu erkennen war. Andrej konnte sich nicht erinnern, jemals zuvor einen solchen Klang von Grauen und Wahnsinn gehört zu haben. Obwohl er so schnell rannte, wie er nur konnte, versuchte er noch einmal, seine Schritte zu beschleunigen, brach durch ein letztes Gebüsch – und prallte so entsetzt zurück, dass er vom Schwung seiner eigenen Bewegung fast umgerissen worden wäre, wäre er nicht mit der Schulter gegen einen Baum geprallt.

Es war kein Bild aus einem Albtraum. Es war schlimmer.

Das Pferd, dessen Todesschreie er gehört hatte, lag sterbend vor ihm zwischen den Bäumen. Seine Kehle war aufgerissen, sodass das Blut in einem pulsierenden Strom hervorsprudelte und den Schnee rot färbte. Der Geruch brachte ihn fast um den Verstand.

Stanik war wenige Schritte neben seinem Pferd zu Boden gestürzt und hatte sich offenbar rücklings kriechend in Sicherheit zu bringen versucht, bis ein Baum seiner Flucht ein Ende gesetzt hatte. Dort lehnte er mit angezogenen Knien und schützend vor das Gesicht gerissenen Armen. Es war kein Mensch, was dort vor ihm stand. Es war nichts, was Andrej jemals zuvor gesehen hätte.

Die Kreatur war so groß wie ein Kalb, aber massiger. Andrej glaubte, einen aufgedunsenen, in der Mitte eingekerbten Leib zu sehen, drahtige schwarze Haare, die im blassen Sternenlicht wie Metall glänzten, lange, staksende Beine, die in messerscharfen Klauen endeten, und eine Traube faulig glänzender Augen, die von einer so abgrundtiefen Bosheit und Gier erfüllt waren, dass ein einziger Blick einem Menschen den Verstand rauben konnte.

Andrejs Verstand weigerte sich zu erkennen, was seine Augen ihm mitteilten, und die trainierten Reflexe und Reaktionen des Kriegers gewannen die Oberhand. Er schüttelte sein Entsetzen ab und riss das Schwert in die Höhe. Das Ungeheuer hockte auf Stanik und drückte ihn mit vier seiner Beine zu Boden, während seine furchtbaren Fänge bereits im Sternenlicht aufblitzten, bereit, sich in Staniks Hals zu bohren. Andrej war zu weit entfernt, um das Ungeheuer rechtzeitig aufzuhalten.

Er schleuderte sein Schwert.

Die Waffe verwandelte sich in einen silbernen Blitz und grub sich tief in den vorderen Teil des aufgedunsenen, zweigeteilten Körpers.

Die Kreatur kreischte. Ihre fingerlangen, dolchspitzen Fänge, die auf Staniks Hals gezielt hatten, rissen Furchen in die Baumrinde unmittelbar neben dessen Gesicht. Ihre zahlreichen Beine peitschten, trafen den Boden, aber auch Staniks Körper und Gesicht, dann stürzte das Ungetüm kreischend zur Seite und fiel auf den Rücken. Die Schwertklinge, die seinen Leib durchbohrt hatte, ragte wie eine silberne, von unheiligem, schwarzem Blut besudelte Zunge unmittelbar unter seinem hässlichen Maul hervor. Die Beine krümmten sich wie die Finger einer Hand, die sich im Todeskampf zur Faust ballt.

Aber die Bestie starb nicht. Andrej konnte sie spüren. Er spürte ihren Schmerz, die furchtbare Qual, die sie litt, und deutlicher noch ihre unbändige Wut und ihren Hass auf alles Lebende und Fühlende, den absoluten Willen, alles, was im Stande war, Gefühle zu empfinden, zu vernichten.

Vielleicht war es dieser Hass, der ihm half, seine Angst zu überwinden. Andrej war nicht sicher, was es war, dem er dort gegenüberstand. Er *wollte* es nicht wissen. Er wusste nur, dass diese Kreatur sein Feind war, der Feind jeglichen Lebens, und dass er sie vernichten musste, egal um welchen Preis. Während sich das Ungeheuer wieder aufrichtete, zappelnd und kreischend, mit seinen zahlreichen Beinen um sich schlagend, war Andrej mit zwei gewaltigen Sprüngen bei Stanik, fiel neben ihm auf die Knie und riss den Dolch des Jungen aus dessen Gürtel. Gleichzeitig zog er seinen eigenen Dolch und drang auf das entsetzliche Geschöpf ein.

Das Monster mochte schwer verletzt sein, aber es war keineswegs wehrlos. Die beiden Waffen, die Andrej in den Fäusten hielt, schnitten mit einem sirrenden Laut durch die Luft und zielten nach dem halben Dutzend glotzender Augen. Aber die Kreatur sprang mit einer blitzartigen Bewegung zurück, stellte sich auf die beiden hinteren Beinpaare, wodurch sie beinahe so groß war wie er, und schlug mit vier weiteren, mit messerscharfen Klauen bewehrten Gliedern nach ihm. Statt die Bestie zu verletzen, schrie Andrej selbst vor Schmerz auf, als ihre Klauen seine Oberarme und Schultern zerfetzten. Er fiel, rollte sich blitzartig auf den Rücken und rammte Staniks Dolch tief in den haarigen Leib des Ungeheuers. Gleichzeitig wurde er erneut verletzt – eine fingerlange, gekrümmte Klaue grub sich wie glühendes Eisen tief in seinen Körper, aber der Schmerz schien ihm völlig unwichtig zu sein. Andrej zog vor Schmerzen schreiend die Knie an den Körper, stieß aber gleichzeitig mit dem anderen Dolch zu, während er Staniks Klinge mit einem harten Ruck in der Wunde herumdrehte. Schwarzes, übel riechendes Dämonenblut sprudelte auf ihn herab und brannte wie Säure in seinem Gesicht und auf seinen Händen, doch sein Dolch hatte wenigstens zwei der schrecklichen Augen getroffen und den höllischen Glanz darin für immer zum Erlöschen gebracht. Das Ungeheuer bäumte sich auf. Aus seinem Kreischen wurde ein Laut, der Andrejs Schädel zum Zerplatzen bringen wollte, und es begann in purer Todesangst um sich zu schlagen. Eine seiner fürchterlichen Krallen traf Andrejs Bein und hinterließ eine tiefe, heftig blutende Wunde, eine andere schlitzte sein Gesicht auf. Das Ungeheuer bäumte sich über ihm auf. Der Dolch wurde ihm aus den Händen gerissen, und die Spitze seines eigenen Schwerts verletzte Andrej, als er danach zu greifen versuchte, dann stürzte das widerliche Wesen unmittelbar neben ihm in den Schnee.

Andrej warf sich verzweifelt herum, um außer Reichweite der zuckenden Beine mit ihren tödlichen Klauen zu kommen, stemmte sich auf Hände und Knie hoch und kroch ein paar Schritte weit, bevor er erschöpft und am ganzen Leib zitternd zusammenbrach. Es war nicht der Schmerz, der ihm so zusetzte. Obwohl er schwer verletzt war, spürte er ihn kaum, oder doch nur auf einer Ebene, die keinerlei Bedeutung hatte. Die bloße Nähe des Ungeheuers war mehr, als er ertragen konnte.

Sein selbstmörderischer Angriff war ein Reflex gewesen, auf den sein Verstand und sein Denken keinen Einfluss gehabt hatten. Doch als der Kampf vorüber war, spürte er, wie unerträglich die Nähe dieses Ungetüms war. Nicht seine Klauen, die tödlichen Fänge und die mörderische Kraft seines riesigen Körpers erschütterten ihn. Es war die bloße Anwesenheit der Bestie. Dieses Ungeheuer musste aus einer Welt stammen, die tausend Mal schlimmer als die Hölle war.

Der Teil von Andrej, der menschlich war, der den fauligen Odem der Bestie spürte, wollte davonlaufen, schreien und sich irgendwo verkriechen, lieber sterben, bevor er der widerlichen Kreatur nur noch ein einziges Mal ins Antlitz blicken musste. Doch tief in ihm, dort, wo das blutgierige Ungeheuer angekettet war, das ein Teil seines Selbst war, erwachte eine kalte Entschlossenheit. Dieses Geschöpf gehörte nicht in diesen Wald, nicht in diese Nacht, nicht in diese Welt. Er musste es vernichten, auch wenn er selbst dabei den Tod fand.

Andrej kämpfte sich stöhnend auf Knie und Ellbogen hoch, nahm all seine Kraft zusammen und setzte sich auf. Sein Körper hatte bereits damit begonnen, die Wunden zu heilen, die ihm die Bestie geschlagen hatte, aber es war ein langsamer, qualvoller Prozess, als hätte sie ihn mit einem tückischen Gift verseucht, das die Selbstheilungskräfte seines Körpers daran hinderte, ihre Arbeit zu tun. Er fühlte sich leer, so matt, als hätte die bloße Berührung des Monsters ihn all seiner Kraft beraubt. Als er sich herumdrehte, kippte er zur Seite und musste sich mit den Armen aufstützen, um nicht erneut zu Boden zu fallen.

Auch sein Gegner schien am Ende seiner Kräfte zu

sein. Das groteske Geschöpf hatte sich halb aufgerichtet, knickte jedoch immer wieder in den Hinterläufen ein und fiel dabei von einer Seite auf die andere. Sein vorderes Beinpaar versuchte vergeblich, nach dem Schwertgriff zu tasten, der aus seinem Rücken ragte, und aus den beiden leeren Augenhöhlen, die Andrejs letztem Angriff zum Opfer gefallen waren, lief schwarzes, schleimiges Blut, das einen erbärmlichen Gestank verströmte und unter dem der Schnee zu zischen und sich in grauen, übel riechenden Dampf zu verwandeln begann. Torkelnd wandte sich die Bestie um und begann davonzukriechen.

Andrej wollte ihr folgen, hatte aber nicht die Kraft dazu. Es gelang ihm, sich halb in die Höhe zu stemmen, dann gaben seine Beine nach, und er stürzte schwer in den Schnee, wo er gegen die Ohnmacht ankämpfen musste, die ihn schon wieder zu umschlingen versuchte. Der Blutverlust hatte ihn geschwächt. Der Vampyr in ihm schrie auf und zerrte an seinen Ketten, begierig darauf, sich auf seinen Feind zu werfen. Doch selbst wenn Andrej bereit gewesen wäre, ihn zu entfesseln, hätte er nicht einmal mehr dazu die nötige Kraft gehabt. Minutenlang blieb er zitternd und keuchend nach Luft ringend im Schnee liegen, bis er es schaffte, sich auf die Seite zu drehen, um nach seinem Feind Ausschau zu halten.

Das Ungeheuer war verschwunden. Eine breite Spur aus schwarz verklumptem Schnee und träge in der Luft hängendem, stinkendem Dampf markierten den Weg, den die Bestie genommen hatte. Ein kleines Stück entfernt blinkte Metall auf. Es war sein Dolch, von dem sich die Kreatur befreit hatte. Von seinem Schwert war nichts zu sehen. Andrej klammerte sich an die verzweifelte Hoffnung, dass das Ungeheuer die Waffe nicht loswerden und am Ende doch an ihr zu Grunde gehen würde, aber er fürchtete, dass das nicht geschehen würde. Ihm war mit unerschütterlicher Gewissheit klar, dass keine von Menschenhand geschaffene Waffe dieses Monster töten konnte.

Ein leises Wimmern drang in seine Gedanken. Andrej drehte sich mühsam auf die andere Seite und stellte fest, dass sich Stanik halb an dem Baumstamm in die Höhe geschoben hatte, vor dem er gelegen hatte, und aus weit aufgerissenen, von einem wahnsinnigen Flackern erfüllten Augen in seine Richtung sah. Dünne Speichelfäden liefen aus seinen Mundwinkeln, tropften sein Kinn hinunter und vermischten sich mit dem Blut auf seinem Gesicht. Er hatte die Hände zu Krallen verkrümmt, mit denen er über seine Wangen fuhr und sich selbst die Haut aufriss.

Andrej stemmte sich hoch und kroch zu Stanik hinüber. Stanik wimmerte laut und zog die Knie an den Leib, um sich zu einem schützenden Ball zusammenzurollen. Seine linke Hand fuhr weiter über sein Gesicht und hinterließ tiefe, blutige Kratzer, mit der anderen versuchte er, nach Andrej zu schlagen.

»Es ist schon gut«, sagte Andrej. Die Worte sollten den Jungen beruhigen, aber er hörte selbst, wie schrecklich seine Stimme klang: ein schrilles Krächzen, das mehr von seiner eigenen Furcht verriet, als ihm recht war. Dennoch fuhr er fort: »Stanik! Hörst du mich?«

Falls der Junge ihn hörte, so reagierte er nicht. Er versuchte, weiter von Andrej zurückzuweichen, ohne dass es ihm gelang, verbarg das Gesicht in der Armbeuge und schlug mit der anderen Hand ungeschickt in seine Richtung. Dabei stammelte er etwas, das Andrej nicht verstand.

Andrej richtete sich neben ihm auf, packte seine Hand und hielt sie fest. Mit der anderen griff er nach Staniks Gesicht. Der Junge wehrte sich mit der Kraft der Verzweiflung, aber Andrej zwang ihn, den Kopf zu drehen und ihn anzublicken.

»Sieh mich an!«, befahl er scharf. »Ich bin es! Das Ungeheuer ist weg! Verstehst du mich. Es ist fort!«

Im ersten Moment schien es, als hätte Stanik auch diese Worte nicht gehört. Er versuchte um so verzweifelter, sich zu wehren. Er trat nun auch nach ihm. Dann aber hörte er ganz plötzlich auf. In seinen Augen war wieder ein Funke bewussten Verstandes zu erkennen. Er hörte auf, nach Andrej zu treten und zu schlagen, und starrte ihn nur stumm an.

»Es ist vorbei«, sagte Andrej noch einmal mit leiser, eindringlicher Stimme. »Hast du das verstanden?«

Stanik nickte. Er begann am ganzen Leib so heftig zu zittern, dass seine Zähne klappernd aufeinander schlugen.

»Es ist fort«, sagte Andrej noch einmal. »Du brauchst keine Angst mehr zu haben.«

»Ist es … tot?«, flüsterte Stanik.

»Das weiß ich nicht«, antwortete Andrej wider besseren Wissens. Das Ungeheuer lebte noch. Aber er hütete sich, Stanik das zu sagen. »Jedenfalls ist es nicht mehr da«, sagte er. »Und ich glaube auch nicht, dass es so schnell zurückkommen wird.«

Und wenn doch?, fragte eine leise Stimme tief in seinem Innern. Andrej versuchte diese Stimme zu ignorieren, aber ihm war bewusst: Wenn das Ungeheuer zurückkam, waren sie verloren. Er hatte keine Waffe und auch keine Kraft mehr, um einen zweiten Kampf mit der Bestie zu überstehen.

Abermals streckte er die Hand nach Stanik aus, doch der Junge fuhr wieder zusammen und riss schützend die Arme vor das Gesicht. »Ich bin nicht dein Feind«, sagte Andrej leise und zugleich so beruhigend und eindringlich, wie er nur konnte.

»Du gehörst zu ihr«, stammelte Stanik. »Du gehörst zu der Hexe.«

»Falls es deiner Aufmerksamkeit entgangen sein sollte, mein Freund«, erwiderte Andrej mit einem Unterton gutmütigen Spotts in der Stimme, »ich habe dir gerade das Leben gerettet. Und um ein Haar hätte die Bestie auch mich getötet.«

Sein Appell an Stanik schien seine Wirkung zu tun. Der Junge hockte zwar nach wie vor zitternd vor Angst in verkrampfter Haltung da, ließ aber langsam die Arme sinken und sah ihn misstrauisch an. Dann überzog von neuem ein Ausdruck jähen Schreckens sein Gesicht. »Nein!«, keuchte er. »Dein Gesicht! Du … du gehörst zu ihnen! Du bist ein Teufel!«

»Mein Gesicht?«, wiederholte Andrej. »Was soll damit sein?« Er hob die Hand und tastete über seine Wange. Er spürte halb eingetrocknetes Blut, sein eigenes und das des Ungeheuers, das ihn besudelt hatte, aber darüber hinaus nichts Außergewöhnliches. Dann wurde ihm klar, dass es eben dieser Umstand war, der Stanik Angst einjagte. Die Klauen des Ungeheuers hatten Andrejs Wange aufgerissen. Es war kaum mehr als ein Kratzer, verglichen mit den anderen Verletzungen, die er während des kurzen Kampfes erlitten hatte. Jedenfalls war er verletzt gewesen, als er sich über Stanik gebeugt hatte. Und nur wenige Augenblicke später war sein Gesicht – wie durch Hexerei – unversehrt.

»Geh weg!«, wimmerte Stanik. »Lass mich! Du gehörst zu ihnen! Du bist vom Teufel besessen!«

»Ich wünschte, es wäre so einfach«, murmelte Andrej so leise, dass Stanik die Worte nicht verstand. Lauter und mit einem beruhigenden Lächeln, von dem er hoffte, dass es nicht zu einer Furcht einflößenden Grimasse geriet, sagte er: »Stanik, bitte! Es ist nicht so, wie du glaubst. Ich gebe zu, es gibt ein paar Dinge, die ich dir verschwiegen habe, aber ich bin weder dein Feind noch vom Teufel oder irgendeinem anderen Dämon besessen. Ich werde dir alles erklären, aber jetzt sollten wir machen, dass wir hier wegkommen.« Er deutete in die Richtung des Schlosses. »Elenja wartet auf dich. Du willst doch sicher nicht, dass sie sich Sorgen um dich macht, oder?«

Die letzte Frage klang in seinen Ohren albern, doch in seiner Verzweiflung fiel ihm nichts anderes ein. Die bloße Erwähnung des Mädchens reichte aus, um den Jungen in die Wirklichkeit zurückzuholen.

»Elenja?«, murmelte er. »Was weißt du von ihr? Was hast du mit ihr gemacht?«

»Nichts«, antwortete Andrej. »Sie ist auf dem Schloss. Ihr fehlt nichts. Wenn du endlich damit aufhörst, dich wie ein störrisches Kind aufzuführen, dann bringe ich dich zu ihr.«

Stanik glaubte ihm offensichtlich kein Wort. Andrej

an seiner Stelle hätte es vermutlich auch nicht getan. Er konnte nicht anders, als dem Jungen widerwillig Respekt zu zollen. Was er in der letzten Stunde gesehen und erlebt hatte, ging weit über das hinaus, was die meisten anderen Menschen an seiner Stelle ertragen hätten, ohne den Verstand zu verlieren.

Andrej stand auf und streckte Stanik erneut seine Hand entgegen. Der ließ noch einige Augenblicke verstreichen und sah Andrej mit einem Blick an, in dem sich Furcht und Misstrauen mit allmählich aufkeimender Hoffnung mischten. Dann stemmte er sich umständlich in die Höhe. Sein Blick irrte zwischen Andrejs Gesicht und jenem Punkt am Waldrand, an dem das Ungeheuer verschwunden war, hin und her. Er musste ein paar Mal heftig schlucken, bevor er einen weiteren Satz herausbrachte.

»Aber wenn du nicht zu ihr gehörst, was … was bist du dann?«

»Ich bin nicht dein Feind«, sagte Andrej. »So wenig wie Gräfin Berthold.«

Wie erwartet, reichten seine Worte nicht aus, das Misstrauen des Jungen zu zerstreuen. Statt weiterzusprechen, ging Andrej mit wenigen schnellen Schritten dorthin, wo Staniks Dolch im Schnee lag, hob die Waffe auf und gab sie ihrem Besitzer zurück.

Stanik griff instinktiv nach dem Dolch, drehte ihn aber so verständnislos in der Hand, als hätte er nicht die geringste Ahnung, wozu ein solcher Gegenstand gut sein sollte. Dann weiteten sich seine Augen, sein Blick löste sich von der Dolchklinge und blieb an Andrejs Brust hängen. »Aber du …«, stammelte er. »Ich habe dich verletzt. Ich habe dich …«

»... ziemlich überrascht, ja«, fiel ihm Andrej ins Wort. »Du warst schneller, als ich erwartet hatte. Manchmal ist so ein Kettenhemd doch ganz nützlich, nicht wahr? Es ist unbequem und schwer, und ich frage mich oft genug, warum ich mich überhaupt damit herumplage. Heute hat es mir wohl das Leben gerettet.«

Sicherlich wusste Stanik spätestens seit seinem Angriff, dass Andrej kein Kettenhemd unter dem Wams trug. Aber in diesem Moment spielte das keine Rolle, weil Andrej ihm eine Erklärung gegeben hatte, an die er glauben konnte. Der Junge sah ihn kurz unentschlossen an, dann schob er das Messer in die schmale Lederscheide an seinem Gürtel zurück, und Andrej atmete auf.

»Kannst du laufen?«, fragte er.

Stanik warf einen kurzen, bedauernden Blick auf den Kadaver seines Pferdes. »Das werde ich wohl müssen«, sagte er. »Elenja ist im Schloss, sagst du?«

»Bei Maria, ja«, bestätigte Andrej. Er gab es auf, sie Gräfin Berthold zu nennen. Stanik war weder blind noch taub, und erst recht nicht dumm.

»Dann sollten wir uns beeilen«, sagte Stanik. »Mein Vater und die Männer aus dem Dorf sind unterwegs dorthin.«

Lange bevor sie aus dem Wald herausgetreten waren, hatte Andrej schon durchdringenden Brandgeruch wahrgenommen. Über dem Schloss leuchtete der Himmel in weitem Umkreis in einem düsteren, drohenden Rot. Flammen schlugen hoch aus dem brennenden Dachstuhl des Wohnhauses. Obwohl es wieder zu schneien begonnen hatte, tanzten Millionen und Abermillionen winziger roter Funken über dem Hof in der Luft. Andrej konnte die trockene Hitze selbst über die große Entfernung hinweg spüren. Maria hatte den Kampf gegen das Feuer verloren.

Das letzte Stück vom Waldrand bis zum Tor hatten sie laufend zurückgelegt. Trotz seiner Erschöpfung hatte Stanik dabei ein so rasches Tempo vorgelegt, dass Andrej kaum mithalten konnte. Dicht vor ihm stürmte Stanik durch das Tor und blieb dann so abrupt stehen, dass Andrej um ein Haar in ihn hineingerannt wäre.

Der Anblick, der sich ihnen bot, war unglaublich.

Wie Andrej befürchtet hatte, war es Maria nicht gelungen, das Feuer zu löschen. Die Flammen hatten sich über den gesamten Dachstuhl des Hauses ausgebreitet. Auch hinter den Ritzen der mit Brettern vernagelten Fenster im Erdgeschoss loderte ein gelbes, unheimliches Licht. Erstaunlicherweise brannte nur das Haus. Obwohl der Funkenschauer, der sich in einem bizarren Tanz lautlos über den gesamten Hof vom Himmel herabsenkte, dichter war als das Schneetreiben, hatten die Flammen noch auf keines der anderen Gebäude übergegriffen. Andrej erschien das unbegreiflich, denn er konnte die lodernde Hitze des Feuers selbst zwanzig Schritte entfernt schmerzhaft auf dem Gesicht spüren. Aber vielleicht hatte der anhaltende Schneefall der letzten Wochen alles so sehr mit Feuchtigkeit durchtränkt, dass sich das Feuer nicht ausbreiten konnte. Allerdings hatte Andrej mehr als genug Feuersbrünste erlebt, um zu wissen, dass ein wenig Schnee einen Brand wie diesen nicht aufzuhalten vermochte. Ihm blieb jedoch keine Zeit, weiter über dieses Rätsel nachzudenken, denn Stanik erwachte mit einem krächzenden Schrei aus seiner Erstarrung und rannte weiter – direkt auf die offen stehende Tür des brennenden Hauses zu!

»Stanik!«, schrie Andrej. »Bleib stehen!«

Falls der Junge seine Stimme über das Tosen der Flammen und das immer lauter werdende Heulen des Windes hinweg überhaupt hörte, so reagierte er jedenfalls nicht darauf. Bevor Andrej ihn einholen und zurückhalten konnte, hatte er das Haus bereits erreicht und stürmte durch die Tür. Andrej folgte ihm notgedrungen.

Grellgelbe, lodernde Glut erfüllte den Raum. Andrej konnte kaum noch etwas sehen. Die Hitze traf ihn wie ein Faustschlag. Staniks Gestalt wurde zu einem zerfließenden Schemen in der gleißenden Hölle aus Licht und Glut. Der Junge taumelte, und durch die dröhnenden Flammen und das durch die Hitze berstende Holz konnte Andrej ihn vor Schmerz aufschreien hören. Trotzdem rannte Stanik weiter und setzte dazu an, die Treppe hinaufzustürmen. Ein Großteil des Geländers und die oberen Stufen standen bereits in Flammen.

Im letzten Moment holte Andrej ihn ein und riss ihn so grob zurück, dass der Junge das Gleichgewicht verlor und stürzte. Sofort sprang er wieder auf und wollte abermals zur Treppe stürmen, doch diesmal packte Andrej ihn mit beiden Händen und schüttelte ihn so grob, dass Staniks Zähne aufeinander schlugen.

»Bist du wahnsinnig geworden?!«, schrie er über die brüllenden Flammen hinweg. »Willst du dich umbringen?«

Vielleicht wollte Stanik das. Ganz bestimmt wollte er Andrej in diesem Moment umbringen, weil der ihm den Weg versperrte. Er griff nach seinem Dolch und versuchte ihn zu ziehen. Andrej versetzte ihm einen Faustschlag auf das Handgelenk, der seinen Arm lähmte, und gleich darauf mit der anderen Hand eine schallende Ohrfeige, die Stanik zwei Schritte zurücktaumeln ließ.

»Sei vernünftig!«, schrie er. »Dort oben ist nichts mehr am Leben!«

»Elenja!«, keuchte Stanik. »Wo ist sie? Ich muss zu ihr!«

»Wenn sie noch am Leben ist, dann ganz bestimmt nicht dort oben«, antwortete Andrej mit einem heftigen Kopfschütteln. Er versuchte die Tränen wegzublinzeln, die ihm das grausam grelle Licht in die Augen trieb, hustete qualvoll und sah sich verzweifelt um. Die Hitze war so schlimm, dass er nicht verstand, wie Stanik sie ertrug. Er hatte das Gefühl, flüssiges Feuer zu atmen und innerlich zu verbrennen. Die Umrisse des Raumes schienen sich zu verflüssigen. Vor seinen Augen begannen sich Staniks Wimpern und Augenbrauen zu kräuseln. Er bildete sich sogar ein, dünnen, grauen Rauch von dessen Haaren und Kleidung aufsteigen zu sehen. Wenn sie auch nur eine einzige Minute länger hier blieben, war es zumindest um den Jungen geschehen. Vielleicht auch um ihn.

»Raus hier!«, schrie er. »Vielleicht sind sie in einem der anderen Gebäude! Drüben im Turm! Er ist aus Stein und kann nicht brennen!«

Stanik antwortete, doch das Tosen und Brüllen der Flammen verschlang seine Worte. Vielleicht war es auch nur ein Schmerzensschrei gewesen. Dann nickte er und machte einen stolpernden Schritt an Andrej vorbei in Richtung Tür.

Andrej hörte es einen winzigen Moment vor Stanik,

aber dennoch viel zu spät. Es war, als stöhne das ganze Haus unter den Schmerzen auf, die ihm die Flammen bereiteten. Andrej sah, dass sich die Wände rings um sie herum bewegten. Plötzlich war die Decke über ihnen verschwunden und machte einem Himmel aus reiner Glut Platz, aus dem brennende Trümmer und wirbelnde Funkenschauer auf sie herabregneten.

Andrej packte Stanik bei der Schulter und riss ihn im allerletzten Augenblick zurück, als die halbe Decke zusammen mit der Treppe herabstürzte. Wo gerade noch der Ausgang gewesen war, erhob sich nun ein lodernder Scheiterhaufen, der die grausame Hitze weiter nährte. Andrej stolperte zurück, riss Stanik mit sich und prallte dicht neben der Tür zur Küche gegen die Wand. Obwohl sie wie alle Wände im Haus nur aus Holz, Lehm und einer dünnen Schicht Putz bestand, war sie glühend heiß.

Andrej stieß sich von der glühenden Wand ab, riss sich den Mantel von den Schultern und warf ihn Stanik kurzerhand über den Kopf, damit wenigstens Gesicht und Lungen notdürftig vor der sengenden Hitze geschützt waren, doch der Stoff fing augenblicklich Feuer. Von der Decke regneten immer mehr Funken und brennende Holzstücke herab. Das unheimliche Stöhnen und Vibrieren setzte wieder ein und kündigte den baldigen Zusammenbruch des restlichen Gebäudes an. Andrej war klar, dass es nicht mehr lange dauern konnte. Sie mussten raus.

Wäre er allein gewesen, hätte er trotz seiner Angst vor dem Feuer versucht, die Barrikade aus brennendem Holz und glühenden Trümmern, die sich vor dem Ausgang türmte, zu überwinden. Neben einem gezielten

Stich ins Herz oder einer Enthauptung war Feuer eine der sichersten Methoden, einen Unsterblichen umzubringen. Trotzdem hätte er es riskiert. Aber Stanik war bei ihm. Angesichts der ständig ansteigenden Hitze und des glühenden Trümmerregens, der auf sie herunterprasselte, kam es ihm fast wie ein kleines Wunder vor, dass der Junge sich überhaupt noch auf den Beinen halten konnte.

Andrej packte Stanik und stieß ihn vor sich her durch die Küchentür. In der Küche war es kaum weniger heiß als draußen in der Halle, und obwohl das Feuer noch nicht auf den Raum übergegriffen hatte, erfüllte auch dort beißender Qualm die Luft. Andrej hustete qualvoll, während Stanik verzweifelt würgte. Der schmerzverzerrte Ausdruck auf seinem Gesicht machte Andrej klar, dass der Junge mittlerweile keine Luft mehr bekam. Er sah sich gehetzt nach rechts und links um und entdeckte schließlich, wonach er suchte. Die hölzerne Klappe, die zum Keller hinabführte, war geschlossen, und jemand hatte einen schweren, eisernen Riegel vorgelegt. Andrej war mit zwei gewaltigen Sätzen dort, griff nach dem Riegel und schrie vor Schmerz und Schrecken auf. Das Metall war heiß. Kurzerhand nahm er einen schweren Holzscheit und zertrümmerte mit zwei beherzten Schlägen die Klappe.

Stanik war ihm nachgekommen, lehnte zwei Schritte entfernt an einem Schrank und rang ebenso verzweifelt wie vergebens nach Luft. Andrej packte ihn an den Schultern, drehte ihn grob herum und stieß ihn so unsanft durch die Klappe und die schmale, ausgetretene Steintreppe hinunter, dass er gestürzt wäre, hätte Andrej ihn nicht festgehalten.

382

Das Tosen der Flammen hinter ihnen schien lauter zu werden, so als brülle das Ungeheuer vor Wut auf, dass ihm seine Beute entkam. Es verfolgte sie mit grellem gelben und rot flackerndem Licht, sodass Andrej die gesamte Treppe und einen Teil des gewölbten Ganges, in den sie mündete, überblicken konnte. Der Tunnel war so niedrig, dass weder Stanik noch er aufrecht darin stehen konnten, und verlor sich in gerader Richtung in vollkommener Dunkelheit. Auf dem Boden hatte sich Wasser zu ölig schimmernden Pfützen gesammelt. Die Wände waren mit weißem und grünlichem Schimmel überzogen. Auf der rechten Seite des Ganges gab es nur wenige Schritte entfernt eine niedrige Tür.

Sie hatten gerade das Ende der Treppe erreicht, als der Feuerschein nachließ und der Gang in vollkommener Schwärze versank. Andrej war vollkommen blind, doch sein scharfes Gehör, das Bild, das er sich eingeprägt hatte und die dumpfen Echos ihre eigenen Schritte und Atemzüge reichten ihm zur Orientierung. Der Gang musste sich bis weit unter den Hof erstrecken, vielleicht sogar bis hinüber zu Blanches Turm. Selbst in ihrer Situation bereitete Andrej der Gedanke Unbehagen, noch einmal diesen unheimlichen Turm betreten zu müssen.

Die Hitze war auch dort unten noch spürbar, aber nicht mehr so unerträglich wie oben im Haus. Wände und Decke hatten einen äußerst stabilen Eindruck gemacht. Andrej war sicher, dass der Tunnel selbst dann standhalten würde, wenn das gesamte Gebäude über ihnen zusammenbrach.

Er ging einige Schritte weiter, musste dann aber stehen bleiben, als Stanik vor ihm ins Stolpern geriet und keuchend gegen die Wand sank. Der Junge war am

Ende seiner Kräfte. Er musste vor Angst halb wahnsinnig sein und litt vermutlich unerträgliche Schmerzen.

Dennoch war das Erste, was er nach einigen Augenblicken atemlos hervorwürgte: »Elenja? Wo ist … Elenja?«

»Wahrscheinlich irgendwo hier unten«, antwortete Andrej zögernd. »Sie kannte diesen Keller. Ich bin sicher, dass Maria und sie hierher geflohen sind.«

Stanik bewegte sich neben ihm in der Dunkelheit. Er versuchte etwas zu sagen, brachte aber nur ein qualvolles Würgen zu Stande, das in ein noch qualvolleres Husten überging. Dann konnte Andrej hören, wie der Junge in die Knie brach und sich lang anhaltend übergab.

»Warte hier«, sagte er. »Ich sehe, ob ich eine Lampe finde oder eine Fackel.«

Ohne eine Antwort abzuwarten, streckte er die Arme aus und tastete sich in der Dunkelheit die Wand entlang. Schon nach wenigen Schritten stieß er auf die Tür, die er zuvor gesehen hatte. Andrej machte sich nicht die Mühe, nach einem Riegel oder Griff zu suchen, sondern trat das morsche Holz kurzerhand ein und tastete sich mit vorgestreckten Armen in den dahinter liegenden Raum. Er stieß gegen einen Korb, der umfiel und seinen Inhalt auf dem Boden verstreute. Dann ertastete er ein Regal, auf dessen Brettern sich Körbe, Säcke und Tonkrüge stapelten. Schließlich fand er genau das, worauf er gehofft hatte. Auf einem Brett gleich neben der Tür, genau in der Höhe, in der ein Mädchen von Elenjas Größe sie ablegen mochte, um sie auch im Dunkeln schnell zu finden, lag eine Anzahl Wachskerzen. Hastig griff er in die Tasche, grub die Feuersteine aus, die er immer bei sich trug. Fahrig wie er war, brauchte er fünf oder sechs Versuche, bevor es ihm gelang, einen Funken zu schlagen, der den Docht in Brand setzte. Eine winzige, gelbe Flammen glomm auf. Andrej wollte sich schon umdrehen und die Kammer wieder verlassen, überlegte es sich aber anders und hob die Kerze höher, um sich den Raum genauer anzusehen.

Im blassen Licht der kleinen Flamme war es schwer, Einzelheiten zu erkennen. Es war die Vorratskammer, von der Elenja gesprochen hatte, aber sie entsprach ganz und gar nicht dem, was er sich unter diesem Begriff vorgestellt hatte. Der Raum war klein und fensterlos, drei der vier Wände waren hinter deckenhohen, roh zusammengezimmerten Regalen verborgen, deren Bretter bis zum Überquellen vollgestopft waren. Fast eine Minute lang stand Andrej reglos da und starrte ungläubig auf die Berge von verschimmeltem Brot, verfaultem Gemüse und schrumpeligem, verdorbenem Obst, auf verfaultes, matschiges Fleisch und andere, vor vielen Jahren ungenießbar gewordene Lebensmittel, die er nicht einmal mehr erkennen konnte. Auf dem Boden lag eine dicke Staubschicht. Eigentlich hätte der Gestank dort drinnen so erbärmlich sein müssen, dass er einem den Atem nahm. Alles, was Andrej jedoch roch, war ein leicht süßlicher Odem, der bewies, wie lange all diese Dinge schon dort lagern mussten.

Einzig auf dem Regal gleich neben der Tür, auf dem er die Kerzen gefunden hatte, befanden sich einige wenige Lebensmittel, die so aussahen, als könne man sie noch ungefährdet, wenn auch gewiss nicht mit Appetit, verzehren: ein Laib Brot, ein kleiner Korb mit getrocknetem Obst und Gemüse und ein Krug mit Wein, auf dessen Oberfläche sich eine dünne Staubschicht gebildet hatte.

»Andrej?«, drang Staniks Stimme von draußen in seine Gedanken.

»Es ist alles in Ordnung«, antwortete Andrej hastig. »Ich komme.«

Er steckte die restlichen Kerzen ein, drehte sich um und hielt schützend die flache Hand vor die Flamme, damit sie nicht durch den Luftzug seiner Bewegung erlosch. Stanik hatte sich im Dunkeln weiter an die Tür herangetastet und fuhr sich erschöpft mit dem Handrücken über den Mund, als Andrej herauskam. Er erschrak, als er den Jungen sah. Staniks Haar war fast vollkommen versengt, auch seine Kleider wiesen unzählige Brandlöcher auf. Er hatte sich üble Verbrennungen an den Händen und im Gesicht zugezogen und würde vermutlich ein paar hässliche Narben zurückbehalten, die ihn Zeit seines Lebens an diese Nacht erinnerten. Aber wie durch ein Wunder schien er nicht schwer verletzt zu sein.

»Elenja?«, fragte Stanik.

Andrej schüttelte zur Antwort nur stumm den Kopf, entzündete eine zweite Kerze und reichte sie ihm. Gleichzeitig machte er eine Kopfbewegung nach rechts, tiefer in den Gang hinein. »Der Stollen führt zum Turm hinüber«, sagte er. »Vielleicht haben sie sich dorthin geflüchtet. Oder sie sind gar nicht mehr hier.«

Stanik wollte antworten, doch Andrej ließ ihm keine Gelegenheit dazu, sondern drehte sich um und ging los. Er legte ein Tempo vor, von dem er annahm, dass Stanik gerade noch mithalten konnte, ohne dass ihm Luft zu weiteren Fragen und Einwänden blieb.

Der Weg durch den Gang war nicht einfach. Andrej musste sich darauf konzentrieren, die winzige Flamme der Kerze nicht erlöschen zu lassen, dabei reichte das Licht kaum zwei Schritte weit. Dennoch jagte ihm das, was er in dem blassgelben Schein sah, einen kalten Schauer über den Rücken. An den Wänden klebte nicht nur Schimmel und grünlicher Moder, sondern auch große Flecken der unheimlichen, grauen Substanz, die er im Stall entdeckt hatte. Je tiefer sie in den Gang eindrangen und sich damit von Feuer und Brandgeruch entfernten, desto deutlicher nahm er nun auch wieder jenen fremdartigen Geruch wahr, auf den er schon mehrmals gestoßen war. Es war der Geruch der Bestie, dessen war er nun sicher. Das Geschöpf, das Stanik im Wald angegriffen und gegen das er gekämpft hatte, war dort unten im Tunnel gewesen.

Vielleicht war es noch immer dort.

Andrej versuchte, seine Schritte zu zählen, um auf diese Weise die genaue Entfernung abschätzen zu können. Sie konnten nicht mehr allzu weit von Blanches Turm weg sein, als er ein Geräusch vor sich hörte. Abrupt blieb er stehen und bedeutete mit der freien Hand Stanik, ebenfalls anzuhalten und still zu sein. Das Geräusch wiederholte sich – ein unheimliches Kratzen und Schaben. Klang es nicht so, als ob lange, klauenbewehrte, haarige Beine sich über nassen Stein schleppten? Dann so etwas wie ein Stöhnen, das nicht aus einer menschlichen Kehle zu stammen schien.

»Was ist das?« Auch Stanik hatte es gehört.

Andrej wiederholte seine warnende Geste, dann streckte er die Hand nach hinten aus und flüsterte: »Gib mir deinen Dolch.«

Zu seinem Erstaunen gehorchte der Junge sofort und zog das zu groß geratene Messer aus der Scheide, um es ihm in die Hand zu drücken. Andrej glaubte kaum, dass er ihn mittlerweile als Verbündeten oder gar als Freund akzeptiert hatte. Vielleicht war ihm nur klar, dass Andrej besser mit dieser Waffe umzugehen wusste als er. Vielleicht hatte er auch einfach nur aufgegeben.

Zwei oder drei Atemzüge lang stand Andrej einfach da und lauschte. Nichts war mehr zu hören, aber er spürte, dass dort vor ihnen irgendetwas war. Er hob die Kerze höher und strengte seine Augen an, aber die Dunkelheit blieb so undurchdringlich wie eine Mauer aus Schwärze.

»Bleib hinter mir«, flüsterte er. »Wenn irgendetwas passiert, lauf weg.«

Ohne Staniks Antwort abzuwarten, schlich er auf Zehenspitzen weiter.

Ja, da war etwas. Aber es war kein Mensch. Andrej hielt nach wenigen Schritten inne und versuchte verwirrt, das sonderbare Gefühl zu ergründen, das von ihm Besitz ergriffen hatte. Irgendetwas … Vertrautes war dort vor ihnen. Es erinnerte ihn an …

Doch das war vollkommen unmöglich!

Andrej gestattete sich nicht, den Gedanken weiterzudenken. Er griff fester nach dem Dolch und setzte seinen Weg mit schnellen Schritten fort. Vor ihnen schimmerte ein graues, unsicheres Licht, in das sich Fäden von Rot und Gelb mischten. Sie mussten sich dem Turm und der eingebrochenen Stelle in der Kellerdecke nähern, und was er sah, war das hereindringende Sternenlicht und der Widerschein des Feuers. Als sie einen großen, runden Raum erreichten, blieb er stehen. Heruntergefallene Steine, Erde und zerborstene Balken bildeten ein schier undurchdringliches Gewirr vor ihnen. Der Gang, der sie dorthin geführt hatte, setzte sich auf der anderen Seite des Durcheinanders fort.

Andrej sah sich suchend um und entdeckte schließlich etwas, das irgendwann einmal eine Treppe gewesen sein musste. Sie war fast völlig zusammengebrochen, aber mit einigem Geschick konnte man darauf immer noch nach oben kommen.

»Du bleibst hier«, befahl er Stanik. »Du zählst langsam bis hundert. Wenn ich bis dahin nicht zurück bin oder dich rufe oder wenn du irgendetwas hörst oder siehst, was dir nicht gefällt, dann kletterst du nach oben und läufst deinem Vater und den anderen entgegen.«

Stanik antwortete nicht. Andrej spürte, dass er sich seinen Atem hätte sparen können. Aber wenn dieser liebeskranke junge Narr unbedingt sein Leben aufs Spiel setzen wollte, dann sollte er es tun.

Das Messer griffbereit in der Hand und alle Sinne bis zum Zerreißen angespannt, begann er über Schutt und Trümmer hinwegzuklettern und näherte sich der Fortsetzung des Tunnels. Durch das Loch in der Decke über ihnen wirbelte feiner Schnee herein. Er konnte ein entferntes Tosen und Brausen hören, und manchmal das gedämpfte Krachen von zerbrechendem Holz. Allem Anschein nach war das Feuer immer noch auf das Wohnhaus auf der anderen Seite des Hofes beschränkt, doch es bestand kein Zweifel daran, dass der Hof bald vollkommen in Schutt und Asche liegen würde. Dieser Gedanke erfüllte ihn mit Erleichterung.

Entgegen seiner Anweisung, aber auch, ohne dass Andrej etwas dagegen sagte, folgte ihm Stanik durch den Raum und trat neben ihn, als Andrej vor dem Eingang zum Tunnel stehen blieb. Die Dunkelheit darin war vollkommen, der fremdartige Geruch noch stärker. Andrej vernahm leise, schwere Atemzüge.

»Elenja!«, schrie Stanik. Bevor Andrej ihn zurückhalten konnte, stürmte er los und verschwand mit gewaltigen Sätzen in der Dunkelheit. Die Kerze erlosch, aber er konnte hören, dass der Junge seine Schritte noch weiter beschleunigte. Andrej hoffte, dass der Gang nicht plötzlich endete oder in jähem Winkel abknickte und Stanik sich den Schädel an der Wand einrannte. Mit einem lautlosen Fluch auf den Lippen stürmte er dem Jungen hinterher.

Seine Kerze erlosch augenblicklich, aber Staniks Schritte waren laut genug, um sich daran zu orientieren. Der Junge befand sich einige Meter vor ihm, und das hallende Echo seiner Schritte verriet Andrej, dass sich der Gang in dieser Richtung noch ein Stück geradeaus fortsetzte, bevor er tatsächlich vor einer Mauer zu enden schien. Er wollte Stanik eine Warnung zurufen, aber es war zu spät: Staniks Schritte brachen abrupt ab. Nur einen Augenblick später hörte er einen krächzenden Schrei, gefolgt von einem lang anhaltenden Poltern und Krachen, von dem Andrej nur zu gut wusste, was es bedeutete. Es war das unverkennbare Geräusch, mit dem ein menschlicher Körper eine Treppe hinunterstürzte.

Andrej fluchte, rannte noch schneller und wäre um ein Haar selbst gegen eine Wand gelaufen, als der Gang einen abrupten Knick nach links machte. Hinter der Biegung begann eine schmale, steinerne Treppe, die in jähem Winkel gut fünfundzwanzig Stufen weit in die Tiefe führte. An ihrem unteren Ende flackerte das blassrote Licht einer Fackel oder eines offenen Feuers, in dessen Schein er Stanik erkennen konnte, der schmerzverkrümmt am Boden lag, offensichtlich aber noch bei Bewusstsein war. Der fremdartige Geruch, der bisher kaum wahrnehmbar in der Luft gehangen hatte, wurde dort so intensiv, dass er Andrej fast den Atem nahm. Er stützte sich mit der ausgestreckten linken Hand an der Mauer ab, um auf der abschüssigen Treppe nicht das Gleichgewicht zu verlieren und ebenfalls zu stürzen, und lief hinunter, so rasch er nur konnte. Neben dem verletzten Jungen ließ er sich auf die Knie fallen, drehte ihn auf den Rücken und überzeugte sich mit einem eiligen Blick davon, dass er zumindest keine äußerlichen Verletzungen davongetragen hatte. Dann hob er den Kopf und sah sich in dem großen Raum um, in den die Treppe mündete.

Er war annähernd so groß wie der Durchmesser des Turmes, doch anders als dieser war er keineswegs mit Unrat oder Trümmern gefüllt. Das rote Licht, dessen Schein ihn dorthin geführt hatte, stammte von den Flammen eines gewaltigen, prasselnden Kamins, der nahezu die gesamte gegenüberliegende Wand des Kellers einnahm. So pompös wie dieser Kamin war auch die restliche Einrichtung: Es gab einen riesigen Tisch, an dem sich das gute Dutzend hochlehniger, mit kunstvollen Schnitzereien verzierter Stühle etwas verloren ausnahm. Daneben stand ein Albtraum von einem Bett, in dem sechs, sieben Schläfer bequem Platz gefunden hätten. Die barbarischen Schnitzereien zeigten die grässlichsten Dämonenfratzen und Teufelsgestalten, die man sich vorstellen konnte. Andrej registrierte all dies mit einem flüchtigen Blick.

Dann setzte sein Herz vor Schreck einen Schlag lang

aus und arbeitete anschließend so mühsam weiter, als hätte sich sein Blut unversehens in geschmolzenen Teer verwandelt. Eine unsichtbare Hand schien sich in seine Kopfhaut zu krallen und sie langsam zusammenzuziehen. Seine Augen quollen vor Entsetzen schier aus den Höhlen, als er die unförmige, aufgedunsene Kreatur erblickte, die in einem Stuhl am Kopfende des monströsen Tisches saß und ihn aus sechs Augen anstarrte.

Dann verging die grausame Illusion und er erkannte, wer wirklich dort saß.

»Maria?«, krächzte er ungläubig. Er blinzelte. Marias Gestalt schien zu verschwimmen, aber das lag bloß an den Tränen, die plötzlich seine Augen füllten. Das lähmende Entsetzen, das ihn ergriffen hatte, wurde schlimmer. Wie hatten ihm seine Sinne einen so grausamen Streich spielen können?

Maria wollte etwas sagen. Sie brachte jedoch nur ein halblautes Keuchen hervor, sank nach vorne und stützte sich mit den Händen an der Tischkante ab, um nicht vom Stuhl zu fallen. Andrej glaubte kurz, ein zweites Paar schattenhafter Arme zu erkennen, die nicht in menschlichen Händen endeten, aber auch diese höllische Vision verging wieder. Seine Sinne spielten ihm wahrhaft üble Streiche – ein Teil von ihm schien es darauf angelegt zu haben, ihn in den Wahnsinn zu treiben.

Andrej sprang auf die Füße und eilte um den großen Tisch herum, so schnell er konnte. Maria wankte immer noch in ihrem Stuhl. Ihre Kraft schien kaum auszureichen, um sich aufrechtzuhalten. Als sie mühsam den Kopf hob und ihn ansah, las er einen so quälenden Schmerz in ihren Augen, dass er ihn selbst spüren konnte. Es war, als bohre sich ein glühender Dolch in seine Brust, der sich langsam, aber unbarmherzig und unaufhaltsam in sein Herz grub. Marias Kräfte verließen sie bald endgültig und sie begann, langsam vom Stuhl zu kippen. Andrej schrie auf, war mit einem Satz bei ihr und erreichte sie gerade noch rechtzeitig, um sie aufzufangen, als sie haltlos nach vorn kippte. Trotzdem schlug ihr Gesicht hart auf der Tischkante auf, ihr Körper schien so schwer zu sein, dass Andrej all seine Kraft brauchte, um sie zu halten.

»Maria!«, schrie er. »Was ist mit dir? So rede doch!«

Maria brachte nur ein unartikuliertes Stöhnen zu Stande. Sie hob zitternd einen Arm und hielt sich mit der Hand an der Tischkante fest, sodass ihr Gewicht ihn wenigstens nicht mehr zu Boden zu reißen drohte. So behutsam, wie es ihm möglich war, drehte er sie auf den Rücken und ließ sie langsam zu Boden gleiten. Ihr Kleid aus rotem Brokat verursachte ein raschelndes Geräusch auf dem Steinboden.

»Maria! Was ist passiert? Sag doch etwas!«

Maria versuchte wieder zu sprechen. Ihre Lippen formten sonderbar zischende Laute, aber Andrej glaubte, zumindest die Worte »Feuer« und »Elenja« zu verstehen.

»Das Feuer?«, fragte er. »Was ist damit? Was ist mit dem Mädchen?!«

Hinter ihm ertönten Schritte. Stanik hatte sich erhoben und kam schwankend näher. Andrejs Blick blieb unverwandt auf Marias schmerzverzerrtes Gesicht gerichtet.

»Was ist hier passiert?«, fragte er mit leiser, eindringlicher Stimme. Obwohl er nicht sicher war, ob er ihr damit nicht neue Pein bereitete, packte er Maria bei den

Schultern und schüttelte sie heftig. »War Blanche hier? Hat er dir das angetan?«

Maria schien seine Worte verstanden zu haben, denn sie schüttelte mühsam den Kopf.

»Das Feuer …«, stöhnte sie. »Ich wollte es … löschen … Aber es war zu …« Wieder versagte ihre Stimme, aber als Andrej sich besorgt über sie beugte, sah er, dass ihr Blick sich allmählich zu klären begann. Sie kämpfte gegen den grauenhaften Schmerz an, aber Andrej begriff, dass sie diesen Kampf verlieren würde. Was immer ihr widerfahren war, die Verletzungen waren zu schwer. Er konnte spüren, wie das Leben aus ihr herausfloss. Sie starb.

Verzweiflung begann sich in ihm auszubreiten.

Nach allem, was er erlebt und durchlitten hatte, nach all der Zeit, die er nach ihr gesucht und auf sie gewartet hatte, drohte sie nun unter seinen Händen zu sterben, ohne dass er etwas dagegen tun konnte oder auch nur wusste, warum.

Das durfte nicht geschehen!

Andrej zögerte nur kurz, als gebe es da trotz allem noch etwas in ihm, das ihn von diesem verzweifelten Schritt zurückzuhalten versuchte, aber er hatte keine Wahl: Zitternd hob er den Dolch, den er noch immer in der verkrampften rechten Hand hielt, zog ihn mit einer entschlossenen Bewegung über sein linkes Handgelenk und beugte sich vor, als ein dicker, pulsierender Blutstrom aus seinen aufgeschnittenen Adern schoss.

»Trink«, sagte er. »Hier! Nimm! Du musst leben!«

Hinter ihm stieß Stanik einen schrillen Schrei aus. »Gott im Himmel! Was … was tust du da?«, krächzte er heiser.

Andrej ignorierte ihn. Hastig ließ er den Dolch fallen, schob die rechte Hand unter Marias Nacken und hob ihren Kopf an. Zugleich hielt er sein linkes Handgelenk über ihr Gesicht, sodass der dunkelrote Strom ihre Lippen benetzte.

»Trink«, wiederholte er mit leiser, zitternder Stimme. Er ahnte, dass er einen verhängnisvollen Fehler machte; dass das, was er zu tun im Begriff war, unter gar keinen Umständen geschehen durfte. Doch wenn dies der einzige Weg war, um Marias Leben zu retten, das immer schneller aus ihr herausfloss, dann musste er ihn eben gehen.

Maria warf stöhnend den Kopf von der einen auf die andere Seite. Ein Schatten schien über ihr Gesicht zu huschen, als bewege sich etwas Monströses unter ihrer Haut und versuche hervorzubrechen. Ihre Augen erloschen und machten daumennagelgroßen, glotzenden Kugeln ohne Pupille oder Seele Platz. Auch die Umrisse ihres Körpers schienen sich zu verändern. Dann erreichte ihre tastende Zunge die ersten, Leben spendenden Tropfen seines warmen Blutes, und die grässliche Sinnestäuschung verging.

Andrej fühlte sich schuldig. Was war nur mit ihm los? Warum plagten ihn immer wieder solche Halluzinationen?

Maria sog mit einem schrecklichen, rasselnden Laut die Luft ein und bäumte sich auf.

Sie versuchte sogar, seine Hand abzuschütteln. Aber nachdem der erste, rote Tropfen ihre Zunge benetzt hatte, packte sie blitzschnell seinen Arm, zog ihn zu sich herab und presste die Lippen gegen seine aufgeschnittenen Pulsadern, um mit großen, gierigen Schlucken zu trinken. Andrej wollte instinktiv die Hand zurückziehen, unterdrückte den Impuls aber und presste den Arm noch fester gegen ihren Mund, um sie von seiner Lebenskraft trinken zu lassen.

Es dauerte lange. Endlos lange. Und er war nicht einmal sicher, ob es nicht bereits zu spät war. Marias Kraft schien noch weiter abzunehmen, ihre Bewegungen wurden schwächer. Schließlich aber begann ihr Herz kräftiger zu schlagen. Ganz allmählich kehrte Leben in ihren Blick zurück, während Andrej spürte, wie seine Kraft immer schneller nachließ. Es war nicht nur sein Blut, das Maria trank – sie schöpfte von seiner Lebenskraft, so wie er es tat, wenn er die Kraft seiner Opfer nahm. Plötzlich war er sich nicht mehr sicher, dass sie wieder damit aufhören würde. Sie litt Todesangst. Vielleicht konnte sie gar nicht aufhören. Vielleicht würde sie ihn mit sich ins Verderben reißen.

»Hör auf«, stöhnte er. »Maria, bitte – hör auf!«

Sie reagierte nicht auf seine Worte, hörte sie vielleicht nicht einmal. Andrej versuchte seinen Arm loszureißen, aber Maria klammerte sich mit beiden Händen an ihn. Seine Stärke nahm mit jedem Tropfen Blut, den sie von ihm trank, im gleichen Maße ab, wie die ihre zunahm.

»Maria, bitte«, keuchte er. »Du bringst mich ja um!«

Ihre Hände klammerten sich nur noch fester an seinen Arm, und aus seiner Schwäche wurde Hilflosigkeit, als täte sich tief in seinem Inneren ein bodenloser Abgrund auf, der ihn zu verschlingen drohte.

Im letzten Moment ließ Maria seinen Arm los. Ihr Kopf sank mit einem erschöpften Seufzer zurück. Auch

Andrej fiel nach hinten und musste sich mit dem unversehrten Arm aufstützen, um nicht zu Boden zu fallen. Alles drehte sich um ihn. Er kämpfte mit aller Macht, um nicht das Bewusstsein zu verlieren, und wie durch ein Wunder gelang es ihm, diesen Kampf zu gewinnen. Aber er war so schwach, dass er wie ein Betrunkener hin und her schwankte und das Zimmer einen irrsinnigen Tanz zum ihn herum zu vollführen schien.

Metall scharrte über Stein. Andrej zwang sich, den Kopf zu drehen und erblickte Stanik, der neben Maria in die Hocke gegangen war und den Dolch aufgehoben hatte. Sein Gesicht war eine Maske puren Grauens.

»Nicht, Stanik«, flehte Andrej. »Bitte.« Er war so schwach wie niemals zuvor. Er hatte nicht die Kraft, sich zu wehren, wenn der Junge ihn oder Maria angriff.

»Mein Gott«, flüsterte Stanik mit leiser, tonloser Stimme. »Was … was seid ihr?«

»Nicht das, was du glaubst«, antwortete Andrej mühsam. Er versuchte vergeblich den Kopf zu schütteln. »Ich erzähle dir alles, aber lass mich … einen Moment zu Kräften kommen.« Er war nicht sicher, ob ein Moment reichte. Sein Arm blutete noch immer stark. Da, wo er sich aufstützte, hatte sich bereits eine dunkelrote Lache gebildet, die allmählich größer wurde. Zitternd hob Andrej die Arme und presste die rechte Hand auf den tiefen Schnitt, den er sich selbst zugefügt hatte. Er spürte, wie sein Körper versuchte, die Verletzung zu heilen, aber etwas schien ihn daran zu hindern. Obwohl er mit aller Kraft zudrückte, quoll noch immer Blut zwischen seinen Fingern hervor.

»Lass mich das machen.« Maria hatte sich halb aufgesetzt und schob mit sanfter Gewalt seine Hand beiseite.

Als der Druck nachließ, begann die Wunde wieder heftiger zu bluten. Maria beugte sich vor und berührte den Schnitt flüchtig mit den Lippen. Die Wunde hörte augenblicklich auf zu bluten, ein sonderbar taubes Kribbeln machte sich in seinem Arm breit und löschte den brennenden Schmerz aus.

Stanik ächzte. »Was im Namen Gottes …«

»Dein Gott«, unterbrach ihn Maria müde, »hat damit nicht das Geringste zu tun, Dummkopf.« Ihr resignierter Ton nahm den Worten allerdings jede Schärfe. Sie sah den Jungen traurig an, bevor sie die Hand ausstreckte und forderte: »Hilf mir.«

Stanik wollte instinktiv gehorchen, prallte aber dann entsetzt zurück, sprang auf die Füße und schlug zitternd das Kreuzzeichen, als hätte Satan persönlich ihn um Hilfe gebeten. Maria seufzte, griff nach der Tischkante und zog sich aus eigener Kraft in die Höhe. Weit nach vorn gebeugt, wie eine uralte Frau, der jeder Schritt unendliche Mühe bereitet, schleppte sie sich zu ihrem Stuhl und ließ sich darauf fallen. Das schwere Möbel ächzte hörbar unter ihrem Gewicht.

Auch Andrej richtete sich umständlich auf. Sein linker Am war mittlerweile vollkommen taub, aber nun, da die Wunde nicht mehr blutete, begannen seine Kräfte rasch zurückzukehren. Wahrscheinlich würde es lange dauern, bis er sich vollkommen erholt hatte, aber wenigstens bestand nicht mehr die Gefahr, dass er zusammenbrach – auch wenn er sich noch an der Tischkante abstützen musste, um nicht zu schwanken.

»Also hatten sie Recht«, sagte Stanik bitter. »Sie ist eine Hexe. Und ich hätte um ein Haar angefangen, dir zu trauen.«

Andrej sah ihn traurig an. Er sagte nichts. Wozu auch? Stanik konnte nicht verstehen, was vor sich ging. Er verstand es ja selbst nicht. Müde wandte er sich an Maria.

»Was ist passiert?«

»Das Feuer«, antwortete sie. »Ich wollte es löschen, aber es … es ging zu schnell. Plötzlich hat alles gebrannt, und ich … ich musste das Mädchen in Sicherheit hingen.«

»Elenja?«, keuchte Stanik. »Was ist mit ihr? Was hast du mit ihr gemacht, du Hexe?«

»Sie ist unversehrt«, antwortete Maria müde und deutete auf eine schmale Tür auf der linken Seite des Raumes. »Sie schläft. Überzeug dich selbst, wenn du mir nicht glaubst.«

Stanik stürmte los. Andrej folgte ihm. Die Tür war so niedrig, dass sie sich darunter hindurchbücken mussten. Sie führte in eine winzige Kammer, die bis auf ein einfaches Lager aus zerschlissenen Decken und Lumpen leer war. Elenja lag lang ausgestreckt darauf und schien zu schlafen. Sie trug noch immer das knappe Leibchen, das nun etliche Brandflecke und Risse aufwies. Ihr Gesicht war sehr blass und voller Ruß, und ihr Haar war versengt.

Stanik war mit einem einzigen Schritt bei ihr, fiel auf die Knie und wollte sie in die Arme schließen, aber Andrej hielt ihn mit einer raschen Bewegung zurück.

»Warte!« Behutsam beugte er sich vor, legte die gespreizten Finger der rechten Hand auf die Stirn des Mädchens und lauschte in sich hinein. Elenja lebte. Ihr Atem ging so flach, dass er kaum noch zu spüren war, auch ihr Herz schlug langsam und schwer, aber sie lebte. Sie schlief den tiefen Schlaf der vollkommenen Erschöpfung, doch sie würde wieder erwachen.

»Sie lebt«, sagte er erleichtert, während er die Hand zurückzog und aufstand. »Sie wird wieder ganz gesund. Keine Angst.«

Stanik starrte aus aufgerissenen Augen abwechselnd ihn und Elenja an. »Aber was … was ist denn … passiert?«, stammelte er.

Statt zu antworten, wandte sich Andrej um und ging zur Tür. »Bleib bei ihr«, sagte er. »Und denk darüber nach, warum Maria am Ende ihrer Kräfte war.«

Gebückt trat er wieder durch die Tür und ging zu Maria zurück. Sie hatte sich sichtlich erholt, war aber kaum weniger blass als Elenja. Sie hatte den Kopf gegen die hohe Lehne der Stuhles sinken lassen und die Augen geschlossen, sodass er glaubte, sie wäre eingeschlafen. Als er jedoch näher kam, hob sie die Lider und sah ihm mit einem bitteren Lächeln entgegen.

»Hält er mich immer noch für eine Hexe, die Jungfrauen frisst?«, fragte sie.

»Kannst du es ihm verübeln?«, gab Andrej zurück. Er sprach leise. Es war nicht nötig, dass Stanik nebenan hörte, was sie redeten.

»Nein«, gestand Maria. »Ich an seiner Stelle würde wohl genauso reagieren. Wie fühlst du dich? Ich habe doch nicht zu viel genommen, oder?«

Andrej schüttelte unwillkürlich den Kopf, auch wenn das ganz und gar nicht der Wahrheit entsprach. Er fühlte sich noch immer so schwach, dass er Mühe hatte, sich auf den Beinen zu halten. Die Dunkelheit, die er gespürt hatte, war noch immer da, und er musste Acht geben, nicht unversehens in diesen Abgrund abzurutschen. Trotzdem schüttelte er noch einmal den Kopf und zwang sich zu einem matten Lächeln.

»Ich hole mir jeden Tropfen zurück, das verspreche ich dir.«

Auch Maria lächelte, aber es wirkte kühl und distanziert.

»Was ist das hier?«, fragte er mit einer Geste in die Runde. »Blanches Privatgemächer?« Seine Stimme klang nicht so unbefangen, wie er gewünscht hätte. Dieser Raum machte ihm Angst. So beeindruckend die Einrichtung dieses unterirdischen Saales sein mochte, strahlte doch alles Blanches Gegenwart aus wie einen üblen Geruch. Darüber hinaus war der Raum unglaublich schmutzig. Alles hier starrte vor Dreck. Seine Stiefelsohlen schienen am Boden festzukleben.

»Ja«, antwortete Maria. »Ich war nur ein einziges Mal hier. Er mochte es nicht, wenn jemand hier herunterkam.«

»Und dann hast du dich daran erinnert, und das Mädchen hierher gebracht.«

»Wir sind gut fünfzehn Fuß unter der Erde«, bestätigte Maria. »Selbst wenn der Hof komplett abbrennt, geschieht uns hier nichts.«

»Wir können trotzdem nicht hier bleiben«, antwortete Andrej. Er fiel ihm schwer, sich auf Marias Worte zu konzentrieren. »Die Männer aus dem Dorf sind unterwegs hierher, und wahrscheinlich nicht, um dir einen freundschaftlichen Besuch abzustatten.«

Maria nickte, ohne den Kopf von der Stuhllehne zu heben. Sie machte keine Anstalten sich zu erheben.

»Er ist wieder da«, sagte Andrej.

»Wer?«

»Blanche«, antwortete er. »Oder zumindest eine der Kreaturen, die ihn begleiten.«

»Was für eine Kreatur?«, fragte Maria.

Andrej hob die Schultern. Irgendetwas stimmte nicht. Es war dieser Raum. Blanche hatte Monate lang dort gehaust, und seine bloße Anwesenheit hatte etwas zurückgelassen, das das ganze Gebäude verdorben hatte. Es war, als atmeten die Wände etwas von der Bösartigkeit aus, die den Weißhaarigen umgab.

»Ich weiß es nicht genau«, antwortete er mit einiger Verspätung. Er wollte sich nicht an das Ungeheuer erinnern. »Etwas wie … wie eine Spinne«, sagte er widerwillig. »Aber sie war riesig.«

»Eine Spinne?«, wiederholte Maria zweifelnd. Ihr Kleid aus rotem Brokat raschelte, als sie sich bewegte. Andrej fragte sich, warum sie sich eigens die Mühe gemacht hatte, es anzuziehen, obwohl sie das bewusstlose Mädchen tragen musste und auf der Flucht vor dem Feuer gewesen war. Noch etwas fiel ihm auf – das Kleid war vollkommen unversehrt.

Maria seufzte tief, legte die flachen Hände auf die Tischplatte und stemmte sich in die Höhe. Andrej erschrak bis ins Mark, als er den frischen Blutfleck sah, der dort zurückgeblieben war, wo ihr Rücken das geschnitzte Holz berührt hatte. »Maria! Was …?«

»Schon gut«, unterbrach ihn Maria. »Das ist nichts. Ich muss nur wieder zu Kräften kommen.« Andrej begriff, dass sie ihn nicht beunruhigen wollte. »Eine Spinne, sagst du?«

»So etwas Ähnliches«, antwortete Andrej.

»Ich weiß nur von seiner Eule«, antwortete Maria. »Du musst dich täuschen. Blanche kann deine Sinne verwirren. Was du gesehen hast, muss nicht wirklich das gewesen sein, dem du gegenübergestanden hast.«

Er hatte die mörderischen Klauen der Bestie gespürt, als sie sich wie weiß glühendes Eisen in sein Fleisch gebohrt hatten. Aber vielleicht hatte Maria Recht. Es konnte ebenso gut ein Messer gewesen sein. Er schwieg, als ihm plötzlich auffiel, dass er sich schon wieder getäuscht hatte. Marias Kleid war keineswegs unversehrt, sondern an zahllosen Stellen angesengt und zerfetzt. Das war der Beweis dafür, dass er seinen Sinnen nicht trauen durfte. Es war, als begänne die Wirklichkeit rings um ihn herum zu zerbröckeln wie alte Farbe, die in immer größeren Stücken von einer Leinwand abblätterte, um den Blick auf ein noch älteres, düstereres Bild freizugeben, das darunter zum Vorschein kam.

Was du gesehen hast, muss nicht das gewesen sein, dem du gegenübergestanden hast. Andrej schauderte, als er noch einmal über Marias Worte nachdachte. Warum hatte sie das gesagt? Und warum trug sie dieses Kleid? Es war das Kleid aus seiner Erinnerung, ein Kleid, das sie …

… niemals besessen hatte.

So wenig, wie ihr Haar jemals von diesem flammenden Rot gewesen war …

Die Farbe blätterte immer schneller ab, und die Wahrheit begann sich mit Macht Bahn zu brechen. Mit einem Schlag stand ihm jene letzte Nacht wieder vor Augen, in der sie sich nur für eine Stunde voneinander verabschiedet hatten, um sich niemals wieder zu sehen. Er sah sich, wie er ihr wieder im Hof von Draculs Burg gegenüberstand. Aber jenes Mädchen war nicht die sinnliche junge Frau, die in dem Stuhl am anderen Ende des großen Tisches saß. Sie war jünger, schmaler, noch eher Mädchen als Frau, und nicht annähernd so schön wie die ältere Maria. Sie hatte nicht einmal Ähnlichkeit mit ihr. Niemand konnte so schön sein wie diese Frau, denn ihr Antlitz entsprach nicht dem Antlitz des Mädchens, das er vor einem halben Jahrhundert geliebt hatte. Es trug die Züge des göttinnengleichen Engels, zu dem fünfzig Jahre Sehnsucht und verzehrende Liebe sie in seiner Erinnerung gemacht hatten.

»Andrej!«

Andrej begriff nur allmählich, dass es Staniks Stimme war, die seinen Namen genannt hatte, nicht die Marias. Es dauerte lange, bis er die Kraft fand, sich vom Anblick dieses grausam schönen Gesichtes loszureißen und sich zu dem Jungen umzudrehen.

Stanik stand an der Tür zu der Kammer, in der sie Elenja gefunden hatten. Er war sehr bleich, und er hielt ein mehr als armlanges, schlankes Schwert mit einer beidseitig geschliffenen Klinge in der Hand.

»Das habe ich unter den Lumpen gefunden«, sagte er.

Andrej starrte das Schwert an. Es war seine eigene Waffe. Als er sie das letzte Mal gesehen hatte, hatte sie im Leib der Bestie gesteckt, die sich schwer verwundet davon geschleppt hatte.

»Wie unachtsam von mir«, sagte eine Stimme hinter ihm. »So etwas passiert mir leider immer wieder. Ich muss lernen, in Zukunft besser auf solche Kleinigkeiten zu achten. Sie können einem eine Menge Unannehmlichkeiten einhandeln.«

Staniks Augen wurden groß, während sich sein Blick auf einen Punkt hinter Andrej richtete. Andrej drehte sich langsam um. Er sah, wie Maria sich lautlos in einen weißhaarigen schlanken Mann mit hagerem Gesicht und weißer Kleidung verwandelte. Das Schrecklichste war, dass Blanche mit Marias Stimme weitersprach: »Aber du hast es ohnehin schon geahnt, nicht wahr?«

Andrej schwieg. Er war nicht überrascht, fühlte neben Entsetzen und Bestürzung sogar so etwas wie Erleichterung.

»Ich habe vom ersten Augenblick an gewusst, dass du etwas Besonderes bist«, fuhr der Weißhaarige fort. »Ich wusste, dass ich kein leichtes Spiel mit dir haben würde, aber ich gebe zu, dass ich dich trotz allem unterschätzt habe.« Die dünnen, blutleeren Lippen verzogen sich zu einem grimmigen Lächeln. »Das solltest du als Kompliment nehmen, Andrej. Es ist noch nicht vielen vor dir gelungen, sich meinem Willen zu widersetzen.«

Andrej schwieg noch immer, aber Stanik schrie urplötzlich auf, riss das Schwert in die Höhe und drang ungestüm auf den Weißhaarigen ein.

Blanche wartete gelassen ab, bis der Junge ihn erreicht hatte, hob dann mit einer blitzschnellen Bewegung den Arm und entriss Stanik das Schwert. Gleichzeitig fegte er ihm mit einem Tritt die Beine unter dem Leib weg, sodass er stürzte und so hart mit dem Gesicht auf die Tischplatte aufschlug, dass er das Bewusstsein verlor. Andrej rührte sich immer noch nicht.

»So ein harmloses Stück Metall«, fuhr Blanche in unbeeindrucktem Ton fort, so, als wäre nichts geschehen. Er drehte Andrejs Schwert in den Händen. »Und doch kann es so furchtbare Qualen verursachen.« Er kam um den Tisch herum und setzte die Schwertspitze spielerisch auf Andrejs Kehle. »Mir jedenfalls hat es großen Schmerz zugefügt. Noch etwas, worauf du stolz sein kannst, Andrej. Es ist nur wenigen gelungen, mir derart zuzusetzen.« Der Druck der Schwertspitze nahm zu, und ein einzelner Blutstropfen lief an Andrejs Hals hinab.

»Was soll das?«, fragte er kalt. »Wenn du mich umbringen willst, dann tu es. Aber erwarte nicht von mir, dass ich vor dir auf die Knie falle und wimmernd um mein Leben bettele.«

»Wozu auch?«, fragte Blanche. »Ich werde dich so oder so töten. Also kannst du genauso gut aufrecht und stolz sterben, statt auf den Knien und als wimmernder Feigling. Obwohl …« Er machte ein nachdenkliches Gesicht und zog das Schwert ein Stück zurück. »Ich bin schon sehr, sehr lange allein, Andrej, länger, als du dir vorstellen kannst. Manchmal wünsche ich mir einen Gefährten, um die Langeweile der Jahrtausende zu ertragen. Ein Mann wie du könnte dieser Aufgabe gewachsen sein. Überlege es dir.« Er trat einen Schritt zurück und verwandelte sich wieder in Maria. »Ich kann jeder sein, der ich will.« Sein Aussehen änderte sich, und Abu Dun stand vor Andrej, und schließlich verwandelte er sich zurück in Blanche. Die ganze Zeit über schien eine andere Gestalt durchzuschimmern, etwas Riesiges, Aufgedunsenes, mit zu vielen Beinen und schrecklichen Klauen.

»Aber nein«, fuhr er fort. »Das hätte wohl keinen Sinn. Du würdest niemals aufhören, mir nach dem Leben zu trachten, und du bist vielleicht der Einzige, dem es gelingen könnte, einen Weg zu finden, mich zu töten.«

»Leg das Schwert weg, und wir finden es heraus«, sagte Andrej.

Blanche drehte die Waffe um und reichte sie Andrej. »Nur zu«, sagte er mit einem auffordernden Nicken, als Andrej zögerte, nach der Waffe zu greifen. »Es ist kein Trick. Vertrau mir. Wenn es dir gelingt, mich zu töten, dann habe ich es nicht anders verdient.«

Andrej streckte zögernd die Hand aus und griff nach dem Schwert, auf eine Falle oder einen heimtückischen Trick des Weißhaarigen gefasst. Blanche lächelte nur, ließ es zu, dass Andrej die Waffe an sich nahm, und trat dann mit einer spöttischen Verbeugung zwei Schritte zurück. »Versuch nur ruhig dein Glück, Unsterblicher«, sagte er.

Andrej griff ohne Vorwarnung an. Nur um Haaresbreite entging der Weißhaarige der Klinge, die wie der Giftzahn einer silbernen Schlange nach seinem Gesicht stieß, und brachte sich mit zwei hastigen Schritten in Sicherheit.

»Du überraschst mich immer wieder«, sagte er anerkennend. »Du bist talentiert. Wenn wir dreißig oder vierzig Jahre Zeit hätten, könnte ich dir beibringen, was man wirklich mit einem Schwert anfangen kann.«

Andrej stieß wortlos noch einmal zu, änderte im letzten Moment die Richtung seines Stoßes und erwischte den Weißhaarigen an der Schulter. Blanche schrie auf und taumelte zurück. Andrej setzte blitzschnell nach und stieß ihm die Schwertspitze in die Seite. Diesmal brach Blanche mit einem keuchenden Laut in die Knie, griff aber gleichzeitig nach dem Schwert und entriss es Andrej. Im selben Moment versetzte er Andrej einen Schlag mit der flachen Hand, der so hart war, dass dieser haltlos zurücktaumelte und gegen die Tischkante prallte.

Als er sein Gleichgewicht wieder gefunden hatte, schien Blanches Geduld erschöpft. Er war mit einem Satz bei ihm, schlug ihm noch einmal ins Gesicht und wirbelte ihn herum, als er halb benommen in sich zusammensackte. Seine Hand packte Andrejs Arm und drehte ihn so brutal auf den Rücken, dass er spüren konnte, wie sein Handgelenk brach. Wie durch einen dämpfenden Nebel hindurch registrierte er, dass Stanik sich auf die Beine kämpfte und Blanche ihn mit einem wütenden Tritt abermals zu Boden schleuderte. Dann traf ihn selbst ein Schlag zwischen die Schulterblätter, der ihn neben dem jungen Mann auf die Knie fallen und mühsam um sein Bewusstsein kämpfen ließ.

»Das reicht jetzt!«, zischte Blanche. Er setzte die Schwertspitze unter Andrejs Kinn und drückte so hart zu, dass der den Kopf heben und ihn ansehen musste. »Ich würde gerne noch ein bisschen mit dir spielen, Andrej, aber ich fürchte, uns läuft die Zeit davon. Ich erwarte weitere Gäste, und bevor die eintreffen, haben wir noch etwas zu erledigen. Da ist jemand, der schon seit Tagen darauf brennt, dich wieder zu sehen.« Er verstärkte den Druck der Klinge, sodass sie abermals seine Haut ritzte, aber Andrej sah ihn nur trotzig an.

»Stoß zu«, sagte er herausfordernd. Glaubte der Weißhaarige wirklich, dass es noch irgendetwas gab, das schlimmer war als das, was er ihm bereits angetan hatte?

Blanches Gesicht verfinsterte sich. Es sah ganz so aus, als wollte er Andrejs Vorschlag annehmen. Dann jedoch lachte er verächtlich, machte einen schnellen Schritt zur Seite und versetzte Stanik einen tiefen Stich in den Oberarm. Der Junge brüllte auf vor Schmerz und versuchte fortzukriechen. Blanche holte ihn mit einem raschen Schritt ein und stach ihn noch einmal genauso tief in den anderen Arm. »Das kann ziemlich lange dauern«, sagte er fröhlich. »Ich bin zwar ein wenig in Eile, aber so viel Zeit muss sein.« Er ließ die Schwertspitze über Staniks Gesicht und Hals gleiten, als suche er nach einer weiteren Stelle, an der er sie hineinstoßen konnte. Andrej hob rasch die Hand.

»Hör auf«, sagte er. »Ich habe verstanden. Ich komme mit.«

Blanche wirkte enttäuscht. Er steckte das Schwert ein und machte eine herrische Kopfbewegung. »Dann hilf deinem jungen Freund.«

Andrej streckte den Arm aus, doch Stanik kroch hastig ein Stück von ihm fort und stand dann aus eigener Kraft auf. Blanche legte drohend die Hand auf den Schwertgriff. Andrej fragte sich, warum er sich nicht einfach auf Blanche stürzte und ihn zwang, der Sache ein Ende zu bereiten.

Stattdessen stand er auf und folgte Stanik zurück in die Kammer, in der das bewusstlose Mädchen lag. Elenja schlief immer noch. Blanche wies Stanik mit einer herrischen Geste an, das Mädchen hochzuheben. Der Junge versuchte es, doch die Wunden, die Blanche ihm zugefügt hatte, behinderten ihn zu sehr. Andrej schob ihn mit sanfter Gewalt zur Seite und lud sich das Mädchen ohne die geringste Mühe auf die Arme. Diesmal nahm Stanik seine Hilfe an, auch, wenn er ihm dabei einen hasserfüllten Blick zuwarf. Andrej konnte den Jungen verstehen. Auch wenn Stanik inzwischen gemerkt haben musste, dass der Weißhaarige und er Todfeinde waren, so konnte der Unterschied zwischen ihnen in seinen Augen nicht groß sein. Vielleicht gab es für ihn nicht einmal einen.

Blanche trat an die gegenüberliegende Wand der kleinen Kammer und berührte nacheinander drei Steine, woraufhin sich eine verborgene Tür mit einem schleifenden Geräusch öffnete. Dahinter kam ein niedriger Gang zum Vorschein, an dessen Ende ein mattgraues, von einem sachten, rötlichen Hauch durchwobenes Licht schimmerte. Dicht gefolgt von Stanik trat er hinein und musste sich bücken, um nicht an der niedrigen Decke anzustoßen. Als Blanche als Letzter die Schwelle passierte und die Tür hinter sich schloss, wurde es fast vollkommen dunkel. Trotzdem registrierte Andrej, dass dieser Gang nicht gemauert, sondern offensichtlich Teil eines natürlichen Höhlensystems war, das sich unter dem gesamten ehemaligen Bauernhof erstreckte. Unter seinen Füßen spürte er feuchtes Erdreich, seine Schultern und sein Schädel streiften an gewachsenem Fels entlang, nicht mehr an nassem Ziegelstein.

Nach zwei Dutzend Schritten erreichten sie das Ende des Tunnels. Vor ihnen lag eine kleine, unregelmäßig geformte Höhle, in deren Decke sich zahlreiche Risse und Spalten befanden, durch die das graue Licht der Nacht und ein matter Widerschein des Feuers, das über ihren Köpfen tobte, hereindrangen. Sie mussten sich wieder dichter an der Erdoberfläche befinden, und auch wieder näher am brennenden Gebäude, denn es war spürbar wärmer geworden.

Die Höhle war nicht sehr ausgedehnt. Ein Großteil des vorhandenen Platzes wurde von etwas eingenommen, das einem Spinnennetz ähnelte. Große, an schlammverkrustete Segel erinnernde Fetzen hingen von Decke und

Felsvorsprüngen. Ihre Schritte wurden von einem dichten Teppich aus grauweißem, seidig glänzendem Gespinst gedämpft, das den gesamten Boden bedeckte. Der unheimliche Geruch, der Andrej schon so oft aufgefallen war, war so stark, dass er Andrej den Atem nahm. Offensichtlich war dies der Ort, an dem er seinen Ursprung nahm.

Überall in dem dicht gesponnenen Gewebe hingen unförmige Kokons. Manche von ihnen waren nicht größer als eine Katze, andere jedoch schienen Umfang und Form nach menschliche Körper zu enthalten.

Stanik wimmerte angsterfüllt. Andrej musste all seine Kraft aufbieten, um dem Anblick standzuhalten. Das war das Nest der Bestie. Der Ort, an den sich Blanche, wenn er seine menschliche Maske abgestreift hatte, zurückgezogen hatte. Das Versteck, in das er seine Beute verschleppte, denn um nichts anderes handelte es sich bei den leblosen Leibern, die sich unter der staubigen Seide der Kokons abzeichneten.

Blanche versetzte Stanik einen Stoß, der ihn zwei Schritte an Andrej vorbeistolpern ließ und ihn beinahe in das Netz befördert hätte. Obwohl der Junge die grauen Fäden nur flüchtig berührte, schien er gewaltige Mühe zu haben, sich wieder davon loszumachen.

»Gib deinem jungen Freund seine Braut zurück«, sagte Blanche spöttisch. »Hier ist jemand, den du bestimmt gerne wieder sehen möchtest. Und ich bin sicher, er freut sich genauso auf dich.«

Vorsichtig setzte Andrej Elenja auf die Füße, ließ sie aber erst ganz los, als Stanik neben sie getreten war und er sicher sein konnte, dass er sie auffangen würde. Sie hatte das Bewusstsein zurückerlangt, aber ihre Augen waren leer, und er bezweifelte, dass sie wirklich begriff, wo sie war oder was mit ihr geschah. Er hoffte, dass sie es nicht begreifen würde.

Blanche machte einen Schritt zurück und wiederholte seine spöttisch-auffordernde Geste. Andrej schätzte noch einmal seine Möglichkeiten ab, sich auf den Weißhaarigen zu stürzen und ihn zu überrumpeln. Aber es war aussichtslos. Hätte er eine Waffe gehabt und wäre er im Vollbesitz seiner Kräfte gewesen, so hätte er vielleicht einen Versuch unternehmen können. Aber sein Schwert steckte in Blanches Gürtel und fast seine gesamte Kraft in der fauligen Seele des Weißhaarigen. Mit einem Mal wurde ihm bewusst, dass Blanche ihn zuvor ohne die geringste Mühe hätte töten können und es wohl überlegt nicht getan hatte – um ihm etwas zu zeigen.

Blanche deutete auf einen gut zwei Meter hohen, massigen Kokon, unter dessen dichtem Gespinst sich ein schwarzer, nahezu formlos erscheinender Umriss abzeichnete. Er wartete, bis er sich Andrejs Aufmerksamkeit vollkommen sicher sein konnte, dann trat er vor und begann das Gespinst zu zerstören. Andrej registrierte aufmerksam, dass auch er große Mühe hatte, die Fäden zu zerreißen und nicht daran haften zu bleiben.

Das Gesicht, das unter dem zerrissenen Gewebe zum Vorschein kam, gehörte Abu Dun. Er lebte. Seine Augen standen weit offen, der Mund war wie zu einem lautlosen, verzweifelten Schrei geformt. Als er Andrej erblickte, bäumte er sich verzweifelt auf. Doch nicht einmal seine gewaltigen Körperkräfte reichten aus, sich aus der Gefangenschaft zu befreien.

»Andrej!«, stöhnte er. »Du musst vorsichtig sein! Es ist nicht Maria!«

»Ich weiß, mein Freund«, sagte Andrej leise. »Ich hätte auf dich hören sollen.«

Traurig betrachtete er das Gesicht seines Freundes, dann drehte er sich um und ließ seinen Blick über die anderen, schrecklichen Kokons schweifen. »Du hattest Recht, Stanik«, murmelte er. »Genau wie dein Vater. Das sind die verschwundenen Mädchen.«

»Aber wie … wie ist das möglich?«, stammelte Stanik. »Ich habe mit einer von ihnen gesprochen. Und Pater Lorenz hat seine Nichte jede Woche zur Messe mitgebracht. Ich habe sie selbst gesehen!«

»Nein«, flüsterte Andrej und drehte sich wieder zu Blanche um, »das hast du nicht.«

Der Weißhaarige deutete eine spöttische Verbeugung an und verwandelte sich währenddessen in ein zierliches Mädchen mit dunklem Haar und blassem Gesicht. »Ja, alle anderen haben das wohl auch geglaubt«, sagte er mit der Stimme des Mädchens, mit dem Andrej an seinem ersten Morgen im Gasthaus gesprochen hatte. Kaum dass er den Satz zu Ende gebracht hatte, wurde er wieder zu der vertrauten, weiß gekleideten Gestalt. »Ich gebe zu, es hat mich amüsiert. Auch wenn es auf die Dauer ziemlich anstrengend gewesen ist.« Er lachte. »Oder würde es dir Spaß machen, dich jeden Tag ein halbes Dutzend Mal umzuziehen?«

Andrej deutete auf das Netz. »Und das?«, fragte er. »Ist das deine wahre Gestalt?«

Blanche schien einen Moment über diese Frage nachdenken zu müssen, und als er antwortete, tat er es mit einem zögernden Schulterzucken. »Ich glaube nicht«, sagte er. »Ich habe so viele Leben gelebt und bin in so viele Körper geschlüpft, dass ich allmählich anfange zu vergessen, was ich wirklich war. Aber nein – ich glaube, irgendwann war ich ein ganz normaler Mensch. Gottlob ist das schon lange vorbei.«

Nein, dachte Andrej. Wenn er sich einer Sache sicher war, dann der, dass diese Kreatur niemals ein Mensch gewesen war. Vielleicht hatte sie irgendwann einmal vor unendlich langer Zeit ausgesehen wie ein Mensch. Vielleicht war sie in einem menschlichen Körper geboren worden. Aber sie war niemals ein Mensch gewesen. So wenig, wie sie je ein Unsterblicher wie Abu Dun oder er gewesen war.

»Aber … aber warum eine Spinne?«, flüsterte Stanik.

»Für einen so kräftigen jungen Burschen, wie du einer bist, weißt du erstaunlich wenig über die Natur«, erwiderte Blanche spöttisch. »Berücksichtigt man ihre Größe, dann ist die Spinne der gefährlichste und stärkste Jäger, den es jemals auf dieser Welt gegeben hat. Und mit Sicherheit auch einer der klügsten.«

Abu Dun versuchte erneut, sich gegen seine Fesseln aufzubäumen. Wieder war es vergebens.

»Warum tut er das, Andrej?«, wimmerte Stanik. »Warum hat er uns nicht einfach umgebracht?«

»Weil es nicht unser Leben ist, das er will«, antwortete Andrej. »Es ist unsere Furcht, von der er existiert. Habe ich Recht?«

Blanche nickte. »Wie ich schon sagte: Du bist ein kluger Mann. Wäre es anders gekommen, hättest du ein wirklich gefährlicher Gegner werden können. Hättest du dich nur nicht in dieses dumme Mädchen verliebt. Es ist so leicht, euch zu manipulieren, wenn man eure Schwächen kennt.«

Er wurde noch einmal zu Maria und sah ihn aus ihren

sanften, von unendlicher Liebe und Zuneigung erfüllten Augen an. Doch weder dieser Blick noch das betörend schöne Gesicht vermochten Andrej noch zu täuschen. Die Kreatur hatte keine Macht mehr über ihn. Sie hatte Maria niemals getroffen, sondern sich nur des Bildes bedient, das sie in seinen Erinnerungen und Träumen gefunden hatte. Das … *Ding*, das er in den Armen gehalten hatte, war so wenig Maria, wie die Leiche draußen im Wald die Abu Duns gewesen war. Die Bestie hatte ihm lediglich einen Spiegel vorgehalten, in dem er seine größten Sehnsüchte, aber auch seine schlimmste Furcht gesehen hatte. Etwas in Andrej zog sich zu einem harten, schmerzenden Ball zusammen, als er daran dachte, was er mit diesem Ungeheuer getan hatte, während es Marias Gestalt angenommen hatte.

»Warum hast du ihn am Leben gelassen?«, fragte er mit einem Blick auf Abu Dun. »Willst du uns beide zugleich töten? Als besonderen Festschmaus?«

»Jetzt überschätzt du dich, Andrej«, antwortete Blanche spöttisch. »Ich werde dich töten. Jetzt. Und dein großer, starker, tölpelhafter Freund wird dabei zusehen. Er hat es dir nie verraten, nicht wahr?«

»Was?«

»Wie unendlich tief seine Freundschaft zu dir ist«, antwortete Blanche. »Für dich ist er ein Freund. Aber ihm bedeutest du weitaus mehr. Dich sterben zu sehen, wird ihm unendliche Qualen bereiten. Ich werde es genießen.« Er schien noch mehr sagen zu wollen, doch plötzlich brach er ab und lauschte angestrengt.

Auch Andrej konzentrierte sich. Er war nicht sicher – möglicherweise waren Blanches Sinne schärfer als seine, vielleicht war er auch zu erschöpft –, aber nach einem

Augenblick glaubte auch er etwas zu hören: Stimmen, Rufe, ein aufgeregtes Durcheinander von Schritten und Hufgetrappel.

»Ich fürchte, dass wir unser erfrischendes Gespräch jetzt beenden müssen, so viel Freude es mir auch bereitet hat«, sagte Blanche. »Meine Gäste sind eingetroffen, und es wäre unhöflich, sie länger als nötig warten zu lassen.«

»Beantwortest du mir noch eine Frage?«, wollte Andrej wissen.

Blanche nickte.

»Frederic«, sagte Andrej. »Woher wusste er von Maria?«

»Frederic?«, wiederholte Blanche verständnislos. Dann hellte sich sein Gesicht auf. »Oh ja. Frederic. Dracul. Der Pfähler. Der Drache.« Bei jedem Wort wurde sein Grinsen breiter. »Ja, ich erinnere mich. Er war hier, für eine Weile. Er hat mir von euch erzählt. Von dir. Dem Vampyr, der von seinem eigenen Volk verachtet und gejagt wird, weil er so viele seines eigenen Blutes getötet hat. Er hat mich neugierig auf dich gemacht. Ich habe ihn am Leben gelassen, damit er dich zu mir schickt.« Er machte eine abschließende Handbewegung. »Genug! Zeit, den Tod kennen zu lernen, Unsterblicher!«

Blanche trat einen Schritt auf ihn zu. Andrej bereitete sich auf einen Kampf vor, da erschallte hinter ihm ein so gellender, unmenschlicher Schrei, dass ihm schier das Blut in den Adern gefror. Stanik stürmte mit erhobenen Armen an ihm vorbei und stürzte sich auf den Weißhaarigen. Blanche fegte ihn mit einer lässig wirkenden Bewegung zur Seite. Stanik taumelte haltlos zurück und verfing sich in den klebrigen Fäden des Netzes, in das Blanche ihn gestoßen hatte. So schnell und überraschend, dass Andrej gar nicht richtig begriff, was überhaupt vor sich ging, stürmte eine zweite, kleinere Gestalt in einem brandfleckigen, blutbesudelten Hemd an ihm vorbei und sprang den Weißhaarigen an. Auch Blanche war für den Bruchteil einer Sekunde vollkommen überrascht. Nicht lange genug, um Andrej die Möglichkeit zum Eingreifen zu geben. Elenjas Ansturm, so verzweifelt er auch sein mochte, konnte nicht ausreichen, um ihren Widersacher niederzuwerfen.

Ebenso wie Stanik schleuderte er das Mädchen von sich, sodass es in das klebrige Gespinst stürzte und sich augenblicklich darin verfing. Doch Blanche war für einen kurzen Moment verwirrt, und diese winzige Ablenkung reichte Andrej. Er trat dem Weißhaarigen mit aller Gewalt vor die Brust. Jeden menschlichen Gegner hätte dieser Tritt auf der Stelle getötet. Blanche bereitete er vermutlich nicht einmal Schmerzen, ließ ihn aber zurücktaumeln und mit heftig rudernden Armen um sein Gleichgewicht kämpfen. Bevor er seine Überraschung überwunden und seine Balance zurückgefunden hatte, sprang Andrej vor und rammte ihm die Schulter in den Leib. Blanche ächzte vor Wut, verlor endgültig den Halt und fiel hilflos nach hinten – direkt gegen den riesigen Kokon, in dem Abu Dun gefangen war.

Blanche brüllte wutentbrannt auf. Er versuchte sich loszureißen, doch es gelang ihm nicht. In seiner menschlichen Gestalt war er dem klebrigen Gespinst ebenso hilflos ausgeliefert wie alle anderen. So gewaltig seine Körperkräfte auch sein mochten, sie reichten nicht aus, um seiner eigenen Falle zu entfliehen. Je mehr er sich wehrte, desto hoffnungsloser verstrickte er sich in den dünnen, wie versponnenes Metall blitzenden Fäden.

»Abu Dun!«, schrie Andrej. »Pack ihn!«

Der Nubier bäumte sich auf. Er schaffte es nicht, die klebrigen Fäden zu zerreißen, aber seine linke Hand kam frei. Langsam konnte er sie weit genug bewegen, um das Loch, das Blanche in sein Gefängnis gerissen hatte, um ein weniges zu vergrößern und Blanche bei den Haaren zu ergreifen. Mit einem brutalen Ruck, in den er all seine gewaltige Kraft und die aufgestaute Wut und Furcht legte, riss er den Kopf des Weißhaarigen nach hinten. Als Blanche aufschrie, geschah es aus Schmerz, nicht mehr aus Zorn.

Andrej war mit einem einzigen Satz bei ihm, rammte seinem Widersacher das Knie in den Leib und packte seinen Kopf mit beiden Händen und riss ihn mit einem Ruck zur Seite. Blanche schrie und bäumte sich verzweifelt auf. Irgendetwas … geschah mit ihm. Die Umrisse seines Körpers begannen zu verschwimmen. Er schien sich in etwas anderes, Riesiges, unvorstellbar Grässliches verwandeln zu wollen. Etwas, das tausendfach schlimmer war als das Monster, gegen das Andrej im Wald gekämpft hatte. Andrej wusste nicht, was es war, dem er gegenüberstand. Die Verwandlung hatte begonnen, aber sie bereitete dem Namenlosen ungewohnte Mühe. Vielleicht hatte Andrej ihn doch schwerer verletzt, als ihm bisher klar gewesen war. Vielleicht lenkten ihn die Schmerzen ab, die ihm sein gebrochenes Genick und Andrejs Tritt bereiten mussten. Vielleicht war das Etwas, in das er sich verwandeln wollte, auch einfach zu monströs, als dass er diesen Wechsel binnen eines einzigen Augenblicks zu vollziehen im Stande war. Aber die Verwandlung hatte eingesetzt, und Andrej war klar, dass er in wenigen Sekunden einer Kreatur gegenüberstehen würde, gegen die weder Abu Dun noch er eine Chance hatten. Möglicherweise war es die Wahrheit gewesen, als Blanche ihm in Marias Gestalt gesagt hatte, dass er gar nicht sterben konnte.

Aber vielleicht gab es doch etwas, was sie tun konnten.

»Abu Dun!«, schrie er. »Pack ihn!« Zugleich griff auch er nach der Seele das Ungeheuers. Andrej hatte zahlreiche Leben genommen in all den Jahren, die er auf der Suche nach seiner Herkunft und dem Kampf gegen die anderen Ungeheuer seiner Art verbracht hatte. Aber er hatte immer nur die Leben derer genommen, die er zuvor im Kampf besiegt und getötet hatte. Er hatte die Lebenskraft genommen, die freiwillig aus ihrem nutzlos gewordenen Behältnis entwich, die er nur festzuhalten und seiner eigenen Kraft hinzuzufügen brauchte. Er hatte nie versucht, Leben zu rauben.

Und er war niemals zuvor einem solchen Geschöpf begegnet.

Der Kampf dauerte nur Sekunden, aber für ihn verging eine Ewigkeit. Das Wesen, gegen das Abu Dun und er gemeinsam kämpften, war kein Mensch. Er spürte nichts Menschliches oder auch nur Menschenähnliches, nur ein grauenhaftes Etwas, das zu beschreiben außerhalb der Sprache lag. Es war zu fremd, zu monströs und zu böse, um es zu benennen. Ein gesichtsloser Schrecken mit Tausenden dornenbesetzter, peitschender Arme, die blutende Wunden in seine Seele rissen. Es kämpfte nicht nur verzweifelt um sein Leben, sondern bemühte sich mit aller Macht, *sein* Leben zu nehmen.

Es tastete nach seiner Seele und begann mit unerbittlicher Kraft, das Leben aus ihm herauszuziehen.

Andrej begriff, dass er diesen Kampf verlieren würde. Das Ungeheuer war zu stark, zu wild und zu fremd, als dass er sich seiner erwehren konnte. Irgendwo am Rande der schwarzen Unendlichkeit, in der sie miteinander rangen, spürte er Abu Duns Gegenwart. Er wusste, dass auch er dieser Kreatur nicht gewachsen war, dass das *Ding* sie beide überwältigen und verschlingen würde. Es waren nicht nur Blanches Erinnerungen. Es war nicht nur die Bosheit und Gier des jahrtausendealten Etwas. Tief unter all dem aufgestauten Groll und der Zerstörungswut des Namenlosen war noch etwas Älteres, Stärkeres, wie ein fauliges Geschwür, das unter ihren lautlosen Hieben aufbrach und seinen Hass freigab. Für den Bruchteil eines Gedankens, und dennoch beinahe länger, als er es zu ertragen vermochte, blickte Andrej ins Antlitz der wirklichen Bestie, in die alles verschlingenden Augen dessen, was Blanche *tatsächlich* war; das Ungeheuer, das tief im Grunde seiner schwarzen Seele lauerte. Aus Andrejs unbedingtem Willen, dieses Monster zu vernichten, gleichgültig, ob es ihn das Leben kostete, wurde Panik, als er begriff, dass sie zu schwach waren. Sein Opfer würde umsonst sein. Niemand konnte mit bloßen Händen den Sturm aufhalten. Dieses Ding würde ihn verzehren, es würde Abu Dun vernichten, und es würde stärker und wilder als jemals zuvor aus diesem Kampf hervorgehen und über eine ahnungslose Welt herfallen wie ein Rudel Wölfe über eine Herde wehrloser Schafe.

Und auf einmal war da noch etwas anderes. Eine Kraft in seinem Inneren, die aufheulte und mit aller Gewalt an den Ketten zerrte, die er ihr angelegt hatte. Etwas, das auf seine Art ebenso fremd und Furcht einflößend wie das Ungeheuer vor ihm war und das zu entfesseln er ebenso fürchtete. Es war der Vampyr, der den Teil seiner Seele ausmachte, dem er schon mehr als einmal fast erlegen wäre. Andrej hatte immer gewusst, dass ihn die Bestie eines Tages besiegen würde. Wenn er sie losließ, wenn er sich gestattete, endgültig und bedingungslos zu dem zu werden, was er tief in sich trug, würde er vielleicht nie wieder zu seiner Menschlichkeit zurückfinden. Vielleicht gewann er den Kampf gegen das Ungeheuer Blanche nur um festzustellen, dass er selbst zu einem Ungeheuer geworden war.

Aber er hatte keine Wahl.

Der Wechsel hatte begonnen. Da war nur noch rasender Zorn, Wut und Hass, der sich gegen alles Lebende und Fühlende richtete. Es war nicht mehr Andrej Delāny, der Schwertkämpfer und ewig Suchende, der gegen das Ungeheuer kämpfte. Es war der Vampyr.

Das Scheusal stieß einen lautlosen Schrei aus, als es sich diesem neuen, unerwarteten Feind gegenübersah. Es verdoppelte seine Anstrengungen, ihn zu überwältigen. Aber vielleicht wäre nicht einmal der Vampyr seinem monströsen Gegner gewachsen gewesen, wäre nicht plötzlich ein zweiter, ebenso starker und ebenso hasserfüllter Verbündeter aufgetaucht. Auch Abu Dun war nicht mehr er selbst.

Was Andrej all die Jahre lang erwartet und befürchtet hatte, war nun geschehen. Das uralte Erbe war in der Seele des Nubiers erwacht und hatte Abu Dun endgültig zum Vampyr gemacht.

Das Ungeheuer schrie und kreischte, schlug mit un-

421

sichtbaren Krallen um sich und fügte ihren Seelen Wunden zu, die nie wieder heilen würden, doch ihrem gemeinsamen Ansturm war es nicht gewachsen. Langsam aber unerbittlich drängten die beiden Vampyre ihren Feind zurück und entrissen ihm nicht nur die gestohlene Lebenskraft, die er ihnen genommen hatte, sondern Stück für Stück seiner eigenen. Das Toben der Bestie wurde schwächer, während die beiden Vampyre seine Seele verzehrten, immer größere Stücke herausrissen und ihrer eigenen Kraft hinzufügten, wie blutrünstige Raubtiere, die ihre Beute bei lebendigem Leib zerfetzten.

Mit einem Schlag war es vorbei. Die Bestie stieß einen letzten, elenden Schrei aus, bäumte sich auf und hörte auf zu existieren. Das Universum aus Schmerz und Angst, in dem sie gekämpft hatten, erlosch und machte der Wirklichkeit Platz.

Andrej brach mit einem erstickten Keuchen zusammen und rollte auf die Seite. Neben ihm fiel etwas mit einem dumpfen, lang nachhallenden Laut zu Boden. Er hörte ein rasselndes Keuchen, das nicht aus seiner Kehle stammte. Pures Feuer brannte in ihm. Der Vampyr tobte. So gewaltig das Mahl gewesen war, das er genossen hatte, reichte es doch nicht aus, um seinen Hunger zu stillen. Sein Körper war am Ende seiner Kräfte, aber das lautlose Toben in seinem Innern hielt an und wurde nur noch schlimmer. Der Vampyr wollte vernichten, töten, Zähne und Klauen in warmes, lebendes Fleisch schlagen und es zerfetzen.

Und es gab Fleisch, nicht weit von ihm entfernt.

Andrej stemmte sich auf Hände und Knie. Seine tastenden Arme stießen gegen etwas Weiches, Lebloses, suchten weiter und schlossen sich um glattes Leder, das hartes Metall umschloss. Ein unbedeutender Teil von ihm versuchte sich noch immer zu wehren, das Ungeheuer wieder an die Kette zu legen und es in das Verlies zurückzudrängen, in dem er es so viele Jahre gefangen gehalten hatte. Doch es war nicht mehr nur der Vampyr, gegen den er kämpfte. Dieser widerwärtige Teil seiner selbst, den er mehr fürchtete als irgendetwas anderes auf der Welt, hatte eine neue, finstere Fassette hinzugewonnen. Er hatte die Bestie nicht besiegt, sondern sie zu einem Teil seiner selbst gemacht.

»Andrej – nein!«, sagte eine Stimme hinter ihm. Sie klang seltsam vertraut, zugleich aber auch fremd und hassenswert. Er wusste nicht, wem sie gehörte und was sie von ihm wollte. Alles, was zählte, war das lebendige Fleisch, das er witterte. Warmes, köstliches Blut, das dicht unter der Oberfläche einer nur allzu verwundbaren Haut pulsierte.

Mühsam öffnete er die Augen und sah sich um. Unmittelbar neben ihm lag etwas, das zu Furcht einflößend war, als dass er es wirklich erkennen wollte. Nicht weit entfernt, auf der anderen Seite des Raumes, kämpfte Stanik mit ebenso verzweifelter wie aussichtsloser Anstrengung gegen die klebrigen Fäden, in die er sich immer nur tiefer und tiefer verstrickte. Daneben wartete ein schlanker Körper voll warmen, pulsierenden Lebens nur darauf, von ihm verzehrt zu werden.

»Andrej!«

Die Stimme klang verzweifelt, aber Andrej beachtete sie nicht und stemmte sich weiter in die Höhe. Sie war nicht wichtig – nur weitere Beute für später. Er ignorierte seine körperliche Schwäche, kam taumelnd auf die Füße und näherte sich dem hilflos gefangenen Jungen. Stanik blutete noch immer aus den beiden Stichwunden, die Blanche ihm beigebracht hatte, und der Geruch des warmen Blutes, vermischt mit dem durchdringenden Gestank seiner Angst, brachte Andrej fast um den Verstand. Er vernahm ein lautes, reißendes Geräusch hinter sich, dann ein Stöhnen, und dann stürzte etwas Großes, Schweres auf ihn herab und presste ihm nicht nur den Atem aus den Lungen, sondern raubte ihm auch beinahe das Bewusstsein. Der Vampyr in ihm heulte auf wie ein Wolf, dessen Pfote unversehens in ein Fangeisen geraten ist. Seine Gier wurde übermächtig. Der Geruch des warmen Blutes in seiner unmittelbaren Nähe trieb ihn fast in den Wahnsinn.

Er mobilisierte noch einmal all seine übermenschlichen Kräfte, um den Griff der gewaltigen Fäuste zu sprengen, die ihn festhielten. Es gelang ihm schließlich. Er kam frei, aber nur, um sofort herum- und mit noch größerer Wucht auf den Rücken geworfen zu werden. Ein verzerrtes, nachtschwarzes Gesicht ragte drohend über ihm auf, und eine Stimme schrie immer wieder seinen Namen. Es war bedeutungslos. Alles, was zählte, war der süße Geruch des Blutes, des Lebens, dessen er sich unbedingt bemächtigen musste. Andrej bäumte sich auf, kämpfte mit verzweifelter Kraft gegen die Fäuste und das Gewicht, das ihn niederhielt, aber er konnte sich um keinen Fingerbreit bewegen. Er war unendlich viel stärker als jeder gewöhnliche Mensch, aber der schwarze Koloss, der auf ihm hockte, war ein ebensolches Wesen wie er. Gegen Abu Duns gewaltige Körperkräfte war er machtlos. Der Nubier hielt ihn ohne die geringste Mühe fest, löste dann unvermittelt eine

Hand und versetzte Andrej eine so kräftige Ohrfeige, dass eine grelle Explosion aus Schmerz vor dessen Augen aufflammte und alles andere auslöschte.

Als sich sein Blick wieder klärte, blickte er in Abu Duns dunkle, sorgenerfüllte Augen. Das Gesicht des Nubiers wirkte ausgezehrt und grau, und er hatte deutlich an Gewicht verloren. Für einen einzigen, durch und durch entsetzlichen Moment erblickte er in den Augen des ehemaligen Sklavenhändlers etwas Dunkles und Uraltes, das er noch nie darin gesehen hatte: jenen Teil der Bestie, den sie beide unterdrückt, aber nicht zerstört hatten, sondern für immer in sich tragen würden.

»Komm zu dir, Andrej!«, stieß Abu Dun hervor. Seine Worte erschienen Andrej wie blanker Hohn. Es würde alles anders sein – nach dieser Nacht. Der Vampyr war ein Teil von ihm, den er vielleicht immer wieder überwinden, aber nie endgültig loswerden konnte. Und er hatte sich verändert, war dunkler geworden, feindseliger. Trotzdem nickte er. Das Ungeheuer hatte sich zurückgezogen, sein Toben beruhigte sich ganz allmählich, auch wenn keinesfalls sicher war, dass es sich nicht im nächsten Moment wieder erheben und abermals Gewalt über ihn erlangen würde. Vielleicht konnte er sich dessen nie wieder sicher sein.

»Es ist vorbei«, sagte er. »Du kannst mich loslassen.«

Er erschrak, als er den Klang seiner Stimme hörte, ein schrilles Krächzen, das kaum noch Ähnlichkeit mit einer menschlichen Stimme hatte.

Abu Dun wirkte nicht überzeugt. Er sah ihn noch eine geraume Weile zweifelnd an, und als er sich schließlich aufrichtete und Andrejs Handgelenke losließ, tat er es zögernd, jederzeit bereit, wieder zuzupacken.

»Wunderbar«, stöhnte Andrej. »Wenn du jetzt auch noch von meiner Brust heruntersteigst, kann ich vielleicht sogar wieder atmen.«

Abu Dun blieb misstrauisch. Er stand auf, sodass Andrej mit einem keuchenden Atemzug nach Luft schnappen konnte, blieb aber weiter angespannt. Zugleich wirkte er unsagbar erschöpft und müde. Sein schwarzes Gewand, das über und über mit den Resten des grauen, klebrigen Spinngewebes bedeckt war, schlotterte um seine Gestalt. Andrej schätzte, dass er mindestens zwanzig Pfund an Gewicht verloren hatte. Sein Gesicht wirkte eingefallen. Aus dem glänzenden, tiefen Schwarz war ein staubiges Grau geworden. Tief in seinen Augen loderte eine Qual, deren bloßer Anblick Andrej erschauern ließ. Er fragte sich, was das Ungeheuer Abu Dun in der Zeit angetan haben mochte, die er hilflos in seinem Kokon gefangen gewesen war. Nach einigem Zögern stellte er diese Frage auch laut.

»Das willst du nicht wissen«, antwortete Abu Dun grimmig. »Und ich will nicht darüber reden. Aber du hattest Recht mit dem, was du dem Jungen gesagt hast. Es hat sich von unserer Angst ernährt.«

Nach dem zu urteilen, was er in Abu Duns Augen las, dachte Andrej, hatte es nicht hungern müssen.

»Kommst du einen Moment allein zurecht?«, fragte Abu Dun. Andrej deutete ein Nicken an, und der Nubier bückte sich nach seinem Schwert und ging damit zu Stanik und dem Mädchen, um sie loszuschneiden. Andrej sah ihm nach, aber er wandte hastig den Kopf, als er Staniks Blick begegnete und die grenzenlose Furcht darin las. Er hätte Abu Dun gerne geholfen, aber er wagte es nicht, dem Jungen nahe zu kommen.

Stattdessen blickte er in die andere Richtung und sah dorthin, wo Blanche, oder genauer gesagt, die Kreatur, in die er sich verwandelt hatte, zu Boden gestürzt war. Andrej musste sich zwingen, dem Anblick des unheimlichen Geschöpfes standzuhalten. Er konnte nicht sagen, was es war, er wusste nur, dass so etwas nicht existieren durfte. Voller Abscheu blickte er auf eine formlose Masse aus Stacheln und Fell, Krallen und Zähnen und zahlreichen, unterschiedlich großen Augen. Eine Monstrosität, die nur ein Albtraum ausgespien haben konnte. Vielleicht waren in ihr alle Wesen, in deren Gestalt Blanche jemals geschlüpft war, vereint. Andrej wandte sich schaudernd ab.

Abu Dun und er waren in diese Gegend gekommen, um das Geheimnis ihrer Herkunft zu lösen, aber wenn das das Geheimnis war, das sie umgab, dann wollte er es nicht mehr wissen.

Endlich stand er auf und trat auf Abu Dun zu. Der Nubier hatte Stanik und das Mädchen mittlerweile aus dem klebrigen Gespinst befreit. Beide waren bei Bewusstsein. Das Grauen, das bei Andrejs Anblick in Staniks Augen trat, schmerzte ihn mehr, als er sagen konnte. Auch Elenja blickte in seine Richtung, aber ihre Augen blieben leer.

»Wie geht es ihr?«, fragte er.

Stanik starrte ihn weiter voller Entsetzen an.

Abu Dun beugte sich vor, legte die Hand auf Elenjas Stirn und lauschte mit geschlossenen Augen in sich hinein. Dann schüttelte er den Kopf. »Keine Sorge«, sagte er. »Ihr fehlt nichts. Sie ist sehr schwach, aber wenn du ihr ein wenig Ruhe gönnst, dann wird sie wieder ganz gesund.«

Er wandte sich an Andrej und wies zugleich mit der freien Hand zur Decke hinauf. Das Durcheinander aus Stimmen, Schreien und Hufschlägen war hörbar lauter geworden. »Wir sollten allmählich von hier verschwinden«, sagte er. »Es sei denn, du bist versessen auf eine Unterhaltung mit einem Dutzend aufgebrachter Bauern und ihren Mistgabeln und Fackeln.«

»Sie werden euch nichts tun«, sagte Stanik hastig. »Keine Sorge. Ich werde ihnen sagen, wie es wirklich war.«

»So?«, fragte Andrej ruhig. »Und was genau wirst du deinem Vater und den anderen erzählen?« Stanik starrte den Kadaver des grässlichen … Etwas hinter ihm an und zog die Unterlippe zwischen die Zähne. Er schwieg.

»Ich glaube dir, dass du es ehrlich meinst«, fuhr Andrej fort, »aber im Moment wäre es wohl nicht klug, mit deinem Vater und den anderen zusammenzutreffen. Abu Dun hat Recht. Wir sollten verschwinden, bevor sie hier herunterkommen. Und ihr auch. Es wäre nicht gut, wenn jemand das hier sehen würde.«

Stanik nickte. Es fiel ihm noch immer schwer, Andrejs Blick zu erwidern. Ein Gefühl tiefer Trauer überkam Andrej. Er musste an das denken, was Abu Dun zu ihm gesagt hatte, als er das letzte Mal mit ihm selbst gesprochen hatte, und nicht mit dem Wechselbalg, der seine Gestalt angenommen hatte. Wieder einmal würden sie einen Ort verlassen, an dem die Menschen voller Hass und Furcht an sie zurückdenken würden. Ein weiterer Platz, an den sie nie wieder zurückkehren konnten. Wie oft würde es ihnen noch so ergehen?

»Kannst du sie tragen?«, fragte er Stanik mit einer Kopfbewegung zu Elenja hin.

Stanik nickte.

»Dann warte einen Moment. Wenn wir gegangen sind«, fuhr Andrej fort, »bring das Mädchen in Sicherheit. Ich würde dir raten, hier alles zu verbrennen und niemandem zu erzählen, was du gesehen hast.«

»Und was soll ich ihnen erzählen?«, fragte Stanik mit einem scheuen Blick auf den Kadaver.

»Erzähl ihnen meinetwegen, du hättest die Hexe getötet und ihr Dämmerschloss in Brand gesetzt«, erwiderte Andrej achselzuckend. »Das ist genau das, was sie hören wollen. Und Abu Dun und ich kommen bestimmt nicht zurück, um etwas anderes zu behaupten.« Er drehte sich um, machte einen Schritt und blieb dann wieder stehen, um sich noch einmal zu Stanik herumzudrehen. Er deutete auf das Mädchen. »Pass gut auf sie auf«, sagte er. »Und behandle sie gut. Sonst könnte es sein, dass wir eines Tages doch wiederkommen, und dann erfährst du, was wir wirklich sind.«

Abu Dun warf ihm einen verständnislosen Blick zu, aber Andrej achtete nicht auf ihn und beeilte sich, die Höhle zu verlassen.

Natürlich würden sie nicht wiederkommen, und Stanik würde niemals erfahren, was sie wirklich waren. Wie konnte Andrej es ihm auch verraten, wo er es doch selbst nicht wusste?

ENDE DES SECHSTEN BUCHES

Fantasy hat einen Namen: Hohlbein

Rebecca Hohlbein

Indras Traum

ISBN 3-8025-3328-3

www.vgs.de

LESEPROBE
Indras Traum

Indra träumte. Es war derselbe Traum, der sie schon in der vergangenen Nacht heimgesucht hatte. Und auch in der Nacht davor, und am vergangenen Dienstag, als sie nach Schulschluss im Bus eingenickt war. Der Traum änderte sich nie wirklich, nur die Konturen wurden von Mal zu Mal schärfer, die Farben deutlicher, die Stimmen klarer.

Mit den Stimmen fing immer alles an. Jemand rief ihren Namen. Falsch: Jemand schrie nach ihr. Von Nacht zu Nacht lauter, schriller, panischer. Indra sprang auf. Sie hatte bäuchlings auf dem Boden gelegen – war sie gestürzt? Obwohl der Traum gerade erst begonnen hatte, waren ihre Kleider bereits schweißnass, ihre Lungen brannten und ihr rechtes Knie schmerzte erbärmlich. Trotzdem stürmte sie los. Jemand brauchte ihre Hilfe, sofort!

Aus den Augenwinkeln nahm sie wahr, wie irgendetwas hinter ihr explodierte. Sie hörte das Knacken und Knistern gierig aufzüngelnder Flammen. Beißender Benzin- oder Terpentingeruch stieg ihr in die Nase, aber sie drehte sich nicht um, hielt nicht einmal inne. Die Stimme wurde lauter, hysterischer. Dann gesellte sich eine zweite dazu: Jemand lachte laut und grob.

Wolfgang Hohlbein

Die Chronik der Unsterblichen
Am Abgrund

Band I

ISBN 3-8025-2608-2

www.vgs.de

Wolfgang Hohlbein

Die Chronik der Unsterblichen
Der Vampyr

Band II

ISBN 3-8025-2667-8

www.vgs.de

Wolfgang Hohlbein

Die Chronik der Unsterblichen
Der Todesstoß

Band III

ISBN 3-8025-2771-2

www.vgs.de

Wolfgang Hohlbein

Die Chronik der Unsterblichen
Der Untergang

Band IV

ISBN 3-8025-2798-4

www.vgs.de

Wolfgang Hohlbein

Die Chronik der Unsterblichen
Die Wiederkehr

Band V

ISBN 3-8025-2934-0

www.vgs.de